王夫之詩學思想論稿

崔海峰 著

中国社会科学出版社

图书在版编目(CIP)数据

王夫之诗学思想论稿/崔海峰著.—北京:中国
社会科学出版社,2012.12
ISBN 978-7-5161-1937-2

Ⅰ.①王… Ⅱ.①崔… Ⅲ.①王夫之(1619~1692)
—诗学—研究 Ⅳ.①I207.22

中国版本图书馆 CIP 数据核字(2012)第 307961 号

出 版 人	赵剑英
责任编辑	周晓慧
责任校对	林福国
责任印制	李 建

出 版	中国社会科学出版社
社 址	北京鼓楼西大街甲 158 号(邮编100720)
网 址	http://www.csspw.cn
	中文域名:中国社科网 010-64070619
发 行 部	010-84083685
门 市 部	010-84029450
经 销	新华书店及其他书店

印 刷	北京市大兴区新魏印刷厂
装 订	廊坊市广阳区广增装订厂
版 次	2012 年 12 月第 1 版
印 次	2012 年 12 月第 1 次印刷

开 本	710×1000 1/16
印 张	21
插 页	2
字 数	318 千字
定 价	58.00 元

凡购买中国社会科学出版社图书,如有质量问题请与本社联系调换
电话:010-64009791

目　录

引　言

一

王夫之（1619—1692），字而农，号姜斋，又号夕堂。湖南衡阳人，晚年隐居湘西石船山，后人称"船山先生"。他出生于湘南一个普通的读书人家庭。曾祖、祖父和父亲都专心于学，守身持重。他从小聪颖过人，博闻强记，7岁时已随长兄介之读完"十三经"，14岁就考中秀才，24岁考中举人，后因战乱未能进京参加全国会试。他在经义和诗文等方面的丰厚学养，为后来的学术研究打下了坚实的基础。

王夫之生逢乱世，胸怀忠贞报国之志。明朝末年，政治严重腐败，皇室、宦官、酷吏、豪绅疯狂掠夺社会财富，整个社会怨声载道，民不聊生。自1627年起，农民起义此起彼伏，大有星火燎原，所向披靡之势。面对天灾人祸，王夫之忧虑不已，他一方面同情百姓的悲惨遭遇，另一方面拒绝与农民军为伍。他在1638年与友人结"匡社"，立志匡扶社稷，把挽救时局的希望寄托在皇帝和朝廷身上。

1644年3月，李自成军攻破京城，崇祯皇帝鸣钟集百官商议，无一人到朝，乃登煤山（今北京景山公园内）自缢而死。明朝灭亡。同年5月，清军进占北京，9月迁都，定北京为清朝首都。闻此变故，王夫之无比震惊，痛苦不堪，作《悲愤诗》一百韵。如其子王敔所说：甲申五月，闻北都之变，数日不食，作悲愤诗一百韵，后四续其韵（王敔《大行府君行述》）。

1646年11月，明桂王于肇庆即皇帝位，建立了持续16年的南明永历政权。这时王夫之栖身南岳草舍，在友人的关照下修建"续梦庵"，身虽处于山间一隅，心中的抗清意识却日益坚定，浓重。他兼有学人之知与义士之行。在他所处的两湖地区，抗清的局势变数很大。李自成死于湖北九宫山后，两支余部先后进入湖南，与南明政权联合抗清，但却不受信任，被安排分散驻扎，其抗清的积极性大打折扣。另外，湖广总督与巡抚各自拥兵自重，明争暗斗，不能通力合作，在征集粮饷和安置农民军等方面疏漏百出。王夫之担心这种情况会导致败局，此时，他在武昌中举时的一位考官章旷正好担任湖北巡抚，监司军务至湘阴，于是他赶赴湘阴，希望章能调和屯兵于湖南、湖北的首领间的矛盾，以防溃变。章却说其间本无异同，不必过虑。王夫之听后，只能默然而退。他所担心的事情后来果然发生。此番义举，在王敔的《大行府君行述》和潘宗洛的《船山先生传》中均有记载。

南明政权建立不过数月，清军即下广州，占肇庆，永历帝避退梧州、桂林、全州、武冈。王夫之曾与友人奔赴武冈，但因连日大雨，道路不通，困于湘乡县西南的车架山，未能如愿。这时，清军已攻占衡州，王夫之隐居于湘乡白石峰。这段时期，家中接连遭遇不幸，王夫之奔波于家与避难处之间。1648 年，一些降清明将陆续举兵反正，永历帝得以还都肇庆，湖南的大部分失地在数月内得以收复。为配合南明大军的反攻，王夫之与几位友人发动了衡山抗清起义。失败后他辗转奔赴肇庆南明朝廷，但在朝廷"所见犹为可忧"，因而一再迟回故乡，回乡之后也"情终系主"。第二年他重返朝廷，经名臣瞿式耜推荐任行人司行人。此时朝廷的党争激烈到无以复加的程度。王夫之数次冒死上疏，指斥王化澄等人结党误国。[①] 幸亏忠贞营主帅高必正（高本名高一功，原为李自成部将，忠贞营由高和李锦率领的农民义军改编而成）等人出面营救，王夫之才免遭迫害。他后来在《章灵赋》自注中写道：虽陈力之无可致其靖共，而悲愤有怀，不能自匿，故有死诤之事。

─────────────────────────────────

① 关于此事，王夫之曾无奈地说："既三谏不听，谏道穷矣。乃以病乞身，遂离行阙，而心念此去终天无见吾君之日，离魂不续，自此始也。"（《章灵赋》自注，见《船山全书》第十五册，岳麓书社 1995 年版，第 187 页。）

　　1650 年 8 月，王夫之在桂林与瞿式耜（同年 11 月，清军攻入桂林，王化澄等迎降，瞿被俘后坚贞不屈而遇害）聚会。不久，接到母亲病重的家书，却在返乡途中遭遇连月淫雨，[①] 等他次年终于到家时，老母早已于数月前去世。这边未及与老母见上最后一面，那边恐怕再无见君主之日（"心念此去终天无见吾君之日"）。祸不单行，忠孝难以两全，一般人如何承受得住？这一时期，抗清局势又出现反复。全州、桂林和梧州等地先后被清军攻破，永历政权随着军事上的连连失利而朝不保夕。经联络，孙可望、李定国等人率大西军（张献忠的余部）投明抗清。心术不正的孙可望要求南明封他为王，刺杀了十多个反对者。永历帝遂封孙可望为秦王，迁至贵州，苟且偷安。大西军与南明联合后，于 1652 年 3 月出师北伐，年内即攻破南方数省。黄宗羲曾说：李定国桂林、衡阳之战，两蹶名王天下震动，此自万历戊午（1618）以来所未有也（《永历纪年》）。的确，这是明末抗清以来所取得的最大胜利。

　　当王夫之听说永历帝到达贵州安隆与大西军会合之后，曾打算奔赴行在，但犹豫彷徨，只得卜之于《易》。他深知永历帝介于存亡之间，而自己"爱主之心，尤不能忘"，此可谓心向往之。但却又去不得，如他所说："……欲往就之，奸雄窒路，如天难登，如之何其弗怨也！"（《章灵赋》注）他对孙可望的恶劣行径和野心有明确的认识："时上受孙可望之迎，实为所挟，即拂君臣之大义，首辅山阴严公，以正色立廷，不行可望之王封，为可望贼杀。君见挟，相受害，此岂可托足者哉！"（同上）他对李定国的认同表明对农民义军并非全无信任，造成他内心困惑的最大因素就是孙可望，他说："可望别部大帅李定国，出粤楚，屡有克捷，兵威震耳。当斯时也，欲留则不得干净之土以藏身，欲往则不忍就窃柄之魁以受命，进退萦回，谁为吾所当崇事者哉？"（同上）"唯余一意事主，不随众狂，而孤立无援，如彼何也。群奸畏死贪赂，复阴戴孙可望，如舍日而媚虹。"（同

————————————

　　① 1650 年冬，王夫之作《桂山哀雨》四诗，他在题序中说："其时幽困永福水砦，不得南奔，卧而绝食者四日，亡室乃与予谋间道归楚。顾自桂城溃陷，淫雨六十日，不能取道，已旦夕作同死计矣。因苦吟以将南枝之恋，诵示亡室，破涕相勉。"（《续哀雨诗四首》）

上）他意识到君子之不幸莫过于"留则山河非有，往则逆顺无垠"，但在"往径既绝，来踪未卜"，"人不可谋，天不可问"的孤愤境况中，他仍坚贞而无怨地怀有思君之心、求仁之志。

正如王夫之所预料的那样，孙可望无济于抗清大业，他在1653年初因嫉恨而欲杀害李定国，使后者为避冲突而率兵退出湖南，湖南又失于清军。孙可望由挟主到反主，于1657年叛明降清。从1654年起，为躲避清军，王夫之隐姓埋名，流浪于湘南各地，期间曾为问学者讲授《春秋》和《周易》等，写了不少抒怀忆旧的诗文。在经受了三年的流浪之苦后，王夫之于1657年带着妻儿回到衡阳，仍住在莲花峰下的续梦庵旧居。1660年迁居衡阳金兰乡，造一间茅舍名为"败叶庐"。这期间他在生活中又遭遇一些不幸的变故，1662年4月，吴三桂在昆明绞杀永历帝，南明永历政权至此覆灭。王夫之听到消息后十分悲痛，续《悲愤诗》一百韵，此后他真正成为亡国遗民了，但反清复明的梦想并未完全破灭。1673年，吴三桂起兵反清，7年后彻底失败。而在1674—1678年间，王夫之一反此前蛰居乡里十余年的常态，外出活动十余次，他所到的城市都是被吴三桂攻克或是临近两军交战的地方。可见，他虽不追随吴三桂，但却赞赏反清复明的活动。1678年后的十余年，他一直居住在湘西石船山下的"湘西草堂"，足迹不出乡里。

1685年，王夫之在《病起连雨》诗中写道："故国余魂长缥缈，残灯绝笔尚峥嵘。"故国不堪回首，但生生不息的民族精神和文化传统应发扬光大。他以此为己任，潜心学术研究，"欲尽废古今虚妙之说而返之实"，"虽饥寒交迫，生死当前而不变"。到了晚年，体羸多病，腕不胜砚，指不胜笔，"犹时置楮墨于卧榻之旁，力疾而纂注"。他曾自题楹联曰："六经责我开生面，七尺从天乞活埋。"（"观生居"旧题壁）他自题小像《鹧鸪天》中有"铅华未落君还在，我自从天乞活埋"之句。在他看来，本应为国捐躯，却未遇适当机缘，不能因为"遁迹深山，不为降吏"就可置身于"贞夫"之列，他的神魂已随先君故国而去，如今苟活人间无异于"活埋"。

1691年以后，王夫之久病喘咳而吟诵不辍，他的绝笔诗为："荒郊三径绝，亡国一臣孤。霜雪留双鬓，飘零忆五湖。差足酬清夜，人间一字无。"他自志其墓曰:"明遗臣行人王夫之字而农葬于此……"
铭曰:"抱刘越石之孤愤而命无从致,希张横渠之正学而力不能企。
幸全归于兹丘,固衔恤以永世。"碑铭大意为:我虽孤愤不平、忠义
激烈如东晋刘琨,但却不能像他那样孤军奋战,以死报国;我有志弘
扬北宋张载的正宗学说,却力所不能及。1692 年初,王夫之病逝,
完发而终,葬于衡阳金兰乡。

有学者说,王夫之的经历大致可以划分为求学取功名、抵抗清军
和退隐著书三个阶段,其中又以第三阶段的时间最为长久(从 33 岁
至去世)。[①] 也有学者认为,王夫之的全部经历可以划分为两个时期:
1651 年以前的早期生活,主要是求学、抗清、追随南明朝廷;1651
年以后的晚期生活主要是避祸、研究、著述。[②] 后一种看法所说的
"早期"包括了前一种看法所说的求学取功名、抵抗清军两个阶段,
所以,这两种看法并不矛盾。相对而言,王夫之 24 岁(1642)考取
举人之前的生活是无忧无虑的,他的文学修养和学术功底主要得自于
这一时期,但若论文坛影响和仕途功名,却也不算得志。稍长于他的
吴伟业(1609—1672)23 岁(1631 年,明崇祯四年)考中进士,后
为翰林院编修,官至左庶子。稍晚于他的王士祯(1634—1711)明亡
时不谙世事,没有多少亡国仇民族恨,25 岁(1658 年,清顺治十五
年)时考中进士,后官至刑部尚书。

明清易代,对王夫之来说无异于天翻地覆[③],本着忠义激烈的性
情,他不与清朝合作,亲自参与到反清复明的活动中去,但作为一介
书生,虽心明眼亮,向人谏言却不被采纳,发动起义却不得成功,追
随南明朝廷却难遇明君忠臣良将,于内外交困中流离失所。他自志其

————————————

　　① 　参见邬国平、王镇远《中国文学批评通史·清代卷》,上海古籍出版社 1996 年版,第
58 页。

　　② 　参见张怀承《王夫之评传》,广西教育出版社 1997 年版,第 1 页。

　　③ 　王夫之说:"甲申春,李自成陷京师,思庙(按:指崇祯皇帝)自靖。五行沴灾,横流
滔天,祸婴君上,背天无兴勤王之师者。草野哀痛,悲长夜之不复旦也。"(《章灵赋》自注)
明清易代对王夫之的打击远甚于个人生活中的不幸。在山中避乱的岁月里,他满怀忠贞报国之
心而又难有作为,时常深感愧疚。因接受庄子的"两行"说(出自《庄子·齐物论》,指是非
两可而无矛盾阻碍,对客观的是非两皆顺之),内心有所宽慰。但亡国之痛沉重,至死未能
释怀。

墓曰"明遗臣行人"表明他很看重这一名分，但他任行人司行人一职不过数月，曾三次上疏而不被采纳，险些被佞臣奸党置于死地。总的来说，他抗清的实绩不大，但却可歌可泣，他始终如一的忠贞报国的气节性情和精神可与历代仁人志士相媲美。

从 1644 年算起，王夫之大半生处于清朝，而从主观的立场、心态和精神上说，他始终是明代人。他在明末处于青少年时代而在清康熙年间（1662—1723）建立诗学思想体系①，如何把握社会变迁对他的诗学观念的影响，是诗学思想史的重要问题。本书无意于也不可能解决这一问题。可以肯定的是，王夫之淡化了儒家诗教中的政治教化因素，强化了审美诗学的艺术精神，他的政治立场与诗学观念没有直接的因果关系，在对诗中血性真情的推崇和对悲壮风格的偏爱等方面可以看出时代境遇对他的影响。

二

王夫之有很深的诗学修养。他自己曾说：十六而学韵语，阅古今人所作诗不下十万。他在 25 岁时曾把自己的诗编刻一集，此后无论处境如何，都不曾中断诗歌创作，直到去世前写出绝笔诗为止。在他留下的大量诗文作品中，仅诗词就有约两千首。由于种种原因，王夫之在明清时期的诗坛没有产生影响。20 世纪以来，王夫之的学术思想广为传播，他被尊称为文学家、思想家等。人们有机会读到他的诗，可是，他的诗仍然没有产生什么影响。很多文学史方面的著作对其人其诗只字不提。我们不能说他的诗在多大程度上被埋没了，只能说他的鉴赏力远远高于创造力，他的鉴赏力足以使他成为一流的诗学评论家、美学家。

王夫之的诗学著作主要有《夕堂永日绪论》、《诗译》、《诗广传》、《楚辞通释》、《古诗评选》、《唐诗评选》和《明诗评选》等。

───────────────

① 参见陈来《诠释与重建——王船山的哲学精神》，北京大学出版社 2004 年版，第 15 页。邬国平、王镇远认为，王夫之评选古代诗歌寓有如人所说"祖国沦亡"的民族感情的寄托，但他的《古诗评选》、《唐诗评选》、《明诗评选》等首先并主要是开展诗歌艺术批评的著作，而不是几部表达政治寄托、思虑的书（见《中国文学批评通史·清代卷》，第 62 页）。

此外，他撰有《李诗评》、《杜诗评》等诗学著作，均已散佚。至于他是否撰有《宋诗评选》，学界尚无定论，其子王敔的《大行府君行述》（手抄本）不曾提到这部据传已佚的著作，而王敔的学生曾载阳、曾载述在湘西草堂初刻本《夕堂永日绪论》后面的附识中说王夫之选评过宋元诗一帙。

现存的王夫之诗学著作中包含着博大精深的诗学、美学思想，至今远未被发掘出来。如果把王夫之和黑格尔相提并论，称他们各自的理论分别代表了中西古典诗学和美学的最高水平，绝非过誉。[①] 与当代学者的高度评价形成鲜明反差的是，王夫之诗学在清代缺乏影响。这是一个值得探讨的问题。以下我们仅从王夫之的学术著作及思想在清代的传播这一角度加以简要解释。

1651 年后，王夫之除因避难、访友和观察局势去过湖南一些地方（只离开湖南到江西萍乡一次）外，绝大部分时间在湖南衡阳的家乡隐居，仅在金兰乡"败叶庐"和石船山下的"湘西草堂"就各住十余年。他潜心于学术研究，从理论上深刻总结历史的经验教训，竭力弘扬中华文化传统和诗学精神。王敔说他从辛卯（1651）至辛未（1691）四十年矢志不渝，用力不懈，其著述"诸种卷帙繁重，一一皆楷书手录。贫无书籍，纸笔多假之故人门生，书成，因以授之，其藏于家与子孙言者无几焉"（《大行府君行述》）。

王夫之的著述卷帙浩繁，在散佚颇多的情况下，现仍存 95 种，380 余卷，约 800 万字。其中，哲学著作主要有《周易外传》、《尚书引义》、《张子正蒙注》、《思问录》、《读四书大全说》、《老子衍》、《庄子通》等。史学著作主要有《续春秋左氏传博议》、《读通鉴论》、《宋论》、《黄书》等。他的诗学著作均写于晚年，《诗广传》于 1683 年定稿，《楚辞通释》于 1685 年写成，《夕堂永日绪论》于 1690 年写成，《古诗评选》、《唐诗评选》和《明诗评选》等诗文评类著作大致完成于 1690 年以前的几年。在王夫之生前，除一本自刻的诗集外，所有著作都不曾刊刻问世。因此，他的诗学思想不为世人所知，对当时诗坛没有产生影响。

──────────

① 参见陶水平《船山诗学研究》，中国社会科学出版社 2001 年版，第 1 页。

王夫之去世后百余年，其学术思想仍湮没不彰。乾隆年间，浙东史学家全祖望广泛搜集明末遗老事迹，汲汲为之表彰，但他对王夫之几乎一无所知。嘉庆年间，江藩撰《国朝汉学师承记》和《国朝宋学渊源记》，评述了清代90余位汉学家和宋学家的学术思想，其中竟无只字论及王夫之。

清政权建立后，一方面标榜文治，通过开设博学鸿词科和明史馆等途径，笼络汉族文人；另一方面又大兴文字狱，着力钳制一切不利于其统治的思想。而在王夫之的大量著作，尤其是《读通鉴论》、《宋论》、《黄书》、《噩梦》、《永历实录》等史部著作和《悲愤诗》、《续悲愤诗》、《章灵赋》等集部著作中，反清复明的思想溢于言表，诸如"夷狄"、"丑夷"、"逆夷"等诋满文字触目可见。用当代学者邓乐群的话说，正是因为清政府的文网峻严和船山著作的抵触良深，才造成王夫之学术著作及思想长期湮没不彰的局面。

晚清学者邓显鹤曾将王夫之学术思想湮没不彰的原因归结为王夫之本人的坚贞自埋和门人故旧的无力推挽，这是有道理的。在他看来，王夫之多闻博学，志节皎然，不愧顾炎武、黄宗羲两先生，"先生窜身瑶峒，绝迹人间，席棘饴荼，声影不出林莽，门人故旧，又无一有气力为之推挽，殁后遗书散佚，后生小子，至不能举其名姓，可哀也已"（《邓刻船山著述目录》）。

后来梁启超在论及湖南之学风沿革时，提出与邓先生一致的看法：王夫之以孤介拔俗之姿，沈博多闻之学，注经论史，著作等身，巍然为一代大师，然处偏僻之地，与东南文物之区不相闻问，门下复无能负荷而光大之者，是以其学不传（《饮冰室文集》卷四十一）。梁先生在《中国近三百年学术史》中以"畸儒"指称王夫之："他生在比较偏僻的湖南，除武昌、南昌、肇庆三个地方曾作短期流寓外，未曾到过别的都会，当时名士，除刘继庄（献廷）外，没有一个相识，又不开门讲学，所以连门生也没有。"这段话不够确切，王夫之还去过桂林、梧州、萍乡等地，他与方以智是好友，罗正钧《船山诗友记》云与船山友谊者百五十有六人。王夫之虽未开门办学，但并非没有门生，东南章有谟作为门生跟随他多年。1657年他隐居家乡后，陆续招收弟子十余人。但大约受他影响，他一生所授之弟子皆近于隐士型人物，没有一人显赫于世以光大师门。

就处世的一般态度和状况而言，上面所引梁先生的话大致是不错的。王夫之年轻时曾参与"行社"、"匡社"的事务，这本与时尚相合，但他后来对此作过反省："崇祯初，文士类以文社相标榜，夫之兄弟亦稍与声气中人往还，先君知之，辄蹙眉而不欢者经日。……大约窥先君之志，以不求异于人为高，以不屑浮名为荣。"（《家世节录》）在学术思想的各个领域，他不趋附门庭宗派，不标新立异，赞赏"好驴马不逐队行"的俗语。据王敔的学生说：先生卷帙繁重，难于问世，且问世亦非先生意也，先生尝言"世之言诗文者，各立门户以争名场，吾名心消尽，所评论者借以永日而已"。由此我们不难理解王夫之的诗学思想何以在相当长的时间里不为世人所知。就连王夫之的家乡在当时都不传其学。①

如今，一提"妙悟说"、"性灵说"、"童心说"、"格调说"、"神韵说"和"境界说"等，学过美学、文学的人大都知其创始人，而一提王夫之，能说出其诗学之大概的人却不多。个中原因，上面有所论及。

1705 年，与王敔相知的潘宗洛在《船山先生传》中说：余所得见于王敔者，《思问录》、《正蒙注》、《庄子解》、《楚辞通释》而已。当时王敔解释说："先人家贫，笔札多取给于故友及其门人，书成因以授之，藏于家者无几焉。"（《船山先生传》）这与王敔在《大行府君行述》中的说法是一致的，既不违背王夫之著述的大体情况，又是审时度势、巧妙应付的遁辞。王敔在《湘西草堂记》中说：迄壬申而先子奄背，敔仅固遗书于屋右阁，而火灾蚁蚀之害，其震惊怵惕不一次者也……迄敔年六十，从游者数十人……从游之士及姻友之有力者，续捐资刊先子遗书数种，藏版于右阁。王敔先后刊行了王夫之的十多种遗书，其中包括《夕堂永日绪论》，印数和发行范围不大。后来的事实证明，王敔等人的小心谨慎是完全必要的。据刘人熙记载：乾隆时，吕留良文字之狱波及船山，以兵围搜，幸取去《稗疏》数种

---

① 王敔说王夫之晚年居于湘西蒸左之石船山，"蒸湘人士莫传其学，间有就而问字者，称为船山先生。……人士之赠答者，又称夕堂先生焉"（《大行府君行述》）。

无忌讳之辞，入之四库，余匿而免。由此可以理解王夫之的后裔何以不敢将遗书轻易示人。考《四库全书》总目和《清代禁毁书目》，清政府共搜罗到王夫之的 15 种著作，其中列入《四库全书》经部的仅 6 种（另附目 3 种），而列入禁毁书目的却有 9 种，这 9 种全是集部之书，是王敔自以为比较妥当才加以公示的，却仍被禁毁。

1840 年，在邓显鹤（湖南新化人，人称"湘皋先生"）主持下，船山遗书首次系统校刻于湘潭，刊成经部著作 18 种，计 150 卷，定名为《船山遗书》。此后几年，又陆续有人校刻了王夫之的《读通鉴论》、《宋论》、《老子衍》和《庄子解》等七种著作。邓刻《船山遗书》功不可没，但因种类单调（仅限于经部之书，不包括诗学等方面的著作），卷帙有限，加上印行不多，故流传不广。

1865 年，在曾国藩、曾国荃兄弟的主持下，船山遗书复刻完成。曾刻《船山遗书》远较邓刻本系统和完整，在经部之外，又增刻了史、子、集三部之书。全书共 54 种，计 288 卷。王夫之的主要著作大多已纳入此书，但《古诗评选》、《唐诗评选》和《明诗评选》等诗学著作未被刊刻。王夫之的学术思想自此"大倡于湖湘而遍于天下"。长期沉寂的湘学界，一度因研究船山学说而空前活跃起来，著名学者有郭嵩焘、王闿运、王先谦、刘人熙和谭嗣同等人。谭嗣同对王夫之推崇备至，认为"五百年来学者，真通天人之故者，船山一人而已"。王夫之的历史进化论和民族民主思想给维新派的变法理论注入了有益的因素。他的"攘夷"思想、光复思想、民族独立自强思想给清末民主革命派提供了较充分的理论依据，他的民族气节和斗争意志亦给予革命派人士以良好的影响。章士钊在 1903 年曾说：船山之史说宏论精义，可以振起吾国之国魂者极多。1961 年纪念辛亥革命 50 周年时，章氏又说：果也！辛亥革命之前，船山之说大张，不数年而清室以亡。

总之，王夫之的哲学、伦理、政治等方面的思想在清末广为传播，影响很大，而其文学、诗学等方面的造诣，却未引起广泛关注。

王夫之的古近体诗评选（《古诗评选》、《唐诗评选》和《明诗评选》）诸作，于其所有著述中刊行最迟，版本最少，书亦最残，其出版时间为 1917 年（民国 6 年），版权页注明校印者为湖南官书报局。

1933 年（民国 22 年）上海太平洋书店出版《船山遗书》，收入上述著作重印。但这三种著作在问世后的大约半个世纪里仍未引起学界的重视。郭绍虞的《中国文学批评史》（上册于 1934 年问世，下册于 1947 年问世）说王夫之论诗之著作有《诗译》与《夕堂永日绪论》二种（丁福保即据以辑入《清诗话》，合称为《姜斋诗话》）。朱东润的《中国文学批评史大纲》（1944 年由开明书店出版）说王夫之"有诗译一卷、夕堂永日绪论内篇一卷、外篇一卷，其尚论诗文者见于此。或合诗译及夕堂永日绪论内篇为姜斋诗话"。郭绍虞、朱东润等先生据以研究王夫之诗学的文本局限于《姜斋诗话》，这虽然不失王夫之诗学精神之大概，却不利于把握王夫之诗学的真面貌。可见，王夫之的诗学著作在清代以后才全部问世（散佚的除外），对王夫之诗学的研究在清代以后才真正开始。

三

前面说过，王夫之晚年有"六经责我开生面"的宏愿和使命感。在他去世前两年，刘献廷南游衡岳，对他作出高度评价："王而农先生……隐居山中，未尝入城市，其学无所不窥，于六经皆有发明。洞庭之南，天地元气，圣贤学脉，仅此一线耳。"（《广阳杂记》卷二）1916 年（民国 5 年），刘人熙为王夫之的《四书训义》、《古诗评选》、《唐诗评选》和《明诗评选》作序，其中有两段话如下：

> 其为学，旁搜远绍，浩瀚闳深，取精百家，折衷一是，楚人士称之曰："周子以后，一人而已"；天下学士宗之曰："孟子以后，一人而已。"（《四书训义序》）

> "六经责我开生面"，诚哉其开生面也。……昔先师孔子反鲁正乐，古诗三千余篇，删存三百篇，天道备，人事浃，遂立千古诗教之极。而兴观群怨一章，即孔子删诗之自序，是孔子开诗之生面也。船山《诗广传》又从齐、鲁三家之外开生面焉。又评选

汉、魏以迄明之作者，别雅郑、辨贞淫，于词人墨客唯阿标榜之外，别开生面。(《古诗评选序》)

我们知道，王夫之毕竟受历史的局限，对他不应该作过苛的要求，也不应该作过高的估计。但刘献廷和刘人熙对他的学术成就及地位的评价并不为过。王夫之在哲学和诗学研究等领域别开生面，这已为学界所公认。

王夫之是明清时期最杰出的哲学家，其学远承孔孟，近宗张载，于儒家经典皆有发明，且广涉佛老庄学。如嵇文甫所说，在清初诸大师中，能极深研几，切实做穷理工夫的，怕没有谁比得上他。嵇先生认为，综合王夫之的体系，而判断他在中国近古思想史上的地位，可以说他是：宗师横渠，修正程朱，反对陆王。① 这在 70 年前针对王夫之与宋明儒学的关系所作的结论是很精当的。

考虑到佛教等方面的因素，可以说王夫之的学术立场是：批斥佛老，反对陆王，参伍程朱，宗师周张。或者说他的学术风格是：否定陆王，批判佛老，改造程朱；淹贯经史，扬弃百家，推陈出新。② 参照王夫之自己的说法，则应当说，他以周张为"正"，以程朱陆王为"正邪相胜"，而以他自己为"反归于正"。

在 20 世纪 50 年代前后侯外庐、熊十力等人讨论王夫之哲学期间，陈荣捷也提出自己的看法，他不反对以"唯物主义"一类的概念来分析王夫之哲学，但却认为王夫之哲学中"气作为物质力是意味着构成事物的一般质料，但器作为具体事物则意味着特殊的和有形的客体或规则"。他说："可以清楚地看出，王夫之在显然背离新儒学的同时，却又在一定的范围内继承了新儒学的传统。他虽然明确与王阳明相对立，但还是与朱熹相接近。……王夫之的哲学具有多方面的重要意义，他是一个具有独立性格的思想家，通过批判宋代新儒学的理学和明代新儒学的心学，而走向一个新的方向。在这样做的时候，他预算了其后两个世纪内的中国思想，尽管他并没有直接影响这时期中国

---

① 参见嵇文甫《王船山学术论丛》，上海三联书店 1962 年版，第 109 页。
② 参见刘春建《王夫之学行系年》，中州古籍出版社 1989 年版，第 3 页。

的思想。"① 陈先生的这番高论，也是后来多数中国哲学史学者的认识。由此可以引申一下，在诗学方面，王夫之对儒家诗学和体现道家艺术精神的审美诗学均有所继承、改造和发扬，他借鉴佛学的主要标志是把"现量"转换为富于美学意义的诗学范畴。他基本上没有影响其后两个世纪的诗学思想，而这时期的诗学思想在很多方面都没有超过他。

王夫之哲学以辩证的"合"为基本特征。嵇文甫说：

> 我们可以知道船山的根本思想只是八个大字，就是：天人合一，生生不息。由此推下去，则理与势合，常与变合，动与静合，体与用合，博与约合……成为一贯的体系。②

> 假如用辩证法的观点来看，程朱是"正"，陆王是"反"，清代诸大师是"合"。陆王"扬弃"程朱，清代诸大师又来个"否定之否定"，而"扬弃"陆王。船山在这个"合"的潮流中，极力反对陆王以扶持道学的正统，但正统派的道学到船山的手里，却另变一副新面貌，带上新时代的色彩了。③

从王夫之哲学思想的内容和渊源两个角度看，其特征都是合，是不偏于一面的一元论或合一论。在各种对立的因素中，他要力求其偏中之全，对立中之统一。他的一元论，不是孤立的单一的一元论，而是一种和谐的调解对立、体用兼该的全体论或合一论。王夫之对陆王心学的批判并非全盘否定，而是扬弃。与嵇文甫同处一个时代的贺麟注意到王夫之学术思想中的心学因素，视其学说为心学和理学之大成："表面上他是绍述横渠，学脉比较接近程朱，然而骨子里心学、理学的对立，已经被他消除了，程朱陆王间的矛盾，已经被他消融了。"④

---

① 转引自陈来《诠释与重建——王船山的哲学精神》，北京大学出版社 2004 年版，第 9、10 页。

② 引自嵇文甫《王船山学术论丛》，上海三联书店 1962 年版，第 98、121 页。

③ 同上书，第 121 页。

④ 参见贺麟《文化与人生》，商务印书馆 1988 年版，第 255 页。

这种看法很有见地。心学有其认识论方面的迷误，也有其体验论方面的精髓，人们可以在建立审美的意象世界等方面从中深受启示。

从王夫之哲学的"合"的特征这一角度看，他的诗学至少具备以下三个特点：其一，王夫之论诗不像严羽、王士禛和王国维等人那样标举一家之说，他意识到诗歌创作的复杂性和佳作中各种因素的同一性，而不把妙悟（兴会）、神韵和境界等视为诗的唯一的决定性因素。其二，王夫之崇尚"浑成"（浑然成章），认为诗歌佳作是文质合一的完整的艺术生命的有机体。佳作不在于个别字、句之巧，而在于体现化工之笔（合化无迹）的浑成篇章。所以他对"推敲"、警句和诗眼等不以为然。其三，王夫之论"兴、观、群、怨"，不像以往的经学家那样把四者（"四情"）分割开来或孤立起来加以看待，他认为诗歌佳作可以具备多种因素或功能，读者的审美心理活动也具有多样性或复合性，哀、乐这种看似对立的情感也可以同时存在于读者的鉴赏活动中。王夫之突破儒家诗教的局限，赋予诗的缠绵悱恻之情以极为宽泛而又丰富的心理学和美学意义，给读者的鉴赏活动以极大的自由度和心理空间，旨在让人情不执于一端，"导天下以广心"，培养深邃而广远的审美心胸，营造"能兴即谓之豪杰"的超越于庸常琐事之上的人生境界。上述特点非常符合当代美学原则，富于当代意味和启示。

王夫之通常被学界视为张载气学的继承人，视为朴素唯物主义的集大成者。贺麟不同意这种看法，他把王夫之诠释为宋明儒学的集大成者，在他看来，按照黑格尔的思维模式，程朱一派的理学偏重于客体性，可以说构成正题；陆王一派的心学偏重于主体性，可以说构成反题；而王夫之哲学主客体兼顾，正好构成二者的合题。从王夫之充分肯定天地万物不以人的意志为转移的实存性（诚，道器合一，理气合一）等方面看，以"唯物主义"指称其哲学大体上是不错的，但有片面之嫌。王夫之关于心、神、想象和直觉等方面的理论曾长期在学界引起误解或不被普遍重视，这与过去学界狭隘、机械地评价他的哲学的"唯物"倾向有关。贺麟对王夫之哲学"主客体兼顾"的看法是符合实际的，避开了在"唯物"与"唯心"之间必居其一的狭隘评判。在中国古代，像王夫之那样既充分肯定客体的实存性（诚）

又充分高扬主体的能动性的人实属罕见。在心物关系上，王夫之以
"能"、"所"等提法说明人的认识活动离不开对客观对象的感知。但
他在认识论方面并非客观对象决定论者。他在很多著作中强调和突出
了人的内心条件和心智活动在认识活动中的积极作用。尤其值得注意
的是，在王夫之诗学中，富于心理学和美学意义的体验论是真正切实
可行的理论基础，"含情而能达，会景而生心，体物而得神"这一原
则被奉为圭臬。

　　王夫之有言：自然者天地，主持者人。"天下无心外之理，而特
夫人有理外之心。"（《四书训义》卷六）他在哲学和诗学中充分高扬
了人的主体性，天地之美、万物之理在他看来是不能孤立存在的，而
是由人去发现，去观照的，他崇尚天人合一的人生与审美境界，但与
董仲舒等汉儒不同，与王阳明等宋明理学家不同，他把心与物、人与
自然明确规定为相依存、相对待的主客二分的存在，在这个背景下高
扬人的主体性，注重心与物的感兴，情与景的融洽。以此为哲学基
础，王夫之在诗学中既把"身之所历，目之所见"的自然审美或引起
感兴的生活视为诗歌创作的源泉，又把人的心目（富于审美直觉的观
察力、感受力，灵心之眼）、灵府、性情或灵心巧手视为诗人及其作
品的主宰。

　　王夫之的辩证法思想达到了中国古代哲学的最高水平，影响到诗
学，形成他本人特有的"艺术辩证法"。他以氤氲生化的基本观点看
待宇宙万物的流变，认为离开矛盾的一方，另一方也将失去依存的条
件，矛盾双方"相映相函以相运"，"相反而固会其通"。他兼顾"二
分"与"合一"（对立统一），并在理论上阐明合一的途径，如心与
物、情与景合一的基本途径是"兴"（兴会）。他论情景关系，反对
将两者彼此割裂，主张情景一体，"互藏其宅"；论诗中主宾，提出
"立一主以待宾，宾无非主之宾者，乃俱有情而相浃洽"（《夕堂永日
绪论内编》）。他的诗学范畴系列中有很多相互依存的"对子"，如情
与景、文与质、雅与俗、哀与乐和才情与物理等。他把辩证法思想直
接贯彻到具体的诗歌评论中，注重诗歌创作中各种对立因素的相辅相
成，如远与近、新与旧、粗与细、虚与实、刚与柔、疏与密和英爽与
文弱等，要求诗人巧妙处理简与繁、开与合、进与退、纵与敛、起与

伏、继与续、有意与无意和部分与整体等对立因素的辩证统一。

正如当代学者萧驰所说，在中国文化史上，王夫之或许是集大哲学家与大文论家于一身的孤例。① 与美学是哲学的一个分支不同，诗学与哲学属于交叉学科，中国诗学与哲学在历史上既相互影响又各有其独立发展的脉络。王夫之以诗解诗，而不以经生之理和逻辑概念之理解诗，他的诗学不是其哲学体系的一部分。尽管如此，王夫之诗学与哲学的密切关系是无可置疑的。研究王夫之诗学，不可不涉其哲学。然而，王夫之的思想博大精深，其诗学与哲学分别是中国古代诗学与哲学的理论总结形态。兼通王夫之诗学与哲学的当代学者实属难得，也很罕见。因而，多年来研究王夫之哲学的论著大多不涉及美学与诗学，即便偶有论及，往往也语焉不详；而研究王夫之诗学的论著大多对哲学涉猎不深。对王夫之诗学与哲学的关系加以全面考察，是富于学术价值的宏大课题。但这不是本书的题中应有之义，笔者在这方面也力所不能及。所以只能简要探讨王夫之诗学的哲学基础，在研究具体的诗学专题时，也只能根据实际情况把相关的哲学思想纳入视野。

四

王夫之有自觉的儒家立场，他所考辨、注解、阐释的国学经典大多是儒家的，他博大精深的思想在总体上以儒家倾向和观念为主。学界普遍公认他为大儒。美学、诗学领域的研究者称他的诗学为"儒家诗教与审美诗学的汇流"，"儒家诗学的美学化"。笔者不否认王夫之诗学的儒家立场和倾向。问题是，儒家立场、观念和倾向在王夫之的哲学与诗学中有程度上的甚或实质上的不同。

在哲学上，王夫之阐发六经，继承张载的气化论学说，改造心学和理学，对老庄和佛学基本上持批判和否定的态度，如他在一些哲学著作中试图"辟释氏幻妄起灭、老庄有生于无之陋说，而示学者不得

---

① 参见萧驰《抒情传统与中国思想——王夫之诗学发微》，上海古籍出版社 2003 年版，第 4 页。

离皆备之实体以求见性也"（《张子正蒙注》卷九）。他对佛学有所肯定的只在现量这方面："释氏唯以现量为大且贵，则始于现量者，终必缘物。"（《读四书大全说》卷十）他当之无愧为大儒。而在诗学上，王夫之的思想观念则相对地具有很明显的儒、道、释互补融合的特征，其中"道"的成分远比"释"更突出。

据王敔说，王夫之"中岁称一瓠道人，更名壶"，在隐居石船山"观生居"后，著有《老子衍》、《相宗论赞》，"山中时著道冠，歌愚鼓"，"又时藉浮屠往来……相为唱和"，以文章之变化莫妙于《南华》，"更别作《庄子通》，以引漆园之旨于正"（《大行府君行述》）。王夫之认为司马迁所说的"老聃无为自化，清净自正"切近于老子，老子贤于释氏（《老子衍·自序》）。他对庄子的赞赏则更多：

> 凡庄生之说，皆可因以通君子之道，类如此。（《庄子通叙》）

> 庄子之学，初亦沿于老子，而"朝彻""见独"以后，寂寞变化，皆通于一，而两行无碍，其妙可怀也，而不可与众论论是非也；毕罗万物，而无不可逍遥；故又自立一宗，而与老子有异焉。（《庄子解》卷三十二）。

> 抑庄子之言，博大玄远，与天同道，以齐天化，非区区以去知养神，守其玄默。（同上）

王夫之在理智层面上认定自己并非庄子之徒，但却有意无意地在很多方面受到庄子的影响。他写《庄子解》，其出发点与《老子衍》一样，如王孝鱼所说："船山评解庄子。志在去除前人以儒、佛两家之说对庄子的附会，清理出一副庄子的本来面目。"（《庄子解点校》）但他却不由自主地融入庄子的境界。王天泰说："今忽于读先生之解《庄》，不啻《庄》之自为之解，是又不知庄生之为先生，先生之为庄生矣。"（《湘西草堂本王天泰序》）在这样的局面中，王夫之似有难解的困惑。

两汉以后，儒学式微，道、释两家同领风骚。魏晋玄学是弘扬道家的"玄理"，六朝与隋唐流行的是佛教的"空理"，而儒学到宋明能够再振，可以看作是思想史上的辩证过程。儒学人士辟佛，辟禅，辟老庄，他们彼此之间也互控对方为邪说，争持儒家正统。他们大多出入佛老，初衷各异，但却或多或少受其影响，客观上丰富了儒学的规模。但因此也受到佛道两家的攻击，指责他们是"阳儒阴道"或"阳儒阴释"，甚至他们彼此也怀疑对方思想是出于老庄，或源于禅宗。① 王夫之一方面站在儒家正统的立场，痛斥佛老，指责陆王的言论是打着儒家的招牌而宣扬佛老的邪说。一方面批评宋明儒的出入佛老不过是"互为缀合"，"以相糅杂"，所涉并不深。至于他本人，在从哲学角度辟佛方面较为彻底，在对待道家思想方面出入较大。

王夫之诗学中的道家影响主要体现在以下三个方面。其一，他从道家经典中直接受到理论启示和观念熏陶。从他常用的诗学范畴中可以看出这一点，如道、气、象、有、无、虚、实、美、妙、味、心、神、化、素、朴、巧、拙、清、静、淡、从容和自然等。他受到其中崇尚天籁、大音希声，注重直觉，追求以天合天和无言之美的艺术精神的影响，也受到其中丰富的辩证法思想的影响。其二，王夫之从含有道家思想的哲学、诗学论著中间接受到道家的影响。王夫之写过四本研究《周易》的专著，视《周易》为天道之显、性之藏、圣功之牖等，可谓心仪。他自觉继承张载哲学，写过《张子正蒙注》，而在他看来，"张子之学，无非《易》也"。所以说，他继承了从《周易》到张载的气化论、自然观和辩证法等方面的思想，是在儒道互补的局面中间接受到道家的影响的。此外，《乐记》、《诗品》、《文心雕龙》和《二十四诗品》等论著在不同程度上包含着道家思想，会影响到王夫之。例如，他从司空图等人关于"象外、环中"等方面的诗学理论中受益匪浅，而"象外、环中"的学说源于《庄子》。其三，六朝以降，诗人及其作品中所体现的道家传统的艺术精神潜移默化地影响着王夫之。他批杜毫不留情，却对谢灵运、李白等人赞誉有加，对平

---

① 参见唐亦男《王夫之通解庄子"两行"说及其现代意义》，《湖南大学学报》2004 年第6 期。

淡、自然的诗风和柔婉、清远的"晋宋风流"的审美倾向情有独钟，对体现"超以象外"、"大音希声"特质的诗关注备至。这种源于道家的影响，并未停留在理智的层面上，而渗透于王夫之本人的美学原则、批评标准、审美趣味和艺术理想中。

王夫之诗学中的儒家观念主要体现在他对诗的特性（诗道性情）、宗旨（诗教）和功能（兴、观、群、怨）的阐释上，他的阐释非常开明，在很大程度上突破了传统儒家的樊篱，他论"性情"，并不拘泥于仁、义、礼、智之性对喜、怒、哀、乐之情的制约，而突出强调诗中的血性真情，既重视"情"的社会学、伦理学意义，又强化了"情"的心理学、美学意义，他正视人的自然情感，崇尚人的审美情感，既要克服宋儒扬理抑情的失误，又要纠正晚明主情论思潮中情、欲混淆的偏向，从而使他的性情论带有鲜明的时代特征。他论"诗教"，在继承温柔敦厚和怨而不怒、哀而不伤之说的前提下，本着含蓄蕴藉的美学原则，强调"闻之者足悟，言之者无罪，此真诗教也"（《古诗评选》卷五），把"托事物以兴起人心"，"导天下以广心"视为《诗经》以来中国诗优秀的抒情传统，认为"长言咏叹，以写缠绵悱恻之情，诗本教也"（《夕堂永日绪论内编》）。这在很大程度上是以审美诗学的眼光解释儒家诗教，摈弃了其中保守的、政治教化的内涵。他论"兴、观、群、怨"，突破了孔子的局限和历代经学家的狭隘说教，赋予其以心理学、审美诗学的新的含义，充分高扬作者、读者的自由度和主体性。

值得一提的是，除《老子衍》一书写得较早（1655）外，王夫之研究庄子和他写《夕堂永日绪论》、古近体诗评选诸作均在晚年。他61岁著《庄子通》（根据他的自序，此书是在1679年避兵于山中时写的，对庄子的"两行说"深有默契），63岁著《庄子解》，72岁写成《夕堂永日绪论》（1690），在1690年以前的几年，乘山中孤寂之暇，他点定《古诗评选》等诗文评论著作约十种（其中一些已佚）。他研究老庄在前，从事诗文评论活动在后，这就使得老庄思想的精华融会到他对诗学问题的思考中去。王夫之诗学中有突出的超功利、尚自然、贵空灵、重神韵的审美诗学精神，但在探索艺术内在规律和特征的过程中，他并未走上一条和传统儒家诗论截然相反的道路。因此，我们说王夫之的诗学不是道家的、佛学的，也不单是正统儒家的，而是在王夫之本人的思想原则的统摄下整合多家学说的产物，仍以"合"为主要特征。那些单向度地指称他为某家某派或某某主义的贴标签式的做法，只能造成混淆是非的误读。

五

研究王夫之诗学是具有多方面的重要意义的。以下仅从三个方面作简要说明。其一，有助于把握王夫之诗学的真面貌。王夫之是明末清初乃至中国古代最重要的诗学家之一。美学、诗学界对他的重视程度日渐提高。从很多学者的论著和观念中可以看出，他的诗学的地位和影响日渐彰显。近年来，国内外出版研究王夫之诗学的专著约十余种，已答辩通过这方面的博士论文约十篇，但由于王夫之的著作卷帙浩繁、思想体系博大精深等方面的原因，百年来国内外在王夫之诗学研究领域虽取得了很多成果，有很大的进展，但其广度和深度却远远不够。有学者曾说，迄今为止，对王夫之诗学的研究还停留在比较肤浅的层次上。这话并不算太过分。目前学界在这个研究领域的不足之处和薄弱环节比比皆是，还未认清王夫之诗学的真面貌。

其二，有助于认清中国诗学的基本精神、总体特征和审美理想。王夫之诗学是中国古代诗学的高峰，是理论总结的形态。此前，只有刘勰《文心雕龙》是体大思精的理论总结的形态，但刘勰所总结的从先秦到魏晋六朝的文学特征，着眼于包括诗在内的各种体裁，其文论比诗论更宽泛。所以，从狭义的诗学（广义的诗学与文论基本上是同义词）的角度看，王夫之建立集大成式的诗学理论，可谓前无古人。明末清初叶燮的《原诗》是中国诗学理论的总结形态，但在博大精深的程度上稍逊于王夫之。此后，诗话、词话之类的诗学著作有很多，在清代仅诗话就有三四百种，但在学术价值上未超过王夫之的诗学。造成这种局面的原因有很多，除集大成式的理论形态外，王夫之诗学富于创见和理论建树，从视域之开阔、品艺之精微和论风之痛快凌厉等个性方面看实属罕见。

其三，有助于当代诗学的建设及其与古代诗学的贯通。中国古代诗学的一大特征是经验形态与理论思辨形态的统一。很多诗学家如钟嵘、陆机、司空图、刘禹锡、苏轼、欧阳修、杨慎和袁枚等人都是在创作和品味的基础上展开诗歌评论的，王夫之也是诗人兼鉴赏家。这不仅是理论联系实际，而且是理论源于实际，运用于实际，理论与实际互相推助。这种理论的经验形态主要体现为诸多概念、范畴、术语具有感性直观、约定俗成的色彩，往往在不经过详细论证的情况下就有不言自明、触类旁通的效果，富于通俗性、实效性和影响力。

中国诗学与哲学密切相关，很多概念、范畴、术语都是从哲学领域借鉴、转换过来的，不少诗学家都因兼通哲学而有较强的理论思辨能力。作为大哲学家，王夫之在这方面是首屈一指的，哲学思维直接渗入他对诗学问题的思考中，高强的理论思辨能力使他的诗学在很大程度上突破了传统诗话零散的随感录式文体的局限，超越了一般诗话的赏析与直观点悟的水平。王夫之诗学在经验形态与理论思辨形态的统一方面堪称楷模。

在当代诗学的建设中，有一种矛盾难以解决：为了理论的深刻和体系的完备而抛开经验形态，理论与实践的疏离进一步造成理论活力的降低；反之，理论高度的不足又常使某种诗学建设不具备真正的学科特质。王夫之诗学中具有哲学高度的丰富思想和潜在体系，值得我们深入探讨，其别开生面的启示意义不可低估。

与中国优秀诗歌的永恒魅力相关，中国古代诗学中有许多富于东方智慧和民族个性的理论，并不随时代的变换而失去其价值和意味。中国古代诗学是个远未全部打开的宝库，需要我们不断地去发现、审视和评估。古代诗学精神不仅体现在流传至今的佳作中，也或隐或显地渗透在当代人的审美意识中，但是若不经过大力弘扬，它有可能日益淡化和沉落。因此，我们应大力探究中国古代诗学中有价值的理论，通过当代诗学或文论建设弘扬富于美学价值、民族个性和生命活力的诗学精神。作为理论总结形态的王夫之诗学，正处于古代诗学与现当代诗学的转折点上，需要我们给予充分重视。

六

王夫之诗学中常用的范畴不下数百个，仅核心范畴如情、景、心、神、意、势、理、兴、象、境、气、韵、味、风、雅、才、观、群、怨等就有数十个。他以"雅"评诗的次数不少于 300 次，以"情"、"理"、"兴"、"妙"、"平"、"风"、"清"、"远"等范畴评诗的次数都超过百次。其核心范畴大多有一系列子范畴，如"风"包括风味、风光、风华、风度、风骨、风旨、风力、风致、风局、风神、风范、风韵、风藻、风裁、风流、风雅和风采等，"风味"一词出现的次数相对较多；"气"包括气势、气局、气格、气脉、气骨和气韵等；"雅"包括温雅、风雅、典雅、高雅、秀雅、雅度和雅量等；"平"包括平远、平缓、平妙、平善、平情、平叙、平淡、平静、平淡、平雅、平好和平夷等；"清"包括清和、清直、清靡、清新、清旷、清安、清平、清幽、清韵、清适、清贵、清音、清微、清劲、清姿、清纯、清整、清冽和清光等；"韵"包括神韵、气韵、风韵、丰韵、声韵、高韵、仙韵、远韵、逸韵和缓韵等。

很多范畴之间存在着内在的、有机的联系，这主要体现在复合范畴上，如神与理合成"神理"，神与韵合成"神韵"，才与情合成"才情"，性与情合成"性情"，心与目合成"心目"，风与味合成"风味"，平与雅合成"平雅"等。从上面所举的例子可以看出，王夫之诗学中的概念、范畴大多是以往诗学中常见的，都有其思想渊源，他本人独创的范畴大概只有"现量"，却也是从佛教中借鉴、转换过来的。但这并不表明王夫之诗学是对前人的重复或简单综合。原因大致有三：一是很多范畴所能具有的诗学意义和重要性在王夫之那里得以强化，也就是说，心、神、气、象、兴、化、妙、雅、情、理、平、淡、自然、风味和神韵等范畴通过王夫之深刻、精辟的阐释和发挥，彰显出王夫之诗学乃至中国诗学的基本观念和审美理想。二是王夫之对很多范畴如性、情、欲、心、神、理、气、象、微、妙、文、质、兴、观、群、怨等加以较充分的哲学论证，使之在内涵上更丰富、更明确，澄清了文艺、人生中一些难以把握的观念和理论问题，提高了诗学评论的思想性和影响力，强化了诗学的理论思辨形态。三是王夫之赋予很多范畴如神理、兴会（现量或即景会心）、心目、声情和神韵等以新的含义，显示出他的诗学思想的个性特征，作出了卓越的理论贡献。

　　在中国诗学史上，很多范畴从提出的时候起就缺乏明确的界定，在流传的过程中，其内涵往往有所变化。使用那些范畴的人也不一定严格遵守同一律的要求，同一范畴在不同的人那里也往往各有用意。相近、类似的范畴之间的差异通常较微妙，难以言表。王夫之对所用范畴大多也不加以明确界定，常在约定俗成的意义上使用它们，有时并未严格保持范畴内涵的同一性。在他那里，兴、气、韵、神和神理等范畴具有多层次的含义，在不同的语境中往往各有所指。他自知在运用某些范畴时"统此一字，随所用而别"，但"熟绎上下文，涵咏以求其立言之指"（《夕堂永日绪论外编》）。

　　在明末清初，由核心范畴派生出的子范畴和不同范畴之间所形成的复合范畴比以往增加很多，显得零散、丰富和复杂。一些原本流行的范畴逐渐沉落。另一些曾被忽视的范畴与新范畴一起涌现出来。王夫之着重阐发的神理、兴会、才情、声情和神韵等范畴具有鲜明的时代特征。他也着重把握一些关涉诗歌本质特征的传统范畴如情、景、兴、气、象、势、神、理、境和韵等，使它们内涵更丰富，理论性更强，诗学价值更高。同时，他针对不同的作品随意运用多种子范畴或复合范畴，机动灵活，不拘一格，如他在评诗时曾用化境、圣境、绝境、佳境、妙境等术语，不总是笼统地谈境界（意境），体现出意境论的深化、具体化。他所使用的范畴在数量上大，在词语及内涵的丰富程度上高。

　　王夫之的诗学范畴系列具有多层次性、有机性和复合性等方面的特点，并无外在的逻辑体系，我们从中可以按不同视角归纳出几个相互交叉的范畴群，但难以归纳出一个格式化、逻辑化的图表。这里暂且分而论之。其一，王夫之的诗学体系有一个逻辑起点。即诗以道性情，这是王夫之对诗的本质特性的看法。由此引出性、情、欲等范畴，情有雅、俗之分，从雅又派生出若干子范畴。其二，从创作论的角度看，诗导源于心物之间的兴发感动，由此引出兴、心、目、神、气、情、理和才等核心范畴，其中，心与目、才与情、神与理等各自形成复合范畴，兴包括兴会、现量和即景会心等相似范畴。其三，从诗歌本体构成的角度看，主要范畴有体、文、质、情、景、意、势、象、境、理、化、妙、格、风、韵、雅、俗等。其四，从风格的角度看，主要范畴有高、雅、浑、密、清、远、从容、含蓄、自然、平淡、悲壮、雄豪、绮丽、简约和空微等。其五，从诗的功能和读者接受的角度看，主要范畴有性、情、味、兴、观、群、怨、哀、乐和诗教等。其六，从艺术手法的角度看，主要范畴有法、兴、比、赋等。显然，上述划分是相对的。一些范畴如性、情、理、神、兴、雅等因具有多层次的内涵而在上述系列中重复出现。系列中的核心范畴大多有其子范畴，如高包括高朗、高雅、高健、高古、高润等。王夫之的诗学范畴系列并非中国古代诗学范畴的全面展示，不同范畴有主次之分，范畴间的关系微妙复杂，这与诗的本质特性、范畴的历史演变、时代风尚和个人趣味密切相关。

第一章 "内极才情,外周物理"论

"内极才情,外周物理"是王夫之提出的关于诗歌创作的基本原则或理想,是伟大诗人所能企及的最高境界。这一命题不仅适用于诗歌创作,而且适用于各种艺术创作;不仅符合古代艺术的创作实践,而且对当代艺术的创作具有明确的启示意义。这一命题的提出,足以使王夫之在中国诗学(或美学)史上占有不朽的地位。

学界一直重视王夫之对情与理、心与物或主体与客体的关系的论述,却常常忽视他所提出的"内极才情,外周物理"这一命题。近年来,一些学者对这一命题加以高度评价,他们的基本看法是:中国古典美学对于艺术创造中主体与客体关系的认识,直至王夫之,才是唯物而辩证、全面而精深的;① 王夫之在他所处的时代,把对审美创造中主客关系的认识推到了相当的高度,这在美学史上是一个飞跃,也是王夫之美学思想的一个最突出的特点;② 王夫之诗学之总特点,可用他自己提出的"内极才情,外周物理"八字来概括;③ "内极才情,外周物理"是王夫之创作论的总纲领,也可以说是中国传统诗学最富有总结性的创作命题。④ 这些看法无疑是正确的。但在阐释"内极才情,外周物理"这一命题时,学者们的观点不仅不一致,而且时有不准确、不充分之处。

从古至今,学界对"内极才情,外周物理"这一命题的阐释尚不

---

① 参见余立蒙《中国古典美学中的心物关系》,《学术月刊》1984年第5期。
② 参见廖振华《试论王夫之的美学思想》,《衡阳师专学报》1987年第3期。
③ 参见袁行霈等《中国诗学通论》,安徽教育出版社1994年版,第833页。
④ 参见熊考核《王船山美学》,中国文史出版社1991年版,第151页。

多见。① 本书试从哲学根据、理论渊源等方面阐释"内极才情，外周物理"这一命题，力求对此加以具体解析和总体把握。"内极才情"与"外周物理"在审美创造中是一个统一（同步）的过程，是在天人合一的情境中得以实现的。所以，本书在阐释其基本含义时先把两者相对地划分开来，然后再作综合论述。

第一节　"内极才情，外周物理"命题的提出

"内极才情，外周物理"这一命题出自《姜斋诗话》：

> 艺苑品题有"大家"之目，自论诗者推崇李、杜始。李、杜允此令名者，抑良有故。齐、梁以来，自命为作者，皆有蹊径，有阶级；意不逮辞，气不充体，于事理情志全无干涉，依样相仍，就中而组织之，如廛居栉比，三间五架，门庑厨厕，仅取容身，茅茨金碧，华俭小异，而大体实同，拙匠窭人仿造，即不相远：此谓小家。李、杜则内极才情，外周物理，言必有意，意必由衷；或雕或率，或丽或清，或放或敛，兼该驰骋，唯意所适，而神气随御以行，如未央、建章，千门万户，玲珑轩豁，无所窒碍：此谓大家。（《姜斋诗话·夕堂永日绪论外编》）

这段话对"大家"与"小家"的区分，主要有两层意思。其一，大家之作"言必有意，意必由衷"；小家之作"意不逮辞，气不充体，于事理情志全无干涉"。"意"、"气"和"事理情志"是作品得以内涵丰富、意味深长、富于生命力的基本要素，是诗人命意、抒情、立体的关键。王夫之对此把握得很确切，很周全。在他看来，诗文"以意为主"，"意犹帅也，无帅之兵，谓之乌合"；大家之作，言辞、气势"宛转屈伸，以求尽其意"，"意已尽则止，殆无剩语"（《姜斋诗

---

① 一些专业辞典如《哲学大辞典·美学卷》、《中国诗话辞典》和《中国古代文学理论辞典》等未收入这一命题；诸多专著未把这一命题列为专门章节，甚或不曾论及；笔者经过较为广泛的查阅，未见有这方面的专题论文刊出。

话·夕堂永日绪论内编》），从而创造出"夭矫连蜷，烟云缭绕"的意境。这不仅是指一般意义上的言辞达意（言与意的统一），而且是在"意不枝，词不荡，曲折而无痕"（同上）的前提下，注重意在言外，言有尽而意无穷的艺术效果，即"言若以尽，而意正未发"（《古诗评选》卷一）。含蓄之"意"以作品通体生动之"气"为依托。

循着中国古代气化论和文气说的基本观念，王夫之主张文以气为主。就作品而言，"气"主要是指贯穿全篇或充溢于文体中的生机活力（气脉、气力、气势和气韵等）。"一气始终，自是活底物事"（《唐诗评选》卷三），这与"一气顺净"等评语一样，都是强调作品整体上的活力、生命力。就天地万物而言，"气"是生生不息的氤氲之气（元气、精气和昌明之气等）。就伟大诗人而言，"气"是独特的个性气质等内在的审美力、生命力或创造力（灵光之气、脱颖之气和英雄气等）。灌注作品整体的相对独立之"气"由作家赋予，呈现作家的个性气质（文以气别）和天地之气（以天合天，合化之气）。

诗达情，诗以道性情。这是王夫之一贯坚持的本体论意义上的诗学观念。在他那里，"性"为仁、义、礼、智之性，"情"为喜、怒、哀、乐、爱、恶、欲之情，"情"应合乎性，合乎天理（天地自然之理），合乎欲（饮食男女之欲等）；作为诗人所要抒发的思想感情，"意"（命意、立意之"意"）包括事理情志，情与理在诗中不可偏废。"理"是天地万物（包括人与事）运动、变化、发展的规律。就天地万物而言，理即天理、地理或物理；就人事而言，理即事理、情理；就审美感兴或艺术构思而言，理即思理、神理；就诗的法度而言，理即诗理。

因此，王夫之在品评诗歌时总是把"理"与"情""趣"和"气"等因素有机地联系起来。例如：

> 自然佳致，不欲受才子之名。……在天合气，在地合理，在人合情，不用意而物无不亲。呜呼，至矣！（《古诗评选》卷四刘桢《赠五官中郎将》评语）

《饮酒》二十首，犹为泛滥。如此情至、理至、气至之作，定为杰作，世人不知好也。（《古诗评选》卷四陶潜《饮酒》评语）

亦理，亦情，亦趣，逶迤而下，多取象外，不失圜中。（《古诗评选》卷五谢灵运《田南树园激流植援》评语）

诗人在立意时不迫促，不做作，从容自然。换句话说，不用意而意至，不言理而理至，不直抒胸臆而情至，一切尽在有意无意之中。而"多取象外，不失圜中"的意境，可谓意伏象外，咫尺有万里之势。

综上所述，"意"、"气"和"事理意志"在大家之作中有机统一，兼长并美。"意"以"气"为依托，熔"事理情志"于一炉。这是侧重从作品内容的角度而言的，与"外周物理"的含义相近、相通。

其二，大家之作"或雕或率，或丽或清，或放或敛，兼该驰骋，唯意所适，而神气随御以行"，无所窒碍；小家之作拘于法度，因袭模仿，笔墨痕明显，匠气浓重，有大同小异的程式化等方面的缺陷。

关于"或雕或率"，王夫之的基本看法是：琢不留痕，率不露迹；雕琢不应在于字句，而要做到通篇浑成，出神入化，即"雕琢入化，而一气顺妙"（《唐诗评选》卷三），这也就是刻削化尽，大气独昌；雕琢的宗旨或最高境界是"自然"，即"琢出自然"（《古诗评选》卷二），读李白诗，"乃悟风华不由粉黛"（《唐诗评选》卷二）。这种琢出自然的能力可谓敏心巧手、化工之笔。王夫之非常推崇这种能力，总是由此赞赏大家之作，贬抑那些只有笔墨痕和匠气而缺乏创造性的小家之作。

关于"或丽或清"，王夫之的看法丰富而又辩证。与扬雄、曹丕、陆机和刘勰等人关于"丽"、"绮靡"、"情采"和"丽辞"等方面的思想相贯通，"丽"在王夫之那里基本上是指文采之美，有绮丽华美之意。他常用"雄丽"、"壮丽"、"弘丽"、"奇丽"、"圆丽"和"壮丽生色"等术语评诗。可见，他与前人的不同之处主要在于注重壮丽（壮美或阳刚之美）。这与他推崇雄浑悲壮的艺术风格有很大关系。

自曹丕始，历代诗人和诗学家常以"清"来品评诗歌。"清"与

"浊"（紊乱、疏散、沾滞、庸俗和污浊等）相反，与"雅"、"正"、"高"、"远"、"玄"、"虚"等意义相近。在王夫之那里，"清"主要是指雅正、脱俗、超拔、高远、平和、洁净或流畅的元气。王夫之赞赏曹丕《杂诗二首》中的那种"风回云合，缭空吹远"的清虚有力之境，反对矜急褊浅的小家之作，反对异气，因为"气之异者，为嚣，为凌，为茌苒，为脱绝，皆失理者也"（《古诗评选》卷四）。

文体之"清"与言辞、风格之"丽"可以相辅相成。王夫之说："清其故可丽，劲其故可柔。呜呼，谁其知之？"（《明诗评选》卷一）的确，若非大家，难以达成清与丽、劲与柔的微妙转化或辩证统一。

关于"或放或敛"，王夫之也有非常独到的辩证观念。他说：

> 就当境一直写出，而远近正旁情无不届。……笔欲放而仍留，思不奢而自富，方名诗品。（《唐诗评选》卷三杜甫《初月》评语）

> 敛者故敛，纵者莫非敛势。知敛纵者，乃可与言乐理。（《古诗评选》卷一宋子侯《董娇娆》评语）

> 居约致弘，知此者乃可与言诗。夕堂老汉于此，逗漏已尽。然使学我者死，亦安知不在此哉？（《古诗评选》卷二孙绰《三月三日》评语）

在这几段话中，王夫之语重心长地强调一个诗学原则，即笔欲放而仍留，欲纵故敛，纵中有敛，以舒为敛，居约致弘。这种敛纵相宜、收放自如的艺术辩证法，包含着不拘一格、千变万化、匠心独运的艺术处理的奥秘。由这种创作原则可以理解大家之作何以言近旨远，以小见大，以有限见无限，可以理解王夫之何以推崇那些意不冗杂而在艺术形式上往复郑重、唱叹沿回的声情动人的作品。

王夫之把这一原则与他所注重的作品的灵动之"势"紧密地联系在一起。在他看来，诗文"以意为主，势次之。势者，意中之神理也"（《姜斋诗话·夕堂永日绪论内编》）。此处的"神理"可以说是微妙的神气思理。尽意达情之"势"充溢于作品之内，又在宛转屈伸中流动于言辞或意象之外。他常用"密情敛势"、"笔底全有收势"、"笔端有留势"和"字字皆作收势"等词语评诗。例如：

> 泛滥无所遏抑，顾笔间全用止势。当于墨外求之。(《明诗评选》卷四刘基《旅兴》评语)

无所遏抑之情态因"止势"而有节有度，不至于迫促直露、一览无余，从而使作品在敛纵得当、行止自如、抑扬顿挫的节奏中富于言外之意、墨外之情。在欲纵故敛，以收为放、欲行又止的巧妙安排中，作品富于万里之势。这里包含着令人惊奇的审美创造与艺术心理学的奥秘。

文以意为主，法度、技巧等艺术表现方式终究要受文意的制约、统率。换句话说，"或雕或率，或丽或清，或放或敛"这些艺术表现方式须适应诗人命意达情的需要，诗人对此应运用自如，即"兼该驰骋，唯意所适"。王夫之说：

> 琢率皆适，适者存乎诗才。(《唐诗评选》卷四谭用之《再游韦曲山寺》评语)

> 转速则气为之伤，而凄清之在神韵者，合初终为一律，遂忘其累。人固不可以无清才也如此。(《古诗评选》卷一谢朓《铜雀台同谢咨议赋》评语)

> 近远收放，一以心用，不随句转。所云随句转，口边开合呼应习气也。恶诗命之曰法律。(《明诗评选》卷五皇甫涍《龙湫》评语)

这几段话表明，富于"诗才"、"清才"的人能够以意运法，不拘一格，随心所欲不逾矩，在艺术处理上恰到好处(唯意所适)。

每一篇佳作都是独特的审美创造，其作法必然独一无二。法度的运作依循"神气"的律动。诗人立主（意为主）御宾（景为宾），而"神气随御以行"，无所窒碍。这时，诗人达到高度自由的创作状态，大家之作必由此出。

可以说，王夫之把《庄子》"庖丁解牛"的精神贯彻到艺术创造领域。庖丁"以神遇而不以目视，官知止而神欲行；依乎天理……因其固然"（《庄子·养生主》）。王夫之就此解释说："行止皆神也，而官自应之"，天理为"自然之理"（《庄子解》卷三），这是他诗学中"神理"说的出处。神理意味着主体之"神"与客体之"理"处于高度遇合、灵通的状态。按他的哲学观念，理气合一。所以，"神理"与"神气"并无二致。与魏晋至明清时期许多文艺家对"神气"的看法基本一致，在王夫之那里，"神气"作为概括诗人的创造力和作品艺术生命力的重要范畴，主要是指创作过程中的神思、神力和作品中的神采气势或神理气韵。

综上所述，与"小家"神不清、气不昌、拘于法度的状况不同，伟大诗人（大家）在创作中对各种技巧得心应手（以意运法，声律拘忌摆脱殆尽），依乎物理，"唯意所适，而神气随御以行"，好意好句随思路蜿蜒而出，无所窒碍，有"云行风止之妙"或"神行象外之妙"。这是侧重于艺术表现而言的，与"内极才情"的含义相近、相通。

第二节　何谓"内极才情"

王夫之在《姜斋诗话·夕堂永日绪论内编》中批评"门庭一立，举世称为'才子'，为'名家'"的现象时感叹道：举世悠悠，才不敏学不充，思不精，情不属者，十姓百家而皆是。可见，他极为注重诗人的才情。他经常"才"、"情"并举，也多次使用"才情"这一概念。

如果我们把才情理解为抒情的才能或诗人运用一定的技巧、手法进行创作的能力，那就不仅狭隘，而且有失误之嫌。理解"才情"的关键在于"情"字。这里的"情"，有即物达情之意，主要是指诗人为文之用心、心灵或情怀。与拘于死法、"且仿而夕肖"的庸才不同，与"征故实、写色泽、广比譬"的匠气或"裁剪整齐，而生意索然"的匠笔不同，"才情"为真正的诗人所独有，"陋人无从支借"（《姜斋诗话·夕堂永日绪论内编》），"才情"是诗人即物达情、灵心独运之大手笔，或者说，是诗人曲写心灵的杰出才能。

王夫之在赞赏刘禹锡等人的五言古诗（小诗）创作时说："此体一以才情为主。言简者最忌局促，局促则必有滞累；苟无滞累，又萧索无余。非有红鲈点雪之襟宇，则方欲驰骋，忽尔寒蹙；意在矜庄，只成疲苶。以此求之，知率笔口占之难，倍于按律合辙也。……才与无才，情与无情，唯此体可以验之。"（同上）这段话的一个明确看法是：才情意味着诗人应有"红鲈点雪之襟宇"，[①] 即应有灵心巧手。"襟宇"与怀抱、胸次和灵府基本同义。

无灵心即无才情。王夫之针对文坛缺乏血性真情、灵心巧手的状况，反复强调这一非常自觉的观念。他说：

> 以情事为起合。诗有真脉理，真局法，则此是也。立法自敝者，局乱脉乱，都不自知，哀哉！……知神理之中，自有关锁，有照应。腐汉心不能灵，苦于行墨求耳。（《明诗评选》卷四钱宰《白野太守游贺监故居得水字》评语）

> 有持心之力，有遣心之韵；寻常诗人必不到，此非其力不足，韵不佳也。难言之矣。（《明诗评选》卷四许继《初日》评语）

按这两段话的意思，可以说，心统才情，有才情就会有真脉理、真局法。才情不是技法上的关锁、照应，不是匠气，不能从外在的"行墨"、"文字"求得；才情是以情事为起合的妙笔，是以神理相取之巧手，是持心之力、遣心之韵。

文心，作为王夫之常用的概念，与才情有密切关系。在很大程度上，才情意味着文心笔妙。在批评齐梁以降咏物诗创作中的匠气、匠

---

① "红鲈点雪"出自禅宗《景德传灯录》："师礼拜云：某甲所见，如红鲈上一点雪。"意为触着即消，了无渣滓，不着痕迹。禅家用以喻了悟、解脱，诗家用以喻情境交会，意无拘滞。

笔和徐渭等人以个别字句炫巧的情况时,王夫之说:"要之,文心不属,何巧之有哉?"(《姜斋诗话·夕堂永日绪论内编》)这就把"文心"看成是作品工巧的决定性因素。与刘勰的有关看法基本一致,王夫之所说的"文心"是指诗人创作之用心,在艺术表现上可以明显见出。他常用"文心笔妙"、"文心独绝"等词语评诗。例如:

> 真所谓一下笔作三折。抗其坠,止其行,乃谓文心。(《明诗评选》卷四高叔嗣《病起》评语)

> 有闲有切。文人无别,文心知张弛耳。(《明诗评选》卷五杨慎《旦发解州》评语)

> 琢出自然。"庭虚情满"四字,遂空万古文心。(《古诗评选》卷二刘琨《答卢谌》评语)

这几段话以"文心"赞赏诗人在创作中行止自如,张弛相宜,琢率皆适的从容自然的艺术表现力。由此可以说,才情即文心张弛、文心独绝、文心笔妙之才,即"遂空万古文心"之才。

总之,伟大诗人之"才",可谓妙手、巧手、手腕、神笔、大手笔、化工之笔和追光蹑景之笔等;伟大诗人之"情",可谓襟宇、怀抱、灵心、巧心、文情和文心等。"才情",用最简洁的话说,即灵心巧手、文心笔妙。"内极才情"是诗人灵心巧手的充分展现,是即物达情、文心独运的艺术表现力或创造力的高超发挥(达到极致)。

"内极才情"的艺术创造力主要体现在以下几个方面。其一,得心应手地运用兴、比、赋等艺术手法。兴,作为王夫之诗学中含义最丰富、地位最重要的范畴之一,具有作者之审美感兴、作品之兴会成章和读者之可以兴等多层次的含义。对审美与艺术精神之"兴"的推崇,决定着王夫之对艺术手法之"兴"(或兴比赋等)的重视。他说:

入兴易韵，不法之法。(《古诗评选》卷四《古诗十九首》评语)

兴、赋、比俱不立死法，触着磕着，总关至极，如春气感人，空水莺花，有何必然之序哉？(《古诗评选》卷五谢惠连《代古》评语)

句句叙事，句句用兴用比；比中生兴，兴外得比，宛转相生，逢原皆给。故人患无心耳，苟有血性、有真情如子山者，当无忧其不淋漓酣畅也。(《古诗评选》卷一庾信《燕歌行》评语)

兴比赋顺手恣用，如岳侯将兵，妙在一心。(《明诗评选》卷一高启《君马黄》评语)

起兴在有意无意之间，韵随兴生，兴、比、赋之活法运用于"触着磕着"的兴会之际，宛转相生。诗人若无血性、真情（无灵心），即无顺手恣用兴、比、赋之淋漓酣畅。王夫之由此所强调的，仍是灵心巧手之才情，这才情统摄兴、比、赋等一切诗法。

其二，即目成吟的艺术表现力。在中国古代，没有哪一位文艺家像王夫之那样注重即景会心的艺术直觉。与"苦吟"或"推敲"相反，王夫之推崇"快吟"或即目成吟的艺术创作，即要求诗人在身之所历、目之所见的天人合一的情境中，由对神理的瞬间直觉（现量）而达成灵心巧手（内极才情）的艺术创造。王夫之说：

情感须臾，取之在己，不因追忆。若援昔而悲今，则为妇人泣矣……(《古诗评选》卷五谢灵运《庐陵王墓下作》评语)

天壤之景物、作者之心目如是，灵心巧手，磕着即凑，岂复烦其踌躇哉？(《古诗评选》卷五谢灵运《游南亭》评语)

风神思理，一空万古，求共伯仲，殆唯"携手上河梁"、"青

青河畔草"足以当之。……笔授心传之际,殆天巧之偶发,岂数觏哉?(《古诗评选》卷四张协《杂诗》评语)

> 寓目吟成,不知悲凉之何以生。诗歌之妙,原在取景遣韵,不在刻意也。(《古诗评选》卷一斛律金《敕勒歌》评语)

这几段话表达的一个基本看法是:"内极才情"意味着诗人在瞬间直觉中顺写现景(不因追忆),在天人合一的情境中对"神理"的审美观照和艺术表现。换句话说,"内极才情"就是合乎天理的笔授心传,是有意无意之中的寓目吟成。

其三,声情动人的文体美。王夫之诗学的重要原则是文质合一、诗乐合一(诗与乐相为表里、相为体用)。他既重视内容(文以意为主,寓意则灵),又重视形式。他在理论上把诗的音乐性强化到了极致,将形式上升为诗歌本体。他一再告诫:

> 诗言志,岂志即诗乎?(《古诗评选》卷四郭璞《游仙诗》评语)

> 诗言志,歌永言,非志即为诗,言即为歌也。(《唐诗评选》卷一孟浩然《鹦鹉洲送王九之江左》评语)

> 非志之所之,言之所发,而即得谓之乐,审矣。(《尚书引义》卷一《舜典》)

诗之所以为诗,在于音乐性的文体。王夫之说,音乐"涵泳淫泆,引性情以入微,而超事功之烦黩,其用神矣"(《姜斋诗话·夕堂永日绪论序》);"心之元声"为诗之至,"韵以之谐,度以之雅,微以之发,远以之致";"明于乐者,可以论诗"(同上),这里强调诗的音乐性,与"文以意为主"不仅不矛盾,而且相得益彰。万物有天籁,人心有元声,诗的音乐性既是技巧上的节奏、韵度,又是天籁和心之元声的体现(均天之奏,胸中原有其神、其韵)。换句话说,诗的音乐性是诗人才情的体现，伟大诗人"内极才情"，可谓内极"心之元声"。

对声情动人的文体美，王夫之经常赞叹备至：

> 乐府动人，尤在音响，故曼声缓引，无取劲促。音响既永，铺陈必盛，亦其势然也。(《古诗评选》卷一谢惠连《前缓声歌》评语)

> 但以声光动人魂魄，若论其命意，亦何迥别？始知以意为佳诗者，犹赵括之恃兵法，成擒必矣。(《古诗评选》卷四张协《杂诗》评语)

诗人在意不争新、感物言理亦属寻常的情况下，仍可以其"唱叹沿回"，一往深远，或以神采谢宿气。换句话说，佳诗未必以意居胜，而可以其声情（生色、声光）动人魂魄。这有待于诗人气力、才情的丰厚精深，"力薄则关情必浅"（《古诗评选》卷四）。从这个意义上说，所谓诗不可学，主要是指声情、才情不可学。王夫之评晋乐府辞《休洗红》："一往动人，而不入流俗，声情胜也。声情不由习得，故天下无必不可学文之心，而有必不可学诗之腕。"（《古诗评选》卷一）一般的技巧、手法可学，而声情、才情不由习得；若非大家，难以声情动人、内极才情。这就是天下"有必不可学诗之腕"的根本原因。

在这方面，王夫之摆脱或更新了儒家诗学的传统观念。他以性情言诗教，"诗之为教，相求于性情"（《古诗评选》卷四），认为阮籍诗《咏怀》富于"晴月凉风、高云碧宇之致"，"字后言前，眉端吻外，有无尽藏之怀，令人循声测影而得之"（同上）。他评江淹《效阮公诗》："闻之者足悟，言之者无罪，此真诗教也。唐以后诗亡，亡此而已。"（《古诗评选》卷五）他伸张的是人的性情（尤其是审美感兴之情）在诗中的自然流露和作诗、解诗的高度自由。以诗解诗（以审美、艺术而非政教的眼光看诗），以声情动人的文体美论佳诗，使王夫之在很大程度上超越前人，把审美化、艺术化的中国诗学提到了前所未有的高度。

"声情"不在字句,而在篇章(文体);"声情"不是外在技巧的产物,而是灵心巧手才情的体现。这种看法,与诸多侧重从技法、声律或形式的角度以乐论诗的文艺家迥然不同。

以才情道性情,以声情论才情,这是王夫之诗学的一个重要特色。

其四,取景含情或情景妙合的艺术创造。情景合一,不仅是王夫之对诗歌审美意象(意象可在于字句)的界定,而且是对诗歌文体(意境通常寓于浑成的篇章)的要求。他在评诗时对情景合一的内涵和途径曾加以反复的论证。这里我们侧重从"内极才情"的角度,对此加以简要说明。

王夫之一向反对诗歌创作中一情一景、一起一伏、一虚一实的分割情景(意外设景,景外起意)的不良倾向,主张取景含情、寓情于景。他说:

> 顾华玉称此诗更不浅露,反极悲哀。其能尔者,当由即景含情。(《唐诗评选》卷一柳宗元《杨白花》评语)

> 取景含情,但极微秀。真富贵、真才情,初不卖弄艳奕也。(《古诗评选》卷一隋炀帝《江都夏白贮歌》评语)

这里所说的"即景含情"与"取景含情"同义,主要是指作品情不浅露、意不冗杂,笔墨无雕琢痕。作品往往通篇写景,而情即蕴含其中。诗人若无"真才情",难以达到这种境地。

那么,富于才情的诗人如何做到这一点呢?王夫之提出了用景写意、景中藏情和以写景之心理言情的表现方式。他说:

> 右丞每于后四句入妙,前以平语养之,遂成完作。一结平发,蕴藉遂已迥异。盖用景写意,景显意微,作者之极致也。(《唐诗评选》卷三王维《使至塞上》评语)

自然感慨，尽从景得，斯谓景中藏情。(《唐诗评选》卷四刘禹锡《松滋渡望峡中》评语)

不能作景语，又何能作情语邪？古人绝唱句多景语，如"高台多悲风"，"蝴蝶飞南园"，"池塘生春草"，"亭皋木叶下"，"芙蓉露下落"，皆是也，而情寓其中矣。以写景之心理言情，则身心中独喻之微，轻安拈出。(《姜斋诗话·夕堂永日绪论内编》)

这里所说的"用景写意"、"景中藏情"和"以写景之心理言情"基本上是一个意思，即自然感慨，尽从景得，情寓景中。王夫之多次使用"微"字，如"取景含情，但极微秀"，"用景写意，景显意微"和"身心中独喻之微"等。"微"即微妙。在天地自然，"微"主要是指阴阳化合之微妙；在天人之际，"微"即主客交感之微妙；就诗而言，"微"作为诗人才情的体现，大概是指：取景含情的方式微妙（在有意无意之间），景与情微妙相合（琢不留痕，率不露迹），景中之情微妙（难以言传，令人循声测影而得之）。

伟大诗人内极才情，能够达成情景妙合。王夫之常以"有意无意，俱妙合"，"情景一合，自得妙语"之类的术语评诗。例如：

起四句即比即兴，妙合无垠。通首序次变化而婉合成章。(《唐诗评选》卷二储光羲《采菱词》评语)

结语从他人写，所谓人中景，亦即含景中情在内，达人但宽一步，无不妙合，初非有意为之。(《明诗评选》卷五沈明臣《过高邮作》评语)

情景名为二，而实不可离。神于诗者，妙合无垠。巧者则有情中景，景中情。(《姜斋诗话·夕堂永日绪论内编》)

情景妙合体现为通首浑成的篇章，即"情景相入，涯际不分"(《古诗评选》卷五)，"情景事合成一片，无不奇丽绝世"(《唐诗评选》

卷一)。情景妙合通常具有"情景双收"①和"情景互出"②的奇妙效果。在这种"妙合无垠"的情况下,"咫尺有万里之势"的意境应运而生。"情中景"、"景中情"体现了作者之巧,而情景"妙合无垠"比前者更进一步,应验了作者之神。

作为"内极才情"的产物,情景妙合的诗是神品、天巧,而非能品、人巧,可谓天造神运的天才之作,具有不分宾主、通首浑成、神清韵远的意境(化境、妙境或圣境等)。

综上所述,"内极才情"是诗人灵心巧手的艺术显现,是即物达情、文心独运、声情动人的艺术创造力的充分施展。"内极才情"主要体现为:诗人得心应手地运用兴、比、赋等艺术手法和即目成吟的艺术表现力,创造声情动人的文体美和情景妙合无垠的意境。③

第三节 何谓"外周物理"

"外周物理",用王夫之的话来说就是:穷物理,外尽其理,灵而通理,"外尽乎物理"(《四书训义》卷一),"周知乎万物之理"(《四书训义》卷四),"合天之化而通之于物理"(《张子正蒙注》卷六)。在诗学意义上,"外周物理"的基本含义是:与物通理,理随物显,呈现神理,"以一性一情周人伦物理之变而得其妙"(《四书训义》卷二十一),得写神之妙。

王夫之诗学中的"理",是他哲学中的"理"在这个领域的贯彻。所以,我们先对王夫之哲学中的"理"加以简要考察。在他看来,天者理也,事物之理,莫非自然。这和王阳明的天理即具有道德意识的思

---

① 王夫之《姜斋诗话·夕堂永日绪论内编》云:"'片石孤云窥色相'四句,情景双收:更从何处分析?"

② 王夫之评张宇初《旅怀》:"情景互出,更不分疆界,非其人岂能有时洗濯而出?"(《明诗评选》卷四)"情景双收"或"情景互出"被一些当代学者视为重要命题。

③ 一些当代学者曾对"内极才情"加以阐释。例如,"'内极才情',就是说,对外界事物的描写要带上丰富的情感色彩,即'于情中写景','悲喜亦于物显'。"(虞振华《试论王夫之的美学思想》)"'内极才情'即作者可以运用多种艺术技巧,尽情发挥自己的才情。"(袁行霈等《中国诗学通论》,第834页)"'内极才情'是指在艺术创造中艺术家主体必须具备特殊的内在气质禀赋与审美感受能力。"(余立蒙《中国古典美学中的心物关系》)这些看法都是值得商榷的。

想（王阳明《传习录》有言：“道即是良知。”）相比，具有明确的自然哲学或气化论思想的意味。“理”并非封建道德之义理，而是万物之理则，亦即他所说的：“万物皆有固然之用，万事皆有当然之则，所谓理也。”（《四书训义》卷八）“理者，天之所必然者也。”（《张子正蒙注》卷二）“理者，天所昭著之秩序也。”（《张子正蒙注》卷三）他对“道”也作了同样的解释：“天下固有之理谓之道。”（《读四书大全说》卷八）“就气化之流行于天壤，各有其当然者。曰道。”（《读四书大全说》卷十）；“道者，物所众著而共由者也。”（《周易外传》卷五）可见，“道”即“理”，是万事万物共同遵循的普遍规律。

王夫之反对朱熹的理在事先、道在器外或形而上者在形而下者之外的观念，主张理气合一、道器合一。他反复强调：天地间只是理与气，气载理而理以秩叙乎气；气之妙者，斯即为理，气以成形，而理即在焉；理即是气之理，气当得如此便是理；理与气元不可分作两截，理与气不相离。这种理气合一论，肯定了阴阳二气化生万物和万物之理的客观性或实存性（实有，实然，无人为之伪，即“诚”），在客体方面确立了诗人体物达情的哲学基础。

然而，“理”作为当然之则、天所昭著之秩序，并非一成不变之定则。王夫之提出“神”的概念，用来说明气化万物的神秘性、模糊性和微妙性。他说：

> 太和之中，有气有神。神者非他，二气清通之理也。不可象者，即在象中。阴与阳和，气与神和，是谓太和。（《张子正蒙注》卷一）

> 太和氤氲之气，屈伸而成万化，气至而神至，神至而理存者也。（《张子正蒙注》卷四）

> 变者，化之体；化之体，神也。精微之蕴，神而已矣。（《张子正蒙注》卷二）

> 理有其定，合则应，或求而不得，或不求而得，人见其不

测,不知其有定而谓之神。(《张子正蒙注》卷九)

　　道为神所著之迹,神乃道之妙也。(同上)

这几段话有一个总体看法,即"神"是阴阳万化的"精微之蕴",是二气清通之理的微妙体现,是道之妙、万物之妙,具有变化不测或人见其不测的特点。但王夫之并未因此陷入神秘主义或不可知论的窠臼。在他看来,"神"非变幻无恒,"非变幻不测之谓,实得其鼓动万物之理也"(《张子正蒙注》卷二);"神"非不可知,"不可知"只是不易见,非见之而不可识也。……天之有四时,其化可见,其为化者不可见"(《读四书大全说》卷九)。由此可以理解王夫之在评价谢灵运等人的诗时何以多次感叹"不可知矣"。他所说的"不可知"主要是指诗中呈现的神妙造化(神化冥合)和诗人伟大创造力的不可理喻、难以言传。也可以理解王夫之何以经常"神"、"理"并举且多次在哲学、诗学中谈论"神理"。

　　从这个意义上说,"外周物理"即外周神理。因为"神化之理,散为万殊而为文,丽于事物而为礼"(《张子正蒙注》卷四),所以,伟大诗人对自然美、社会美的体悟和艺术表现,就是通观"神化之理",亦即"通天地万物之理而用其神化"(《张子正蒙注》卷二)。

　　"神",不仅在天地万物,也在人。王夫之说,人为得万物神气之秀而最灵者,"神之有其理,在天为道,凝于人为性"(《张子正蒙注》卷一),"阴阳相感,聚而生人物者为神"(同上),"形也,神也,物也,三相遇而知觉乃发"(同上)。王夫之进而提出"心之神"的说法:"盖耳目止于闻见,唯心之神彻于六合,周于百世"(同上),"神则合物我于一原,达死生于一致,氤氲合德"(同上)。

　　可见,"神"、"心之神"以耳目知觉为基础又超越"闻见"(感性知识),使人达到把握无限整体(彻于六合,周于百世)的物我合一的境界。这里的"神"主要是指神清气昌("清通而不为物欲所塞")的心理、心思或心灵,是指人基于感知、合乎理性而又超感知、超理性的智慧和审美直觉。这是在主体方面确立了诗人"外周物理"

的哲学基础。

王夫之不像王阳明那样缺乏主客二分的观念，他明确肯定天地万物的客体存在（"诚"）和万物之理不以人的主观意志为转移的客观性，具有人心以事物为认识对象、从认识中把握万物之理这一主客二分观念的基本思路，同时又避免了朱熹割裂道与器为二的缺点，发扬了王阳明心学的道在器中、天理不外人心这一天人合一思想的精髓，从而更加完善了天人合一的学说，并把这一学说的基本精神贯彻到诗学中。王夫之说：

> 物之理本非性外之理。性外之物理，则隔岭孤松，前溪危石，固已付之度外；而经心即目，切诸己者，自无非吾率性之事。（《读四书大全说》卷五）

> 天地自然之理，与吾心固有之性，符合相迎，则动几自应。（《读四书大全说》卷八）

> 是以天命之性，不离乎一动一静之间，而喜怒哀乐之本乎性、见于情者，可以通天地万物之理。（《读四书大全说》卷二）

这几段话强调"经心即目"（直接的、直觉的观照）是洞见物理和物理意义得以实现的前提；人心固有之性与天地自然之理相感应；人以其明理之心（灵心），取物象而通理（近似于荆浩所说的"度物象而取其真"）；人的本乎性、见乎情的喜怒哀乐可以通万物之理。这就是说，人心与物理，不仅是外在的反映关系，而且是内在的感应、体验的关系；人对物理的把握，是在物我相迎、相通，即天人合一的情境中得以实现的；其中既有对物理的见证，也有对人的性情的发现。①由此，王夫之从哲学的角度规定了伟大诗人"外周物理"的基本途

---

① 里普斯曾说："审美的欣赏并非对于一个对象的欣赏，而是对于一个自我的欣赏。"（里普斯：《论移情作用》，引自《古典文艺理论译丛》1964 年第 8 期。）这段话以对客体审美特性的忽视而与王夫之的观点不同。

径。萨特曾说人是万物借以显示自己的手段,人是风景的见证者。①
这与王夫之的看法相比,可谓异曲同工。

王夫之始终认为诗中之"理"并非"名言之理"(逻辑思辨之
理)和"经生之理",伟大诗人"外周物理",不是对"物理"的认
识、思辨、注释、议论或表白,② 而是诗人在忠实于人情物理的前提
下,以含蓄、自然、从容的笔调,得写神(神理、神韵)之妙,以吟
魂(富于乐感之文心、才情)咏叹人情物理,使诗歌具有声情动人的
神采美。王夫之说:

> 《小雅》、《鹤鸣》之诗,全用比体,不道破一句,《三百篇》
> 中创调也。要以俯仰物理而咏叹之,用见理随物显,唯人所感,
> 皆可类通;初非有所指斥一人一事,不敢明言,而姑为隐语
> 也。……《诗》教虽云温厚,然光昭之志,无畏于天,无恤于
> 人,揭日月而行,岂女子小人半含不吐之态乎?(《姜斋诗话·夕
> 堂永日绪论内编》)

这里对诗人"外周物理"至少提出了三方面的要求。其一,诗人应忠
实于人情物理。大家之作因不直露、不促迫、"不道破一句"而显得
含蓄、从容、自然,但这并不意味着诗人因有所畏惧而不敢明言、有
所规避、"姑为隐语"。伟大诗人具有"光昭之志",无畏于天,无恤
于人,揭日月而行,不会像某些宋代诗人那样"作影子语,巧相弹
射"。由此可以理解王夫之何以推崇诗人的"血性"、"真情"。这也
就是诗人忠实于人情物理的意义之所在。其二,理随物显,得写神之
妙。在王夫之看来,"古之为《诗》者,原立于博通四达之途,以一
性一情周人伦物理之变而得其妙"(《四书训义》卷二十一)。他反对

---

① 萨特曾说:"……人是万物借以显示自己的手段……多亏我们,这颗灭寂了几千年的
星,这一弯新月和这条阴沉的河流得以在一个统一的风景中显示出来……这个风景,如果我们
弃之不顾,它就失去见证者,停滞在永恒的默默无闻状态中。"(引自柳鸣九编《萨特研究》,
中国社会科学出版社 1981 年版,第 2—3 页。)

② 与王夫之的观点相近,纪伯伦说:"诗不是一种表白出来的意见。它是从一个伤口或是一
个笑口涌出的一首歌曲。"(参见《纪伯伦散文诗全集》,北京燕山出版社 2000 年版,第 74 页。)

以华辞记识外在的物态，要求呈现实相："字中句外，得写神之妙。
古云实相难求，以此求之，何实相之不现哉。"（《明诗评选》卷四张
宇初《晚兴偶成》评语）"得写神之妙"即不囿于物态、物象，而以
化工之笔写出"神化冥合"，达到神清韵远的艺术境界。其三，以吟
魂咏叹人情物理。所谓"俯仰物理而咏叹之"，也就是"用吟魂罩定
一时风物情理"（《明诗评选》卷五），在有意无意之间求得"片段中
留神理，韵脚中见化工"（《唐诗评选》卷二）的效果。"吟魂"即精
通乐理之乐魂、诗心，或富于乐感之文心、才情。在即目经心〈即景
会心〉的情境中，心与物交相感应，乐感诗意油然兴起，人情物理尽
在吟魂咏叹中。

　　王夫之在关于谢庄诗《北宅秘园》的一段评语中把他从诗学角度
对"外周物理"所作的基本要求表达得更为充分。他说：

　　　　物无遁情，字无虚设。两间之固有者，自然之华，因流动生
　　变而成其绮丽。心目之所及，文情赴之，貌其本荣，如所存而显
　　之，即以华奕照耀，动人无际矣。古人以此被之吟咏，而神采即
　　绝。后人惊其艳，而不知循质以求，乃于彼无得，则但以记识外
　　来之华辞，悬想题署：遇白皆"银"，逢香即"麝"，字月为
　　"姊"，呼风作"姨"，隐龙为"虬"，移虎成"豹"。（《古诗评
　　选》卷五）

这段话不仅是对"外周物理"的总体要求，而且把多方面的诗学观念
综合在一起，形成一个关于诗歌创作的总纲领（与"内极才情，外周
物理"同义）。这个总纲领至少有以下几方面的要点。其一，现实美
具有客观性，源于事物的流动生变（内因是变化的根据），事物因其
内在的生命力（元气、清气）而显现美。其二，"心目之所及"（身
之所历，目之所见，即景会心）是物我合一的中介，是审美感兴的前
提条件，要求诗人以神理相取，以写景之心理言情或于心目相取处得
景得句。"文情"即文心、才情，或指胸中丘壑、眼底性情。"心目
之所及"强调艺术创作应导源于直接的审美感兴，"文情赴之"强调
灵心（灵府）是艺术之魂（或途径），这是艺术创作主体性的一大要

素。其三,"貌其本荣,如所存而显之",要求诗人不仅得物态,即把握事物的感性形式美,而且得物理、实相,即"循质以求",以免落入仅以外来之华辞描摹物态的窠臼。惟其如此,作品才能"华奕照耀,动人无际"。其四,"被之吟咏"即以诗心乐魂咏物言情,诗人心中的韵律与所写景物乃至天人合一的情境中万物的韵律(天籁)高度契合。换句话说,诗人以音乐的原理和方式沿回唱叹,一往深情,从而赋予作品以声情动人的神采美。

上述各有创见的四点并非王夫之偶尔论及,而是他多次阐发、一贯坚持的诗学原则。上述四点合起来,就形成了因富于系统内涵而超越前人的关于诗歌创作的总纲领。其首要命题是:内极才情,外周物理。

总的来说,王夫之以"心之神彻于六合,周于百世"的观点和理气合一论在主体、客体方面确立了"外周物理"的哲学基础;从哲学的角度以心物相迎、情理相通的天人合一论规定了"外周物理"的基本途径;同时,他又从诗学的角度对诗人"外周物理"提出了多方面的要求。可见,"外周物理"的基本含义并不难掌握,① 难的是达成"外周物理"的条件和途径,即如何实现"外周物理"。王夫之从哲学、诗学的角度对此所作的论述比前人深刻、充分和全面得多。

第四节 "内极才情,外周物理"的途径

对"内极才情,外周物理"这一诗学原则,王夫之曾多次以不同的方式加以表述。例如,他评阮籍诗《咏怀》:"唯此窅窅摇摇之中,有一切真情在内,可兴、可观、可群、可怨,是以有取于诗。然因此而诗,则又往往缘景,缘事,缘已往,缘未来,终年苦吟而不能自道。以追光蹑景之笔,写通天尽人之怀,是诗家正法眼藏。"(《古诗

---

① 一些当代学者曾对"外周物理"加以阐释。例如,"'外周物理',是指艺术家必须对客观现实美具有全面、丰富而且深刻的认识把握。"(余立蒙:《中国古典美学中的心物关系》)"'外周物理',就是说要真实地描写出事物的状貌,就必须抓住事物的精神气质、内在特征和规律。"(廖振华:《试论王夫之的美学思想》)"'外周物理',即诗歌内容要合乎儒教规范。"(袁行霈等:《中国诗学通论》,第834页。)这些看法都是不准确的。

评选》卷四）所谓"追光蹑景之笔"，尽显风日云物、气序怀抱，其巧妙常如天之寒暑、物之生成一般自然，即化工之笔；"追光蹑景之笔"意味着诗人因云宛转，与风回合，取神似于离合之间，得写神之妙，达到神虽往而形已住（言有尽而意无穷）的效果。"通天"，可谓"通天地万物之理"；"尽人"，是指诗中有无尽藏之怀，"有一切真情在内"或"全不及情而情自无限"；"写通天尽人之怀"，即道尽天时地利物情客意，意味着诗人仰观俯察，心悬天上，忧满人间，搅碎古今，巨细入其兴会。

钟嵘评阮籍诗："言在耳目之内，情寄八荒之表。"（《诗品》上）此句谓阮诗言近而旨远，语近而情遥。可以说，"以追光蹑景之笔，写通天尽人之怀"包含此意。不同的是，王夫之更重视"追光蹑景之笔"所创造的以声光动人魂魄的神采美（或文体美、艺术美），以及由此所达到的在天合气、在地合理、在人合情的艺术境界。

"以追光蹑景之笔，写通天尽人之怀"与"内极才情，外周物理"的含义基本相同，是对中国艺术的创作原则和自由境界的高度概括。正如宗白华所说的那样，"以追光蹑景之笔，写通天尽人之怀"这两句话表达出中国艺术的最后的理想和最高的成就。[①] 那么，达到"内极才情，外周物理"这一自由境界的途径是什么？这显然是个难题。造就大诗人的条件和大家之作的创作过程总是微妙复杂的。崇尚独特创造的王夫之对诗人诗作通常具体问题具体分析。从贯穿在他诗学中的主导思想看，"内极才情，外周物理"的途径至少有以下三个要件。

其一，审美感兴。从审美的角度来说，兴即感兴、兴起、感发志气。在王夫之看来，伟大诗人是具有深思远情的素心者，是能兴的人。他说：

> 能兴即谓之豪杰。兴者，性之生乎气者也。拖沓委顺，当世之然而然，不然而不然，终日劳而不能度越于禄位田宅妻子之中，数米计薪，日以挫其志气，仰视天而不知其高，俯视地而不

———————————

① 参见宗白华《艺境》，北京大学出版社 1987 年版，第 162 页。

知其厚,虽觉如梦,虽视如盲,虽勤动其四体而心不灵,唯不兴故也。圣人以诗教荡涤其浊心,震其暮气,纳之于豪杰而后期之以圣贤,此救人道于乱世之大权也。(《俟解》)

这段话表明,"兴",植根于人的生命本体("气"),是人性健全发展的要求。"兴",使人超越日常生活的狭隘范围,开拓一片广大的精神空间,从而摆脱庸俗委琐的境地。"能兴"的人,耳目清明、心智灵通(心灵)、胸襟宽广、志向高远。因为"能兴",伟大诗人能够超越于日常琐事之上,自珍其笔而不为物役俗尚所夺。而目光短浅,心胸狭隘的人不能领略天地万物的和谐美妙:"天不靳以其风日而为人和,物不靳以其情态而为人赏,无能取者不知有尔。"(《诗广传》卷七)相比之下,伟大诗人可以由审美感兴而构建审美的境界。王夫之说:"天地之际,新故之际,荣落之观,流止之几,欣厌之色,形于吾身以外者,化也;生于吾身以内者,心也;相值而相取,一俯一仰之际,几与为通,而浡然兴矣!"(《诗广传》卷二)相值相取,浡然而兴,万化与人心悄然神通,人的心胸豁然洞开,整个生命迎会那天地之间的大化流行,其境界也就是柳宗元所说的"心凝形释,与万化冥合"(《始得西山宴游记》)。

不能兴的人与诗无缘。"兴",是以审美活动为基础的诗歌创作的关键。王夫之说:

以言起意,则言在而意无穷;以意求言,斯意长而言乃短。言已短矣,不如无言。故曰:"诗言志,歌永言。"非志即为诗,言即为歌也,或可以兴,或不可以兴,其枢机在此。《唐诗评选》卷一)

"以言起意"的枢机是"兴"。伟大诗人善于在物我相通的情境中对"兴"的手法运用自如,此时,"兴"是审美心理活动与艺术手法的统一。"兴"的最佳状态是"兴会",即瞬间的创造性直觉(即景会心,现量)。王夫之说,"兴会成章,即以佳好"(《明诗评选》卷五);"一用兴会标举成诗,自然情景俱到"(《明诗评选》卷六)。与他把"兴"看成是诗与非诗的标志相应，在此，"兴会"是佳作的前提或标志。换句话说，不能兴，即不能成为诗人；不富于兴会，即不能成为大诗人。

其二，寓目吟成。所谓"寓目吟成"（即目成吟），是指诗人在即目经心的情境中以灵心巧手兴会成章，是审美感受力与艺术表现力的统一。此时，心之神与物之理相契合（神理），情深意远（意致），手笔游刃有余（手腕），即"神理、意致、手腕三绝"（《唐诗评选》卷三）。王夫之说：

> 天壤之景物、作者之心目如是，灵心巧手，磕着即凑，岂复烦其躇踌哉？（《古诗评选》卷五谢灵运《游南亭》评语）

> 笔授心传之际，殆天巧之偶发，岂数觏哉？（《古诗评选》卷四张协《杂诗》评语）

这里所说的"灵心巧手"、"笔授心传"，是指诗人在兴会的瞬间充分发挥的艺术表现力（寓目吟成）。这种能力促成了诗人的伟大创造：

> 言情则于往来动止、缥渺有无之中，得灵馨而执之有象；取景则于击目经心、丝分缕合之际，貌固有而言之不欺。而且情不虚情，情皆可景；景非滞景，景总含情；神理流于两间，天地供其一目，大无外而细无垠。落笔之先，匠意之始，有不可知者存焉……（《古诗评选》卷五谢灵运《登上戍石鼓山诗》评语）

诗人在心凝形释、与神化冥合之际，把握灵妙的神思，赋予情感以生动的意象，所写之活景在审美感兴的瞬间直觉中显现真实，情景妙合无垠，与神理流通契合，无所滞碍。这种"内极才情，外周物理"的艺术境界确实包含着难以揭示的创造的秘密。因为就连伟大诗人也并非总能达到这难以言传的天造神运的境界。但有一点可以肯定，这是"灵"的境界。王夫之说："合化无迹者谓之灵，通远得意者谓之灵。"（《唐诗评选》卷三）"合化无迹"就是心合造化，言含万象，外周物理而无笔墨痕迹;"通远得意"就是言近而旨远,语近而情遥,内极才情而含蓄蕴藉。

这合化无迹、通远得意之"灵"就是作者以灵心巧手赋予作品的灵光、灵气、灵境。换句话说,"灵"意味着作品通篇皆灵,体现出作者多方面的创造力或艺术才能。在王夫之看来,"含情而能达,会景而生心,体物而得神,则自有灵通之句,参化工之妙。若但于句求巧,则性情先为外荡,生意索然矣"(《姜斋诗话·夕堂永日绪论内编》)。"含情而能达",主要是指内极才情的艺术表现力;"会景而生心"(即景会心),主要是指诗人不囿于耳目见闻,在审美感兴的情境中产生创造性的直觉,参天地,通古今,心游万仞;"体物而得神",主要是指外周物理的审美感受力。"会景而生心"是"含情而能达"和"体物而得神"的不可或缺的中介(契合点)。惟其如此,诗人才能构建天人合一的审美境界,才能产生兴会而寓目吟成。

其三,总以灵府为途径。无论审美感兴还是寓目吟成,无论内极才情还是外周物理,归根结底,都有待于诗人非凡的生命力、审美力和创造力。王夫之常用"灵府"、"性情"、"怀抱"、"襟抱"和"胸次"等词语反复强调这种看法。他说:

> "池塘生春草","蝴蝶飞南园","明月照积雪",皆心中目中与相融浃,一出语时,即得珠圆玉润,要亦各视其所怀来而与景相迎者也。"日暮天无云,春风散微和",想见陶令当时胸次,岂夹杂铅汞人能作此语?(《姜斋诗话·夕堂永日绪论内编》)

> 深思远情,正在素心者。……"落叶下楚水"四句,以为比则又失之。心理所诣,景自与逢,即目成吟,无非然者,正此以见深人之致。(《古诗评选》卷五江淹《无锡县历山集》评语)

这两段话中提到的那些巧参化工之妙的诗句并非诗人耳目见闻的再现,而是源于诗人对神化冥合的体悟,是诗人以心目"各视其所怀来而与景相迎"或"心理所诣,景自与逢"的产物。换句话说,是诗人于心目相取处得景得句,是以写景之心理言情、以神理相取的成果。在情景相融、神理凑合的瞬间，诗人即目成吟，一出语时"即得珠圆玉润"。这种灵妙的艺术创造导源于"心目"、"心理"、"胸次"、"性情"或"胸中浩渺之致"。

王夫之对创作主体的"性情"或"灵府"的重视更充分地体现在他评价阮籍诗《咏怀》的一段话中。他说：

> 晴月凉风、高云碧宇之致，见之吟咏者，实自公始。但如此诗，以浅求之，若一无所怀，而字后言前，眉端吻外，有无尽藏之怀，令人循声测影而得之。……步兵《咏怀》，自是旷代绝作，远绍《国风》，近出入于《十九首》，而以高朗之怀，脱颖之气，取神似于离合之间……盖诗之为教，相求于性情，固不当容浅人以耳目荐取。（《古诗评选》卷四）

作品的"晴月凉风、高云碧宇之致"验证了诗人"取神似于离合之间"的非凡的艺术表现力，而作品中的"无尽藏之怀"，则是诗人以"高朗之怀，脱颖之气"所赋予的。这一切都由诗人的性情（灵府）所决定。

正是在这个意义上，王夫之说："盖唯抒情在己，弗待于物……"（《古诗评选》卷一）对这一看法，他曾加以具体、明确的阐述：

> 语有全不及情而情自无限者，心目为政，不恃外物故也。"天际识归舟，云间辨江树"，隐然一含情凝眺之人，呼之欲出。从此写景，乃为活景，故人胸中无丘壑，眼底无性情，虽读尽天下书，不能道一句。（《古诗评选》卷五谢朓《之宣城郡出新林浦向板桥》评语）

"活景"，即融情于景、生情之景或"全不及情而情自无限"之景。若无灵心，难得活景。正是伟大诗人的胸中丘壑、眼底性情赋予作品以含蓄蕴藉的内涵和充沛的生机活力。

所以，王夫之深有感触地提出他的论断：

雅人胸中胜概,天地山川,无不自我而成其荣观,故知诗非行墨埋头人所办也。(《古诗评选》卷四陶潜《拟古》评语)

因云宛转,与风回合,总以灵府为逢径,绝不从文字问津渡。宜乎迄今二千年,人间了无知者。(《古诗评选》卷一曹丕《秋胡行》评语)

这两段话表明:"内极才情,外周物理"的根本途径不在于艺术技巧,而在于丰富、博大、深邃的灵府(心胸)以及与此相应的生命力、审美力和创造力。至此,王夫之对艺术创造的主体性(能动性和创造性)的推崇可谓无以复加,达到了中国诗学在这个领域的顶点。

综上所述,"内极才情,外周物理"的途径至少有三个要件:审美感兴、寓目吟成和总以灵府为逢径。这三个要素归结为一点,即诗人在天人合一的审美情境中灵心巧手的伟大创造。

第二章 文质论

　　文是中国诗学中起源最早的范畴之一。从自然之文到人文，从万物的感性形态到艺术形式，从文饰、文采到文章、文辞，文的观念的演变，在很大程度上体现出中国诗学的发展脉络。文与质是中国诗学的一对基本范畴。与各家学派的专有范畴（如"道"为道家的核心范畴，"仁"为儒家的核心范畴）不同，文与质通常是历代文人所要探讨的基本问题之一。由于"时运交移，质文代变"①，"文质随风会以移"②，"文质各矫其所偏，故不可常"③，人们对文与质及其相互关系的看法不断变化，彰显着生生不息的文化精神与艺术旨趣。

　　作为中国古代哲学、诗学的集大成者，王夫之在《尚书引义》、《读四书大全说》、《张子正蒙注》和《诗广传》等著作中对文质问题广泛、深入地加以哲学论述，并把他的文质论运用到文学批评中去。虽然有学者认为王夫之对儒家诗学的文质论给予了美学化的解释，认为他的文质论有着发前人所未发的卓见，但在这方面，学界还鲜见专门研究。本章试从以下几个方面阐释王夫之的文质论。

第一节　文与质的基本含义

　　本着天地间阴阳二气氤氲流行、化生万物的哲学观念，王夫之指出：

---

①　刘勰：《文心雕龙·时序》。
②　王夫之：《尚书引义》卷一。
③　王夫之：《张子正蒙注》卷八。

　　物生而形形焉，形者质也。形生而象象焉，象者文也。形则
必成象矣，象者象其形矣。(《尚书引义》卷六)

　　阴阳与道为体，道建阴阳以居。相融相结而象生，相参相偶
而数立。融结者称其质而无为，参偶者有其为而不乱。(《周易外
传》卷五)

在王夫之看来，成乎形象者皆谓之"物"。"质"是物的形质，源于
阴阳二气的相融相结，具有内在规定性和素朴无伪的特点；"文"是
物的外象，受制于物的形质，呈现出错落有致或交相配合（相参相
偶）的感性形态。

　　无为之"质"可谓"诚"。在儒家思想中，诚不仅具有诚恳、诚
实、诚信的道德意义，而且是指天地大化的真实无妄，是就实理、实
在、实体或本体而言的。与此相应，王夫之认为，诚即无人为之伪，
即天理之实然。"诚，实也，至也，有其实而用之至也。故质，诚也；
文，亦诚也。质之诚，天道也，以天治人者也；文之诚，人道也，以
人尽天者也。"(《读四书大全说·孟子·公孙丑下篇》)质是诚朴而
不事文饰，"质是一色，文是异色；质是实之中用底，文是分外好看
底"(《读四书大全说·论语·颜渊篇》)。"一色"是指事物材质的素
朴；"异色"、"好看"是指外在的文采交错或依质而生的华丽形态。
气有阴阳，质有刚柔，文因而色彩纷呈。

　　王夫之在不同的著作中界定"质"的含义，虽针对具体问题而各
有侧重，但基本上沿用了前人的定论。在中国古代，"质"是个会意
字，通常指实体。一般地说，事物的"质"，也就是事物的本或体，
《礼记·礼运》篇中有"还相为本"与"还相为质"两语并列，
"质"与"本"含义相同。孔颖达疏："质，体也。"本、体指的是事
物的本质、材质或内在规定性。《易·系辞下》有言："《易》之为书
也，原始要终，以为质也。"王夫之就此解释说："'质'，定体也。"
(《周易内传》卷六上)《论语·卫灵公》云："君子义以为质，礼以
行之。"王夫之训注为："'义'者，制事之本，故以为质干。"(《四
书训义》卷十九)从以上引文可见，质是指事物的质地、实体、本

质。引申开来说就是：质较之于文，有着区别于华丽形式而侧重本质的实体性特征，文是依质而生的事物有条理的感性形态。

王夫之在论著中并不总是文、质并举，他对"文"的论述更充分，更广泛深入。他在诸多论著中运用这个"文"字不下数百次，简直难以计数。有学者说"文"范畴是王夫之文艺哲学的逻辑起点，这大抵是不错的。王夫之哲学的核心范畴是道、理、气、神等，他的诗学的核心范畴则是文。若把"文"仅仅理解为"质"的形式，那就有失偏颇。在王夫之那里，"文"具有多层次的含义。

其一，"文"泛指天地之文和人文。天地之文（日月星辰之经纬，山泽动植之华采）即自然美，人文即人所创造的礼乐制度等富于审美特质的文化。王夫之说：

> 神化之理，散为万殊而为文，丽于事物而为礼，故圣人教人，使之熟习之而知其所由生；乃所以成乎文与礼者，人心不自已之几，神之所流行也。（《张子正蒙注》卷四）

天地间的氤氲之气，循理屈伸而成万化，神奇微妙。"散为万殊而为文"即天地自然之文。"天地之大文，易知简能，而天下之理得。故纯《乾》纯《坤》并建以立《易》体，而阴阳刚柔各成其能；上清下宁，昼日夕月，水融山结，动行植止，不待配合而大美自昭著于两间。"（《周易内传》卷二下）实存固有之"大文"，即天地自然之大美。在王夫之看来，自然美或物之理有待于人去发现，去观照，若非经心即目，物我相迎，自然美（大文）则如隔岭孤松、前溪危石，固已付之度外。"丽于事物而为礼"即人文，人文与礼具有同一性："文与礼原亦无别。所学之文，其有为礼外之文者乎？……在学谓之文，自践履之则谓之礼，其实一而已。"（《读四书大全说·论语·雍也篇》）天地自然之文与人文，都有待于人的学习，否则难以发扬光大。

在"文"泛指天地自然之文与人文这个问题上，王夫之明显综合了《周易》、《淮南子》等著作中的气化论思想和先秦儒家的"文"论，与刘勰等人的有关看法基本一致，但他的论述更具有哲学高度或形而上意味。一方面，他受张载等人的影响，强调理气合一，进一步确立了天地自然之文的客观性；另一方面，他受王阳明等人的影响，强调心外无理，高扬了人文的主体性。在主客二分的基础上充分阐发天人合一的思想，为他的文质论乃至诗学确立了比前人更合理的哲学依据。

其二，"文"是指人文，即人所创造的礼乐制度等富于审美特质的文化。在王夫之看来，"文"即礼乐制度，是道的显现。礼乐兴，意味着"极天下之美，适足以称其情理，故大著其文也"（《礼记章句》卷十）。他说：

> 呜呼！夫子于患难之际，所信于天者，文而已。文，即道也；道，即天也。乾坤不毁，生人不尽，《诗》、《书》、礼、乐必不绝于天下，存乎其人而已矣。（《四书训义》卷十三）

> 道之表见者尽于文，其所为不逾之矩者，则礼是已。乃文之所以为文，礼之所以为礼，一皆性之所著，天之所秩。（《四书训义》卷十三）

> 道托文以传，文不足以传道，不可以为圣人之征。（《春秋家说》卷下）

这几段话强调文是道的显现，突出了文对社会人生的重要意义，对文的崇尚可谓无以复加。文与礼发扬人性，彰显天理，但是，求文学礼而足以传道甚难，非力行者不能为之。在王夫之那里，"道"是指一切有形有象、有文有质的具体事物（器）的规律，"自然者即谓之道"（《庄子解》卷二十二）。针对宋明理学离器言道或把"道"放在"气"、"器"之上的弊端，王夫之坚持道器合一论，既承认"无其道则无其器"，又强调"无其器则无其道"之说。这样，文是道的显现相当于文是人情物理的显现。

"道"既非高高在上，也不是封建伦理道德的代名词。王夫之既不像唐宋某些道学家那样把政治教化过度地附加于"道"之上，也不像明代某些文论家那样偏激地张扬人情或人欲，而是本着"究天人之际"的精神在理论上公允地阐发人情物理及其审美意义，批评那些"以文章为利名之捷径"的违背天道、人性的不良倾向。

前面说过，文与礼原本无别，两者具有同一性。王夫之多次论述文与礼的密切关系，例如：

> 文者，礼之著见者也。会通于典礼，以服身而制心，所谓至
> 简也。（《张子正蒙注》卷四）

> 夫为君子，则必从事于文与礼矣。……礼皆修道之事，于其切
> 于身者，尤体道之实也。……博之，约之，虽不足以尽道之高深，
> 而文与礼，则固道之所散见而征诸实者也。（《四书训义》卷十）

文与礼可谓相辅相成。礼出于人性自然之节，约之以礼，人的言行则
不逾规矩，不失其度；博学于文，则会通于典礼，熟习于修道之事，
从而避免平庸，趋向通天尽人（仁或大文）的境界。《礼记·礼器》
有言："礼也者，物之极也。"王夫之就此阐发道："万物之理，人心
之同，皆以礼为之符合，是人己内外合一之极致也。"（《礼记章句》
卷十）在《礼记章句》一书中，王夫之怀着对社会动荡的幽怨，诠释
《礼记》，申明人禽之辨、夷夏之分、君子小人之别，期待后人考究历
代典礼之得失。他说："大哉礼乎！天道之所藏而人道之所显也。"
（《礼记章句序》）合乎天道、顺应人心的礼，显然与文是同一的。

就在儒家思想中，复礼为仁，礼与仁互为体用，礼为仁之经纬。本
着这一基本思想，王夫之认为，"自然者天地，主持者人"（《续春秋
左氏传博议》下），文、礼和仁，是人立身之本，是人之所以异于禽
兽，君子之所以异于小人的标志。这种经他多次表述、充分论证的观
点，体现了儒家文化的基本精神。

就"仁"而言，从哲学角度看，仁为天地之心，仁为人文的指
归，仁为物我和谐、通天尽人的境界；从诗学角度看，仁即天真纯朴
之情、自然流露之情、物我合一之情，仁即"思无邪"，仁即温柔敦
厚的诗教。① 王夫之赞赏诗人以追光蹑景之笔写通天尽人之怀，主张
以真性情言诗教。② 这可以说是推崇仁的艺术境界，发扬儒家的基本

————————————————————

① 参看贺麟《文化与人生》，商务印书馆 1988 年版，第 9、267 页。
② 王夫之曾说："盖诗之为教，相求于性情，固不当容浅人以耳目荐取。"（《古诗评选》
卷四阮籍《咏怀》评语）

精神，在很大程度上摆脱了政教的桎梏。就"礼"而言，礼在远古就
是包括文身在内的原始图腾巫术仪式的总称。礼，示旁，与神有关，
《说文·示部》曰："示，天垂象，见凶吉，所以示人也，从二，三
垂，谓日月星也。观乎天文，以察时变，示神事也。"这就点明了礼
的核心。礼，仪也，即行礼之人的装饰、文身或服饰面具等，而这也
就是原初意义上的"文"。

礼、文和乐（包括音乐、诗和舞等）原是合一的。从周代至汉
朝，礼逐渐分化为礼、乐、刑、政。儒家十分重视礼乐，孔子已将
礼、乐并称用来概括周代的典章制度和文化教养活动。《礼记》广泛
论述礼、乐的起源、性质、种类、功用及其关系，主张礼乐相成。王
夫之继承了儒家关于"礼"的基本思想，认为后世礼明乐备，学者当
旁通曲尽以交修于礼乐。"诗、乐二者皆涵养性情之致"，使人"得
于欢欣畅豫之几"（《礼记章句》卷二十八）。这一方面把诗、乐看成
礼之用（手段），另一方面注重诗、乐涵养性情的审美愉悦作用。这
是王夫之诗学观念的一个重要特色。

其三，文是指人的服饰衣冠、言语修辞、风度礼节、文章著述或
文化艺术活动等。王夫之曾说："'文'，谓章饰，人群以别于禽兽
也。"（《礼记章句》卷三十八）人的章饰、文采是特定礼、乐的体
现。"生，天也；质，人也；文，所以圣者也。"（《诗广传》卷三）
"文"是文明人区别于野蛮人之所在，是人的创造力和审美观念在自
身及身外之物上的对象化。王夫之轻视那种不开化的囿于日用饮食
（民之质）的自然无为状态，主张慎言质而重言文，推崇人与社会的
文明进步。他重视人的文章著述及其社会功能：

> 文章之用，以显道义之殊途，宣生人之情理，简则难喻，重
> 则增疑。故工文之士，必务推荡宛折，畅快宣通，而后可以上动
> 君听，下感民悦。于是游逸其心于四维上下、古今巨细，随触而
> 引申，一如其不容已之藏，乃为当世之所不能舍。（《读通鉴论》
> 卷二十五）

这里所说的"文章"是指包括文学作品在内的各类言论著述。"故工

文之士"句中的"文"则主要是指作品的形式。王夫之要求文章在显现人情物理的同时，具有形式上的工巧，从而使人游心于上下四方，通观古今，获得审美享受。这也就是注重文章的审美化、艺术化。这种观点贯彻到文艺创作和领域则显得更为明确。王夫之说：

> 圣人达情以生文，君子修文以函情。琴瑟之友，钟鼓之乐，情之至也。（《诗广传》卷一）

"文"，是指诗、乐等文艺作品。"达情以生文"可以说是文艺创作旨在达情，这与"诗达情"、"诗以道性情"（王夫之诗学的核心原则）并无二致。"修文以函情"可以说是通过文艺创作和欣赏涵养（陶冶）性情。表现情感的最佳方式是文艺创作，涵养性情的最好途径是文艺欣赏。文艺，是人文的体现，也是弘扬人文的基本途径，仅从上述言论我们就可以看出，王夫之的"文"论比前人更具有哲理性和美学化的特点。

至此，"文"的含义渐趋明朗。简要地说，王夫之的文质论中"文"的含义大致有以下几个层面：艺术形式，文艺作品，言论著述（文章），人的文采章饰、风度礼仪等文明形象（样式），礼乐制度等富于审美特质的文化，天地间万物的形式美，天文和人文（广义的文化）。以下我们将进一步阐释这其中的某些层面。

第二节 文、章和文章

王夫之在诸多论著中经常文、章并举，使用"文章"这个概念却并非是指文字篇什，用章法、成章等术语品评诗歌。辨明他在种种情况下所说的"文"、"章"和"文章"的基本含义，对我们把握他的诗学很有必要。

王夫之说：

> 今夫象，玄黄纯杂，因以得文；长短纵横，因以得度；坚脆动止，因以得质……象不胜多，而一之于《易》。《易》聚象于

奇偶，而散之于参伍错综之往来，相与开合，相与源流。开合有
情，源流有理。(《周易外传》卷六)

天成象，地成形，文章著矣。(《周易外传》卷六)

云霞相杂，合离不一，以成文章。(《楚辞通释》卷十四)

一色表著曰章，众色杂成曰文。《坤》广容物，多受杂色。
(《张子正蒙注》卷七)

一色纯著之谓章，众色成采之谓文。章以同别，文以别同，
道尽矣。(《诗广传》卷四)

综合上面引文的观点，可以说，文即"众色杂成"、"众色成采"，
是指天地间的事物气象万千、色彩纷呈、交相错杂的形式或样态；
章即"一色表著"、"一色纯著"，是指事物在色彩等方面的纯粹、
整一、浑成和条理不杂的情状或形象。"文"在泛指文采、秩序或
形式美时，与"文章"基本同义。"文章"即天地万物纷繁复杂而
又有条不紊，气象万千而又多样统一的文采或感性形态。上面引文
中的前两段是对《周易》有关论点的阐释，第四段是对张载《张子
正蒙·大易篇》中"'《坤》为文'，众色也；'为众'，容载广也"
一语的注释。可见，王夫之的上述观点本乎《周易》。其哲学依据
是：天地间的阴阳二气氤氲流动，变易不居，化生万物，万物的规
律（道，理）及其参伍错综的形象通过人的仰观俯察，即有所谓
文、章或文章。

文、章或文章不仅是就自然界而言的。在王夫之看来，《诗》之
比兴，《书》之政事，《春秋》之名分，《礼》之仪，《乐》之律，都
是"象"（天地万物形象的模拟、反映或感应），都由《周易》统会
其理。所以，文、章或文章主要是人类社会中的礼乐制度等"人文"
（文明）的体现。王夫之说：

文章，谓制礼作乐、移风易俗之事。（《张子正蒙注》卷六）

一色之谓章，异色之谓文。知乎同异文章之情，而后可以言礼。（《春秋家说》卷下）

异色成采之谓文，一色昭著之谓章。文以异色，显条理之别；章以一色，见远而不杂。乃合文以成章，而所合之文各成其章，则曰文章。文合异而统同，章统同而合异。（《读四书大全说》卷五）

文，可谓多、杂、异；章，可谓一、合、同。文章之道，意味着以一统多、和而不同、异而不乱或有条不紊，意味着有常理而不定于一尊，有定则而又富于变通，在天合气，在地合理，在人合情。礼，可谓见于事而成法则；乐，富于节律；风俗，乃约定俗成。文章，作为制礼作乐、移风易俗之事，也可以说是其法则、尺度。在王夫之看来，文是指礼乐法度的分析、差别、厚薄等，章是指始末具举，先后咸宜；文在于部分（分），章在于整体（合）；文与章异同得当，分合相宜，"相得而成，相涵而不乱，斯文章之谓也"（《读四书大全说》卷五）。王夫之认为这是以往的《论语》注释者所不知悉的。的确，上述看法充分体现了他的辩证法思想和有机整体观念。他是中国最富于辩证法思想的人[1]，这是他的文质论乃至诗学在总体上高于前人的一个重要原因。

在文、章和文章这方面，王夫之继承了先秦时代的审美观念。那时，由文身和器物的文饰生发的"文"的观念已被人们较为自觉地加以抽象概括，上升到哲学高度，并被推广到宇宙人生的各个领域，成为具有普遍性和审美意味的原则。传为春秋时鲁国史官左丘明所撰的《左传》即以阴阳五行的学说解释五味、五色、五声的产生，提出"为九文六采以奉五色"（《左传》昭公二十五年），"目不别五色之章为昧"（《左传》僖公二十四年）和"天有六气，降

———————————

① 参看贺麟《文化与人生》，商务印书馆 1988 年版，第 9、267 页。

生五味，发为五色，征为五声"（《左传》昭公元年）等观念。约作于春秋末期的齐国官书《考工记》在论绘画时从色彩美的角度谈到文、章：

> 画缋之事，杂五色……青与赤谓之文，赤与白谓之章……杂四时五色之位以章之，谓之巧。凡画缋之事后素功。

这里的"章"有多义，赤白相杂谓"章"，实与"文"同义；其引申义是文采的显现，与"彰"同义。"杂四时五色之位以章之"，兼有文采显现与条理组合两层意思（后一层意思逐渐被强化，成为王夫之所充分论述的"章"）。

"文章"一词，屡见于先秦时代的典籍。《论语·泰伯》云："巍巍乎其有成功也，焕乎其有文章。"朱熹集注："文章，礼乐法度也。"《庄子·胠箧》"灭文章，散五采"句中之"文章"亦似指礼乐法度。[①]《荀子·非十二子》曰："敛然圣王之文章具焉。"此处"文章"为典章制度。屈原《九章·橘颂》诗云："青黄杂糅，文章烂兮。"王夫之释曰："青黄杂糅者，当橘熟时，或青或黄，相杂陆离，喻德之有实，备诸众美。烂，文盛貌。"（《楚辞通释》卷四）屈原所云"文章"与众色成采之文同义，是指文采或自然美。

视"文章"为书面文辞的说法，直到汉代才流行开来。近代章炳麟的观点具有总结意义："以作乐有阕，施之笔札，谓之章"，"章，乐竟为一章"，即文之条理、篇章之意，"文"义来自礼，"章"义来自乐，"文章者，礼乐之殊称也。其后转移，施于篇什"（《国故论衡·文学总略》）。比照上述言论，可以说，王夫之的"文章"论具有广泛性、整体性和哲学高度，他所说的"文章"泛指多样统一（众色成采与一色纯著的有机结合）的富于审美特质的事物，具体包括多样统一的文采、自然美、礼乐法度和浑然成章的文字作品等。

---

① 有论者谓此处之"文章"乃指文采。这个看法似不准确（见詹福瑞《文、文章与丽》，载《文艺理论研究》1999 年第 5 期）。

　　王夫之所说的"众色成采"之文（不一定具有浑然成章的特点），在基本含义上与先秦时代的流行观念并无二致。他对"章"和"文章"的看法，则是在综合各家学说尤其是通观乐理的基础上有所发展而得出的。他在这方面的理论贡献，不仅体现在明确的综合分析或充分的哲学论证上，而且体现在富于哲学背景的诗歌评论中。

　　当王夫之把文、章和文章的理论贯彻到诗歌评论中时，"文"主要是指诗歌局部（字、句）之文采，"文"字淡出，由字、句所替代。"章"主要是指诗歌整体的浑成。"成章"作为一个重要概念凸现出来，意味着诗歌的浑然一体、合以成章。其基本思想是诗歌之妙不仅在于字、句，而主要在于由字、句合成的有机统一的篇章。王夫之说：

　　　　一篇载一意，一意则自一气，首尾顺成，谓之成章；诗赋、杂文、经义有合辙者，此也。以此鉴古今文字，醇疵自见。（《姜斋诗话·夕堂永日绪论外编》）

　　　　非谓句不宜工，要当如一片白地光明锦，不容有一疵颣；自始至终，合以成章，意不尽于句中，孰为警句，孰为不警之句哉？（《姜斋诗话·夕堂永日绪论外编》）

　　　　自五言古诗来者，就一意中圆净成章，字外含远神，以使人思。自歌行来者，就一气中驰骋灵通，句中有余韵，以感人情。修短虽殊，而不可杂冗滞累则一也。（《姜斋诗话·夕堂永日绪论外编》）

与上面几段话相似的例子还有很多，这里不必一一征引。其主要思想是：文章或诗作为独立篇章，"意"不应庞杂（杂冗滞累），不应尽现于句中（不在句而在篇），"意"与"气"相应和，灌注全篇；文章不求个别字句之工，而应首尾顺成，"如一片白地光明锦"，字、句协调妙合以成"一色纯著"之章。字外远神与句中余韵并非单独显示，而应在作品内容与形式的有机整体中呈现出来。这里所说的

"意"主要是指体现作者的立意或创作意图的作品中的思想感情（相对明确之质），"气"是指体现作者个性气质的灌注于作品（文与质的统一体）中的气势或充溢于作品中的活力。换句话说，"气"是与作家个性气质相应，与万物之理相通的体现在作品中的富于审美意味的生命力（魅力）。上述看法不仅是王夫之的哲学观念（如有机整体观）在诗学领域的贯彻，而且是就文坛状况而言的。王夫之轻视那些缺乏情意、气力（情意杂冗、气力滞累）的作品，反对那些拘于字、句之法（求警句、重诗眼等）而忽视篇章浑成的不良倾向。

在注重意、气（文以意为主，文以气为主）之质的前提下，王夫之多次从艺术形式的角度阐述"成章"之道。他说：

> 一段必与一篇相称，一句必与一段相称。截割彼体，生入此中，岂复成体？要之，文章必有体。体者，自体也。妇人而髯，童子而有巨人之指掌，以此谓之某体某体，不亦慎乎！（《姜斋诗话·夕堂永日绪论外编》）

此处"文章"泛指各类诗文，"体"即文体（内容与形式的有机整体）。文章不能堆砌成篇，不同体裁文章的立言之旨和表现形式各有其特性、规范，互相间不能生搬硬套，否则，文章的句与段、段与篇就不能相称、和谐，就不能成体。与其他体裁的文章不同，诗应是即景会心的审美感兴的产物。王夫之评张子容《泛永嘉江日暮迴舟》：

> 只于心目相取处得景得句，乃为朝气，乃为神笔。景尽意止，意尽言息，必不强括狂搜，舍有而寻无。在章成章，在句成句。文章之道，音乐之理，尽于斯矣。（《唐诗评选》卷三）

王夫之把诗人对外物直接的审美观照（身之所历，目之所见，即景会心）视为创作的一大前提，所以，"只于心目相取处得景得句"作为一个重要的诗学原则，要求诗人感物而动、缘景而发，做到景与意妙合、意与言协调。这样，质的因素相合（一意、一气），文的因素相合（在句成句，在章成章），文与质高度统一（景尽意止，意尽言息）。"在章成章，在句成句"是王夫之提出的形式（或文体）方面的基本原则，即诗歌形式必须是一个统一的整体结构。王夫之常用比喻评诗，例如：

> 转成一片，如满月含光，都无轮廓。（《古诗评选》卷五谢灵运《夜宿石门》评语）

> 无端无委，如全匹成熟锦，首末一色。唯此，故令读者可以其所感之端委为端委，而兴观群怨生焉。（《古诗评选》卷五袁彖《游仙》评语）

> 首尾无端，如环皆玉。（《唐诗评选》卷四郭受《寄杜员外》评语）

这几段耐人寻味的话有一层共同的意思，即强调一片、一色（第三段的"如环皆玉"也是指一色），这也就是要求一首好诗"通首序次变化，而婉合成章"（《唐诗评选》卷二），"一致下自成文章"（《明诗评选》卷六）。这样的诗通常是无定质（无端无委，读者可以其所感之端委为端委）而有意味的形式，"无端生情，如孤云游空，映日成彩，无定质而良已斐然"（《古诗评选》卷五）。一首诗做成无端无委，浑成一片，只能整体感受而不能拆句评价。王夫之的这种诗歌整体观念和形式功能观念一方面是他的哲学思想的引申，另一方面则来自音乐的启示。在他看来，"诗乐之理一"，"乐与诗相为体用者也"（《张子正蒙注》卷八），"韵以之谐，度以之雅，微以之发，远以之致，有宣昭而无罟霭，有淡宕而无犷戾：明于乐者，可以论诗，可以论经义矣"（《夕堂永日绪论序》）。如他评谢灵运《游南亭》：

> 条理清密，如微风振箫，自非夔、旷，莫知其宫徵迭生之妙。……即如迎头四句，大似无端，而安顿之妙，天与之以自然。无广目细心者，但赏其幽艳而已。且此四语承授相仍，而吹送迎远，即止为行，向下条理无不因之生起。呜呼，不可知

已！……天地之妙，合而成化者，亦可分而成用；合不忌分，分不碍合也。(《古诗评选》卷五)

这段话用评价音乐的语言说明谢诗无论在句在篇，都胜似天籁，具有自然安顿之妙，既可分出好句，又通篇一气，合而成章。

在王夫之那里，"成章"与"浑成"是同义词。他常用"浑"、"浑成"和"顺成"等术语评诗，认为谈艺者若不识"浑"字，以不分明语句当之，则令人叵耐，"浑成"至少有两层意思。其一，"浑成"不在于字句而在于篇章的完整统一，即所谓"一篇之中，以一句为警，陋习也"(《古诗评选》卷一)，"通首浑成，方是作者"(《明诗评选》卷二)。其二，"浑成"是指诗的形与神、情与景的有机统一。王夫之认为，求神韵求气质的关键在于"略句而观全体"，神韵气质在好诗中"通体皆有流动"，若只于字句争唐人争建安，则难免诗风衰落。

"成章"(或"浑成")是王夫之衡量一首好诗的重要标准。这是对唐宋以来文坛注重字、句之法倾向的矫正。那么，如何成章？王夫之常用"章法"这个概念论诗。章法即成章之法，与字法、句法相区别。他说：

俱脱空写，字字切，字字活，若无首尾，而宛尔成章。咏物小诗，于此至矣。(《古诗评选》卷三王融《咏池上梨花》评语)

虚实迭用，以为章法。(《古诗评选》卷三谢朓《玉阶怨》评语)

章法奇绝。兴比开合，总以一色成之，遂觉天衣无缝。(《古诗评选》卷三阮籍《咏怀》评语)

有起有合，居然律也。乃起者非起，合者非合，章法之奇，一从《三百篇》来，太白间能用此，余人不知。(《古诗评选》卷六何逊《慈姥矶》评语)

这几段话论及"俱脱空写"、"虚实迭用"、"兴比开合"、"有起有合"等章法。王夫之对章法的具体论述还有很多，难以一一列举。如果我们对他的章法论分门别类，概括出一系列具体的"成章之法"，用以作为诗歌创作的指南，那就可能违背了他的诗学精神。他历来主张诗无定法，无法为至法，拘于法度即为死法，任何具体的做法都要会聚到一个目标，那就是诗歌结构的整体浑沦（内容与形式的有机统一）；同时，诗歌篇章应是一个开放的形式（"若无首尾"，"合者非合"），以便给读者留下更大的想象和思索的空间（可以兴、观、群、怨）。王夫之曾明确地说：

> 不为章法谋，乃成章法。所谓章法者，一章有一章之法也。千章一法，则不必名章法矣。事自有初终，意自有起止。更天然一定之则，所谓范围而不过者也。（《明诗评选》卷五杨慎《近归有寄》评语）

既然每一位诗人都应有独特的创作个性，每一首好诗都是独特的艺术创造，"章法"也就不能千篇一律。大家之作，一方面不违背诗的基本规则，另一方面对章法运用自如，在创作中超越既定的章法，甚至另立章法。王夫之的"一章有一章之法"这个命题，不仅适用于包括古诗在内的各类文艺作品的创作，而且贯通古今，道出了文艺创作的一个基本规律。

当然，王夫之的"章法"论并不完全是他的独创。唐宋以来，诗论家对章法（篇法）、句法和字法的探讨比较多，其中不乏对章法的论述。例如：

> 篇章以含蓄天成为上，破碎雕镂为下。（宋代张表臣《珊瑚钩诗话》卷一）

> 篇法，有起，有束，有放，有敛，有唤，有应。大抵一开则一阖，一扬则一抑，一象则一意，无偏用者。……篇法之妙，有不见句法者；句法之妙，有不见字法者：此是法极无迹，人能之

至，境与天会，未易求也。（明代王世贞《艺苑卮言》卷一）

　　句既得矣，于句中无字，浑然天成者为佳。下字必须清，必
须活，必须响，与一篇之意、一句之意相通，各自卓立而复相
成，是为本色。（明代黄子肃《诗法》）

上述言论的共同看法是：诗以含蓄天成为上，一意贯通（或脉络贯
通），字、句之工服从于篇章的整体需要，诗人在运用篇法、句法和
字法时应从容自然，不露人工雕琢痕迹，从而创造浑然天成的篇章。
这种看法本是对《诗经》以来中国诗的创作经验的深刻总结，但在理
论上并未得到充分的论证。王夫之比前人更突出地强调章法的重要
性，一方面赋予"章法论"以明确的哲学根据，另一方面在充分论证
"章法"时既有对各种不良创作倾向的批判，又本着承先启后的精神
把前人的有关学说熔为一炉，并把章法论与他的种种诗学原则结合在
一起，进而提出他自己的创见。

第三节　文与质的关系

　　文与质二字，原与诗学没有直接关系，后经发展演变，才成为一
对相辅相成的重要范畴。就其基本含义而言，质较之于文，有着区别
于文采、文饰而侧重内容的实体性特征；文较之于质，是附丽于质料
上的感性形式美。

　　文与质作为一对范畴并举，始见于《论语·雍也》："质胜文则
野，文胜质则史。文质彬彬，然后君子。"这段话强调人的外在文饰
与内在实质的统一。儒、道、墨三家都尚"质"，以"质"为本体，
但各有侧重。儒家充分肯定了"文"（礼乐之人文），强调美与善的
统一；道家以"道"为宇宙的本体和生命，崇尚素朴之美，摒弃礼乐
之"文"；墨家以狭隘的现实功利眼光轻视礼乐之"文"。

　　先秦思想家对文与质关系的论述止于零星言论。这种情形在汉代
有了改变。刘安、董仲舒、扬雄和王充等人都较为充分地提出了各有
倾向的文质相副论。魏晋时期，人们开始自觉地以文质相副为主导思

想来评论作家作品以及各种文体的风格。刘勰对秦汉以来的文质观作了集大成的总结，提出以"文附质，质待文"为核心原则的文质关系论，并对"文"作了前所未见的系统论述。文质观在唐代的文道说和意境说中得以落实。以后宋明各家论及文质关系，在理论上的创见不多。而在明清之际，王夫之从哲学、诗学等角度对文与质的关系问题进行了全面论述、系统分析和深入开掘。

王夫之的文质关系论，主要体现在以下三个层面：

其一，王夫之从历史哲学的角度对文与质在不同时期各有偏胜的状况及其成因加以理论概括和评价，提出他的文质变易观。在《诗广传》、《读四书大全说》和《读通鉴论》等著作中，王夫之纵横兼顾（从历史、地域和民族等方面）地探讨了"文"（人文）的起源、发展或演变的过程，针对历代文明的兴衰起落，阐发治乱之理和文与质的变迁。他说：

> 国政之因革，一张一弛而已。风俗之变迁，一质一文而已。上欲改政而下争之，争之而固不胜；下欲改俗而上抑之，抑之而愈激以流；故节宣而得其平者，未易易也。……名之不胜实、文之不胜质也，久矣。然古先圣人，两俱不废以平天下之情。奖之以名者，以劝其实也。导之以文者，以全其质也。……故因名以劝实，因文以全质，而天下欢欣鼓舞于敦实崇质之中，以不荡其心。（《读通鉴论》卷十）

> 天下骛于文，则反之于质以去其伪；天下丧其质，则导之于文以动其心。故质以节文，为欲为君子者言也；文以存质，所以悯质之亡而使质可立也。（《读通鉴论》卷十六）

这里所说的"文"，主要是指礼乐、典章制度等；"质"，主要是指社会得以维持、生活得以保障的基本物质条件或日用饮食等功利性的实物，也包括君子人格得以形成的内在品德。王夫之怀念文质相副的时代，他承认文与质相反相成的变迁失衡和社会对文与质的因势利导是正常现象，但反对人们在这个问题上的偏激甚或极端片面的作法。在肯定"质以节文"的情况下，他非常注重"因文以全质"、"文以存质"，因为"文"是"质"得以立、得以全的必要条件，是阴阳合、天下治、礼乐兴、风俗纯的体现。

在王夫之看来，文质偏向，是人情（喜怒哀乐爱恶欲）的产物。"人情迁新而不能自已，故时质则动于文，时文则动于质"，"文质，人情之化也，化故变而互胜。"（《春秋世论》卷五）文胜不可救以质，而"质胜之祸，尤烈于文"。① 那么，如何纠正文质之偏？王夫之借鉴张载的看法，认为"礼"可矫文质之偏，"质"成之后，"礼"因损益之以致美；"文"宣之时，"礼"以人之情而著其美，酌情事之异而损余补不足。② 这样，文与质趋于和谐，礼与文兼长并美。但礼与文原本一致，所以，王夫之仍在张扬文的作用。

其二，王夫之从"辞尚体要"这一传统命题中提炼出集中代表言辞之文（主要指书面文章）基本规律的一对范畴：体与要，对文与质的关系加以充分的哲学论证，在理论上赋予文体（或形式）以极高的地位，创造性地发挥了儒家传统的"文质彬彬"说。

在阐发"辞尚体要"（《尚书·毕命》）这一儒家传统的关于言辞之文的基本原则时，王夫之一边批驳所谓"辞有定体"、"质立而文为赘余"的错误观念，一边展开哲学论证。他说：

> 统文为质，乃以立体；建质生文，乃以居要。（《尚书引义》卷六）

> 辞之善者，集文以成质。辞之失也，吝于质而萎于文。集文以成质，则天下因文以达质，而礼、乐、刑、政之用以章。文萎而质不昭，则天下莫劝于其文，而礼、乐、刑、政之施如淡枯木、扣败鼓，而莫为之兴。盖离于质者非文，而离于文者无质也。惟质则体有可循，惟文则体有可著。……故文质彬彬，而体要立矣。（同上）

---

① "质胜之祸"意味着"天下崇实而尚利，尚利以争，天下之情不到焉"，"上下不分，名义不利"（参看王夫之《春秋世论》卷五）。

② 参看王夫之《张子正蒙注》卷八。

前面说过，就自然万物而言，质是实体，文是文采。文采匮乏时仍可有素朴之质。就言辞之文（主要是指书面文章）而言，"文"是由言辞组合而成的形式，"质"主要是形式中所包含的思想感情，"体"是文与质的有机统一，"要"是立言之宗旨。文萎而质不昭，则礼、乐、刑、政无从兴盛。"文"在很大程度上制约、彰显着"质"，只有"文质彬彬"，才能确立"体要"。由此，王夫之把"集文以成质"的重要意义和言辞之"文"（形式）对"质"以及社会文化的能动作用阐释得一清二楚。传统的"文质彬彬"说和"辞尚体要"的命题也被他发挥到了极致。

对于"辞尚体要"，历代文人引述较多，但通常各有用意。明代艾南英有言：

> 《书》之言曰："辞尚体要。"有体有要，则今日章旨结撰之谓，而非以饾饤剽窃句字为体要也。（《答夏彝仲论文书》）

艾氏以"章"为"体"，以"旨"为要，"体"是指成章定体，"旨"即立言之宗旨。王夫之的"体要"论在基本含义上与艾氏相似，但比艾氏深刻、系统得多。

其三，王夫之把他独特的文质统一观运用到诗歌评论中，既肯定诗文以"意"（质）为主，又强调声光曲致等方面的形式（文）具有相对独立的审美价值和反作用。这是他对中国诗学的一个重要贡献。

六朝（特别是齐梁）之"文"，多受后世贬抑，不少文人究其缘饰或腴泽之病。王夫之对此提出不同见解，他说：

> 文笔两途，至齐而衰，非腴泽之病也。欲去腴泽以为病，是涸天之雨，童地之山，髡人之发，存虎之鞟焉耳矣。文因质立，质资文宣……齐梁之病，正苦体局束而气不昌尔。文者气之用，气不昌则更无文。……庸人不知，徒以缘饰诮之。（《古诗评选》卷五）

在他看来，文以气为主（受曹丕启发），文者气之用，"齐梁之病"

的症结，不在于"缘饰"或"腴泽之病"，而在于"体局束"、"气不昌"。这个看法可谓一针见血，标本俱识。气质性情的匮乏，定会造成文辞气力的萎靡。所谓"文因质立，质资文宣"道出了诗歌"文质相宣"（《明诗评选》卷五）的辩证关系。"文因质立"，即由质生文或有质以生文；"质资文宣"，即文以昭质，有文以立质。文与质应该妙合于诗中而原不相妨。此可谓文质并重。

在文与质的统一中，质资文宣，质以文别，"惟文则体有可著"，即质依附于文。王夫之由此阐明"文"的艺术特性，强调形式的魅力。他说：

> 诗之深远广大，与夫舍旧趋新也，俱不在意。唐人以意为古诗，宋人以意为律诗绝句，而诗遂亡。如以意，则直须赞《易》陈《书》，无待《诗》也。（《明诗评选》卷八）

> 但以声光动人魂魄，若论其命意，亦何迥别？始知以意为佳诗者，犹赵括之恃兵法，成擒必矣。（《古诗评选》卷四张协《杂诗》评语）

> 亦但此耳，乃生色动人，虽浅者不敢目之以浮华。故知以意为主之说，真腐儒也。诗言志，岂志即诗乎？（《古诗评选》卷四郭璞《游仙诗》评语）

从上述言论可以看出，王夫之认为诗与其他体裁文章的区别主要不在于"意"（质），而在于"文"（形式）；诗的魅力不在于"意"，而在于"生色动人"，"以声光动人魂魄"（形式美）。

在文与质的统一中，质待文生，"辞之善者，集文以成质"，"集文以成质，则天下因文以达质"。在诗词曲赋等纯文学领域，"文"具有相对独立的审美价值，对"意"（质）有很大的反作用。诗歌佳作未必以意取胜，却无不以声光曲致（"文"）动人魂魄，这是王夫之一再重申的看法：

意不争新，正以神采谢宿气，解此者方可言诗。(《明诗评选》卷五谢肇淛《送人之咸阳》评语)

意亦可一言，而竟往复郑重，乃以曲感人心。诗乐之用，正在于斯。(《古诗评选》卷一瑟调曲《西门行》评语)

此自别有寄托，故视《折杨》、《燕歌》，特为婉密。然使知者悼其深情。不知者亦欣其曲致；天生此尤物，不倾尽古今灵心不已。(《古诗评选》卷一谢灵运《悲哉行》评语)

这就是说，读者即便不知诗中深情，也可通过欣赏诗的曲致（文）而获得审美享受。诗之为诗，主要不在于意，而在于"文"。换句话说，诗的魅力主要体现于文。

前面说过，言辞文章作为文与质的统一，其体要立于文质彬彬。就诗与其他体裁文章的区别而言，诗作为文与质的统一有其文体的特殊性。当王夫之强调诗"以意为主"时，是从质的角度看问题，作论断；当他反对诗"以意为主"时，则着眼于"文"（文体或形式）。诗的文与质相辅相成，互为主导，合而为一。片面地强调任何一方，都有失偏颇。所以，王夫之在不同的地方对诗"以意为主"的坚持和反对不仅不矛盾，而且符合他哲学中的辩证统一观和诗学中的艺术整体论。

在诗学领域，王夫之的文质观是由一系列诗学概念来具体表述的，如情、意、气、势、神、理、法、格、体、声色、曲致、风华和声情等。这表明在明清时期，随着各种文体的繁荣、艺术观念的丰富和文艺理论的发展，文质观不再停留在哲学、伦理道德层面上，而是更具体地深入到文章或文学类型中。传统的文质论不断被突破，文与质的有关概念、范畴也随之改变或更新。从哲学、诗学的角度看，王夫之的文质论代表着明清时期在这个领域的最高成就。而近代以来，由于西学东渐等因素的影响，传统的"文"范畴和文质论逐渐沉落，而被其他范畴和观念所取代，但其中所蕴含的人文和艺术精神仍具有很强的生命力。

第三章 宾主说

王夫之的宾主说主要是指作家在文艺创作中处理心与物或情与景的关系时所应依循的原则，是以宾主融合（与情景妙合相一致）为最高境界的艺术理想。

近百年来，学界热衷于对王夫之诗学中情景论的探讨，却很少关注他的宾主说；① 学界对王夫之的诗文"以意为主"之说研究得较充分，却时常忽视与"主"相对的"宾"。② 这使我们对王夫之的诗学观念或美学体系难以有深刻、全面和充分的理解。

在《姜斋诗话》等诗学著作中，王夫之常把宾与主作为一对术语来加以论述，他直接以此评诗的地方约有二十处。他的宾主说与诸多诗学原则相贯通，成为诗歌评论的重要标准。本文试对王夫之宾主说的理论渊源和基本内涵加以具体阐释。

第一节 宾主说的提出

王夫之说：

> 诗文俱有主宾。无主之宾，谓之乌合。俗论以比为宾，以赋为主；以反为宾，以正为主，皆塾师赚童子死法耳。立一主以待宾，宾无非主之宾者，乃俱有情而相浃洽。……"影静千官里，

---

① 在数十篇探讨王夫之情景论的文章（或专著的有关章节）中，仅有十余篇论及宾主说，且未能展开。

② 在探讨王夫之的"以意为主"之说时，论者大多注意到"势"，却未论及"宾"。

心苏七校前"，得主矣，尚有痕迹。"花迎剑佩星初落"则宾主历然，镕合一片。（《姜斋诗话·夕堂永日绪论内编》）

这段话在批评"俗论"的同时，主要有三层意思。其一，"立一主以待宾"是文学创作的基本要领或文学佳作的必要前提。其二，宾与主不是外在的被动与主动的关系，而是以情感相契合的相辅相成的关系。其三，"宾主历然，镕合一片"意味着作品浑然成章，无雕琢痕迹，是文艺创作的高境界。那么，何谓主、宾？王夫之说：

> 无论诗歌与长行文字，俱以意为主。意犹帅也。无帅之兵，谓之乌合。李、杜所以称大家者，无意之诗十不得一二也。烟云泉石，花鸟苔林，金铺锦帐，寓意则灵。（同上）

由此可见，"意"犹如帅，"烟云泉石，花鸟苔林，金铺锦帐"这类景物犹如兵。换句话说，"意"为主，景物（包括人事）为宾。① "意"是就作家在创作时的命意或立意而言的，是贯穿在作品中体现作者创作意图的思想感情，亦即寓于作品的景物或意境中的思想感情。"意"是作品的灵魂，使作品得以呈现灵动之美。

王夫之评丁仙芝诗《渡扬子江》②：首句一"望"字统下三句，结"更闻"二字引上"边音"、"朔吹"，是此诗针线。所谓"针线"，意味着作品中隐含的主体以其身之所历、目之所见把诸多景物贯穿起来。作品无一语直接入情，却字字含情。读者由此仿佛身临其境，体会到活景如在目前。作者似乎并非有意为之，而是顺应遣词达

---

① 关于这一点，学界基本上达成一致意见。例如，马茂元说："以诗人的思想感情为主，则客观景物是宾。"（《〈姜斋诗话〉中论自然景物的描写》，《文艺报》1963 年第 4 期）刘畅认为王夫之主张"以情托景，情主景宾"（《王船山诗歌美学三题》，《文学遗产》1985 年第 3 期）。吴文治认为王夫之所说的"主"是指诗人主观的思想感情，而"宾"则是客观景物（《论王夫之的诗歌理论》，《文学遗产》1980 年第 3 期）。王英志认为"主"即"意"，是诗人"己情之所自发"，"宾"主要是指"烟云泉石"一类景物（《清初诗学概念、命题阐释》，《西北师范大学学报》1992 年第 6 期）。

② 丁仙芝《渡扬子江》：桂楫中流望，空波两畔明。林开扬子驿，山出润州城。海尽边音静，江寒朔吹生。更闻枫叶下，淅沥度秋声。

意的"气脉"从容自然地营造出这样的艺术效果。可以说，这就是"立一主以待宾"的意义之所在。

正因为以意为主，立意者为写景状物才（说景者），统摄诗中景物，所以"诗固自有络脉，但不从文句得耳。意内初终，虽流动而不舍者，即其络也"（《古诗评选》卷一）。作品一气贯通的脉络流畅生动，归功于作者"扣定一意，不及初终，中边绰约，正使无穷"（《古诗评选》卷四）。基于这样的深刻见解，王夫之以总结性的笔调明确地提出他的宾主说的核心原则：

> 诗之为道，必当立主御宾，顺写现景。若一情一景，彼疆此界，则宾主杂遝，皆不知作者为谁意外设景，景外起意，抑如赘疣上生眼鼻，怪而不恒矣。（《唐诗评选》卷三丁仙芝《渡扬子江》评语）

情景二分的不良倾向导致宾主杂遝，诗中缺乏灵魂（意），所写之景呆板僵化甚或紊乱不堪，为乌合之景。克服这种弊病的根本途径就是"立主御宾，顺写现景"。

"现景"即活景、眼前光景或眼前景物，出自天人合一、心物交感或宾主融洽的审美境界，这要求文艺创作要在直接的审美感兴中进行，也就是于心目相取处得景得句：

> "池塘生春草"，"蝴蝶飞南园"，"明月照积雪"，皆心中目中与相融浃，一出语时，即得珠圆玉润，要亦各视其所怀来而与景相迎者也。（《姜斋诗话·夕堂永日绪论内编》）

> "欲投人处宿，隔水问樵夫。"则山之辽廓荒远可知，与上六句初无异致，且得宾主分明，非独头意识悬相描摹也。"亲朋无一字，老病有孤舟。"自然是登岳阳楼诗。尝试设身作杜陵，凭轩远望观，则心目中二语居然出观，此亦情中景也。（同上）

由于伟大诗人具有深邃、广远、丰富的审美心胸，他们在观照景物时才能兴起意生（"各视其所怀来而与景相迎"），在艺术创作中才能立主御宾，做到"宾主分明"。同时，宾为主之宾，景为情中景，宾主契合，情景交融。而所谓"独头意识悬相描摹"，就是脱离现景或实相，呆板地描摹物态或空泛地拟议逻辑概念之理。脱离现景，难免宾主杂沓、情景疏离。由此可以理解王夫之何以推崇诗人在天人合一的审美情境中的创造性艺术直觉（即景会心或现量）。

宾主说的提出，确立了作家（尤其是诗人）在文艺创作中处理心与物、情与景或言与意的关系时所应依循的基本原则。

第二节　宾主说的理论渊源

"宾主"并非中国诗学、美学的专用术语。这一对术语也并非王夫之所独创。

"宾主"曾是兴起于唐代的禅宗临济宗经常使用的师弟问答方法，见于临济宗创始人义玄（慧照禅师）[①] 的语录。师弟参悟的四种情况总称为"四宾主"。[②]"宾"代表问学的僧人，"主"代表被参问的禅师。问学者（学人）比师傅更能体会禅宗教理的情况，叫作"宾看主"；如果师傅在受问时宣示佛法大意，而问学者不能领悟（执而不放），这就是"主看宾"；师弟双方配合默契，言语间均悟禅境，称为"主看主"；师弟双方都不能理解佛法大意却又故弄玄机，此即"宾看宾"。

"四宾主"之中，只有"主看主"是可取的，是高境界。在这种情况下，师弟双方虽有主宾之分，但一经参悟，主仍为主，与主相契

---

① 义玄（787—867），俗姓邢，曹州（今山东曹县一带）南华人。世以临济为其号。常用吆喝来接引禅机，世有"临济喝，德山棒"之誉。

② "四宾主"原文为：参学之人大须仔细，如宾主相见，便有言论往来……善知识不辨是境，便上他境上作模作样，便被学人又喝，前人不肯放下，此是膏肓之病，不堪医治，唤作宾看主。或是善知识，不拈出物，只随学人问处即夺，学人被夺，抵死不肯放，此是主看宾。或有学人，应一个清静境，出善知识前，知识辨得是境，把得抛向坑里。学人言：大好善知识！知识即云：咄哉，不识好恶。学人便礼拜，此唤作主看主；或有学人，披枷带锁，出善知识前，知识更与安一重枷锁，学人欢喜，彼此不辨，唤作宾看宾（参见颐藏主集《临济禅师语录之余行录》）。另在惠然集《镇州临济慧照禅师语录》中有一段同样的话，只不过以"主客"名之（引自任继愈选编《佛教经籍选编》，中国社会科学出版社 1985 年版，第 127—131 页）。

合之"宾"亦可谓"主"。这就是义玄所说的"照用不同时,有问有答,立宾立主,合水和泥,应机接物"①的高境界。

从宋代起,一些哲学家受临济宗的启发,借用"宾主"二字谈论事与理、仁与心、文与道和名与实等问题,一般不取"四宾主"说的本义。如张载以太虚无形为气之本体,以聚散变化的日月、四时、万物为"客形"(《张子正蒙·太和篇》)。朱熹在强化北宋以来重道轻文的思想倾向时说:"(韩愈)师生之间,传授之际,盖未免裂道与文,以为两物,而于其轻重缓急本末宾主之分,又未免于倒悬而逆置之也。"(《读唐志·朱子大全》卷七十)叶燮曾有"从来名者实之宾"(《已畦文集》卷十《赠季伟公序》)的说法。

王夫之对借屋为喻(以乍去乍来为宾,安居久住为主)以论仁与心的关系的种种哲学观点不以为然,②他说:"纷纷宾主之论,只为'心外无仁'四字所胶辖","而'宾主'二字,又自释氏来,所以微不有妥"(《读四书大全说》卷五)。但在诗学方面,王夫之不仅借用"宾主"二字,而且对临济宗的"主看主"或"立宾立主"之说深有体会,所以,他既注重诗的宾主分明,又强调宾主融合,而不把宾主简单地看成是主从关系。

在文艺领域,"宾主"的说法与主次、主客和主奴等说法相杂,可谓众说纷纭。宋代盛行诗文"以意为主"的观念。如刘攽:"诗以意为主,文词次之。或意深义高,虽文词平易,自是奇作。"(《中山诗话》)张耒:"文以意为车,意以文为马。"(《张右史文集》卷十四)"以意为主"之说有合乎艺术规律的一面,所以,直到明清时期,其余响不绝。如王世贞:"范晔曰:情志所托,故当以意为主,以文傅意。以意为主,则其旨必见;以情傅意,则其辞不流,然后抽其芬芳,振其金石。"(《艺苑卮言》卷一)袁枚:"意似主人,辞如奴婢。主弱奴强,呼之不至。穿贯无绳,散钱委地。开千枝花,一本所系。"(《续诗品·崇意》)然而,"以意为主"之说(尤其在宋代)

———————————————

① 参见颐藏主集《临济禅师语录之余行录》。
② 王夫之说:"不可以仁为屋,心为居屋之人;尤不可以心为屋,仁为出入之人;更不可将腔子内为屋里,腔子外为屋外。"(《读四书大全说》卷五《论语·雍也篇》)

往往有重意轻文的不良倾向。王夫之继承了"以意为主"之说的合理因素，同时又强烈反对其重意轻文的倾向，高扬"声情动人"的艺术形式美（或文体美）。

受临济宗的影响，元代的一些文艺家直接以"宾主"论创作。例如，汤垕认为"画有宾主"，不可"宾胜主"（《画鉴》）。李澄叟认为，画山石时要注意远近、轻重、上下等关系的处理，"立宾主之位，定远近之势。然后穿凿境物，布置高低"（《画山水诀》）。所谓"立宾主之位"，是就画面的形式美构造而言的。可见，绘画领域的宾主论主要是一种形式美的法则，强调主色、主线、主调或主要形体具有内在的统领性，制约着作品中的次要因素（宾）。

元代王构以"主客"（宾主）论文，他说："凡为文须有主客，先识主客，然后成文字。如今作文须是先立己意，然后以己说佐之。此是不知主客也。须是先立己意，然后以故事佐吾说方可。"（《修辞鉴衡》卷二）这就在强调作文必有主客的同时，明确规定了主、客的基本含义，即"主"为作家所立之"意"，"客"为作品中的"故事"。就以"意"为主而言，王构与宋人乃至后代诸多文艺家的看法并无二致。而以"故事"为客的看法是富于创见的，对后世的叙事文学创作应有很大的启示意义。①

明代谢榛曾提到诗以警句为主、以从句为宾的说法。② 如果说这不一定是他本人的观点，那么，他的另外一些说法则流露出对"主"的宽泛理解。他说：

> 诗有不立意造句，以兴为主，漫然成篇，此诗之入化也。
> （《四溟诗话》卷一）

---

① 清代李渔认为，古人作文定有一篇之"主脑"，主脑即作者"立言之本意"，传奇以"一人一事"为主脑，其余俱属"陪宾"（《闲情偶寄》卷一《词曲部·立主脑》）。

② 谢榛有言："宗考功子相过旅馆曰：'子尝谓作近体之法，如孙登请客，未喻其旨，请详示如何？'曰：'凡作诗先得警句，以为发兴之端，全章之主。格由主定，意从客生。若主客同调，方谓之完篇。譬如苏门山深松草堂，具以琴樽，其中纶巾野服，兀然而坐者，孙登也。如此主人，庸俗辈不得跻其阶矣。惟竹林七贤，相继而来，高雅如一，则延之上坐，始足其八数尔。'"（《四溟诗话》卷三）

　　　　诗以一句为主。落于某韵，意随字生，岂必先立意哉？杨仲
宏所谓"得句意在其中"是也。（《四溟诗话》卷二）

　　　　诗以两联为主，起结辅之，浑然一气。或以起句为主，此顺
流之势，兴在一时。（同上）

　　　　诗以佳句为主。精炼成章，自无败句。所谓"善人在坐，君
子俱来"。（同上）

凡此种种，都是王夫之所不赞成的。换句话说，这与"以比为宾，以
赋为主"和"以反为宾，以正为主"等说法一样，都被王夫之视为
"死法"而加以批评。王夫之固然推崇"兴"，但他同时强调立意的
主帅作用。忽视立意而仅从字句争巧的作法，在他看来是陋习。这是
不难理解的。王夫之注重"内极才情，外周物理"的伟大创造，认为
血性、真情或灵府是艺术创作的途径，所以他反对"无意之诗"；他
以通篇浑成（浑然成章的意境）为衡量诗歌佳作的重要标准，所以他
反对诗人过分地注重警句；他以不拘一格的"活法"倡导诗人的伟大
创造，所以他反对诗人囿于僵化刻板的技法。
　　王夫之的宾主说与吴乔的有关论述相近。吴乔说：

　　　　古有通篇言情者，无通篇叙景者，情为主，景为宾也，情为
境遇，景则景物也。（《围炉诗话》卷一）

　　　　古诗多言情，后世之诗多言景……夫诗以情为主，景为宾。
景物无自生，惟情所化。情哀则景哀，情乐则景乐。唐诗能融景
入情，寄情于景。（同上）

吴乔从诗歌审美意象的构成入手，明确地以情、景为主、宾，比中国
诗学中以往的纷纭宾主之说更真切、深刻地把握住了诗的本质。在他
看来，情为境遇，人于顺逆境遇间所动情思，皆是诗材；而意从境
生，意为情景之本，立意旨在抒情。所以，以"情"为主，在很大程

度上就是以情思或情意为主。"情"与"意"并无多大差别。但他在强调情景交融的同时，似乎偏重于情生景，而对景生情表述得不够充分。所谓"情哀则景哀，情乐则景乐"有单向地强化情对景的统摄作用之嫌，而不像王夫之那样注重情景相生，推崇"以乐景写哀，以哀景写乐，一倍增其哀乐"（《姜斋诗话·诗译》）的艺术感染力，不像王夫之那样深谙忧乐相涵的审美心理学意义和艺术辩证法。

王夫之所说的"以意为主"之"意"作为诗人所要表现的思想感情，包括情、理、趣等因素在内，并不等同于"情"。但由于他把"诗以道性情"视为诗的本体论基础，所以，以"意"为主在很大程度上是以"情"为主。"情"为"上受性，下受欲"（《诗广传》卷一）的喜怒哀乐之情，是"临水而悠然自得其昭旷之怀"，"入山而怡然自遂其翕聚之情"（《四书训义》卷十）的审美情感。诗教原是"长言咏叹，以写缠绵悱恻之情"（《姜斋诗话·夕堂永日绪论内编》）。

王夫之的"以意为主"，是侧重于艺术创作中统摄情、景的立意而言的；吴乔的"以情为主"，是侧重于作品审美意象的构成而言的。两者的区别较为明显。但伟大诗人所立之"意"，并非意在笔先，而是意无预设，必然寓于作品之景或借景而生境。所以，两者又可谓异曲同工。

吴乔（1611—1695 以后？）与王夫之是同时代人，他的《围炉诗话》在写作年代上比王夫之的诗学代表作略早数年，① 可能对王夫之的宾主说有或大或小的影响。但不同的是，王夫之的宾主说在内涵上比吴乔丰富（吴乔缺乏宾主相成、宾主融洽的辩证统一观或有机整体观），在论述上比吴乔明确、深刻、充分（吴乔在论及宾主时仅有寥寥数语）。

第三节　宾主说的基本内涵

前面说过，王夫之把立主御宾视为一个关系到创作成败的重要诗

---

① 《围炉诗话》成于吴乔 70 岁以后，自序作于康熙丙寅年（1686）。其中说该书主要是辛酉冬（1681）与友人谈话的记录。据《夕堂永日绪论》序言可知，《姜斋诗话》成于 1690 年（庚午），而在此前数年，王夫之乘山中孤寂之暇"阅古今人所作诗不下十万……有所点定"。由此推测，王夫之的几部诗评选著作当在 1690 年以前的数年完成。

学原则，把无主之宾（无意之景）和宾主紊乱视为创作大忌。这种原则因与诗歌评论或创作实践密切结合而富于思想活力和普遍意义，成为具有原创性的学说。他的宾主说大致有以下三个方面的基本内涵。

一　宾主分明

王夫之常以"宾主历然"、"宾主犁然"等词语评诗。他说：

> 景语须宾主分明，方得不乱；此涵彼受之际，来去互用，则直似谜语。观《三百篇》中兴句，自知津际也。（《唐诗评选》卷三僧处默《圣果寺》评语）

> 空中布意，不堕一解，而往复萦回，兴比宾主，历历不昧。虽声情爽艳，疑于豪宕，乃以视《青青河畔草》，亦相去无三十里矣。（《古诗评选》卷一鲍照《代东门行》评语）

《圣果寺》和《代东门行》这两首诗之所以"宾主分明"、"历历不昧"，一个重要原因是对"兴"的手法运用自如。而"兴"的手法应缘起于诗人直接的审美感兴，即所谓"一用兴会标举成诗，自然情景俱到"（《明诗评选》卷六）。惟其如此，诗人才能做到："一'看'字带出宾主，自然"；[①]"触目得之，主宾不乱"（《明诗评选》卷七）。若缺乏身之所历、目之所见的审美感兴，"兴"的手法也就无所依托，所写情、景也就难免呆板僵滞，即所谓"大匠之巧，莫有见其巧者也。无感之兴，莫有见其兴者也"（《思问录》内篇）。

以富有灵心的诗人之眼观物，在审美感兴的情境中写景。这是王夫之对诗歌创作的基本规定。他说：

> 情景一合，自得妙语。撑开说景者，必无景也。（《明诗评选》卷五沈明臣《渡峡江》评语）

---

① 《明诗评选》卷八王稚登《送项仲融游金陵》（石头城下看春潮，天堑长江万里遥。渔人网得沉江锁，犹似当年铁未销）评语。

> 取景从人取之，自然生动。(《古诗评选》卷六庾信《咏画
> 屏风》评语)

宾为主之宾，景为情之景。诗人取景、写景时应以心目所见为起点、
视角和中心。离开说景者和所立之"主"，也就无所谓景（宾），无
所谓使读者如临其境的意境。伟大诗人以灵心巧手立主御宾，从容自
然地创造宾主分明的佳作。这可以说是艺术创造中诗人主体性的充分
体现。

然而，当诗人缺乏意趣、思致、神理、兴会和手腕，即缺乏灵心巧
手时，创造性或主体性则无从谈起，"时诗"泛滥。王夫之说："时诗
犹言时文也，认题目、认景、认事，钻研求肖，借客形主，以反跌正，
皆科场文字手笔。"(《明诗评选》卷六) 可见，"时诗"泛指一定时期
里流行的陷于理智、拘于拟议、囿于技巧的千篇一律的程式化写作，
主、客之间沦为外在的乌合，缺乏内在的会通。在这样的局面中，"借
客形主"的流弊难以克服，"宾主分明"的佳作难以脱颖而出。

二　于宾见主

"于宾见主"是宾主关系的基本形态，是"立主御宾"的主要方
法。王夫之评王稚登《杂言》：

> 看他乱点乱叙时，一丝直下，沛公真有天授。但用"谁家"
> 二字，点出有一旁观人在。此谓于宾见主，似沙脱漆，但觉玲
> 珑。(《明诗评选》卷八)

"于宾见主"即作品通篇写景，似乎全不言情，而所写之景通常是作
品中隐含的主体身之所历、目之所见，是由与人的见闻有关的字、词
点出的为人所观照之景。"景"不是客观、孤立的，而是含情之景、
会心之景。所以，诗人在通篇写景时，虽不直接言情，却能够字字含
情，即情寓景中、于宾见主。

王夫之评张协《杂诗》（之七）"不资思致，不入刻画，居然为天

地间说出，而景中宾主，意中触合，无不尽者。'蝴蝶飞南园'，真不似人间得矣"（《古诗评选》卷四）。这里所说的"景中宾主"可以理解为在写景中见宾主。由于"景"为传神之景、含情之景，因此，景既为宾，又可从中见主。王夫之评梁乐府辞《折杨柳枝》（上马不捉鞭，反拗杨柳枝。下马吹长笛，愁杀行客儿）："无端着景，宾主之情更无不尽。小诗得此，可谓函盖乾坤矣。"（《古诗评选》卷三）这里所说的"宾主之情"可谓以宾立主、于宾见主之情。《折杨柳枝》的前三句都是用景物来简洁、生动地写人在上马下马间的举动，第四句点出立意。这"意"或"宾主之情"含蓄蕴藉，令读者各以其情而自得。

　　"于宾见主"，可谓"用景写意，景显意微"（《唐诗评选》卷三）。这与王夫之所推崇的"景中藏情"和"以写景之心理言情"的诗学原则是一致的。从这个意义上说，"于宾见主"是对诗歌情景关系和情景交融方式的一个重要规定。

　　宋代以降，诗论家在诗文"以意为主"这点上是明确的，而在对"意"的艺术表现这点上大多是含糊的。王夫之一方面强调诗文"以意为主"，推崇诗人在抒情达意时的含蓄、从容、自然，常以"不作意"、"宽于用意"、"寄意在有无之间"为赞语，从而为诗人的艺术表现和读者的艺术鉴赏留下广大的余地；另一方面，他强调景者情之景、寓意于物和用景写意，从而突出了景物、艺术形式或艺术表现方式的重要性。在他看来，佳作不仅"以意为主"，还有待于诗人对"意"的艺术表现：不能御宾，也就不能立主、见主；诗人在命意并不新颖、独创的情况下，仍然可以通过写景来营造"但以声光动人魂魄"、"全以声情生色"的艺术魅力。由此，"始知以意为佳诗者，犹赵括之恃兵法，成擒必矣"（《古诗评选》卷四）；"宋人论诗'以意为主'，如此类直用'意'相标榜，则与村黄冠盲女子所弹唱亦何异哉？"（《古诗评选》卷一）可见，主宾之间并非主次关系，主为宾之主，"主"是在诗人对"宾"的艺术处理中确立的。若非"宾中见主"，诗"意"往往无从谈起。

三　宾主妙合

　　宾主妙合是王夫之所推崇的艺术创造的高境界，是他所提出的只有伟大诗人才能实现的艺术理想。他说：

亭匀。四十字耳，篇首十五字又只作引子起，乃字里含灵，不分宾主，真钧天之奏，非人间思路也。才说到折处便休，无限无穷，天流神动，全从《十九首》来。以古诗为近体者，唯太白间能之，尚有未纯处。至用修而水乳妙合，即谓之千古第一诗人可也。（《明诗评选》卷五杨慎《折杨柳》评语）①

亘古只销五十六字。两镜互参，不立宾主，遂使字字成血。（《明诗评选》卷二刘炳《燕子楼同周伯宁赋》评语）

这里所说的"不分宾主"、"不立宾主"，从字面上看，与前面所说的"立主御宾"，"宾主分明"相矛盾，其实，这是宾主融合的艺术境界。确切地说，这是诗人在伟大的艺术创造中，达到最高境界的体现。这境界，并非一般的宾主融合，而是"妙合"。宾与主、景与情之间如水乳交融，难以分割，浑然一体。

宾主妙合，意味着诗人在直接的审美感兴中达到天人合一的境界，以其灵心巧手出神入化地表现这境界。如杜甫《石壕吏》，"片段中留神理，韵脚中见化工。……'夜久语声绝'二句乃现宾主，起句'暮投'二字至此方有起止，作者非有意为之，自然不乱耳"（《唐诗评选》卷二）。这有意无意之中自然不乱的宾主妙合的境界，是伟大诗人"内极才情，外周物理"的结果。

从作品审美意象构成的角度看，情景交融有三种类型，即情景妙合、情中景、景中情。王夫之说：

情景名为二，而实不可离。神于诗者，妙合无垠。巧者则有情中景，景中情。景中情者，如"长安一片月"，自然是孤凄忆远之情；"影静千官里"，自然是喜逢行在之情。情中景尤难曲写，如"诗成珠玉在挥毫"，写出才人翰墨淋漓、自心欣赏之景。

———————————

① 杨慎《折杨柳》：白云新年尽，东风昨夜惊。芳菲随处满，杨柳最多情。染作春衣色，吹为玉笛声。如何千里别，只赠一枝行。

（《姜斋诗话·夕堂永日绪论内编》）

情景"妙合无垠"的诗是神品、天巧，而非能品、人巧，可谓天造神运的天才之作，具有"不分宾主"、通首浑成、神清韵远、咫尺有万里之势的意境（化境、妙境、圣境或绝境）。如蔡汝楠《观音山阁》"有意无意俱妙合"（《明诗评选》卷五）。朱阳仲《长门怨》"空微想象中忽然妙合，必此乃辨作诗"（《明诗评选》卷八）。

通常的"景中有人，人中有景"的诗已属巧思，如沈明臣《过高邮作》"结语从他人写，所谓人中景亦即含景中情在内。达人但宽一步，无不妙合，初非有意为之"（《明诗评选》卷五）。情景妙合与宾主妙合并无二致，这是寻常诗人难以企及的最高境界。这境界可谓"情景事合成一片，无不奇丽绝世"；[①]"景亦意，事亦意。前无古人，后无嗣者，文外独绝，不许有两"；[②]"情景互出，更不分疆界"。[③]既然情意为"主"，景、事为"宾"，情景事合成一片的"景亦意，事亦意"的作品，也就达到了情景互出、宾主不分、宾主妙合的理想的艺术境界。这境界集众妙于一体，仅从宾主的角度难以说明，"益知言起承转合、言宾主、言情景、言蜂腰鹤膝，如田舍妇竭产以供，实银妆裹。堪哀，堪笑"（《古诗评选》卷六）。

综上所述，王夫之面对纷纭宾主之说，如披荆斩棘，从审美创造或诗的本体论（诗达情，诗以道性情，诗以声情动人魂魄）的角度入手，明确地赋予"宾主"以具有原创性的丰富意义。他的宾主说，对情景关系作了基本规定，对情景交融的根源、途径和方式加以具体说明；以立主御宾的原则为基础，提出与"景中藏情"，"以写景之心理言情"相辅相成的宾主分明、于宾见主的诗学观念；从宾主的角度倡导诗人灵心巧手的伟大创造，把宾主妙合作为最高的艺术境界和审美理想，并把宾主说与他的诸多诗学原则相贯通，从而为中国诗学、美学作出了富有总结性和创造性的理论贡献。

————————

① 《唐诗评选》卷一岑参《青门歌送东台张判官》评语。
② 《唐诗评选》卷三王维《送梓州李使君》评语。
③ 《明诗评选》卷四张宇初《旅怀》评语。

第四章　意境论

中国诗学中的意境论从唐代趋于形成（主要见于王昌龄、司空图和刘禹锡等人的论述），到清末民初王国维明确标举境界说，经历了一个漫长的理论与实践互相推动的过程。在明清时期，中国诗学论著中对意境问题的探讨很普遍，一些术语如诗境、神境、圣境、妙境、奇境、实境、虚境和极境等常被运用于文艺批评。显然，意境论在明清时期趋于成熟。那么，作为中国诗学的集大成者，王夫之在意境这个领域究竟有多大的造就？这是一个值得我们深入探讨的问题。这个问题在当代学界尚未引起足够的重视。一些当代学者对王夫之的意境论给予高度评价，但在很多问题上，未曾取得一致意见。某些学者对王夫之的意境论的解释不仅不准确，而且是错误的。①

当代学者对中国诗学中意境论的解释主要有三种类型：情景交融说，典型形象说，超以象外说。② 其中第一种和第三种类型最符合中国诗学的理论与实践。很多学者在阐述这些问题时，忽略了王夫之，事实上，王夫之对关涉意境本质的情景交融说和超以象外说均有独到的贡献。这与他作为中国诗学的集大成者的地位是相称的。

第一节　问题的提出

王夫之未曾使用"意境"这个词，他常以境、境界等术语评诗。

---

① 有论者忽视王夫之对"境"、"境界"的直接、关键的论述，把他的情景论与意境论等同起来，认为王夫之的"情"与"景"即唐人的"意"与"境"（参见范和生《王夫之对唐人"意境"理论的继承和发展》，《安徽大学学报》1996 年第 3 期）。

② 参见蒲震元《中国艺术意境论》，北京大学出版社 1999 年版，第 5—9 页。

境、境界原为佛教用语。如《俱合诵疏》："心之所游履攀援者，故称为境。"《成唯释论》："觉通如来，尽佛境界。"唐代以来，文艺家把"境"、"境界"转用于审美与艺术中，使其逐渐成为专指艺术境界的重要范畴。如王昌龄在《诗格》中提出诗有三境（物境、情境和意境）。皎然《诗式》论取境："取境之时，须至难，至险，始见奇句"。司空图《二十四诗品》专列《实境》一品，指出其特征是："情性所至，妙不自寻。遇之自天，泠然希音。"明代江盈科评白居易诗："诗之境界，到白公不知开扩多少。"（《雪涛诗评》）清人叶燮评苏轼诗："其境界皆开辟古今之所未有。"（《原诗》）后人常把境、境界视为"意境"的代称。

王夫之在《相宗络索》等著作中所说的境、实境、外境、内境、性境和境界等都是就佛教而言的。他在《读四书大全说》等哲学著作中所说的"境"、"境界"通常是就其一般意义而言的，即人生之处境、境遇，如当境、现境、穷境、顺逆之两境和神化之境等。这与清人吴乔的用法相同。在吴乔看来，意从境生，情为境遇，"人于顺逆境遇间所动情思，皆是诗材"；"人之境遇有穷通，而心之哀乐生焉。……诗而有境有情，则自有人在其中……"（《围炉诗话》卷一）

从哲学角度看，王夫之的"境界"观既汲取了法相宗在"现量"等方面的思想，又继承了中国古代缘物、感物的气化论哲学传统，强调心与物的辩证感应关系。这对他诗学中的意境论至少有三个基本规定。

其一，境以人显，是心物交感的产物。在他看来，"天地之化，天地之德，本无垠鄂，唯人显之"（《读四书大全说》卷五），因为人有"耳聪、目明、言从、动善、心睿"之才，可在经心即目的情境中会通天地万物之理。唯其如此，诗人才能巧妙地取景、造境，"若俗子肉眼，大不出寻丈，粗欲如牛目，所取之景，亦何堪向人道出？"（《古诗评选》卷六）境非一般的耳目见闻，而是灵心独照的产物。梁启超的"境由心造"论和王国维所说的"一切境界无不为诗人设"与此相似。

其二，诗的意境是人生境遇的写照。伟大诗人"只是天理浑成，逢原取给，遇顺逆之两境，一破两分，皆以合符不爽，更无所谓己私者而克之"(《读四书大全说》卷五）。当然，这种写照是以诗乐的原则和方式来进行的。

其三，诗人应写现境（当境而作）。"现境"与"当境"同义，即"当时所处之现境"（《读四书大全说》卷五）。王夫之常以明清时期流行的"现前之景"、"眼前光景"或"眼前景物"等词语评诗，推崇即景会心或即景含情的言近而旨远、景近而情远的艺术境界。

在有意无意之中，诗人敛纵得当，笔间有留势（止势、收势），而作品"境语蕴藉，波势平远"（《唐诗评选》卷四杜甫《野老》评语）。顺而不逆之"势"，以其尺幅万里的审美张力、曲折回环的蕴蓄感或超以象外（笔墨之外）的力度，使意境显得深远广大。

从上述规定中，我们可以看出王夫之对意境的渊源和实质的基本看法。仅此，王夫之就比前人深刻得多。

在《古诗评选》等诗学著作中，王夫之运用"境"、"境界"、"离境"、"佳境"、"至境"、"圣境"和"绝境"等术语评诗达十余次。众所周知，并非所有抒情写景的诗都有意境。作为由诗中景物构成、由读者生发的含蓄蕴藉的艺术境界，意境是诗人伟大艺术创造的产物。既然诗以意为主，"烟云泉石，花鸟苔林，金铺锦帐，寓意则灵"（《姜斋诗话·夕堂永日绪论内编》），王夫之在评诗时所说的诸多"境"、"境界"，也就是意境。用既符合一般规定又富有特殊意味的术语替代"意境"这个词，是王夫之乃至明清时期文艺家的诗学观念丰富、诗歌评论深化的表现。

从王夫之对"境"、"境界"的直接阐述看他的意境论，既真切又有狭隘之嫌。因为王夫之对意境有很多间接的阐述。他对情景交融（尤其是情景妙合）与超以象外的阐述，在很大程度上确立了他富于创见和系统性的意境论。

第二节　情景交融

"情景"关系作为一对诗学范畴，从六朝开始建立，在唐宋时期被正式提出。南宋范晞文在《对床夜语》中分析杜诗时曾明确指出，在最优秀的诗句中总是"情景交融而莫分也"，创作则是"景无情不发，情无景不分"。元代方回在《瀛奎律髓》中也强调情景结合，认为杜诗佳句常常是"景在情中，情在景中"。"情景交融"这个诗学原则在明清时期得到深入的讨论和广泛的认同。

古代学者在论述情景关系时大多未明确涉及意境。情景交融即意境，这是明清以来的文艺论著中较为普遍的说法。明王世贞在《艺苑卮言》中提出"诗以专诣为境"的主张，他评张籍、王建的乐府诗，认为虽一善言情，一善征事，但因为不能使情与事融会贯通，做到"气从意畅"，所以"境皆不佳"。清初名画家布颜图在《画学心法问答》中明确提出情景即画中"境界"的说法，他在回答他的学生关于"画中境界无穷，敢请夫子略示其目"的问题时说："境界因地成形，移步换影，千奇万状，难以备述"。在回答关于"笔墨情景何者为先"的问题时，布颜图进一步指出："情景者境界也"。这是从情景交融的角度对境界（意境）所作的明确规定。

情景交融即意境，这一说法的合理之处在于把握住了诗人感物言志和诗歌本体构成的基本特性，符合古人对意境的物我合一、形神兼备或虚实相生的基本要求。

但情景交融只是意境的必要条件，而不是充分条件。情景交融的诗不一定有意境。在中国诗学中，情景交融所规定的是另一个概念，即"意象"，而不是意境。诗的本体（基本单位）是意象，而意象的基本规定就是情景交融。诗要创造意象，因此任何真正的诗都应该情景交融，但情景交融的诗不一定都有意境。

自刘勰提出"窥意象而运斤"（尽管此处"意象"主要是就艺术构思而非作品而言的）之后，"意象"逐渐被诗学家所重视，并被当成诗的原质。唐代司空图有言："意象欲出，造化已奇。"（《二十四诗品》）明代王廷相说："诗贵意象透莹，不喜事实粘著，古谓水中之月，镜中之影，难以实求是也。""言征实则寡余味也，情直致而难动物也，故示以意象。"（《与郭价夫学士论诗书》）

意象由情与景两个元素构成，情景交融包含意象。当情景交融的若干意象具有虚实相生、意伏象外的艺术效果时，诗就可以通过意象的奇妙组合而生成意境。众所周知，在中国诗学中，王夫之在情景关系这个领域的贡献最大。他曾把情景关系与意境联系起来加以论述。

从氤氲生化的自然观或心物感应的有机整体观出发，王夫之一贯主张情景相生，情景"互藏其宅"，推崇"象意霏微"、通首浑成、情景妙合的诗境。在他看来，情与景是诗的二要素，情景虽有在心在物之分，而景生情，情生景；情景名为二，而实不可离，神于诗者，妙合无垠；景以情合，情以景生，初不相离，情景互出，不分疆界；情景一合，自得妙语。这样的言论在王夫之的诗学著作中比比皆是，难以计数。这都是强调诗歌意象的水乳交融和诗境中情与景的妙合无垠，否定了以往的诗歌创作与批评中分割情景、拘于死法的不良倾向。

王夫之认为，状景易，状情难，诗人应当创造情景互出、景中生情、情中生景的意境。他称赞刘禹锡的诗《松滋渡望峡中》：

> 自然感慨，尽从景得，斯谓景中藏情。（《唐诗评选》卷四）

他所推崇的具有清纯、自然、平淡风格的诗人如谢灵运和陶渊明等人的诗都具有"景中藏情"的特点（王国维称之为"无我之境"，这是寻常的诗人难以企及的至高境界，王夫之称之为"化工之笔"）。

王夫之轻视杜甫的某些"于诗不足，于史有余"的诗并对"诗史"之说和宋人学杜颇有异议，但这与他把杜甫视为"内极才情，外周物理"的天才诗人并不抵触。他称赞杜甫诗《初月》：

> 就当境一直写出，而远近正旁情无不届。……笔欲放而仍留，思不奢而自富，方名诗品。（《唐诗评选》卷三）

显然，这符合王夫之对意境的景中生情、含蓄蕴藉、敛纵得当、意简则弘的要求，表明了王夫之对创造意境的一种看法。由景中生情或藏情于景而生成的意境是非常高妙的艺术境界，即王夫之所说的"圣境"。王夫之评张治（号龙湖）诗《秋郭小寺》：

> 龙湖高妙处，只在藏情于景；间一点入情，但就本色上露出，不分涯际，真五言之圣境也。"远树入孤烟"，即"孤烟藏

远树"也。此法创自盛唐，偶一妙耳，必触目警心时如此，方可云云，乃是情中景。着意刻画之，则经生钝斧劈题目思路矣。（《明诗评选》卷五）

由此看来，就创作动因而言，诗人在触目警心时不涉理路，情景妙合；就艺术表现而言，诗人不着意刻画，自然而然地藏情于景，即便"入情"，也含而不露。这样的圣境应验了王夫之的一贯主张，即不着意以为高华，全不入情，字字含情（全不入意，字字是意）。王夫之把情景交融分为三种类型，即情中景、景中情、情景妙合。前两种为"巧"，后一种为"神"。情景妙合的境界是最高的。

综上所述，王夫之从哲学高度，以他超凡的诗学修养，充分而深刻地总结并发扬了中国诗学中的情景关系理论（这一点为晚近的王国维所不及），并把这种理论与意境联系起来，确立了意境的基本前提，即情景交融。

但王夫之意境论的要义不仅在于情景交融，也在于"超以象外"。

第三节　超以象外

前面说过，在中国诗学中，情景交融所规定的是"意象"，情景交融仅仅是意境的必要条件。在这个前提下，意境还有自己的特殊规定：超以象外。

意境是由意象群组合而生成的（诸多意象的妙合、浑成），它源于意象而又超越意象，大于意象之和。意境的内涵大于意象，意境的外延小于意象。意境所显示的不仅是一幅鲜明生动的画面（诗中之"象"），更是一个含蓄蕴藉、深远广大的艺术空间（"象"外之"境"）。

王夫之精通中国哲学（如《周易》和老庄哲学等），深究中国诗学（如钟嵘、司空图和严羽等人的诗学），熟悉《诗经》以来中国诗歌创作的伟大传统，这使他的意境论富于哲学意味，顺应诗学主流，符合中国诗的创作实践，在阐发意境的"超以象外"这一特殊原则时，王夫之主要继承了司空图等人的学说。"象外，环中"，"景外独绝"，"象外之象"，"咫尺有万里之势"和"神行象外之妙"等术语在他的诗学论著中反复出现，不下百次。这使我们赞叹他在这个领域的思想何其明确、丰富和深邃！

景外取景，是意境的一个重要途径或标志。司空图说过：

> 戴容州云："诗家之景，如蓝田日暖，良玉生烟，可望而不可置于眉睫之前也。"象外之象，景外之景，岂容易可谭哉！（《与极浦书》）

戴容州（叔伦）所说的"诗家之景"，正是就诗歌意境而言的，蓝田日暖，良玉生烟，呈现在我们眼前的不仅是一幅生动画面，而且是一种朦胧、微妙、富于氤氲之气的广远空间。司空图十分赞赏这种具有"象外之象"、"景外之景"的意境。相对说来，其中第一个象和景是指作品中所描绘的具象、实景，而第二个象和景则是指诗中借第一个象和景的隐喻、暗示或象征作用而预示出来的未经直接描绘的虚的景象，它们需要读者在观照意境时发挥自己的想象力、感受力或审美力来获得。对此，王夫之深有体会，他说："取意取景，广大中有其微至。广大固难乎微至也。"（《明诗评选》卷四）这种广远而微至的意境呈现出深远广大的艺术空间，可谓小中见大，有限中见无限。

与景外取景、景外之景相应，王夫之时常强调象外有意和象外之象。他常用"象外有意"，"神行象外之妙"，"象外象中，随意皆得"和"题中偏不欲显，象外偏令有余"等词语评诗。他评张协《杂诗》（之四）：

> "森森散雨足"，佳句得之象外，然唐人抑或能之。每一波折，平平带出，令读者如意中所必有，而初非其意之所及，则陶、谢以降，此风邈矣。（《古诗评选》卷四）

可见，无论对于创作还是对于鉴赏，人们都注重意生于象外，佳句得之象外或风韵神理行于象外的艺术旨趣。象中象外，生成广远的意境。换句话说，境生于象外。

与刘禹锡等人的看法相应和，在王夫之那里，意境就是意伏象外的艺术境界。王夫之评曹操《秋胡行》：

> ……盖意伏象外，随所至而与俱流，虽今寻行墨者不测其绪，要非如苏子瞻所云行云流水，初无定质也。维有定质，故可无定文。（《古诗评选》卷一）

意伏象外，读者在深人意境时各以其情自得，而拘于行墨者难解其意。但象外之意并非缥缈无端。行云流水之文，仍有"定质"。这与王夫之所说的"规以象外，得之圜中"是一致的。

王夫之多次从"象外，环中"的角度对有意境的诗给予高度评价。例如：

> 空中结构。言有象外，有圜中。当其赋"凉风动万里"四句时，何象外之非圜中，何圜中之非象外也。（《明诗评选》卷四胡翰《拟古》评语）

> 圜中绵密，局外严谨。运思戢神，欲令鬼哭。"晴岑列窗黛"，正可于事中意外想之。（《明诗评选》卷四张宇初《元夕后喜晴登靖通庵》评语）

诸多评语表明，具有深远意境的诗富于象外之象，象外之象可以生发出无穷之意（象外有意），可以导天下以广心，动人兴、观、群、怨。在意境中，象外与圜中互藏其宅，难以分割。在不失圜中的前提下，诗人尽可以多取象外，从而使其作品的意境富于理、情、趣，具有含蓄蕴藉的深远广大的艺术空间。

如果说"象外"是指"象外之象"或"象外有意"，那么，何谓"圜中"？王夫之曾对此加以界定，[①] 他在这方面直接汲取了司空图的

---

① 王夫之说："环中者，天也。六合，一环也；终古，一环也。……运行于环中，无不为也而无为，无不作也而无作，人与之名曰天，而天无定体。"（《庄子解》卷二十五）

观点。王夫之有言：

> 知"池塘生春草"、"蝴蝶飞南园"之妙，则知"杨柳依依"、"零雨其濛"之圣于诗：司空表圣所谓"规以象外，得之圜中"者也。（《姜斋诗话·诗译》）

这里的"规以象外，得之圜中"，即司空图所说的"超以象外，得其环中"（《二十四诗品·雄浑》）。超以象外，就是超出有限的景象。"环中"，出自《庄子·齐物论》："枢始得其环中，以应无穷。"环是门的上下两横槛之间承受枢的旋转的空洞。枢入环中，就可旋转自如，用以比喻对"道"的把握。孙联奎有言："'不著一字'即'超以象外'，'尽得风流'即'得其环中'。"（《诗品臆说》）用王夫之的话说，"不著一字"即惜字如玉，"尽得风流"即得写神之妙。超以象外的万千气象，得以表现宇宙的本体和生命（得其环中）。

宗白华在《中国艺术意境之诞生》一文中说：

> 中国艺术意境的创成，既须得屈原的缠绵悱恻，又须得庄子的超旷空灵。缠绵悱恻，才能一往情深，深入万物的核心，所谓"得其环中"。超旷空灵，才能如镜中花，水中月，羚羊挂角，无迹可寻，所谓"超以象外"。①

按照宗先生的说法，"得其环中"是指诗的意境深入万物的核心，体现宇宙人生的本体和生命（"道"）。由此我们可以认定，"环中"，即阴阳妙合之所在，万物生化之枢机。就诗而言，"环中"寓于妙造自然、情景相生、虚实结合的意境中。"环中"是"象外"的依据和指归，若失却环中，诗歌意象就缺乏"枢纽"或"核心"，就难免浮泛、零乱，诗就没有意境可言。

总之，意境的特殊规定是超以象外。意境是由情景交融的意象生发出来的具有丰富的象外之象和言外之意的艺术空间。意境因象外之

---

① 参见宗白华《艺境》，北京大学出版社 1987 年版，第 156、161、157 页。

象而显得深远广大，又因得其环中而体现宇宙人生的本体和生命。王夫之所说的"妙境"、"化境"、"绝境"和"圣境"等都得自于诗人的化工之笔，都体现依循于道的万千气象。

第四节　意境的灵动之美

简要地说，意境的灵动之美是指灵妙、空灵和飞动之美。空灵是指意境的灵气往来、意味盎然的悠远、深邃的艺术空间。飞动是指意境中的轻盈、飘逸、飞腾、跃动的气势或动态美，也就是呈现出天地间的山气水波、鸟道云踪、鸢飞鱼跃、灰飞烟灭、人面桃花和谈笑风生等无穷无尽的万千气象。

在王夫之看来，诗人在创造意境时因云宛转，与风回合，总以灵府为途径，而不从文字问津渡。意境导源于诗人磕着即凑的灵心巧手（即景会心，寓目吟成）。意境在很大程度上是"妙境"、"灵境"和"化境"，具有意味无穷的灵动之美。王夫之说：

> 合化无迹者谓之灵，通远得意者谓之灵。（《唐诗评选》卷三孙逖《江行有怀》评语）

"合化无迹"意味着心合造化，言含万象，笔通化工，不假雕琢（不露笔墨痕迹），体现出含蓄、从容、自然、清新、纯净或平淡的诗风；"通远得意"意味着超以象外，体现出意境的富于言外之意和韵外之致的深远广大的艺术空间。

宇宙万物因其充沛的生命活力而洋溢着灵光之气。艺术家以灵心巧手表现这种灵光之气，就达到了天造神运的高境界。王夫之评曹丕《芙蓉池作》：

> 灵光之气，每于景事中不期飞集，如"罗缨从风飞"，"丹霞夹明月"，直令后人镂心腐毫，不能仿佛。（《古诗评选》卷四）

诗人在有意无意中呈现的灵光之气，既在象中（局中），又在象外

（言外），可谓羚羊挂角，无迹可求。在评王俭《春诗》时，王夫之说：

> 此种诗直不可以思路求佳。二十字如一片云，因日成彩，光不在内，亦不在外，既无轮郭，亦无丝理，可以生无穷之情，而情了无寄。（《古诗评选》卷三）

这里所说的"光"可以理解为"灵光"、"神光"或"神理"，隐显于合化无迹、自然灵妙的诗境中，虚实相生，若有若无，意味无穷。

灵妙的诗境往往富于飞动之美。王夫之评孙蒉《将进酒》："一片声情，如秋风动树，未至而先已飒然。"（《明诗评选》卷一）他在评张宇初《野眺》时又说："韶光胜情，引我于寥天之表。真是不经人道语"（《明诗评选》卷五）。

佳作多以声情取胜，这是王夫之的一贯看法。从意境的角度看，声情不在句而在篇，不在意象而在意境。正是在声情动人之际，读者才体会到诗境的超以象外之妙，领略气象万千的飞动之美。王夫之对杜甫《咏怀古迹》（之二）给予高度评价：

> 只是现成意思，往往点染飞动，如公输刻木为鸢，凌空而去。（《唐诗评选》卷四）

这里所说的"点染飞动"，道出中国艺术（诗歌、书法和绘画等）创造的一大奥妙。正是通过"点染飞动"，诗歌呈现出"不著一字，尽得风流"的有限中见无限的意境。有限的是诗中景象，无限的是景外之景、象外之象，是宇宙人生的妙趣、活力。

意境的灵动之美是指诗要表现万物生生不息的活力，要像自然万物那样具有动态美。在这点上，王夫之与中国古代诗学观念一脉相承。例如，刘勰主张要"状飞动之势"（《文心雕龙·诠赋》）；皎然认为诗人不要苦思，而应"采奇于象外，状飞动之趣，写真奥之思"（《诗评》）；司空图在《二十四诗品》的"精神"、"流动"等品中强调诗境要表现出万物活跃的生命力。可见，灵动之美，在中国古代一直被认为是宇宙人生之道（"气"）的体现。当然，诗境不是"道"的反映，而是在心与物、神与理、意与象的交通和合中"寓目吟成"的。

意境的灵动之美通常从气势上见出。王夫之在评杜甫《野老》和《九日蓝田宴崔氏庄》时说："境语蕴藉，波势平远"；"宽于用意则尺幅万里矣"（《唐诗评选》卷四）。他常用"止势"、"敛势"、"收势"、"留势"等词语评诗，这符合他哲学中的辩证法和诗学中的有机统一观。就是说，诗人在抒情写景时越是收敛、平缓、隐忍、含蓄、简洁或节制，诗就越能呈现万里之势。所谓"势"，可以理解为显示事物品质与活力的运动形态。或者说，"势"是从诗的文辞气力上见出的，显示意中之神理的力度、趋向。"万里之势"足以表明意境的深广远大。换句话说，诗中平远的波势，往往生发出可望而不可置于眉睫之前的象外之象、景外之景、言外之意或韵外之致。

王夫之有言：

> 论画者曰："咫尺有万里之势。"一"势"字宜着眼。若不论势，则缩万里于咫尺，直是《广舆记》前一天下图耳。五言绝句，以此为落想时第一义。唯盛唐人能得其妙，如"君家住何处？妾住在横塘。停船暂借问，或恐是同乡"。墨气所射，四表无穷，无字处皆其意也。（《姜斋诗话·夕堂永日绪论内编》）

可见，灵动、广远的气势超出诗的字里行间，生发出无尽的象外之象、言外之意。在宗白华看来，王夫之所说的"咫尺有万里之势"这段话，与高日甫的"即其笔墨所未到，亦有灵气空中行"和笪重光的"虚实相生，无画处皆成妙境"相一致，注意到艺术境界里的虚空要素，代表着中国人的宇宙意识。王夫之在评价王维创造意境的手法时所说的"广摄四旁，圜中自显"和"右丞妙手能使在远者近，抟虚成实，则心自旁灵，形自当位"（《唐诗评选》卷三），代表着中国人于空虚中创现生命的流行和氤氲的气韵。[①]

———————————

① 参见宗白华《艺境》，北京大学出版社 1987 年版，第 156、161、157 页。

第五节　意境的哲学意味

正像宗白华等人所说的那样，中国艺术常常有一种"哲学的美"，包含一种形而上的意味（哲学意味）。这种意味常常体现在诗的意境中。所谓"意境"，就是超越具体的、有限的情景、人事或意象，显示无限的时间和空间，从而对宇宙人生获得一种富于哲学意味的感悟或体会。

意境就是要在物理世界之外建构一个艺术世界，即所谓"山苍树秀，水活石润，于天地之外，别构一种灵奇"，① 这个艺术世界既有声情动人的形式美，又蕴含着清远、深邃的意味，人们由此而唤起灵妙的审美体验。王夫之说：

> 天地之际，新故之迹，荣落之观，流止之几，欣厌之色，形于吾身以外者，化也；生于吾身之内者，心也；相值而相取，一俯一仰之际，几与为通，而泠然兴矣！（《诗广传》卷二）

在俯仰之际，天人合一，兴发感动，物与我悄然神通，"我"的心胸豁然敞开，整个生命迎会那沛然天地之间的大化流行。在王夫之看来，能兴即谓之豪杰，人可以通过审美感兴而摆脱庸俗委琐的境地。换句话说，审美感兴使人超越狭隘的、功利性的日常生活，开拓一片广大的精神空间。意境，作为一个深远广大的艺术世界，既呈现气韵生动的天地万象，又蕴含超然物外、深入人心的性情思致。

而我们所说的哲学意味，与其说是意境中的哲理性意蕴，不如说是意境中天人合一的令人"欲辨已忘言"的真意。

诗以道性情。哲学意味与人生况味或高远情怀息息相关。王夫之评阮籍《咏怀》：

> 晴月凉风、高云碧宇之致，见之吟咏者，实自公始。但如此

---

① 方士庶：《天慵庵随笔》上。

诗，以浅求之，若一无所怀，而字后言前，眉端吻外，有无尽藏
之怀，令人循声测影而得之。……步兵《咏怀》，自是旷代绝作，
远绍《国风》，近出入于《十九首》，而以高朗之怀，脱颖之气，
取神似于离合之间。……盖诗之为教，相求于性情，固不当容浅
人以耳目荐取。(《古诗评选》卷四)

若不求深情真意，读者尽可欣赏诗中的"晴月凉风、高云碧宇之致"，
而隐含在字里行间的"高朗之情，脱颖之气"，则令人回味无穷。这
类诗境的哲学意味关涉着人的情怀、境遇和命运，像《古诗十九首》
的意蕴那样，从对现实人生的感喟升华到人生天地间的无涯际的思虑
或企慕。诗人寄情于山水之间，或在旷古寂寥中体悟生命的境况和意
义，时常有某种深沉的宇宙感、历史感和人生感。

气韵生动、妙造自然是魏晋，尤其是唐代以来中国艺术的一大宗
旨。与此相应，王夫之把那种以不假雕琢的化工之笔（天造神运）写
天地之妙的诗境称为绝境、化境、圣境、佳境和境界等。在评汤显祖
《丽水风雨下船棘口有怀》时，王夫之说：

天致自舒，作者阅者俱不知神魂何所矣。……汉人固以此为
绝境，不但康乐云然。(《明诗评选》卷四)

广远的"境"与幽渺的"意"，风日云物与气序怀抱，交相融洽，韶
光胜情，引人于寥天之表。王夫之所推崇的这类意境表明诗人以妙手
灵心，巧参化工，合乎天籁，臻于化境。

在评谢灵运《登池上楼》时，王夫之说：

"池塘生春草"，且从上下前后左右看取，风日云物，气序怀
抱，无不显者，较"蝴蝶飞南园"之仅为透脱语，尤广远而微
至。(《古诗评选》卷五)

从上下前后左右看取，可谓"超以象外"，而整首诗也就呈现出"广
远而微至"的化境。紧接着，在评谢灵运的另一首诗《游南亭》时，

王夫之说:"……天壤之景物,作者之心目如是,灵心巧手,磕着即凑,岂复烦其踌躇哉?天地之妙,合而成化者,亦可分而成用;合不忌分,分不碍合也。"(《古诗评选》卷五)这化境如同天造神运,只可意会,难以言传。在上述两则评语中,王夫之都感叹"不可知已",他深深地体会到意境和创造意境的神秘性。

"灵心巧手,磕着即凑",表明意境导源于诗人刹那间的兴会(即景会心),在天人合一的境界中,诗人有所妙悟。那是心与物,情与理,有限与无限融洽和合的境界。通人于诗,不言理而理自至,形而上的哲学意味蕴含在兴会浑成的诗境中。在这方面,王夫之与道家和禅宗的有关看法是一致的。

道家认为宇宙的本体和生命是"道",而"道"是无所不在的。《庄子》说过,蚂蚁、蝼蛄、杂草、稗子、砖头、瓦片都体现"道"。万物与人,无论美丑、贵贱,"通天下一气耳"(《庄子·知北游》)。受道家和魏晋玄学的影响,禅宗(在慧能之后)认为,在普通的日常生活中,无论是吃饭、走路,还是担水、劈柴,通过刹那间的内心觉悟("顿悟"、"妙悟"),都可以体验到那永恒的宇宙本体。禅宗主张在活泼的生命中,在大自然的一草一木中,去体验那无限的、永恒的、空寂的宇宙本体。这也就是主张在形而下的东西中可以直接洞观形而上的"道"或"真如"("般若"),禅境即有如此特性。禅宗的这种思想(包括禅宗的"境"、"境界"的概念)启示和促动着唐代以来的文艺家寻求对"道"的审美体验和艺术的形而上的意蕴(哲学意味)。意境论的代表人物如刘禹锡、司空图和王夫之等都注重意境的哲学意味。

意境具有清远或深邃的哲学意味,这并不是说意境是哲理的感性显现("主客二分"式的论点)。在王夫之看来,意境不以哲理为指归而又蕴含"神理"。神理不仅是神妙之理,而且是心之神与物之理的遇合,是在天人合一(主客合一)的境界中得以体悟并呈现的。王夫之评谢灵运《登上戍石鼓山》:

> ……言情则于往来动止、缥渺有无之中,得灵蠁而执之有象;取景则于击目经心、丝分缕合之际,貌固有而言之不欺。而

且情不虚情，情皆可景；景非滞景，景总含情；神理流于两间，天地供其一目，大无外而细无垠。落笔之先，匠意之始，有不可知者存焉，岂徒兴会标举，如沈约之所云者哉！（《古诗评选》卷五）

这就是说，言情则在动静、有无、虚实之中油然而生意象，取景则在即景会心、天人合一之际显现真实。情景交融的意境蕴含神理，体现出宇宙人生与艺术创造的微妙和神秘（"有不可知者存焉"）。这难以言传的意境及其哲学意味，在王夫之的另一则评语里，也得到了较明确的表述：

亦理，亦情，亦趣，逶迤而下，多取象外，不失圈中。（《古诗评选》卷五）

王夫之所说的"理"与"道"基本上是同义词，① 是指万事万物共同遵循的普遍规律。而"神"则是"心之神"，泛指人的富于直觉的感受力或思维能力。"神"、"心之神"的功能是"合物我于一原"（《张子正蒙注·太和篇》），即把握天人合一，把握无限整体（"彻于六合，周于百世"）。而这种功能，正是人的神秘之所在。当诗人以天造神运的化工之笔呈现这种"神秘"，则又多了一层艺术创造本身的神秘。难怪王夫之在评诗时常有"不可知"或言不尽意之叹，这主要是因为他所见之真，所知之深。深远广大的意境往往具有神理、意致、手腕三绝，其中的哲学意味含蓄蕴藉，难以言传。

第六节　意境的最高成就：大音希声

先哲老子曾用"大音希声，大象无形"（《老子》第四十一章）说明"道"的特点。与有声、具象相比，"大音"、"大象"是听之不

———————————

① 在王夫之那里，天者理也，理为万物之理，"万物皆有固然之用，万事皆有当然之则，所谓理也"（《四书训义》卷八）。"道者，物所众著而共由者也。"（《周易外传》卷五）

闻、视之不见的。在老子看来，天地万物都是"无"和"有"、"虚"和"实"的统一，"道"既是"无状之状"、"无物之象"，又是"其中有物"、"其中有象"。正如王夫之在阐发老子这一观点时所说，"物与道为体，而物即道也"（《老子衍》）。因此，"大音希声，大象无形"的境界，总是要有某种具体的"声"和"形"来暗示、引导、象征，从而使人通过联想和想象加以体悟。

"大音希声，大象无形"体现出巧夺天工、顺应自然、有无相生、虚实相成的境界，其中含有无穷妙趣，给人以丰富的想象余地。这实际上也就是中国古代艺术意境的最高宗旨，换句话说，这已为中国古代艺术意境理论奠定了哲学和美学基础。[①]

王夫之继承了"大音希声，大象无形"这一哲学与艺术传统，他在《姜斋诗话》等著作中，多次用"大音希声"品评诗歌。他说：

> 咏史诗以史为咏，正当于唱叹写神理，听闻者之生其哀乐。一加论赞，则不复有诗用，何况其体？……大音希声，其来久矣。（《唐诗评选》卷二李白《苏武》评语）

幽渺的神理与"论赞"无缘，它寓于"唱叹"（声色动人的艺术形式）之中，需要读者在"生其哀乐"之时加以品味、体悟。

"大音希声"的意境通常不假雕琢、不加渲染、不露笔墨之气。王夫之说：

> 不谋而至，不介而亲，不裁而止。一引人远，一引人近。此所谓大音希声也。（《明诗评选》卷四胡翰《郁郁孤生桐》评语）

> 脉行肉里，神寄影中，巧参化工，非复有笔墨之气。（《唐诗评选》卷一刘庭芝《公子行》评语）

---

① 参见叶朗《中国美学史大纲》，上海人民出版社 1985 年版，第 25 页；张少康、刘三富《中国文学理论批评发展史》上册，北京大学出版社 1995 年版，第 61 页。

无形之"神"寄于有形之"影"，恍惚之"道"寓于巧参化工的空灵意境。王夫之多次强调这种意境全不刻画，不见笔墨痕迹，吟魂吟理正在空微中。微词亮韵的意境有道韵，有雅度，所以诗不可学。一有刻画痕，则寻常诗人都能为之。

以虚实相生的方法营造形神兼备的意境，这是中国艺术的基本原则。王夫之在诗歌评论中灵活地运用这一原则，在他看来，虚实迭用，以为章法。

> 字中句外，得写神之妙。古云：实相难求。以此求之，何实相之不现哉？（《明诗评选》卷四张宇初《晚兴偶成》评语）

> 一味从情上写，更不入事。此谓实其所虚。（《明诗评选》卷四祝允明《别唐寅》评语）

> 风回云合，缭空吹远。子桓论文云"以气为主"，正谓此。……夫大气之行，于虚有力，于实无影，其清者密微独往，益非嘘呵之所得。及乎世人，茫昧于斯，乃以飞沙之风、破石之雷当之，究得十指如捣衣槌，真不堪令三世长者见也。（《古诗评选》卷四曹丕《杂诗》评语）

从上述言论可以看出，实景不是板滞、僵化的大而无当之景，而是寓于实其所虚、虚中有实的传神之景，虚实相生意味着"风回云合，缭空吹远"，这是用"活法"写"活景"，呈现的是空微、灵妙、飞动的意境，可谓气象万千、大气独昌。"虚实在神韵，不以兴比有无为别。"（《唐诗评选》卷四）神韵意味着"大音希声"。

"大音希声"的意境通常"神虽往而形已住"，富于神采，不倚妆点，具有"天藻天灵"的"神动"之美，可谓"一泓万顷，神韵奔赴"（《明诗评选》卷四）。这类意境以小见大，由近及远，有无相生，虚实相成，具有神采自然、气韵生动的无穷妙趣。这需要诗人"人力参天，与天为一"（以天合天）的非凡的艺术创造力。

王夫之评陆云《无题》：

但纪时序，亦何关人怀抱？而自然有"清晖在天"、"仪刑有作"之意，一倍感人。足知文句之用，有形发未形，无形君有形也。（《古诗评选》卷二）

由此可以说意境有三个层次：有形，未形，无形。① 第一层"有形"（物象或直观形象的摹写），意象鲜明生动的诗都有这个特点。第二层"未形"（象外之象，言外之意），飞动而虚灵的意境传达活跃的生命，如晴月凉风、高云碧宇之致或缄心生彩、流意发音的自然之妙，意境含蓄蕴藉的诗都有这个特点。第三层"无形"（大音希声，大象无形），即以有形象无形的最高境界，这是古今不多见的意境超迈而神圣的诗所具有的特点，可谓风神思理、一空万古。

与此相似，宗白华在《中国艺术意境之诞生》中明确提出：意境不是一个单层的平面的再现，而是一个境界层深的创构，可以有三层次：直观感相的摹写（用蔡小石在《拜石山房词》序里的话说就是：万萼春深，百色妖露，积雪缟地，余霞绮天），活跃生命的传达（烟涛颉洞，霜飙飞摇，骏马下坡，泳鳞出水），最高灵境的启示（皎皎明月，仙仙白云，鸿雁高翔，坠叶如雨，不知其何以冲然而澹，脩然而远也）。②

"大音希声，大象无形"的意境体现出中国诗的最高成就。天壤至文以从容见神力，在合化无迹中使人流连于天人合一的情境中，体悟"高朗之怀"、"无尽藏之怀"或"通天尽人之怀"，在幽渺、惝恍中实现对"道"或"神理"的审美观照。这灵妙的意境可以把人的情怀、神魂引向高远处，有时作者读者俱不知神魂何所矣，"刻削化尽，大气独昌，正使寻声索色者不得涯际"（《明诗评选》卷五高启《送谢恭》评语）。这富于启示的意境使人超越"小我"，由功利到审美，从有限到无限，从主客二分到天人合一（从疏离到融合），神游于六合千秋。

---

① 参见胡经之《文艺美学》，北京大学出版社 1989 年版，第 247 页。
② 参见宗白华《艺境》，北京大学出版社 1987 年版，第 155 页。

第五章 双行说

中国诗学中源远流长的情景论，在王夫之那里达到集大成的理论总结的形态。多年来，学界对王夫之的情景论虽有较充分的关注和研究，但却忽视了其中富于创见的双行说。王夫之的双行说主要是指诗歌情景妙合境界中的情景双行，在情景交融达到极致状态（妙合）时，景语即情语。王夫之的双行说与庄子的两行说有非常密切的渊源关系。

第一节 庄子的两行说

两行说出自《庄子·齐物论》：

> 劳神明为一，而不知其同也，谓之"朝三"。何谓"朝三"？狙公赋芧，曰："朝三而暮四"。众狙皆怒。曰："然则朝四而暮三。"众狙皆悦。名实未亏，而喜怒为用，亦因是也。是以圣人和之以是非，而休乎天钧，是之谓两行。

参照上下文，这段话大意是说：儒墨等诸子百家，出于"成心"（主观偏见），各执一端，互以对方为非，争论不休，而通达的人（达者）懂得万物通而为一（道通为一）的道理，因任众人的好恶，顺其自然；辩者费尽心思以求一致，却不知万物在道的意义上原是同一的，这就是所谓"朝三"；在狙公赋芧的事例中，名和实都没有改变，而猴子却喜怒不定，养猴的人则顺应猴子的心思；达者通融是非，神合于自然均平之理，如同泥坯顺应陶钧的运转而成器，这就是因任是非，物与我各得其所，类似于陶钧向左向右运转而无所不可，也就是所谓"两行"。

天钧，①《庄子·寓言》亦言"天钧"、"天倪"，喻天地万物如天然的陶钧（运钧）运动变化、聚散离合、自然不息。天钧的轴心（核心）称为"道枢"。

《庄子·齐物论》说："彼是莫得其偶，谓之道枢。枢始得其环中，以应无穷。"枢原指门轴，环原指门用以承受枢之旋转的上下两横槛之洞。枢入环中，便可旋转自如，以应无穷。枢、环在此也可理解为陶钧的中轴、核心。道枢与环中都有根本、核心之义。在道枢、环中的立场上，事物的彼此、是非等相对待的关系得以消解、超越，即"彼是莫得其偶"，这样，圣人和之以是非，"不谴是非，以与世俗处"（《庄子·天下》），休乎天钧而顺其自然，听任各种物论随自然之道而消长、均齐，自得于两行之境。

两行说以道为视点和根据，以不执一端、是非两可、顺其自然为原则和方法，以相对主义为思想基础，把万物、人生置于无限宇宙的背景中加以参照，冲击狭隘、偏执的独断论或绝对主义观念，提醒人们摆脱一孔之见和"成心"的束缚，扩展人们的视域和心胸，引导人们趋向无所窒碍、心与物游的自由境界。无论在齐"物"还是齐"物论"的层面上，两行说都具有多方面的启示意义。如台湾学者唐亦男指出，两行说是一种因循是非、包容接纳的智慧，面向当今开放多元的社会，各种不同的价值观、意识形态、学术文化上的论述，纷然杂陈，一不小心就会造成难以挽回的后果，人们更需要"因其所是而是之，因其所非而非之"的两行的智慧，开启一条"道并行而不悖"的思维模式。②

第二节　王夫之对庄子两行说的解释和接受

作为儒学的集大成者，王夫之始终以发明儒家正学为己任，他深

---

① 天钧与天均同义，本章依循不同引文的用法而不求字面上的一致。

② 参见唐亦男《王夫之通解庄子"两行"说及其现代意义》，《湖南大学学报》2004 年第6 期。

究老庄学说，原是本着"见其瑕而后道可使复"的宗旨，但这并未妨碍他接受老庄学说的影响。他特别欣赏《庄子》，认为"文章之变化莫妙于《南华》"。从他 37 岁时所作的《老子衍》（1655）中，我们能看到不少庄子的言论和观念。他在 61 岁时作《庄子通》（1679），63 岁时作《庄子解》（1681）。在作《庄子通》之前大约 5 年里，他避兵火于山中，处在"以不能言之心，行乎不相涉之世"的困境，幸好从庄子那里获得了应付乱世的方法和精神慰藉。他说："然而予固非庄生之徒也。有所不可，'两行'，不容不出乎此，因而通之，可以与心理不背；……心苟为求仁之心，又奚不可！……凡庄生之说，皆可因以通君子之道，类如此。"（《庄子通·叙》）他从庄子那里所接受的，主要是两行说，他自认这与儒者的求仁之心并行不悖。这也的确把握了庄子哲学的要点。他在《老子衍》中曾指出："和是非而休之以天钧，天下皆同乎道，而孰能贱之！"这种两行的看法，来自庄子而非老子。在他看来，庄子之学可谓自立一宗：

> 庄子之学，初亦沿于老子，而"朝彻"、"见独"以后，寂寞变化，皆通于一，而两行无碍，其妙可怀也，而不可与众论论是非也；毕罗万物，而无不可逍遥；故又自立一宗，而与老子有异焉。（《庄子解》卷三十三）

老子"知雄而守雌，知白而守黑"，有所守则有所滞（滞于一端），对因其自然的天钧之运有所未逮。王夫之由此赞赏庄子以其两行说"进不见有雄白，退不屈为雌黑"，达到逍遥无碍的自由境界。

仅在《庄子解》中，王夫之直接使用"两行"这个词就多达十几次。历代注释《庄子》的学者不曾像他那样对两行说给予充分的重视和阐发。庄子的两行说是在战国时期百家争鸣的背景下提出的，儒墨两家作为当时的显学，争辩不休。《庄子·齐物论》指出："道隐于小成，言隐于荣华。故有儒墨之是非，以是其所非而非其所是。"为超越各执一端的片面的争辩，庄子主张从最高的出发点看事物，即"照之于天"。这就是处于得其环中的道枢，超越人为的彼此、是非的对立，不像井底之蛙那样把一角天空视为无限整体，就是比照事物的本然（以本然之明照之），或者说照之于自然之道。用王夫之的话说，"照之而彼此皆休矣，皆均矣"（《庄子解》卷二）。

王夫之把庄子所说的两行解释为"两端皆可行也"，把"不出乎环中"视为"和之以是非"的前提条件，而"环中"意味着"合于道枢"，"范围众有而中虚曰环中"（《庄子解》卷二）。在庄子那里，得其环中与道通为一、照之于天、休乎天钧基本上是一个意思。《庄子·齐物论》说："唯达者知通为一，为是不用而寓诸庸。庸也者，用也；用也者，通也；通也者，得也，适得而几矣，因是已。"所谓"不用"，即不用己是或不执己见。所谓"寓诸庸"，即置身于庸常俗世中，以通达的眼光因任众人的好恶，不师成心，不强求事物的一致，由此达到适意、自得的境界。有论者把"庸"解释为"众"、"因是因非"或"随众人之见"。

王夫之的解释则宽泛得多：庸为用，用即"随所用而用之"，用是相对于体而言的，体为道、天钧或浑天，自然者即谓之道，道无所不在，日月山川、天地人物皆"气化所寓之庸"，道无定体，道是寓于物而又无迹可求的，体用不二。换句话说，道是寓庸（寓于天地万物）的，体道基于体物，所以通达的人也是寓庸的。寓庸包括因任众人的好恶这层意思，即"不遣是非"，但这不等于混淆是非，而是不落入各执一端的是非之辩的窠臼，是依循天钧之齐、天倪之化。

庄子以道为本，发展了关于事物相对性的理论。有些论者说庄子在相对主义立场上否定了事物内在的客观规定性和事物之间的客观界限，这是不确切的。庄子承认万物的本性和天赋的能力各有不同，他说"万物皆种也，以不同形相禅"（《庄子·寓言》），这是指万物各依其种类而以不同形态生生不息。《庄子·骈拇》说"凫胫虽短，续之则忧；鹤胫虽长，断之则悲"，这是提倡因任性命之情，指明"小惑易方，大惑易性"等人为的失误。《庄子·应帝王》中有"日凿一窍，七日而浑沌死"的寓言，喻示人以一己之成心（即便出于善意）苛求一致，造成伤物、伤于物甚或两败俱伤的后果。

《庄子·至乐》讲了一个寓言：有一只鸟栖于鲁郊，鲁侯迎接并款待之于庙，奏《九韶》以为乐，具太牢（牛羊猪三牲祭品齐备）以为膳，"鸟乃眩视忧悲，不敢食一脔，不敢饮一杯，三日而死。此以己养养鸟也，非以鸟养养鸟也。……鱼处水而生，人处水而死。彼必相与异，其好恶故异也。故先圣不一其能，不同其事。"这个寓言也出现在《庄子·达生》中，文字内容略有差异，主要寓意是万物天性各异，人应该顺乎天然，而不能以人为逆天然。与上述观念相契合，王夫之要求诗人无所枉于景物，不"以己所偏得"对景物"非分相推"。

《庄子·则阳》提出"合异以为同，散同以为异"的论点，认为大道合则浑然一体，散则周遍万物，如四时殊气、万物殊理，见道之同而异者不得执一以求，异而同者自然通于大化。《庄子·德充符》说："自其异者视之，肝胆，楚越也。自其同者视之，万物皆一也。"从异的角度，庄子肯定事物之间的客观界限；从同的角度，他消解了事物之间的差别。他的着眼点偏重于后者，即道通为一的层面，但并不执于一端。

《庄子·秋水》说："以道观之，物无贵贱；以物观之，自贵而相贱；以俗观之，贵贱不在己。以差观之，因其所大而大之，则万物莫不大；因其所小而小之，则万物莫不小；知天地之为稊米也，因其所有而有之，则差数睹矣。以功观之，因其所有而有之，则万物莫不有；因其所无而无之，则万物莫不无；知东西之相反而不可以相无，则功分定矣。以趣观之，因其所然而然之，则万物莫不然；因其所非而非之，则万物莫不非；知尧、桀之自然而相非，则趣操睹矣。"对此，王夫之解释说：

> 若夫以道而观者，非但通于一以成纯，而两行不碍，各得其逍遥也。……夫既大小、有无、是非之无定，而从乎差类、功能、趣向以观，则又不妨大者自大，小者自小，贵者自贵，贱者自贱，各约其分而不必尽铲除之，以明一致，此大小贵贱之名所自立存乎观之者耳。观之者因乎时，而不执成心以为师，则物论可齐，而小大各得其逍遥矣。（《庄子解》卷十七）

庄子肯定了事物的多样性和从多角度看问题的合理性。以道观之，是强调事物合的一面，是求同。以差类、功能、趣向观之，是强调事物不同的一面，是存异。无论求同还是存异，都是因其自然的，即因任天钧之齐、天倪之化。《庄子·寓言》说："始卒若环，莫得其伦，是谓天均。天均者，天倪也。"《庄子·养生主》和《庄子·寓言》中都有和之以天倪、因之以曼衍的说法。天倪指自然的分际，曼衍指自然的变化。和之以天倪，就是不强求一致，因任自然万化，以两行的眼光看待事物及人的观念的差异，以宽容、通达的心胸观照天人之际的万千气象。

按王夫之的解释来说，以道观之，不仅是通于一（消解差别），而且是两行不碍，是对一本和万殊的双重体认，是因任万物"各得其逍遥"。求同存异，合而不同，是庄子两行说的应有之义。

《庄子·则阳》有言："冉相氏得其环中以随成，与物无终无始，无几无时。"王夫之解释说，天之体，浑然一环而已，物化其中，万物随运而成，"以人知人，以物知物，以知人知物知天，以知天知人知物，无不可随之以成……"（《庄子解》卷二十五）在他看来，庄子以"随成"为师天之大用，而寓庸以逍遥，庄子所说的"天钧"、"以有形象无形"、"寓于无竟"、"参万岁而一成纯"、"薪尽而火传"等与"随成"有很大关系，杂篇《则阳》有所合于《庄子》内篇之指。他把随成说与《庄子·外物》等篇中的有关论点贯通起来，强化其理论意义。他说：

> 随成者，随物而成。道无定，故无实。无实者，无根也。无根者，即以无根为根，合宇宙而皆在。故言默两无当，而言默皆可缘，以破成心之师，以游环中之无穷者也。……以人顺人，以物顺物，以言顺言，自可无为而无不为，以大备乎德。（《庄子解》卷二十五）

> 道不可尽，尽之于物。故于道则默，于物则言。故邱里之言，圣人之所师，皆圣人之传也。随其言而成，乃谓之随成，随成而无不吻合。此庄子之宗旨，异于老子"三十辐"章及"道生一，一生二"之说；终日言而未尝言，曼衍穷年，寓于无竟。（同上）

随成，在宇宙观上是指随化而成、随动而成，在人生观上是指通天尽人、顺其自然、各得其所，在言语观上是指于道则默、于物则言。无定、无根、无体的道虽然不可尽，不可言，但道物合一，"合宇宙而皆在"，所以，人们即物体道，于物则言，物是言与道之间的中介。庄子自称大辩不言却又洋洋十万言，这是否自相矛盾呢？可以说，王夫之替庄子作了简明扼要的正面解释：于道则默，于物则言，言默皆可缘。这也有助于我们理解孔子何以曾说予欲无言。随成说在《庄子》中如同璞玉，未曾引起历代学者的充分重视，经过王夫之的阐发，随成说的意义彰显在很多领域，与天钧、环中、① 寓庸、两行等说法贯通起来。

如前所述，随成是得其环中以成，随天钧之运而成，"无不可随之以成"，这样，与其说两行以随成为依据，不如说两行就是随成。庄子的随成之宗旨，或隐或显地体现在王夫之诗学的很多方面，这里只列出一些概念、术语、命题，例如，顺成、浑成、天授、天巧、合而成化、天造神运、得其环中、得自然之妙、体物而得神、外周物理、哀乐皆可、无字处皆其意、随所"以"而皆"可"、读者各以其情而自得。

王夫之多次从总体上对庄子的学说给予高度评价，认为庄子之所以"凌轹百家而冒其外"，原因在于：

> 以天为照，以怀为藏，以两行为机，以成纯为合，而去彼之所谓明，以用吾真知之明……（《庄子解》卷二）

> 庄子之学，虽云我耦俱丧，不以有涯之生殉无涯之知，而所存之神，照以天，寓诸庸，两行而小大各得其逍遥，怀之舍之，以有形象无形，而持之以慎，德不形而才自全，渊涵而天地万物不出其宗；则所以密用其心者，固以心死为悲。（《庄子解》卷十五）

---

① 王夫之基本上接受了庄子的天钧、环中说，他认为："读《庄子》者，略其曼衍，寻其归趣，以证合乎《大易》'精气为物，游魂为变'与《论语》'知生'之旨，实有取焉。"（《庄子解》卷十九）他又指出：庄子的"环中"、"天均"说较老子的有关学说"特为当理"，周敦颐《太极图》、张载"清虚一大"之说亦未尝非"环中之旨"（《庄子解》卷二十五）。

这两段话的要义除"以天为照"和"寓诸庸"（前面已论及，这里从略）外，大致有以下几点，其一，以怀为藏（怀之含之）。庄子说圣人对宇宙人生有所不论、不议、不辩，大道不称，大辩不言，"圣人怀之，众人辩之以相示也"（《庄子·齐物论》）。王夫之解释说，圣人深知各执一端的百家物论于道终究无所损益，故以通一者怀之，而不以示，不像众人那样囿于是非之辩。以怀为藏，是指圣人以道通为一的眼光，以宽容的态度，兼怀万物，因任百家物论各得其所而趋于自然分化或均衡。其二，以成纯为合。庄子说："众人役役，圣人愚芚；参万岁而一成纯，万物尽然，而以是相蕴。"（《庄子·齐物论》）王夫之把"参万岁而一成纯"视为一个重要命题，他解释说，一者所谓天均也，一成纯即通于一、合于一宙、合于一伦或浑然至一。参万岁而一成纯，是指人以宇宙为逍遥之境，在素朴本真的神游中合古今万物而为一。其三，以两行为机。王夫之认为，《逍遥游》篇"其神凝"三字是《庄子》大旨，意味着不惊大，不鄙小，物至而即物以物物，天地为我乘，六气为我御，不因小大之殊而使心困于蓬蒿间。这也就是"两行而小大各得其逍遥"，任物各自效其用，任物各得其所适。以两行为机，可谓以两行为观物、处世、养生的机宜或关键。以上几个要点互相兼容，体现出两行说与庄子思想中诸多重要概念、命题的内在联系。

"两行"一词在《庄子》中只出现一次，庄子未曾明确指出"两行"与他的思想主旨密切相关。重视庄子两行说的历代学者也不多。王夫之慧眼识珠，拈出"两行"并将其纳入庄子之学的总体中加以考量，也把庄子之学置于中国历代哲学史中加以比照，经过他的阐发，两行说在庄子思想中的意义和地位得以彰显。

第三节　王夫之诗学中的双行说

在哲学领域，王夫之有极为自觉、系统的辩证法思想或有机整体观，以致有学者把他的辩证法思想视为中国之最，也有学者从辩证法的角度把他与黑格尔相提并论。他把阴阳、刚柔等相对待的因素的相均、相济看作两行的前提条件，认为"规于一致而昧于两行者，庸人也。乘乎两行而执为一致者，妄人也"（《周易外传》卷七）。基于此，在诗学方面，他非常注重诗歌创作中情与景、意与言（词、句）、哀与乐等相对待的因素的并行不悖、不偏不倚、有机统一。他把情与景视为诗的最基本的构成因素，所以，他的两行（双行）观念集中体现在诗的情景交融问题上。

据笔者大致统计，王夫之直接以"双行"论诗约 4 次，他也常用双收、互出、双起淡收、收入双取、两妙不倚等与双行意义相同或相近的词语论诗。他说：

> 一色。三四本情语，而命景正丽，此谓双行。双行者，古今文笔之绝技也。（《唐诗评选》卷二李白《古风七首》之一《我到巫山渚》① 评语）

> 情景互出，更不分疆界，非其人岂能有时洗濯而出？（《明诗评选》卷四张宇初《旅怀》评语）

> 双起淡收，令人不知涯际。（《明诗评选》卷四刘基《咏史》评语）

双行、互出、双起，是指诗人突破先写景后言情等情景二分的单调模式（"死法"），以高超的技艺使情与景在诗的词句乃至篇章中不分疆界、融合为一。一色纯著之谓章，"一色"即不杂乱，意味着情与景在诗的整个篇章中浑然一体。这样，情语可谓景语，景语可谓情语。②

《庄子·达生》说：梓庆削木为鐻，鐻成，见者惊犹鬼神，鲁侯问梓庆有何术，梓庆说齐以静心（心斋），器之所以疑神者在于以天合天。《庄子·养生主》说：庖丁为文惠君解牛，游刃有余，合乎音

---

① 李白《古风七首》之一：我到巫山渚，寻古登阳台。天空彩云灭，地远清风来。神女去已久，襄王安在哉？荒淫竟沦替，樵牧徒悲哀。

② 王国维《人间词话》说："昔人论诗词有景语、情语之别。不知一切景语皆情语也。"这段话反对情景分割，强调情景交融的无差别境界，但未交待"一切景语皆情语"的前提条件。古人对景语、情语的相对划分，是在总结诗歌创作经验的过程中约定俗成的，其意义不可低估。若执于一端，则失之偏颇。

乐舞蹈的节奏，文惠君问庖丁技何以至此，庖丁说"臣之所好者道也，进乎技矣"，依乎天理，因其固然。以天合天（依乎天理，因其固然）意味着人对事物的自然本性的充分顺应和把握，人、工具（或技术）、事物三者各得其所，心物合一，技术发挥到极致并得以升华或超越。这是由技进道的"神"的境界。由技进道，技则堪称绝技，诗人才会下笔如有神。

王夫之以双行为古今文笔之绝技，所推崇的就是"道"或"神"的自由境界。他指出：

> 情景名为二，而实不可离，神于诗者，妙合无垠。巧者则有情中景，景中情。（《姜斋诗话·夕堂永日绪论内编》）

情中景，景中情，作为情景交融的寻常形态（"巧"），早已引起古人的关注。南宋姜夔《白石道人诗说》曾提到"意中有景，景中有意"，南宋范晞文《对床夜语》曾以"景中之情"、"情中之景"评价杜甫的某些诗句并提出"景无情不发，情无景不生"的原则。

他们的论述没有展开，大多偏重于对句法结构等形式因素的探讨。直到明清时，情景交融才成为诗学中的主流观念。在文质并重的前提下，王夫之多次从诗的抒情特性、审美感兴、心物合一等方面对"情中景，景中情"及其相关问题加以阐明或探讨。这是他的一大过人之处。

值得我们注意的是，在王夫之的心目中，"情中景，景中情"的形态不过是"巧"，难免人工雕琢痕；情景"妙合无垠"才算得上"神"，才是情景交融的最高境界。情景双行的绝技不在"巧"，而在"神"，"双行之巧，绝不见巧"（《古诗评选》卷二）。双行之巧是大巧、天巧，雕琢入化，不见人工雕琢痕（小巧、人巧）。"神"体现出诗人远超一般工巧的鬼斧神工（天授、神授、人力参天）般的艺术创造力，诗的出神入化的艺术境界（神境、化境、妙境、至境）由此生成。王夫之常以"妙合"论诗，如他评杨慎《折杨柳》①：

---

① 杨慎《折杨柳》：白云新年尽，东风昨夜惊。芳菲随处满，杨柳最多情。染作春衣色，吹为玉笛声。如何千里别，只赠一枝行。

亭匀。四十字耳，篇首十五字，又只作引子起，乃字里含
灵，不分宾主，真钧天之奏，非人间思路也。才说到折处便休，
无限无穷，天流神动，全从《十九首》来。以古诗为近体者，唯
太白间能之，尚有未纯处，至用修而水乳妙合，即谓之千古第一
诗人可也。（《明诗评选》卷五）

亭匀即和谐、均匀，此指情与景在诗中水乳妙合，浑然一体（浑成），
也就是不分宾主，或者说"宾主历然，镕合一片"（《姜斋诗话·夕
堂永日绪论内编》）。宾为景，主为情（意或说景者）。前面说过，在
王夫之看来，诗文俱有主宾，无主之宾，谓之乌合，立一主以待宾
（立主御宾），宾为主之宾（景为情之景），宾主妙合是诗的最高境
界。在"钧天之奏"（天钧、天籁）的境界中，宾主不二，情语可谓
景语，景语可谓情语，双行无碍。

王夫之的双行说有很明确的针对性。唐代以来，近体诗业已成
熟，其社会用途日益增加，很多谈论诗法的读物和诗歌评选类的著作
随之陆续出现，各种名目的诗法和诗评大多把原本多样统一的情景关
系简化或割裂为一情一景之说，这看似捷径或方便法门，实为桎梏或
樊篱。王夫之对情景二分的不良倾向持激烈的批判态度，他指出：

一虚一实，一情一景之说生，而诗遂为骈、为栖、为行尸。
（《古诗评选》卷五）

分疆情景，则真感无存，情懈感亡，无言诗矣。（《明诗评
选》卷四）

"立主御宾，顺写现景"是作诗之道，是克服情景二分的不良倾向的
根本途径。立主御宾，要求诗人所选取的景物为含情之景（即景含
情），用王夫之的话说，就是取景从人取之，以写景的心理言情，只
于心目相取处得景得句。现景，即古人所说的眼前景物或眼前光景，
是审美感兴中主体视野范围内的当下意会（兴会）之景。顺写现景，

要求诗人顺其自然而不做作、不冥搜，抒写身之所历、目之所见、神之所遇的现景。用王夫之的话说，顺写现景就是抒写当时现量情景，只咏得现量分明。在王夫之那里，现量与兴会和即景会心是一个意思。主要是指瞬间的创造性直觉，以直接的审美观照为基础。王夫之说：

> 一用兴会标举成诗，自然情景俱到。（《明诗评选》卷六）

> 若即景会心，则或推或敲，必居其一，因景因情，自然灵妙，何劳拟议哉？（《姜斋诗话·夕堂永日绪论内编》）

在兴会（即景会心）的会景而生心、体物而得神的境界中，既有触景生情的感于物而动的情形（景生情），也有因情生景的"文情赴之"，"各视其所怀来而与景相迎"的情形（情生景），情景互动、相生，可谓"初不相离，唯意所适"。基于此，伟大的诗人以高超的技艺（天才）自然灵妙地使情与景在诗中融合得不偏不倚，这就是情景妙合，两妙不倚，就是庄子所说的随成，就是王夫之所崇尚的因景因情、双行无碍。

正是因为在兴会的境界中情景初不相离，所以王夫之说："情景双收：更从何处分析？"（《姜斋诗话·夕堂永日绪论内编》）他反对情景二分，也有明确的哲学根据。在解释庄子的"万物与我为一"这个命题时，他说："道合大小、长短、天人、物我而通于一，不能分析而为言者也。"（《庄子解》卷二）他认为阴阳于天道而言乃一体，不可相分，阴阳之周流变化，"和顺因其自然，而不可限以截然分析之位者也"；"截然分析而必相对待者，天地无有也，万物无有也，人心无有也"（《周易外传》卷七）。在创作过程中，诗人若把源于感兴、初不相离的情景截分为二，则情不足兴，景非其景。感兴与技艺不可偏废。若缺乏感兴，则情景不合；若缺乏技艺（艺术表现力），双行便无从谈起。双行，是绝技与体道、得神的境界的有机统一。情景双行的诗句和诗境，对作者和读者来说，都是难以用逻辑思辨的语言加以剖析的。因其自然，由技进道，这是庄子和王夫之的共同看法。

《庄子·齐物论》提倡不师"成心"，不"以无有为有"。王夫之解释说：

> 未有成理昭然于心，而豫设是非之辨，皆心所造作，非理本然也。（《庄子解》卷二）

> 与物方接之时，即以当前之境，生其合时之宜，不豫设成心以待之也。（《庄子解》卷五）

"豫设是非之辨"是指人未经即物达理而凭空生造一个是非标准，"豫设成心"是指不合时宜、先入为主的成见，这都与万物本然的成理不相符，是王夫之《相宗络索·三量》中所说的"比量"（以种种事比度种种理）和"非量"（情有理无之妄想）。因而，在诗学领域，王夫之把"身之所历，目之所见"当作诗歌创作的前提条件，推崇诗人在即景会心之际"初无定景"、"初非想得"的即兴创作，反对"拟议"（模拟、议论）、"妄想揣摩"、"欺心以炫巧"、"强括狂搜，舍有而寻无"等违背诗理和人情物理的做法。这些做法大都是在费尽心思地强求情与景的一致，而不切合审美感兴中情与景初不相离的实际，也与情景双行的绝技无缘。

王夫之直接从庄子那里获得了启示。庄子不赞成"劳神明为一"的强求事物一致的做法，认为从道的观点看，万事万物本来就是同一的。王夫之大概也受到宋人张戒的影响。张戒不赞成苏轼、黄庭坚等人"以议论作诗"、"专以补缀奇字"的倾向和以雕镂刻镂为工的习气，认为"诗人之工，特在一时情味，固不可预设法式也"（《岁寒堂诗话》）。

情景双行，是从情景关系的角度来说的。而从言意关系的角度看，则有意词双行、意句双收。王夫之说：

> 意一用，词一用，合离双行，不设蹊径。阅此诗者，如闻他人述梦，全不知其相因之际，不亦宜乎！（《古诗评选》卷四郭

璞《游仙诗》之《杂县寓鲁门》评语）

　　"月明垂叶露"，险句出之平夷，即如末一语有两转意而混成
不觉，方可谓意句双收。（《唐诗评选》卷三杜甫《秦州杂诗二
首》之《秦州城北寺》评语）

在不同的作品中，双行各有缘由、特色，难以一概而论。从上面第一
段话看，双行主要出自合离相宜，不设蹊径；从第二段话看，双行主
要出自平夷，混成不觉。大致说来，其一，言与意要有所合，言随意
遣，意至而词随，王夫之说大家之作言必有意，意必由衷，唯意所
适，无所窒碍；同时，言与意要有所离，意在言外，唐、宋诗学中已
不乏这方面的言论，王夫之主张意藏篇中，"意在言先，亦在言后"，
他崇尚"无字处皆其意"，"全不入意，字字是意"的诗，认为阮籍
《咏怀》在字后言前、眉端吻外有无尽藏之怀；但言与意过于合，则
难免拘滞、直露、乏味，不能动人，过于离则情景二分、宾主不和，
因而言与意之间应有若即若离的势或张力。

　　王夫之常说言情达意、起兴取景要在合离、出入、远近、有意无
意之间。他向往合离双行、意句双收的境界，把"意致俱到"，"有
意无意俱妙合"的诗视为杰作，如他评王廷干《天寿山行宫》："不
著意以为高华，手笔江山，两相遣作。"（《明诗评选》卷五）他崇尚
巧夺天工的创造和声律拘忌摆脱殆尽的大家气象，所以对"不设蹊
径"的诗非常赞赏。

　　其二，平夷与平淡的意思大致相同，夷指平适、平和，宋代诗学
中已有明确的辞尚平淡、意尚幽远或"辞意平淡"的观念，如梅尧臣
把"平淡而到天然处"视为理想境界。王夫之说："词益平，意益
远，但此括尽六合千秋。"（《古诗评选》卷四）在他看来，平淡之
诗，佳句得之象外，令读者如意中所必有，而初非其意之所及。"混
成不觉"意味着诗人巧妙地把情与景融为一体而不做作，不露雕琢
痕。王夫之认为杜甫《秦州城北寺》的末一语"清渭无情极，愁时
独向东"有两转意而混成不觉，杜甫的绝技在于能使情与景妙合无
痕。王夫之常以无笔墨气、不著刻画迹、相形不著痕迹等词语评诗，

非常重视诗的浑成、含蓄、自然。

　　总之，在他看来，言（字词语句）与意、情与景应如天地之妙合不忌分，分不碍合，出入分合，巧而不琢。意词双行、意句双收，以含蓄、平淡、浑成、自然为前提。

　　诗以道性情，古今诗歌佳作大多体现出广远而微至的情怀或意致。王夫之说：

> "日暮天无云，春风扇微和"，摘出作景语，自是佳胜，然此又非景语。雅人胸中胜概，天地山川，无不自我而成其荣观，故知诗非行墨埋头人所办也。（《古诗评选》卷四陶潜《拟古》之《日暮天无云》评语）

藏情于景，化情语、景语而为一，这样的绝技归根结底是诗人的审美心胸或主观能动性的体现。王夫之认为诗人应以灵府为途径，以吟魂咏叹人情物理，他说：

> 只在情上写，了不及事。首尾无端。士衿吟魂，双行一致，余谓措大、山人本无诗分，以此。（《明诗评选》卷四皇甫涍《代古》评语）

"士衿"，大概是指富于深思远情或血性真情的胸怀（情怀、襟怀、怀抱、胸次）。在王夫之看来，人应超越于日常琐事之上，应有不为物欲俗尚所夺的志气，能兴即谓之豪杰，深思远情，正在素心者。素心，与庄子所说的心斋意思相近。庄子注重"独与天地精神往来"，"游乎四海之外"的大视野、大胸怀，向往"得至美而游乎至乐"的不为物役的自由境界，这种精神对王夫之有明显的影响。所以，不应把"士衿"单方面地理解为儒家意义上的修养或志趣。"吟魂"，似指富于乐感、从容涵泳的文心（为文之用心），也可说是具有风流雅度、高情远韵的气魄或艺术表现力。吟魄（吟魂）意味着伟大的诗人内感心韵（元韵之机，兆在人心），外通天籁，以灵心巧手把内心、外物和诗的节奏韵律融合为一。

"士衿吟魂，双行一致"，体现出广远而微至的胸怀与从容涵泳的文心的兼长并美。王夫之注重诗的言与意、文与质的有机统一，推崇"以声光动人魂魄"的艺术形式美，这是他与庄子的一大不同之处。

从广义上讲，双行说也落实到创作和鉴赏中审美心理的领域，具体引申为哀乐双行。王夫之说：

> 兴在有意无意之间，……情景虽有在心在物之分，而景生情，情生景，哀乐之触，荣悴之迎，互藏其宅。天情物理，可哀而可乐，用之无穷，流而不滞；穷且滞者不知尔。（《姜斋诗话·诗译》）

景生情，即王夫之所说的会景而生心或不谋之物相值而生其心，偏重于外物对内心的激发；情生景，即主体灌注情感于外物，偏重于内心对外物的择取。

吴乔说："景物无自生，惟情所化。情哀则景哀，情乐则景乐。"（《围炉诗话》卷一）这段话突出强调情生景、情为主以及情景哀乐的顺应关系，王夫之则把情景哀乐辩证地加以看待，认为在审美感兴中，内心与外物交互作用，情景相生，哀乐相函（互藏其宅），景物与心情常有不相称、不相准的状况。他指出：

> 往戍，悲也；来归，愉也。往而咏杨柳之依依，来而叹雨雪之霏霏。善用其情者，不敛天物之荣凋，以益己之悲愉而已矣。夫物其何定哉！……当吾之悲，有未尝不可愉者焉；当吾之愉，有未尝不可悲者焉；目营于一方者之所不见也。故吾以知不穷于情者之言矣：其悲也，不失物之可愉者焉，虽然，不失悲也；其愉也，不失物之可悲者焉，虽然，不失愉也。（《诗广传》卷三）

王夫之从庄子那里接受了以人合天而不强天以从人的观念，认为善用其情的诗人"不奔注于一情之发"，不苛求外物与情感单向度的一致，不以己所偏得武断地对景物"非分相推"。与庄子所说的依乎天理、因其固然相应，王夫之希望诗人既得物态又得物理，即"不敛天物之

荣凋，以益己之悲愉"。出于对情景哀乐相反相成的特性的深切体认，
他说："以乐景写哀，以哀景写乐，一倍增其哀乐。"（《姜斋诗话·
诗译》）这一富于创见的命题揭示了相反相成的辩证原理和反衬的艺
术效应。基于此，他常以"苦思甘调"、"哀乐皆可"等词语评诗。
这也体现了他对读者鉴赏的高度重视。

前面说过，庄子主张因其自然，寓庸随成，任由人、物各得其
所。王夫之赋予出自孔子的兴观群怨说的一大新义就是随所"以"而
皆"可"，突破儒家政教观念的樊篱，不执一端。王夫之以自得这一
即物达情、因物体道的境界为指归，无以复加地肯定读者鉴赏的自
由。他希望诗人宽于用意、藏情于景、以追光蹑景之笔写通天尽人之
怀，希望作品意伏象外、含蓄蕴藉，以便最大限度地满足读者各以其
情遇的需要。这与他的哀乐皆可（忧乐双行）、导天下以广心的观念
和旨趣有很大关系。

"难分忧乐双行里，谁道穷通一梦中。"（《溪上晚步次闲来无日
不从容韵》）王夫之所写的这两句诗发自内心感悟，暗含着作者对诗
及人生的"忧乐双行"多重意义的体认。

总之，王夫之诗学中的双行说以情景妙合境界中的情景双行为核
心，兼及意句双收和忧乐双行等。在情景妙合的意义上，情与景的对
待关系得以化解，可谓双行；在言意合离相宜的意义上，言意各得其
所，可谓双行；在摄兴观群怨于一炉锤的意义上，作者有"一致之
思"却不奔注于一情之发，作品含蓄、自然，读者各以其情而自得，
哀乐皆可，可谓双行。

"双行"的提法和观念鲜见于中国历代诗学论著。据笔者所知，
宋人黄升《花庵词选》引姜夔论史达祖词云："融情景于一家，会句
意于两得。"明代谢榛《四溟诗话》中有"或因字得句，句由韵成，
出乎天然，句意双美"的论点。清初方以智（王夫之的友人）在
《文章薪火》中说："文章之开阖、主宾、曲直，尽变手眼之予夺。
抑扬、敲唱、双行，何非一在二中之几乎？"他们的相关论点大多止
于只言片语，不像王夫之那样从哲学高度和方法论意义上确立合一、
双行的基准，而后将其运用到诗学的若干领域。

庄子的两行说是一种哲学智慧，是一种立身处世的态度和方法，

原与诗学没有直接关系。王夫之只是把握住庄子两行说的基本精神，将其与诗学中的某些观念贯通、整合起来。在很大程度上，王夫之的双行说是庄子两行说的基本精神在诗学领域的改造和拓展。

第六章　兴会说

兴会，作为我国古代文艺创作传统中锤炼出来的审美范畴，主要是指审美感兴或艺术直觉中的灵感。魏晋六朝以来，沈约、颜之推、张怀瓘和李善等人直接在文艺评论中使用"兴会"这一术语，在他们那里，"兴会"主要是指文艺家在瞬间直觉中对自然山水或宇宙人生进行深刻的、本真的体会和把握。如李善所说的"兴会，情兴所会也"（《文选注》），就是对"兴会"的简要定义。但直到明清时期，"兴会"才成为文艺家常用的范畴。

王夫之的兴会说是对中国古代的艺术灵感或直觉理论的总结和阐发，他在诗学论著中直接运用"兴会"这一术语达十次以上，他还常用与"兴会"同义的"即景会心"、"寓目警心"、"触目生心"、"即目成吟"和"适目当心"等术语评诗，而且用"现量"对其兴会说加以理论阐释。在艺术灵感或直觉这个领域，王夫之比以往的和同时代的文艺家更自觉，更深刻，更系统，更富于创见。①

很多当代学者对中国古代诗学中的灵感论及艺术直觉论给予高度重视，但却常把灵感与艺术直觉等同起来。② 很多学者把王夫之的兴

---

① 在中国古代，皎然、韩愈、孟郊、贾岛、白居易和李贺等人都曾主张作诗需要"苦思"或"苦吟"，而钟嵘、王昌龄、司空图和严羽等人主张"即目"、"直寻"、"目击其物"、"妙悟"。王夫之反对诗人在缺乏兴会的情况下冥搜景物或拘泥于字句的推敲，主张"即景会心"的艺术直觉，从而继承和发展了钟嵘以来艺术直觉论的优良传统。与钟嵘等人的艺术直觉论相比，王夫之的兴会说具有多侧面、多层次或兼容性的特点，更深刻地揭示了诗歌艺术思维与创作的本质。"即景会心"、"现量"、"灵心"、"会通"或"心目"等概念术语的运用和相关论述在很大程度上验证了王夫之兴会说的博大精深。

② 灵感是具有高度创造性的艺术直觉。我们可以说灵感是直觉，但不能说直觉是灵感。从一般的理论上说，兴会不能等同于艺术直觉，但在王夫之那里，兴会与"即景会心"和"现量"基本上是同义词。

会说称为"灵心"、"会通"、"现量"和"即景会心"等。我以为，把王夫之的灵感论及艺术直觉论称为"兴会说"比较恰当。

艺术直觉是文艺家在物我合一的情境中基于感性直观的超理性的审美感受，时常体现在文艺创作过程（艺术积累、艺术构思和艺术表现）中，甚至贯穿于创作过程的始终。而灵感则像闪电（很多中外文艺家如尼采和帕乌斯托夫斯基等不约而同地把灵感比作闪电）一样爆发出来。可以说，灵感是具有高度创造性的瞬间直觉，是文艺家在艺术构思或创作中所获得的高峰体验和促成伟大创造的契机。

王夫之非常重视"兴会"（不同于一般直觉）的直接性、突发性、创造性和言与意的统一性等方面的特征，他的兴会说由一系列富于创见的观点组成，散见于其诗学论著中，与他的哲学思想和诗歌创作与鉴赏的经验相贯通，显得微妙、深邃而又丰富。

第一节　兴会的基本含义

大致说来，在王夫之那里，兴会是诗人即景会心、意无预设、呈现神理的瞬间直觉。

王夫之诗学的核心原则是："只于心目相取处得景得句。乃为朝气，乃为神笔。"（《唐诗评选》卷三）他认为此中尽有文章之道，音乐之理。兴会是诗人直观景物时的心领神会（即景会心）。对天地间流动的绮丽的"自然之华"，诗人以心目观照，"文情赴之，貌其本荣，如所存而显之，即以华奕照耀，动人无际矣。古人以此被之吟咏，而神采即绝"（《古诗评选》卷五）。王夫之由此继承了古人观物、感兴、传神的传统，确立其兴会说的逻辑起点，在高扬主体的能动性和创造性的同时，注重主客合一的艺术体验。诗人以"广目细心"，观审"天壤之景物"，"灵心巧手，磕着即凑"（《古诗评选》卷五）。兴会体现为"心中目中与相融浃，一出语时，即得珠圆玉润，要亦各视其所怀来而与景相迎者也"（《姜斋诗话·夕堂永日绪论内编》）。这要求诗人具有深邃、广远的审美心胸或怀抱。王夫之经常强调，若诗人胸中无丘壑，眼底无性情，则难以求得与情怀相迎之景。

所谓"意无预设"，主要是指诗人在审美感兴时不带成见或先入为主之见。在王夫之看来，"鸟道云踪，了然在人心目之间，而要不可为期待"（《古诗评选》卷五），兴会乃不期而遇，"灵光之气，每于景事中不期飞集"（《古诗评选》卷四）。在兴会的瞬间，诗人获得意料之外的独特感受和创造性意象。

针对预设法式或"分节目，起议论"之类的诗坛弊病，王夫之强调说：

> 意无预设，因所至以成文，则兴会尤为有权。（《古诗评选》卷四）

鲜明生动的意象或神理由兴会而得，可谓初无定景、初非想得，这与苏轼所说的文章应如"行云流水，初无定质"（《答谢民师书》）似有相似之处。"意无预设"的兴会，唤起惊奇、新鲜、微妙的高峰体验，导致独特的意义生成。在即景会心的富于创造性的瞬间直觉中，诗人"获得一种新奇的力量，一种初次发现的力量"[1]（帕乌斯托夫斯基），那有意味的境界好像是"第一次被召唤出来似的"[2]（海德格尔）。

南宋严羽曾说：夫诗有别材，非关书也；诗有别趣，非关理也。（《沧浪诗话·诗辨》）。这段话看似轻视"书"和"理"的价值。不少明朝文人受此影响，却忽略了严羽紧接这段话所作的补充："然非多多读书，多穷理，则不能极其至。"（同上）王夫之把"诗有妙悟，非关理也"这一命题误记为王世贞的弟弟王世懋提出的，并颇有异议，在他看来，"非理抑将何悟？"（《姜斋诗话·诗译》）他反对于理求奇或以"名言之理"（逻辑概念之理）入诗，但非常重视以理居胜的诗，把理看作诗歌意蕴的主要因素，主张诗歌呈现"神理"。他认为足入风雅的诗说理而无理臼，通人于诗不言理而理自至，古今人难以企及的境界是"神理、意致、手腕三绝"（《唐诗评选》卷三）。这种对"理"和"神理"的赞赏在他那里不胜枚举，可谓无以复加。而诗人在兴会中体悟并呈现神理，可谓深人之至。

---

① 参见帕乌斯托夫斯基《面向秋野》，湖南文艺出版社1992年版，第13页。

② 参见张世英《天人之际》，人民出版社1995年版，第417页。

在王夫之那里，"理"与"道"一样，主要是指万事万物共同遵循的普遍规律。理寓于万物之中。诗中之"理"与意象交融，隐含于浑成的诗境。王夫之说：

> 理关至极，言之曲到。人亦或及此理，便死理中，自无生气。此乃须捉着，不尔飞去。（《古诗评选》卷五）

这就是说，对诗至关重要的理，应由诗人含蓄自然地加以表现。理在诗中一旦露出形迹，诗就会了无生气。伟大的诗人在兴会中对理的审美把握，堪称神妙。

王夫之所说的"神理"是非常微妙的概念，从一般的美学、诗学辞典和学者的著述中，我们难以找到关于"神理"的令人信服的解释。如果把"神理"看成是艺术作品中的自然神妙之理和作家在审美观照、艺术创作时的思理、条理，就不够确切。如果把"神理"看成是与"理"一样的客体属性，那就流于片面。我以为，在王夫之那里，"神理"不仅关涉着人性、物理和诗意，而且是就主客合一的审美与人生境界而言的。王夫之说：

> 天地之生，莫贵于人矣；人之生也，莫贵于神矣。神者何也？天之所致美者也。百物之精，文章之色，两间之美也。函美以生，天地之美藏焉。（《诗广传》卷五《商颂》）

由此看来，宇宙人生与艺术之美要由"神"来把握、发现或观照，宇宙人生与艺术之道也就是"理"，"神理"是宇宙人生与艺术之美的内在根据，寓于天人合一的审美境界。神理流于宇宙间。王夫之说：

> 神理流于两间，天地供其一目，大无外而细无垠，落笔之先，匠意之始，有不可知者存焉。（《古诗评选》卷五）

神理和对神理的艺术表现具有不可知的神秘性。这种观念与其说是他的局限，不如说是他的高明之所在。即便在今天，谁能把"神理"一语道破？宇宙人生与艺术创作的神秘性，也许恰恰是其永恒魅力的重要原因。

很多文艺家如宗白华、泰戈尔、雪莱、布莱克和马利坦等，都从对宇宙人生的观照中体悟到无限的神秘。如马利坦曾说："诗人就是在诗性直觉中领会到世界的神秘中的某种独特的神秘的。"[①] 而艺术家通常在言有尽而意无穷的创作中参见化工之妙，寻求意义的瞬间生成。

神理寓于人的审美心胸。王夫之赞刘基诗《旅兴》：

> 其韵其神其理，无非《十九首》者。总以胸中原有此理此神此韵，因与吻合……（《明诗评选》卷四）

可见，伟大的艺术创造从来不是因袭与模仿的产物，而是文艺家心中神韵妙理的外化。济慈等欧洲诗人的看法在这点上与王夫之基本一致："我曾在天堂中受到教诲/让我胸中的旋律自由自在。"[②] "诗来自内在的源泉，在一个概念形成以前，它完全反映了外在的无数意象的韵律。"[③]（马拉美）"灵魂中没有乐感的人永远不能成为一个天才的诗人。"（柯尔律治）

神理蕴含在诗中。王夫之说：

> 霏微蜿蜒，嗟吁唱叹，而与神通理。（《诗广传》卷五《商颂》）

诗的形气与神理交融，而"神理"可谓与神通理。诗的形神兼备导源于主客合一的审美感兴。

> 神则合物我于一原。盖耳目止于闻见，唯心之神彻于六合，

---

① 雅克·马利坦《艺术与诗中的创造性直觉》，三联书店1991年版，第223页。
② 转引自雅克·马利坦《艺术与诗中的创造性直觉》，三联书店1991年版，第221页。
③ 同上书，第217页。

周于百世。(《张子正蒙注·太和篇》)

王夫之由此强调神思或审美想象的重要性。这也是兴会的基础和前提。他在描述兴会时曾说:

> 以神理相取,在远近之间。才着手便煞,一放手又飘忽去……神理凑合时,自然恰得。(《姜斋诗话·夕堂永日绪论内编》)

这就一方面指出兴会的模糊性、不确定性或无意识性,另一方面又强调诗中看似无关、无理的情思与景物在因神理而沟通契合时,显得自然恰切。同时也表明,神理不单是指"传神之理"、"神妙之理"(有的学者由此望文生义),在很多情况下,神在于主体,理在于客体,神理凑合唤起诗人即景会心的灵感,达成情景妙合的艺术创造。

诗人在兴会中对神理的呈现可谓内极才情,外周物理,"在天合气,在地合理,在人合情,不用意而物无不亲"(《古诗评选》卷四)。总之,兴会是诗人的创造性想象无比活跃的状态,是在"空微想象中忽然妙合"(《明诗评选》卷八),源于景物又发自内心,不涉概念又合乎神理,是审美感兴达到极致的瞬间直觉。

第二节　兴会的基本特征

限于生理学、心理学和诗学等方面的局限,20 世纪的中外学者在艺术灵感问题上虽作过许多探索,但难有重大进展。以致提起艺术灵感的特征,人们通常想到突发性、直觉性和创新性(这是艺术灵感与科学灵感共有的特征),而如此简明的看法也不见得众所周知。很多文艺家善于描述灵感,但难以说清灵感是什么。也许,灵感像美、爱和幸福等问题一样,始终是难以界定的。

王夫之在把握前人学说的基础上,结合他本人的诗学观念,着重从诗的角度出发,对"兴会"的特征主要有以下几点看法。

其一,偶然性或突发性。王夫之认为,诗的灵通之句或化工之笔来自于即景会心的瞬间直觉。换句话说，佳妙诗句通常是"偶然凑合"或"偶然凑手"的结果。情景妙合、匠心独运的诗通常由"天籁之发，因于俄顷"（《古诗评选》卷四）的兴会而得，可谓"笔授心传之际，殆天巧之偶发，岂数觏哉？"（同上）

诗的兴会不是主体对客体的认识，而是以物我合一的审美体验和即景会心的艺术直觉为基础，诗人超拔的体物、达情和传神的能力是兴会的前提条件。王夫之在他的论著中多次表明这个看法：诗人的想象游于古今上下之间，诗人的情怀可谓"心悬天上，忧满人间"（《古诗评选》卷五），诗人的风神思理可谓"一空万古，共求伯仲"（《古诗评选》卷四），诗人的艺术才能可谓取神似于离合之间，韵脚中见化工。唯其如此，才有偶然突发的兴会。

王夫之评汤显祖诗《吹笙歌送梅禹金》：

> 搅碎古今，巨细入其兴会。从来无人及此，李太白亦不能然。（《明诗评选》卷二）

他所推重的"搅碎古今"主要是指诗人能够言含万象，意通古今，诗人对宇宙人生须有整体把握（洞观）的能力。偶然突发的兴会来自于诗人通天下之情、尽古今之变的审美观照，此可谓瞬间关乎永恒。

其二，直接性和直觉性。在王夫之看来，诗是空微想象中忽然妙合的兴会的产物，而"想象空灵，固有实际"（《古诗评选》卷四），诗人的想象或兴会离不开对事物直接的审美观照。王夫之说：

> 身之所历，目之所见，是铁门限。（《姜斋诗话·夕堂永日绪论内编》）

诗乃一目一心所得，不安排，不扯拽。这一重要的诗学原则表明：好诗并非道听途说或苦思冥想的产物，审美感兴也不像认识活动那样可由间接的途径所达成。

在直接的审美观照中，诗人即景含情，写景至处，心目不相暌离，从而"适目当心"，乃可入咏。由此出发，王夫之提倡诗应"立主御宾，顺写现景"（《唐诗评选》卷三），不因追忆。他说：

> 情感须臾，取之在己，不因追忆。若援昔而悲今，则为妇人
> 泣矣……（《古诗评选》卷五）

这一看法的合理性至少有以下两方面：首先，中国诗语言简洁、凝练，篇幅短小，宜于即兴创作，能在兴会中达到"状难写之景，如在目前；含不尽之意，见于言外"（梅尧臣语，参见欧阳修《六一诗话》）的效果；其次，诗人的审美感兴和借景抒情的艺术手段等因素使诗适于"寓目吟成"，王夫之常说的"触目当心"、"触目生心"、"触目同感"、"触目得之"、"寓目警心"和"即目成吟"等都强调兴会的直接性和直觉性以及艺术表现时的"不因追忆"，如此赋诗，常常可以突破诗人的理性与诗的法度、格律或程式的拘束。应该说，王夫之对中国诗（乃至绘画和书法）的特性把握得很准确，很深刻，他的观点与西方的"诗言回忆"说大相径庭。这与中国诗的抒情传统和西方诗的叙事传统有很大关系。

兴会的直接性总是与直觉性相伴随，所谓即景会心、会景生心、触目生心和寓目警心等都是指诗人在直接的审美观照中产生瞬间直觉，或者说，兴会总是在天人合一的审美感兴中应运而生。很多当代学者认为中国诗重表现，这一看法非常含混，至少未摆脱主客二分的认识论成见。而从王夫之的即景会心和情景妙合等诗学原则看，中国诗是再现与表现的统一。

其三，能动性或创造性。能动性主要表现为诗人的创造性想象、深远广大的胸襟怀抱和在天人合一的情境中把握风神思理（或风韵神理）的能力。前面说过，神理并不等同于神妙之理，不是主体对客体的认识，而是神（人之神）与理（物之理、诗之理或思之理）的沟通和合。神理通常在天人合一的情境与诗的情景妙合的意境中呈现出来。

王夫之认为，心乃性之灵天之则，耳目止于闻见，而心之神彻于六合，周于百世，无灵心即无妙悟。在他看来：

心理所诣，景自与逢，即目成吟，无非然者，正此以见深人之致。（《古诗评选》卷五）

真有关心，不忧其不能感物。（《明诗评选》卷六）

由此可见，心灵不仅制约诗意，而且决定着诗人感物、兴会、传神的能力。

"因云宛转，与风回合，总以灵府为逵径，绝不从文字问津渡。宜乎迄今两千年，人间了无知者。"（《古诗评选》卷一）王夫之对曹丕诗《秋胡行》的这段评语甚妙，把诗人兴会的能动性与创造性一语道破。

王夫之常用"天巧"、"天授"、"天才"、"灵心"和"灵通"等词语赞赏诗人的伟大创造。兴会是创造性直觉的体现，也是大家（雅人、深人和天才）之作的前提。他在评谢灵运诗《游南亭》时说：

天壤之景物，作者之心目如是，灵心巧手，磕着即凑，岂复烦其蹰躇哉？（《古诗评选》卷五）

可见，大诗人不仅有通天尽人之怀，而且有追光蹑景之笔，在"灵心巧手，磕着即凑"的兴会中，达成出神入化的艺术创造。

其四，言与意的统一性。很多普通人并不缺乏触景生情的审美感兴的能力，但缺乏兴会，即便他们偶有兴会，也言不尽意。而真正的诗人在兴会时则可以达成言与意的统一。

王夫之常用寓目吟成和即目成吟等词语强调言与意（或意象）的统一。在他看来，只于心目相取处得景得句，"景尽意止，意尽言息，必不强括狂搜，舍有而寻无。在章成章，在句成句"（《唐诗评选》卷三）。在兴会的情境中，意不枝，词不荡，曲折而无痕，意、景、言三者妙合。

言与意统一的最高境界是意在言外，意伏象外。换句话说，言与意统一的充分体现是意境的生成。王夫之继承了"超以象外，得其环中"（司空图）、"境生于象外"（刘禹锡）和"言有尽而意无穷"

（严羽）的古代诗学传统，他不仅多次以"言有象外，有环中"和"境语蕴藉"之类的术语评诗，而且在很多精彩的评语中把这个问题导向深远广大。王夫之说：

> "采采芣苢"，意在言先，亦在言后，从容涵泳，自然生其气象。（《姜斋诗语·诗译》）

这话乍看起来有些玄奥，其实主要是指诗以从容涵泳达到意在言外、气象万千的效果，形成波势平远（或"咫尺有万里之势"）的意境。对此我们可以参考王夫之对崔颢诗《长干曲》（君家住何处？妾住在横塘。停船暂借问，或恐是同乡）所作的评价：

> 墨气所射，四表无穷，无字处皆其意也。（《姜斋诗话·夕堂永日绪论内编》）

这句话强调诗歌意境的深远广大的艺术空间。可以说，崔颢这首从开头到结尾都蕴藉生动的诗言有尽而意无穷，即意在言先，亦在言中，又在言后。

总之，在王夫之那里，兴会是物我合一的情境中言与意统一的瞬间直觉。这一看法，常在晚近的文艺家那里不约而同地得到印证。如拜伦、兰波和叔本华等人都曾强调灵感产生于物我合一的情境。法国作家戈蒂耶（1811—1872）要求诗人掌握一种高超的形式技巧，他认为，正是那种不容易达到的形式技巧赋予诗人以新奇而持久不衰的灵感。[①] 王国维认为，境界之"呈于吾心而见于外物者，皆须臾之物"（《人间词话》），诗人能感之且能写之（镂诸不朽之文字）。

兴会的言与意统一的特征在诗人那里常常体现为即兴创作。在中国古代，悟有顿悟、渐悟之分，作诗有"快吟"与"苦吟"之说（如苏轼主张诗与书法当由作者冲口而出，纵手而成）。王夫之显然推

---

① 参看 S. 阿瑞提《创造的秘密》，辽宁人民出版社 1987 年版，第 249 页。

崇"顿悟"和"快吟",这个看法主要是针对历代颓靡的诗风和僵化的诗学观念而言的,即便在一般意义上,这个看法也符合中国诗的艺术特性。

第三节 兴会说的理论阐释:现量

王夫之在《姜斋诗话》中说:

> "僧敲月下门",只是妄想揣摩,如说他人梦,纵令形容酷似,何尝毫发关心?知然者,以其沉吟"推""敲"二字,就作他想也。若即景会心,则或推或敲,必居其一,因景因情,自然灵妙,何劳拟议哉?"长河落日圆",初无定景;"隔水问樵夫",初非想得:则禅家所谓"现量"也。(《姜斋诗话·夕堂永日绪论内编》)

这段话强调诗应来自即景会心的瞬间直觉,诗不是思想先行("拟议")和预设定景的产物,[①] 而应该是在直接的审美观照中情景相生、自然灵妙的体现。对此,王夫之用"现量"来加以概括。

"现量"本是古代印度因明学中的术语,[②] 王夫之在研究佛教相宗义理的专著《相宗络索》中把"三量"(现量、比量和非量)列为一章。可见,他在这方面的学养远非一般文人所能及。[③] 他把"现量"引进诗学领域,用来说明审美观照、艺术直觉(包括兴会)和

---

① 英国诗人柯尔律治曾指出,具有"最高度、最严格意义上的想象力"的华兹华斯,有时在幻想的运用上显然是"预先研究的产物,而非自然的流露"(参看 R. L. 布鲁特《论幻想和想象》,昆仑出版社 1992 年版,第 63 页)。

② 被大乘佛教列为印度五明之一的因明是关于推理、论证、知识和智慧的古代学问。"量"指知识,分为"现量"和"比量"。现量是由感官和对象接触所产生的知识。比量就是推理(参看沈剑英《因明学研究》,中国大百科全书出版社 1985 年版,第 1—7 页)。

③ 王夫之对佛禅学说常作批驳,而对"现量"尤为注重。他说:"不思而亦得,故释氏谓之现量。心之官不思则不得,故释氏谓之非量。……释氏唯以现量为大且贵,则始于现量者,终必缘物。故释氏虽不缘物而缘空,空亦物也。"(《读四书大全说》卷十《孟子·告子上篇》)

诗歌创作的特性。①

我们先看王夫之对"现量"的解释：

> "现量"，现者，有现在义，有现成义，有显现真实义。现在，不缘过去作影。现成，一触即觉，不假思量计较。显现真实，乃彼之体性本自如此，显现无疑，不参虚妄。……"比量"，比者，以种种事，比度种种理。以相似比同，如以牛比兔，同是兽类；或以不相似比异，如以牛有角，比兔无角，遂得确信。此量于理无谬，而本等实相原不待比。此纯以意计分别而生。……"非量"，情有理无之妄想，执为我所，坚自印持，遂觉有此一量，若可凭可证。（《相宗络索·三量》）

> 禅家有三量，唯现量发光，为依佛性；比量稍有不审，便入非量。（《姜斋诗话·夕堂永日绪论内编》）

由此看来，"现量"有三层含义。一是"现在"义，即现量是由目前的直接感知而得，不依赖回忆；二是"现成"义，即现量是由瞬间的直觉而得，不需要概念、判断、推理等抽象思维方式的介入；三是"显现真实"义，即现量是对人情物理（或宇宙人生之道）的体悟。而比量则属于归纳、演绎、分析、综合的抽象思维方式；至于非量，纯属非理性的胡思乱想（或偏执的"妄想"）。三量之中，"唯现量发光，为依佛性"，唯现量与诗性相通。

在王夫之那里，"现量"可谓兴会说的理论阐释。从现量的三层含义看，兴会具有"现在"、"现成"和"显现真实"三种特性：其一，兴会是物我合一的直接审美感兴；其二，兴会是瞬间直觉；其三，兴会是对人情物理（或神理）的审美观照或艺术表现。

———————————————

① 当代学者早已对王夫之的"现量"说加以高度评价。例如，刘畅认为，王夫之的"现量"说，有针对性地对传统理论加以矫正和改造，使之更加完备，丰富了我国的美学遗产（《王船山"现量"说对传统艺术直觉诗论的改造》，《江汉论坛》1984 年第 10 期）。叶朗认为，"现量"说是王夫之美学思想中最深刻的内容，也是王夫之在美学史上的重大贡献（《中国美学史大纲》，上海人民出版社 1985 年版，第 464 页）。

现量，不仅是对兴会说的理论阐释，而且是诗歌批评的标准。例如：

> 只写现量，不可及。(《明诗评选》卷一石宝《长相思》评语)

> 清婉则唐人多能之，一结弘深，唐人之问津者寡矣。"蝉噪林逾静，鸟鸣山更幽"，论者以为独绝，非也……"逾""更"二字，斧凿露尽，未免拙工之巧；拟之于禅，非、比二量语，所摄非现量也。(《古诗评选》卷六王籍《入若耶溪》评语)

从这类评语看，作为批评标准的现量，与兴会基本上是同义语。

"现量"在佛家哲学中原指主体由对事物的直接感知而获得的知识，具有直观或直觉思维的特性。经过王夫之的改造，"现量"成为诗学范畴，是指诗人即景会心、富于洞见（显现真实）的审美直觉。与严羽的"妙悟"说相比，"现量"说至少具有三个优点：一是强调审美直觉的客观来源（身之所历，目之所见，是对天地万物直接的审美感兴）；二是强调审美直觉的三个层面，比以往的直觉论更明确、深刻、系统；三是既把直觉与经生之理（或名言之理）区别开，又强调直觉的理性内涵或超理性特征。因此，王夫之的现量说（或兴会说），代表着中国古代诗学在这个领域的最高成就，而且在很大程度上具有现代意味。

第四节　兴会在诗歌创作中的重要性

王夫之说："一用兴会标举成诗，自然情景俱到。恃情景者，不能得情景也。"(《明诗评选》卷六)他历来认为情景妙合，不在刻意，情与景是诗的二要素，情景交融是意象或意境的基本规定。所以，若无兴会，即便情景兼备，也难有佳作。而"兴会成章，即以佳好"(《明诗评选》卷五)。

风格是作家成熟的艺术创造力的标志，而兴会直接关系到作家风格的创造（在诗的领域尤其如此）。王夫之非常明确地认识到这一点，他说：

> 兴会不亲而谈体格，非余所知也……（《唐诗评选》卷四）

因此，他常以"兴会"为标准来衡量诗人独特的审美感兴与艺术表现的能力，"吾特赏其兴会"（《唐诗评选》卷四）等词语是他给予来鹏等诗人的高度评价。

诗歌创作的基本条件是体物、感兴、达情，而兴会与此息息相关。王夫之说："含情而能达，会景而生心，体物而得神，则自有灵通之句，参化工之妙。"（《姜斋诗话·夕堂永日绪论内编》）这就是说，灵通之句源于诗人即景会心的灵感或直觉，而非技巧或字句的苦心经营。若仅以险韵、奇字、古句、方言求巧，即便能"巧"，也与"心情兴会一无所涉，适可为酒令而已"（同上）。这样，只有通过兴会，诗人才能达情、会心、得景、传神，才能有灵通之句，从而实现"参化工之妙"的伟大创造。

总之，从诗的情景、风格或灵妙创造的角度看，兴会的重要性显而易见。

第七章 天才论

天才论是关于创造力或创造性的艺术才能的学说。从古至今，很多学者虽然各有其立场、观点和方法，但都把天才看作诗学中不可缺少的范畴，因为艺术天才是人能动地、创造性地进行艺术创作的特殊能力。艺术天才，既指高度的艺术才华、特殊的创作天赋，又指具有非凡的艺术创作才能的人。

美国当代学者 S. 阿瑞提说过：当我们回想文学上的天才或者文学上某一著名人物时，所想到的绝大部分都是诗人的名字。① 众所周知，中国古代文学的最高成就是诗，中国并不缺少天才的诗人，中国诗学中不乏艺术创新的观念。但在中国古代，有哪一位学者对天才问题给予自觉的、充分的重视？我以为，这位学者就是王夫之。

王夫之的看法，散见于他的《古诗评选》、《唐诗评选》和《明诗评选》等诗学著作中，虽然他不曾明确地对"天才"加以界定，也不曾概述天才的基本特征，但"船山先生片纸只字，皆统之有宗，会之有元"（刘人熙《船山明诗评选序》）。② 对他的天才论，我们应该加以总结和评析。

第一节 天才的含义

在中国古代，天才是指艺术创作的特殊才能和具有这种才能的人。南朝刘勰曾提出"才由天资"（《文心雕龙·体性》）。北齐颜之

---

① 参看 S. 阿瑞提《创造的秘密》，辽宁人民出版社 1987 年版，第 245 页。
② 引自《船山全书》第 14 册，岳麓书社 1995 年版，第 1636 页。

推明确认为写作需"天才"这种特殊的才能，"必乏天才，勿强操笔"（《颜氏家训·文章》）。唐元稹诗云："杜甫天才颇绝伦，每寻诗卷似情亲。"（《酬孝甫见赠》）以后论者进一步将"天才"与"人力"相对，宋谢尧仁把文章分为"以天才胜"和"以人力胜"两者，认为"出于人者"可勉力而致，"出于天者不可强也"（《于湖集序》）。《唐摭言》（卷五）和《新唐书·王勃传》中载有都督惊赞王勃为"天才"的趣闻，这里所说的天才是指具有奇才异慧的人。

古人对天才的基本看法，在王夫之那里得到发扬光大。总的来说，在他那里，天才作为常用术语，① 至少有两个层面的含义：一是指具有高超的艺术直觉、想象力和独创性的诗人，其同义词主要有深人、幽人、通人、雅人、大家、英雄和绝代才人等；二是指诗人以灵心巧手，体悟天地之妙，呈现神理，独具风韵的非凡的艺术才能，其同义词主要有神授、天成、天巧、大手笔、灵心巧手、作家高手和绝世之才等。王夫之说：

> 含情而能达，会景而生心，体物而得神，则自有灵通之句，参化工之妙。（《姜斋诗话·夕堂永日绪论内编》）

这是他的天才论的一个核心原则。其中，"会景而生心，体物而得神"主要是强调天才诗人的艺术直觉能力。即景会心的艺术直觉，意味着诗人在对事物直接的审美观照中获得瞬间的感悟，王夫之常用"触目

---

① 王夫之明确使用"天才"这一术语达十次以上。例如："屡兴不厌，天才欲比文园之赋心。"（《古诗评选》卷一卓文君《白头吟》评语）"于景得景易，于事得景难，于情得景尤难。……子建而后如此，即许之天才流丽可矣。"（《古诗评选》卷一曹植《当来日大难》评语）"《行路难》诸篇，一以天才天韵吹宕而成，独唱千秋，更无和者。"（《古诗评选》卷一鲍照《拟行路难》评语）"饶有往复，而无一溢词。点染已至，而抑无一浮字。所谓拓小以大，居多以少者也。何得不推为天才！"（《明诗评选》卷一刘基《蜀国弦》评语）"……惟此种不琢不丽之篇，特以声情相辉映，而率不入鄙，朴自有韵，则天才固为卓尔，非一往人所望见也。"（《古诗评选》卷一鲍照《代门有车马客行》评语）"两层重叙，供奉于是亦且入时，亏他以光响合成一片，到头本色。自非天才，固不当效此。"（《唐诗评选》卷一李白《侍从宜春苑奉诏赋龙池柳色初青听新莺百啭歌》评语）从上述评语可以看出，"天才"是王夫之诗学中的一个重要范畴，"天才"的第一要义是诗人卓越的艺术表现才能，"天才"的诗作往往不假雕琢，浑然天成，具有平淡、自然的艺术风格和富于神韵的意境。

生心"、"寓目同感"、"寓目警心"和"适目当心"等术语评价诗人
的艺术直觉能力。这种能力常常体现为天才诗人的即兴创作。王夫之
反复强调，只于心目相取处得景得句，乃为朝气，乃为神笔。他非常
推崇诗人"触目得之"、"寓目吟成"或"即目成吟"的兴会成章的
能力。

诗人的情景妙合、兴会成章离不开丰富、空灵的想象。王夫
之说：

> 空微想象中情景妙合，必此乃辨作诗。（《明诗评选》卷八）

天才诗人的艺术想象深广远大，"构想广远，遂成大雅"（《明诗评
选》卷八）。以想象为中心环节，诗人具有独特的艺术思维：

> 出入远近之间，总不入人思路脉理，必此乃可言诗。（《明诗
> 评选》卷五）

超拔的艺术想象无限无穷，天流神动，天才诗人可以做到"字里含
灵，不分宾主，真钧天之奏，非人间思路也"（《明诗评选》卷五）。

独创性是天才的首要含义，是王夫之诗学中至高无上的原则。王
夫之一贯反对俗套、僵化的诗法和时诗习气，反对立门庭（宗派），
就是因为他始终认定每一首好诗都是独一无二的艺术创造。他并不反
对诗人拟古、学古，但主张破体换义、翻古调为新声甚或破尽格局、
神光独运。他常用"独构"、"独至之情"、"恢奇独创"、"景外独
绝"、"韵胜即雅"、"形神都胜"和"刻削化尽，大气独昌"等词语
评诗，这都是在强调独创。在他看来，天才诗人的首要追求或标志就
是独创：

> 通首求之，逐句求之，逐字求之；求之高，求之远，求之
> 密，求之韵，求之变化。呜呼！尽之矣。（《明诗评选》卷四）

王夫之对蔡羽诗《九月十四日集东麓亭》的这段评语道出了他对诗歌

独创性的总体要求。既然诗无定体，文无定法，诗人的独创就会体现在立意、谋篇、用字和遣韵等很多方面。

王夫之在 17 世纪对天才诗人的艺术直觉、想象力和独创性所作的强调，是在中国诗学的理论与实践的广大背景下进行的，是一种理论总结的形态。而在西方，无论是赫尔德、歌德和康德等人对创造精神（Genius，即"天才"）的探讨，还是艾迪生和扬格等人对天才的想象力和独创性的重视，都已是 18 世纪的事了。至于叔本华、柏格森和克罗齐等人对艺术直觉的论述则更为晚近。而上述文艺家的天才论，是对以亚里士多德为代表的西方古典诗学的反动，在很大程度上是对浪漫主义和现代主义诗学的启发。

王夫之常以巧心、灵心和文心等术语评诗，认为天才诗人具有灵心巧手的艺术才能。寻常诗人可有巧语、巧手，但缺乏巧心、灵心。他说：

> 有持心之力，有遣心之韵；寻常诗人必不到，此非其力不足，韵不佳也。难言之矣。（《明诗评选》卷四）

> 腐汉心不能灵，苦于行墨求耳。（同上）

好诗之所以富于韵、神、理，是因为诗人"胸中原有此理此神此韵"。与此相似，19 世纪英国学者托马斯·卡莱尔认为，一切深沉的思想都是歌，歌似乎是我们最核心的本质，我们把诗歌称为音乐性的思想，诗人是以这种方式思想的人。[①] 柯尔律治也认为，灵魂中没有乐感的人永远不能成为一个天才的诗人。[②]

可以说，天才的灵心通常体现为持心之力、遣心之韵，遣心之韵近似于灵魂中的乐感，诗中的神、理是音乐性的思想，与天地万物的节奏、韵律相谐调。灵心与纯真的赤子之心、不为物役的素心和超越于日常琐事之上的文心是相通的，灵心意味着诗人即景会心、即目成

---

① 参看卡莱尔《英雄和英雄崇拜》，上海三联书店 1988 年版，第 134 页。
② 转引自马利坦《艺术与诗中的创造性直觉》，三联书店 1991 年版，第 217 页。

吟的艺术才能。在王夫之看来，"合化无迹者谓之灵，通远得意者谓之灵"（《唐诗评选》卷三）。富于灵心的天才诗人可以领悟天地之美、宇宙之道或化工之妙，并且"含情而能达"。王夫之在评诗时多次表达了这种看法：

> 天壤之景物、作者之心目如是，灵心巧手，磕着即凑，岂复烦其踌躇哉？天地之妙，合而成化者，亦可分而成用；合不忌分，分不碍合也。（《古诗评选》卷五）

> 叙事言情，起止不溢，正使心悬天上，忧满人间。故知惟雅人能至所至。（同上）

可见，灵心与巧手在天人合一的情境中因诗人的兴会（或灵感）而达成默契（得心应手）。也就是说，天才诗人灵妙的艺术思维与高超的艺术表现能够合而为一。

天才诗人在体悟天地之大美时，常常妙得神理，其作品可以达到高境界，即在天合气，在地合理，在人合情，不用意而物无不亲。"神理"是天时、地理、物情、客意的交通和合，换句话说，神理是天人合一的境界中心神与物理的妙合及其在诗中的呈现。王夫之在评张协的《杂诗》时说：

> 风神思理，一空万古，求共伯仲，殆唯"携手上河梁"、"青青河畔草"足以当之。……"蝴蝶飞南园"，真不似人间得矣。谢客"池塘生春草"，盖继起者，差足旗鼓相当。笔授心传之际，殆天巧之偶发，岂数觏哉？（《古诗评选》卷四）

可见，在天才诗人那里，风神与思理（或人情与物理），灵心与巧手，在偶然兴会的瞬间，达到巧夺天工的妙合。由此可以理解王夫之何以把神理、意致、手腕视为天才三绝。

天才的诗作往往具有天成风韵。王夫之非常重视这一点并经常以此评诗。"天成风韵"可以说是"韵脚中见化工"（宇宙人生之韵与

诗韵浑然契合，如刘庭芝的诗《公子行》"脉行肉里，神寄影中，巧
参化工，非复有笔墨之气"（《唐诗评选》卷一）。人为的自觉创造旨
在达成不假雕琢的天然之妙，这是天才的要义。王夫之把古代诗学的
这一宗旨发挥到了极致。他称赞徐渭的诗《边词》（其三）：

> 神力仙韵，于安顿处见之。此种极可得一切诗法。（《明诗评
> 选》卷八）

对"神力仙韵"的巧妙安顿实无定法可言；艺术不可无法，亦不可有
定法，法贵自然。这是中国古代诗学的一个普遍原则。本着这个原
则，王夫之推崇天成风韵（天籁、神力仙韵或天才天韵），他说：

> 《行路难》诸篇，一以天才天韵吹宕而成，独唱千秋，更无
> 和者。（《古诗评选》卷一）

这主要是强调浑然天成、不落古今的高情远韵。寻常诗人在字句上求
韵脚，为声律、法度所拘，其作品势必缺乏高情远韵（神力仙韵、遣
心之韵或天成风韵）；而灵心巧手的天才诗人则可以做到"声律拘忌，
摆脱殆尽"。

总之，天才诗人以灵心巧手，体悟天地之妙，呈现神理，富有独
具天成风韵的艺术才能。

第二节 天才的基本特征

一 深远广大的审美心胸

在《诗广传》等哲学、诗学著作中，王夫之始终认定，心统性
情，诗以道性情。因此，心灵决定着诗的艺术创造。他说：

> 因云宛转，与风回合，总以灵府为逵径，绝不从文字问津
> 渡。宜乎迄今两千年，人间了无知者。（《古诗评选》卷一）

　　心理所诣，景自与逢，即目成吟，无非然者，正此以见深人
之致。(《古诗评选》卷五)

天才诗人的灵府或心理有许多特长。其中最重要的是深远广大的审美
心胸。王夫之常用"怀抱"、"襟次"和"胸次"等词语来表述这一
点。在他那里，"怀抱"的含义较为宽泛，包括心胸、气度、志向、
性情等。天才诗人的怀抱通常体现为对宇宙人生的仰观俯察或对人情
物理的真切关怀，即通天尽人之怀或"心悬天上，忧满人间"。王夫
之说："真有关心，不忧其不能感物。"(《明诗评选》卷六)以对宇
宙人生的真切关怀为前提，诗人才能有大彻悟，"大彻悟后，自不留
一丝蹭蹬，只此是正法眼藏"(《明诗评选》卷六)。
　　若无深远广大的审美心胸，天才的创造就无从谈起。正如王夫之
所说，诗人若胸中无丘壑，眼底无性情，虽读尽天下书，不能道一
句。王夫之评梁有誉诗《咏怀》(其四)：

　　　　起兴广大深至，唯汉人能之。若不辨此胸次，无劳咏怀。
　　(《明诗评选》卷四)

诗的宗旨是兴、观、群、怨，导天下以广心，所以，审美心胸的艺术
表现要含蓄蕴藉、空微简约，如许继的诗《夜宿净土寺》"但从一切
怀抱函摄处细密缭绕，此外一丝不犯，故曰'诗可以兴'，言其无不
可兴也，有所兴则有所废矣"(《明诗评选》卷四)。
　　审美心胸意味着诗人超越于狭隘的私利或物欲之上。王夫之认为
科举文字神不清气不昌，主要原因在于名利之热衷，而好诗通常"涵
神澡魄"，天才诗人具有英雄气或广大昌明之气。这一看法与孟子和曹
丕以来的文气说和刘勰所倡导的"澡雪精神"是一致的。王夫之说：

　　　　深思远情，正在素心者。(《古诗评选》卷五)

素心者的一大特质是超越"物役俗尚"，"人可不自珍其笔，而为物
役俗尚所夺耶？"(《古诗评选》卷四)唯其如此，诗人才有"独至之

情"。审美心胸意味着天才诗人富于吟魂。王夫之评曹学佺诗《十六夜步月》：

> 全无正写，亦非旁写，但用吟魂罩定一时风物情理，自为取舍。古今人所以有诗者，藉此而已。(《明诗评选》卷五)

我以为，这里的"吟魂"在很大程度上是指诗人特有的诗心、诗意或诗的眼光。"吟魂"通常赋予诗以非凡的神采。

> 诗有神采，不倚妆点。(《明诗评选》卷六)

> 意不争新，正以神采谢宿气，解此者方可言诗。(《明诗评选》卷五)

显然，只有富于吟魂或诗心的天才诗人，才能写出神采（近似于神韵、风采）洋溢、含蓄蕴藉的作品。"吟魂"的重要特点是诗人以独特的审美心胸和诗意眼光关注宇宙人生。许多中外文艺家都有与此相似的看法，如苏联作家帕乌斯托夫斯基认为，对生活、对我们周围一切的诗意理解，是童年时代给我们的伟大的馈赠，如果一个人在漫长而严肃的生活中没失去这份馈赠，那他就是诗人或者作家。①

二　高超的感兴能力

触景生情，感物兴怀，或者说以审美的方式观物（静观、通观）、感物（感动兴发），历来是中国诗人艺术创作的基本途径。天才诗人具有高超的感兴能力，也就是在客观景物直接触发下产生审美情趣的能力。王夫之非常重视这一点。他说：

> 能兴即谓之豪杰。兴者，性之生乎气者也。拖沓委顺，当世之然而然，不然而不然，终日劳而不能度越于禄位田宅妻子之

---

① 参看帕乌斯托夫斯基《金蔷薇》，漓江出版社1986年版，第178页。

中，数米计薪，日以挫其志气，仰视天而不知其高，俯视地而不知其厚，虽觉如梦，虽视如盲，虽或动其四体而心不灵，惟不兴故也。(《俟解》)

这段话把审美感兴（兴）和生命的本体（气）联系在一起，把审美感兴看作人的生命本体的要求。能兴，才有灵心，才是豪杰。这样，高超的感兴能力才是天才的基本素质。

兴，既是一种审美能力，又是一种艺术手法。兴，作为《诗经》以来中国诗的伟大传统，在王夫之那里成为衡量诗人审美能力与艺术天才的重要标准。天才诗人可以搅碎古今，巨细入其兴会。王夫之评卓文君诗《白头吟》：

屡兴不厌，天才欲比文园之赋心。(《古诗评选》卷一)

又如，他评高启诗《君马黄》：

兴比赋顺手汆用，如岳侯将兵，妙在一心。(《明诗评选》卷一)

由此看来，能兴，与灵心（赋心）和天才几乎是同一的。

三　参悟宇宙人生的神秘

真正的诗歌引导人参悟宇宙人生的神秘。古代文艺家所宣扬的这种看法，日益为晚近的文艺家所接受并发挥。在东西方，从浪漫派诗学到马利坦，从泰戈尔到宗白华，都追求富于神秘或奥妙感的艺术境界。

中国诗学认为，诗人在天人合一的情境中参悟宇宙人生之道（神秘之大美）。王夫之不仅对此有很深的造诣，而且对诗歌艺术创作的奥妙颇有体会。王夫之评张宇初诗《野眺》：

韶光胜情，引我于寥天之表。真是不经人道语。(《明诗评选》卷五)

这就是说，诗不仅给人以艺术享受，而且使人视通万里，神与物游，进入难以言传的超凡脱俗的境界。对天地之妙及其诗意呈现，不仅读者有神秘感，而且作者也时常不知其所以然（天才诗人的创作具有无意识的特点）。王夫之评汤显祖诗《丽水风雨下船棘口有怀》：

> 天致自舒，作者阅者俱不知神魂何所矣。……汉人固以此为绝境，不但康乐云然。（《明诗评选》卷四）

可见，天才之作妙在自然，仿佛天造神运。王夫之评谢灵运《登池上楼》：

> 始终五转折，融成一片，天与造之，神与运之。呜呼！不可知已！"池塘生春草"，且从上下前后左右看取，风日云物，气序怀抱，无不显者，较"蝴蝶飞南园"之仅为透脱语，尤广远而微至。（《古诗评选》卷五）

这里所说的天造神运与人工雕琢相对，强调天巧与灵心，与王夫之所主张的诗应道尽天时、地理、物情、客意是一致的。在天才作品中，天地间的"风日云物"与诗人的"气序怀抱"妙合无垠，达到"广远而微至"的意境。读者若无广目细心，难以领会其高妙之处。

当诗人以化工之笔呈现天地之妙，表达气序怀抱，如何不令人感喟宇宙人生与艺术创造的双重神秘？意识到"神秘"，是文艺家高强的感受力或审美力的体现。王夫之的"神秘"说，不仅没有当代人所谓的"唯心论"或"不可知论"之嫌，而且表明他以诗人哲学家的身份，探索到宇宙人生与诗的高深处。可以说，王夫之是中国古代最能体会宇宙人生之神秘和诗之佳妙的人之一。

四　非凡的艺术才能

从本质上说，天才具有非凡的艺术才能。在西方，"天才"一词最初在16世纪用于评价一些画家与作家，直到18世纪，"天才"这个词具有"赋予某些人的那种不可理解、不可思议的能力"的含义。① 康德、歌德、叔本华和浪漫派作家们都把天才视为非凡的艺术才能。各种辞典如《辞海》、《心理学大辞典》和《大不列颠百科全书》等都把"天才"规定为非凡的才能（中国的辞典在解释"天才"时基本沿用西方的观念）。

几乎未曾受西方思想影响的王夫之，始终把天才的实质视为非凡的艺术才能。在这方面，他有非常丰富的看法，至少体现在以下几个方面。

其一，天赋的才能。王夫之多次强调：诗不以学，学我者拙，似我者死。这就是说，天才之作贵在独创，不可由模仿而得，天才诗人具有与众不同的天分。王夫之评晋乐府辞《休洗红》：

> 一往动人，而不入流俗，声情胜也。声情不由习得，故天下无必不可学文之心，而有必不可学诗之腕。（《古诗评选》卷一）

诗的一般技巧可学，而非凡的艺术才能（手腕）不可学。在很大程度上，艺术才能是天赋的。

天赋的才能通常体现为天才之作是"天授"（"神授"）的产物，非人力可为。我们可以从以下几段评语中看出王夫之对"天授"的重视：

> 倾情倾度，倾色倾声，古今无两。……殆天授，非人力。（《古诗评选》卷一曹丕《燕歌行》评语）

> 神韵所不待论。三句三意，不须承转，一比一赋，脱然自致，绝不入文士映带。岂亦非天授也哉！（《古诗评选》卷一汉高帝《大风歌》评语）

> 才授自天，岂可强哉！（《古诗评选》卷五谢灵运《石门新

---

① 参看 S. 阿瑞提《创造的秘密》，辽宁人民出版社 1987 年版，第 245、376 页。

营所住四面高山溪石濑茂林修竹》评语）

　　……大抵以当念情起，即事先后为序，是诗家第一矩矱，神
授之而天成之也。（《古诗评选》卷四庾阐《观石鼓》评语）

从上述评语看，"天授"是出神入化、巧夺天工的艺术才能的体现。
这种才能既不是诗人天生就有的，也不可由模仿他人或熟习技巧而
得，而是天才诗人超常的感受力和表现力。天赋的才能（天授、神
授）意味着诗人高度的艺术修养和熟练的艺术技巧，是先天的禀赋与
后天的才力的统一。

　　与王夫之的看法相似，康德认为，天才就是那天赋的才能，是天
生的心灵禀赋。[①] 歌德也说过，每种最高级的创造，每种重要的发明，
每种产生后果的伟大思想，都不是人力所能达到的，都是超越一切尘
世力量之上的。[②] 无论是王夫之，还是康德和歌德，在强调天赋时，
都未忽略后天的努力，都承认潜在的天赋是经后天努力而得以实现
的。王夫之没有什么宗教信仰，他所说的"天"也不是什么人格神，
非人力所为（"神授"）的诗并非外在的神赐，而是诗人内在才力
（灵心）的超常显现。天赋的才能并非一般的"人力"，而是参天之
力，如王夫之评王维诗《终南山》：

　　工苦安排备尽矣！人力参天，与天为一矣！（《唐诗评
选》卷三）

这样的才能时常令作者和读者感到不可思议、难以言诠，所以才有神
传天授的赞叹，正如康德所说，即使是一个天才超群的艺术家也无法
"指示出他们的幻想丰满而同时思想富饶的观念是怎样从他们的头脑
里生出来并集合到一起的，因为他们自己也不知道；因而也不能教给

---

① 参看康德《判断力批判》上册，商务印书馆 1987 年版，第 152、153、155 页。
② 参看爱克曼《歌德谈话录》，人民文学出版社 1984 年版，第 168 页。

别人"。①

其二，超越法则的才能。前面说过，灵心决定着诗人的艺术创造，天才诗人不为法则所拘。王夫之说：

> 《乐记》云："凡音之起，从人心生也。"固当以穆耳协心为音律之准。……足见凡言法者，皆非法也。释氏有言："法尚应舍，何况非法？"艺文家知此，思过半矣。（《姜斋诗话·夕堂永日绪论内编》）

这里所说的"穆耳协心"与"灵心"基本相同，相比之下，法则仅仅是手段，灵心顺应法则又制定法则。在王夫之看来，唐宋以下，有法吏而无诗人。抛开其中的成见，我们必须承认：天才诗人的创作合乎法则又超越法则。合乎法则是说诗人作诗符合诗的基本规定，超越法则是说诗人不为以往的法则所拘。在王夫之看来，天才之作可以破尽一切虚实起落之陋，如他所说：

> 神情自语。……就中非无次第，但在触目生心时不关法律。雅俗大辨，正于此。（《明诗评选》卷六邵宝《盂城即事》评语）

这就是说，天才诗人出于灵心，可以摆脱既定诗法的约束，甚至可以确立诗法。王夫之评沈明臣《湘水巫云曲》：

> 此即是法，不如此者即非法。当于神气求之。（《明诗评选》卷一）

由此看来，法则是手段，神情（神气、性情）是目的，天才诗人可以为表现神情而突破诗法的约束。

康德曾在《判断力批判》中说："天才就是那天赋的才能，它给艺术制定法规。"这一产生于 18 世纪的思想，在 17 世纪的王夫之那

———————

① 参看康德《判断力批判》上册，商务印书馆 1987 年版，第 152、153、155 页。

里已是非常明确的了。

其三，自然、从容的艺术品格。崇尚自然，是中国诗学的一个重要传统，从刘勰、钟嵘到王士禛、王国维，都明确地把"自然"视为诗的重要品格。"自然"，就是感物兴情，率然天成，不假雕琢，具有天然神韵。王夫之继承了中国诗学的这一传统，在他那里，"自然"是天才佳作的最高品格。

王夫之常用"妙在自然"，"不必奇微，自然深至"，"入手自然，不落阶级"，"自然佳致，不欲受才子之名"等词语评诗，这与他所赞赏的"天巧"、"天成"和"天然"是一致的。从王夫之的诸多评语中，我们可以看出他对"自然"的重视：

> 天姿国色，不因粉黛。(《明诗评选》卷二徐渭《述梦》评语)

> ⋯⋯惟此种不琢不丽之篇，特以声情相辉映，而率不入鄙，朴自有韵，则天才固为卓尔，非一往人所望见也。(《古诗评选》卷一鲍照《代门有车马客行》评语)

可见，"自然"是不假雕琢、不求绮丽、运笔自如、浓淡相宜的艺术品格。王夫之评谭用之《再游韦曲山寺》："琢率皆适，适者存乎诗才。"(《唐诗评选》卷四)这就是说，天才之作，常以"自然"为品格。与自然相应，王夫之崇尚诗的从容之美。他说：

> 云行风止之妙，古人未有。然必不可于今人中求之。(《明诗评选》卷四刘基《旅兴》评语)

> ⋯⋯此天壤至文，云容水派，一以从容见神力，非吞剥古人者得十里外闲香也。(《明诗评选》卷四胡翰《拟古》评语)

从容，具有行云流水或云行风止之妙，体现为不急躁、不直露、不促迫，是天才的应有之义。

其四，高超的艺术构思能力。王夫之评高叔嗣《宿香山僧房》：

> 排心惜句，得中晚之髓，亦大不易。……总不向有字句上
> 雕琢，只在未有字句之前淘汰择采，所以不同。（《明诗评选》
> 卷五）

这里所说的"只在未有字句之前淘汰择采"，主要是强调诗人高超的
艺术构思能力。天才诗人的艺术构思新颖绝妙，总不入人思路脉理。
在他看来，笔贵志高，大雅之作通常寄意广远，构思广远。独创性或
绝世之才往往体现在艺术构思上，王夫之评黄省曾《何以问遗君》：

> 嫡是汉人绝顶小诗。命意之细，命句之灵，命局之简，非以
> 绝世之才沉酣古咏者，必不可得。（《明诗评选》卷七）

在他看来，诗的妙处不在警句或诗眼，而在于通首浑成。所以，他对
"谋篇"推崇备至，他的很多评语都是着眼于谋篇的。例如：

> 一句捎通篇，乃觉字字皆灵，谋篇早矣。（《明诗评选》卷一）

> 缄心生彩，流意发音。……看他一起一住，得自然之妙。世
> 人能作此诗，不能如此谋篇。真慧！真忍！（《明诗评选》卷四）

> ……谋篇天人合用，作句以用天为主。（《明诗评选》卷六）

上述评语足以表明王夫之对"谋篇"的重视并非局限于一时，而与他
诗学中的有机整体论息息相关。诗人有灵心，才能谋篇高贵。谋篇高
贵，才能得自然之妙。作句，或许偶有天巧；谋篇，才能体现出诗人
在天人合一的情境中独特的艺术创造。

其五，非凡的艺术表现能力。在王夫之看来，古人修辞立诚，下
一字即关生死，字字应从心坎中过，诗应为一目一心所得，不堆砌、
不安排、不扯拽。因此，衡量诗人艺术成就的高低，在很大程度上要
从艺术表现能力入手。钟嵘在《诗品》中评价谢灵运的创作特点时

说："兴多才高，寓目辄书，内无乏思，外无遗物。"与此相应，王夫之认为天才诗人（如李白、杜甫）非凡的艺术表现能力体现为"内极才情，外周物理"（《姜斋诗话·夕堂永日绪论外编》）。这种随往不穷之才致，可谓大手笔或化工之笔。王夫之评孙仲衍《将进酒》：

> 一片声情，如秋风动树，未至而先已飒然。（《明诗评选》卷一）

由此可以理解巧夺天工的神技和动人魂魄的艺术形式美。

天才诗人非凡的艺术表现能力体现在创作方法和原则等方面。王夫之评刘基诗《蜀国弦》：

> 绕有往复，而无一溢词。点染已至，而抑无一浮字。所谓拓小以大，居多以少者也。何得不推为天才！（《明诗评选》卷一）

他在评阮籍《咏怀》时也说："文之以多为少，以浅为深，其妙乃至于此。"可见，历代中国文人在虚实、有无、多少、大小和深浅等方面的诗学原则在王夫之那里已熔为一炉，由此印证"以追光蹑景之笔，写通天尽人之怀，是诗家正法眼藏"（《古诗评选》卷四）。

综上所述，王夫之出于学理的探究，出于对诗的艺术创造的崇敬与赞叹，反复强调天授、天巧或神技，重视平淡、高远、自然、神韵的艺术境界，指出诗不可学、天才不在于模仿。但他并未把天才看成是神秘莫测或高不可攀的。在他看来，人才各有所宜，天才是出于天赋的后天造就。他主张学即不似，天才学杜，能得杜之佳者，善学杜者，正当学杜之所学（参看《明诗评选》卷五）；天才读古人文字，贵在以心入古文中，从而得其精髓（参看《姜斋诗话·夕堂永日绪论外编》）。因此，天才是顺应天赋、善于学习、体悟天地之妙、富于灵心、擅长创造的人及其非凡的艺术才能。

第八章　文体论

·

　　文体，作为一定的话语秩序所形成的文本体式，在中国古代，既指文类、体裁或体制，也指语体、风格等。王夫之非常重视文体问题，善于从文体的角度品评诗歌，他的很多创造性见解具有艺术哲学的高度，即便在今天看来也富于才情、智慧和理论价值。文体论，在王夫之的诗学中占据非常重要的地位。而这一点，在当代学界尚未引起足够的重视。本文试从以下三个层面评述王夫之的文体论，即体裁的规范、诗体的创造、风格的追求。①

第一节　体裁的规范

　　文体首先是指作品的体裁、体制。中国古代关于体裁、体制的理论非常丰富，主要集中在体裁的重要意义和体裁的明辨等问题上。王夫之对文体的探讨也是由此入手的，通过辨体，他自觉地阐发诗体的规范和艺术特性。

　　王夫之认为，文章必有体，诗赋、杂文、史笔和经义各自有其体裁规范：

　　　　截割彼体，生入此中，岂复成体？要之，文章必有体。体者，自体也。妇人而髯，童子而有巨人之指掌，以此谓之某体某体，不亦慎乎！（《姜斋诗话·夕堂永日绪论内编》）

---

① 　参见童庆炳《文体与文体的创造》，云南人民出版社 1994 年版，第 11、119 页。

不同的体裁在题旨等方面各有特色。诗并非万能，不可汗漫（漫无边际），不应越俎代庖，否则"言天不必《易》，言王不必《书》，权衡王道不必《春秋》……传经不必注疏，弹劾不必章案，问罪不必符檄，称述不必记序，但一诗而已足。既已有彼数者，则又何用夫诗？"（《古诗评选》卷五）诗不是"传经"、"弹劾"、"问罪"或"称述"的手段，在内容与形式上不能与其他体裁的文章相混淆。王夫之说：

> 诗以道性情，道性之情也。性中尽有天德、王道、事功、节义、礼乐、文章，却分派与《易》、《书》、《礼》、《春秋》去，彼不能代《诗》而言性之情，《诗》亦不能代彼也。冲破此疆界，自杜甫始，桎梏人情，以掩性之光辉，风雅罪魁，非杜其谁耶？（《明诗评选》卷五徐渭《严先生祠》评语）

且不论王夫之对杜甫的评价是否公允，在这里，他强调两点：从内容上说，《诗》抒发人情，表现"性之光辉"；从形式上说，《诗》以风雅为体制。这两点决定了《诗》与《易》等体裁不能互相替代。

王夫之从语体的角度把《诗》和《书》加以区分：

> 立言者必有其度，而各从其类。意必尽而俭于辞，用之于《书》；辞必尽而俭于意，用之于《诗》；其定体也。两者相贸，各失其度……（《诗广传》卷五《鲁颂》）

在他看来，为之告诫的《书》若有余意，则令人生疑；为之咏歌的《诗》若多其意，则扰乱视听，所以《诗》与《书》"异垒而不相入"。这里所谓的"俭于意"也就是"简意"，是王夫之颇为用心的一个诗学原则。他曾经感慨道：

> 简字不如简意，意简则弘，任其缭绕，皆非枝叶。呜呼！此夕堂不惜眉毛语，知谁领取？（《明诗评选》卷四胡翰《拟古》评语）

我以为，"简意"主要是指意不冗杂、不直露、不促迫或不做作；"简意"并非简化情意，而恰恰是以平淡、含蓄、从容或自然的诗风达到言有尽而意无穷的效果。换句话说，"简意"就是注重"全不入意，字字是意"（《明诗评选》卷五）；"一若无意，乃尽古今人意一在其中"（《明诗评选》卷四）。

王夫之又明确地把"诗"和"史"加以区别。他认为诗有诗笔，犹如史有史笔，无定法可言，但不以经生详略开合脉理求之，而自然即于人心。他说：

> 诗之不可以史为，若口与目之不相为代也，久矣。（《姜斋诗话·诗译》）

> 诗有叙事叙语者，较史犹不易。史才固以爨括生色，而从实著笔自易；诗则即事生情，即语绘状，一用史法，则相感不在永言和声之中，诗道废矣。（《古诗评选》卷四）

这表明，诗中的叙事带有情感因素，或者说叙事旨在生情，诗中叙事语言具有意象性；而写史固然可以剪裁生色，却是"从实著笔"，所以二者具有本质差异。①

王夫之虽然对"诗史"杜甫颇有异议，认为杜甫的《石壕吏》等作品"于史有余，于诗不足"，但他并不反对咏古或咏史。他说：

> 咏古诗下语秀善，乃可歌可弦，而不犯史垒。（《古诗评选》卷一曹丕《煌煌京洛行》评语）

> 咏史诗以史为咏，正当于唱叹写神理，听闻者之生其哀乐。

---

① 在王夫之看来，诗的本质是抒情，诗中的"叙事叙语"是生情的手段；诗有音乐性，诗与乐具有同一性，所以，诗中的"叙事叙语"要"可歌可弦"，不能与"永言和声"的基本规定相抵触。由此可以理解中国为何缺乏史诗和叙事诗，可以理解王夫之为何轻视《孔雀东南飞》等叙事性较强的诗和白居易等长于叙事的诗人。而王国维所说的"一切景语皆情语也"与王夫之的观点如出一辙。

一加论赞，则不复有诗用，何况其体？（《唐诗评选》卷二李白《苏武》评语）

这就意味着咏史诗的语言要形象生动，诗体富于节奏、韵律，刻画处不见酷肖逼真、不作论赞，于唱叹沿回中呈现神韵妙理。①

王夫之一方面认为诗是文与质的统一，另一方面又强调诗的形式美和艺术感染力，甚至认为诗体具有独立的审美价值。② 在《尚书引义》中，王夫之从哲学的高度论证人与事的"体要"立于"文质彬彬"，他的基本看法是：文如其文，而后质如其质，故欲损其文者，必伤其质；统文为质，乃以立体；建质生文，乃以居要；质以文为别，而体非有定；辞之善者，集文以成质；辞之失也，吝于质而萎于文；离于质者非文，而离于文者非质；惟质则体有可循，惟文则体有可著；文质彬彬，而体要立矣（参看《尚书引义》卷六《毕命》）。这一基本看法可以说是王夫之的文体论中若干观点的哲学依据。

首先，在文与质的统一中，"质"为主导：

无论诗歌与长行文字，俱以意为主。意犹帅也。无帅之兵，谓之乌合。李、杜所以称大家者，无意之诗十不得一二也。烟云泉石，花鸟苔林，金铺锦帐，寓意则灵。（《姜斋诗话·夕堂永日绪论内编》）

这里的"意"是指作者所要抒发的情怀、意趣或心志（体道之心、脱颖之气、感兴之情和通天尽人之怀）。任何文章，无论体裁如何，不立意则不灵通。若单单在形式上煞费苦心，则"吝于质而萎于文"，不能立体，所以，文章"以意为主，势次之。势者，意中之神理也"（《姜斋诗话·夕堂永日绪论内编》）。这里的"势"是指诗人在气质

---

① 咏史诗并非史诗，咏史之意不在史。咏史诗的三大忌可谓史实、论赞和思辨之理。

② 以乐论诗使王夫之的诗歌观完成了从重内容到重形式的转变。王夫之成功地完成了这一理论工作：将形式上升为诗歌本体。换句话说，艺术形式已经成为王夫之注意的焦点。当然，王夫之既强调文与质的统一，又注重诗体是各种因素的有机整体（浑成）（参见张节末《论王夫之诗乐合一论的美学意义》，《学术月刊》1986 年 12 月号）。

性情上的力度和体现在文辞气力上的灵动之态。文章贵在取势，否则气短力乏。王夫之认为：

> 文笔两途，至齐而衰，非腴泽之病也。……文因质立，质资文宣……齐梁之病，正苦体局束而气不昌尔。文者气之用，气不昌则更无文。……庸人不知，徒以缘饰诮之。（《古诗评选》卷五）

这就是说，"齐梁之病"的症结，不在于"缘饰"或"腴泽之病"，而在于"体局束"、"气不昌"。这个看法可谓一针见血，标本俱识。气质性情的匮乏，定会导致文辞气力的萎靡。

其次，在文与质的统一中，"质资文宣"，"惟文则体有可著"，即"质"依附于"文"。王夫之由此阐明诗体的艺术特性，进而强调诗的形式美和艺术感染力。他说：

> 诗之深远广大，与夫舍旧趋新也，俱不在意。唐人以意为古诗，宋人以意为律诗绝句，而诗遂亡。如以意，则直须赞《易》陈《书》，无待《诗》也。（《明诗评选》卷八）

> 但以声光动人魂魄，若论其命意，亦何迥别？始知以意为佳诗者，犹赵括之恃兵法，成擒必矣。（《古诗评选》卷四张协《杂诗》评语）

> 亦但此耳，乃生色动人，虽浅者不敢目之以浮华。故知以意为主之说，真腐儒也。诗言志，岂志即诗乎？（《古诗评选》卷四郭璞《游仙诗》评语）①

---

①　针对中国诗学中言志、载道的传统观念（强调诗的社会教育作用，而忽略了诗的抒情本质和艺术特征），王夫之一再告诫："律调而后声得所和，声和而后永得所依，永得所依而后言得以永，言得永而后志著于言。……非志之所之，言之所发，而即得谓之乐，审矣。"（《尚书引义·舜典》）"诗言志，歌永言，非志即为诗，言即为歌也。"（《唐诗评选》卷一）王夫之阐发"诗言志"与前人重诗歌内容或主体情志不同，他是从'律'与'声'的角度出发的，注重诗歌形式（音乐性或声情、神采等因素）及其相对独立性。他将明代李东阳以来以乐论诗的势头加以正确的改造与发展。

从上述言论可以看出，王夫之认为诗与其他体裁文章的区别主要不在于"意"，而在于"文"（形式）；诗的魅力不在于"意"，而在于"生色动人"，"以声光动人魂魄"（形式美）。在他看来，"关关雎鸠"这首好诗没有什么"入微翻新，人所不到之意"，张协的《杂诗》并非以命意见长。佳诗未必以意取胜，却无不以声光曲致动人魂魄，这是王夫之一再重申的看法：

> 意不争新，正以神采谢宿气，解此者方可言诗。（《明诗评选》卷五谢肇淛《送人之咸阳》评语）

> 意亦可一言，而竟往复郑重，乃以曲感人心。诗乐之用，正在于斯。（《古诗评选》卷一瑟调曲《西门行》评语）

诸多言论表明，王夫之明确意识到诗体具有独立的审美价值，他把这一点看作诗歌首要的艺术特性和诗歌首要的社会作用。①

诗体的审美价值，有时甚至纯粹表现在形式上：

> 此自别有寄托，故视《折杨》、《燕歌》，特为婉密。然使知者悼其深情，不知者亦欣其曲致；天生此尤物，不倾尽古今灵心不已。（《古诗评选》卷一谢灵运《悲哉行》评语）

这就是说，读者即便不知诗中深情，也可通过欣赏诗的曲致（形式美）而获得审美享受。读者如果既知其深情，又欣赏其曲致，那便倾尽灵心。"兴"（审美感兴）的意义即在于此，如王夫之所说：

> "诗言志，歌永言"。非志即为诗，言即为歌也。或可以兴，或不可以兴，其枢机在此。（《唐诗评选》卷一孟浩然《鹦鹉洲送王九之江左》评语）

——————————————————

① 本书在一些章节中不惜篇幅，不怕重复，多次论述王夫之关于诗歌艺术形式美的精采观点。

诗与其他体裁文章的区别和诗的审美特性由此即可领略。王夫之关于诗歌艺术形式美的理论相当自觉并且富于创见。①

前面说过，诗是文与质的统一，其"体要"立于"文质彬彬"。当王夫之强调诗"以意为主"时，是从"质"的角度看问题，作论断；当他反对诗"以意为主"时，则着眼于"文"（形式或文体）。诗的"文"与"质"相辅相成，互为主导，合而为一。片面地强调任何一方，都失之偏颇。所以，王夫之在不同的地方对诗"以意为主"的坚持和反对不仅不矛盾，而且符合他哲学中的辩证统一观和诗学中的艺术整体论。

在辨体的基础上进行文体分类，这一直是历代文体学家所做的一项重要工作。王夫之大致沿用古体、近体之分，古体诗包括古乐府歌行、四言、五言古诗等，近体诗包括五言律、七言律、五言绝、七言绝等。他的《古诗评选》等著作就是根据体类编排卷次、篇目的。他明确认识到诗体流变中不同的类型体之间的承继关系和变通性，例如，他曾指出五言绝句自五言古诗来，七言绝句自歌行来；他也曾感叹：

> 知古诗歌行近体之相为一贯者，大历以还七百余年，其人邈绝……（《唐诗评选》卷一）

王夫之"十六而学韵语，阅古今人所作诗不下十万"，以他的诗学修养，对各种类型的诗的体制特点自然了如指掌。但他的着眼点不在于体裁或体制的规范，而是由此出发，探讨诗的审美特征和艺术魅力。

从王夫之对乐府诗体的评价中，我们可以进一步看出他对诗的音乐性、诗乐合一、艺术形式美的重视。在《古诗评选》、《唐诗评选》

---

① 王夫之注重诗乐之理的同一性，他认为"乐与诗相为体用者也"（《张子正蒙注·乐器篇》），"诗与乐相为表里"（《读四书大全说》卷七《论语》）。乐为"体"、为"里"，诗为"用"、为"表"；反之亦然。王夫之从艺术哲学的高度把音乐看作诗的本质，这样，诗的富于音乐性的艺术形式美就不仅是"志"或"意"（内容）的手段，它本身就是目的。既然"文因质立，质资文宣"，文与质（形式与内容）就相为体用，互为主导，不可分割。就诗而言，音乐既在于文，又在于质，音乐决定着诗歌本体。

和《明诗评选》三部著作中，王夫之各用一卷篇幅评点乐府诗，他对乐府诗的总体评价很高："乐府诸曲多采之民间，以付管弦、悦流耳；即裁自文士，亦必笔墨气尽，吟咏情长。"（《古诗评选》卷一）从他的具体评价看，乐府诗的文体特长或艺术魅力至少有以下三点。

其一，乐府诗是一种将语言的声音魅力发挥到极致的文体。王夫之常用"声情缭绕"、"生色动人"、"动人以声不以言"和"全以声情生色"等词语品评乐府诗，在他看来，艺术的首要宗旨或作用就是"动人"，乐府诗的动人之处主要在于音响、声情或曲致，而这种隐含着性情意趣的诗的形式美本身就具有相对独立的审美价值。

其二，乐府诗常以兴、比等修辞方法或艺术技巧达成文体的动人效果。乐府诗以兴、比见长："兴比杂用，有如冗，然正是其酣畅动人处。乐府正自以动人为至。"（《古诗评选》卷一曹睿《步出夏门行》评语）

其三，乐府诗的文体风格是悲壮。王夫之常用悲壮、悲凉、情真悲极和不言所悲等词语评论乐府诗，他明确指出：

> 乐府之长，大端有二：一则悲壮夔发，一则旖旎柔入。（《古诗评选》卷一）

悲壮寓于"旖旎柔入"的体式中，具有加倍动人的效果。"所咏虽悲壮，而声情缭绕。"（《古诗评选》卷一汉铙歌曲《战城南》评语）

这就是说，以平和、俭约的艺术形式表现悲哀，不仅不伤风雅，符合"怨而不怒，哀而不伤"的儒家诗教，而且使人在"声情缭绕"的境界中获得审美享受的同时，深切地体会悲壮之情。在有无之间，慷慨之中，以蕴藉的形式表现悲壮，既合乎诗体的要求，也顺应人的审美心理。

第二节　诗体的创造

体裁，是文体的一般规范。风格，是文体的独特创造。在体裁与风格之间，存在着既合乎体裁的规范，又显现作家风格特色的语言体式，那就是语体。①

就诗而言，从体裁的角度看，诗有定体，诗体有基本的规范；从风格的角度看，诗无定体，每一首好诗都是独特的文体创造。

在有定体和无定体之间，诗的语体呈现出多样性，也具有某些一致性的特征。这些特征表现在诗的音韵、谋篇布局、遣词造句和修辞手法等方面。

从王夫之常用的范畴或术语可以看出他所注重的诗歌语体特征是：高、雅、平、远、浑、密、韵和变化等。

一　关于高

王夫之经常以"高"论诗，他的常用语是：高致、高朗、高雅、高健、高润、高调、高华、格高、高情远韵、高情亮节、笔贵志高、谋篇高贵和体制高绝等。显然，"高"与诗人的情志意趣密切相关。王夫之始终认为狭隘的私欲和低俗的意趣与诗无缘。"高"，意味着志向高远、情怀高深、意趣高洁、心胸高朗、格调高雅……

"高"不仅关涉着主体的情志或诗的意蕴，而且体现在诗的语言体式上。就语体而言，"高"意味着韵致、格调、谋篇、布局和笔法之高或艺术表现力之强。王夫之说：

> 不着意以为高华。（《明诗评选》卷五王廷干《天寿山行宫》评语）

> 不一语及情，而高致自在。（《古诗评选》卷二谢万《兰亭集诗》评语）

> 体制高绝，了了在人心目间，而不能明言其所褒制。（《明诗评选》卷七杨士奇《古意答伯阳》评语）

这里的"高"主要在于语体的含蓄、自然、高妙。

———————————

① 参见童庆炳《文体与文体的创造》，云南人民出版社 1994 年版，第 11、119 页。

> 高润。高者不易润，矜高耳，高元不碍润也。此诗之高，全在量大思严上，不犯寻常隐居穷暴气，初何妨蕴藉温美。(《明诗评选》卷五徐绍卿《春日结草庵》评语)

这里的"高"主要在于谋篇命笔、运思布局的巧妙。此外，王夫之以"贵"评诗不下百次，从语体或艺术表现的角度看，"高"与"贵"是一致的。

二 关于雅

王夫之推崇《风》、《雅》的传统，历代合乎《风》裁《雅》制的诗作，都为他所赞赏，他常以风雅、高雅、平雅、雅正、雅致和温雅等术语评诗。"雅"，当然与情感有关。王夫之说：

> 关情是雅俗鸿沟，不关情者貌雅必俗。……以措大攒眉、市井附耳之情为情，则插入酸俗中为甚。(《明诗评选》卷六)

雅的情感能够超越于日常琐事和狭隘的功利之上，具有高朗之怀和脱颖之气。从艺术表现的角度来看，"雅"，要求诗人把情感诗化（形式化、审美化），即便写凄心动魄之情，也不伤雅度。

在王夫之那里，"雅"主要是指诗体（情与景、文与质的统一体）之雅，这可以从很多方面体现出来。其一，"韵胜即雅"（《明诗评选》卷八）。所谓"韵胜"，不仅是指诗歌外在的音韵之美，而且是指神韵（诗歌整体上的气势灵动或气韵生动）。其二，"缓，故雅"（《明诗评选》卷一）。"平雅有体"（《明诗评选》卷六）。这里的"缓"和"平雅"是指诗人在抒情写景时语势的平和舒缓，不直露，不急躁，即便在直抒胸臆时也保持"语直而意不尽"，或者"有直而不激，有曲而不烦，有亮而不浮"（《明诗评选》卷四）。其三，"妆点雅"（《明诗评选》卷五）。这是指文辞气力的巧妙安排或遣词用语的恰到好处（不忿躁烦沓，避免论赞、思辨之理和前人窠臼），其最高境界是不露笔墨痕迹（风华不由粉黛）。

三 关于平

王夫之最重视的语体特征之一就是"平",他以"平"论诗不下百次。他常用的相关术语是:平直、平缓、平远、平适、平纯、平情、平圆、平浑、平净和平淡等。"平"的重要性至少表现为以下两点:

首先,"平"关系到诗体的成败。王夫之反复强调:

> 平收不作论赞,方成诗体。(《唐诗评选》卷四)

> 宁平不必嚣,宁浅不必豪,宁委不必厉。古人之决于养气,体也固然。(《明诗评选》卷四)

> 转折平圆,体裁不失。(《古诗评选》卷五)

其次,"平"关系到诗人独特的语体创造。王夫之说:

> 雄豪之作,偏于平净得力。(《唐诗评选》卷二)

> 平。只此一平字,遂空千古。(《古诗评选》卷四曹丕《芙蓉池作》评语)

> 愈平则愈不可方物,读前一句真不知后一句,及读后一句方知前句之生。此犹天之寒暑,物之生成,故曰化工之笔。但学此种文字,当从何处入手,固宜古今之不多见也。(《古诗评选》卷四张协《杂诗》评语)

从上述言论可以看出:"平"是王夫之诗学的一个重要原则。受钟嵘等人的启发,王夫之始终强调,作为抒情语体,诗贵平和忌浮躁,贵从容忌迫促,贵含蓄忌直露,贵自然忌做作。"平"在很大程度上意味着平和、从容、含蓄和自然。

英国诗人华兹华斯说过:"诗是强烈情感的自然流露。它起源于在平静中回忆起来的情感。"① 这个命题强调情感要以"自然"、"平静"的方式（诗的方式、艺术的方式）流露，用我国古代文论的话说就是：不平则鸣，心中不平应以"平"的语势道出。对此，王夫之深有体会，他一再重申情感的形式化（诗化），日常情感以诗的形式表现出来才有审美价值。在他看来，真才子、真诗人必不入绚烂，佳诗"平缓中自有生气"：

> 平情说出，群怨皆宜。（《明诗评选》卷二）

> 只平叙去，可以广通诸情，故曰"诗无达志"。（《唐诗评选》卷四）

唯其如此，才能使读者各以其情而自得，才有广大的艺术空间。"平"体现为："可以直促处且不直促，故曰温厚和平。"（《古诗评选》卷五）

总之，"平"就是诗人在即景生情、遣词达意时语势的宁静、舒缓、平和。"平"与诗人养气运思有直接关系，又是表现手法或作诗之道。

四　关于远

王夫之常以"远"或"平远"等类似的术语论诗。在他看来，"词益平，意益远，但此括尽六合千秋。"（《古诗评选》卷四郭璞《游仙诗》评语）诗之表情达意、遣悲寄愁，贵在深远广大。"平"是手段，"远"是宗旨。所谓"构想广远"、"远大悲凉"、"神清韵远"、"高情远韵"和"传神自远"等评语，大多以情、意、神和气的广阔高远为佳妙。的确，若能使人心胸广阔、意气风发、情怀高远，诗的效用可谓大矣。然而，"远"不仅在于主体的情意或诗的内容，而且在于诗的语体或语势。他说：

---

① 华兹华斯：《〈抒情歌谣集〉1800 年版序言》，转引自《西方文论选》下卷，上海译文出版社 1979 年版，第 17 页。

> 平远为波势，正得警切。(《明诗评选》卷二黄佐《晓发卢
> 沟望京城有感》评语)

> 境语蕴藉，波势平远。(《唐诗评选》卷四杜甫《野老》评语)

这里的波势是指作品灵动的气势，在浑成的语体或意境中，这气势显
得深远广大，可谓咫尺有万里之势。

五　关于浑

"浑"主要是指文章的浑然一体。王夫之常以"浑"、"浑成"和
"顺成"等词语评诗，在他那里，"浑"几乎是诗歌语体的首要特征。
这与他所注重的即景会心、情景相生和文质彬彬等诗学原则是一致
的。他认为谈艺者若不识"浑"字，以不分明语句当之，则令人叵
耐。他在《古诗评选》中指出：诗家所推奉为"大家"者，在于其
作品具备四要素，即雄、浑、整、丽（《古诗评选》卷六）。这四要
素中除了"雄"主要是指风格外，其余都是指语体特征。由此可见，
若不重视"浑"字，则无以言王夫之的文体论。从王夫之的有关论述
看，"浑"至少有以下三层意思。

其一，"浑"不在于字句而在于篇章的完整统一。王夫之常说：

> 一篇之中，以一句为警，陋习也。(《古诗评选》卷一)

> 通首浑成，方是作者。(《明诗评选》卷二)

在他看来，若于字句觅浑，难免入俗。从这个角度出发，他对警句、
"诗眼"或"语不惊人死不休"之说不以为然，他把基于冥搜的"推
敲"看成是与即景会心的艺术直觉背道而驰的妄想揣摩的做法。

其二，"浑"是指诗的形与神、情与景的有机统一。王夫之认为，
求神韵求气质的关键在于"略句而观全体"，若只于字句争唐人争建
安，则难免诗风衰落。神韵气质在好诗中"通体皆有流动"，一首好

诗可以体现为：

> 章法奇绝，兴比开合，总以一色成之，遂觉天衣无缝。（《古
> 诗评选》卷二阮籍《咏怀》评语）

这就是说，神韵气质寓于通体浑成的诗中，难以在字句中求得；兴比
开合，情景相生，妙在"一色成之"，诗的审美意象不仅在于字句，
更在于通首浑成的诗体。王夫之的这个看法在很大程度上道出了中国
诗学中所说的"意境"或"境界"的含义。

其三，"浑"是指诗歌风格上的朴实雄厚、不纤巧，即雄浑。王
夫之常以"雄浑"评诗，例如：

> 可云雄，可云浑，可云风骨。（《明诗评选》卷八蔡羽《吴
> 门夏日》评语）

> 雄不以色，悲不以泪，乃可谓之悲壮雄浑。（《明诗评选》卷
> 六高启《寄余左司》评语）

他一向推崇雄浑悲壮的诗风。由此可见，若不重视"浑"字，就难以
理解王夫之诗学中的风格论。

六　关于密

在王夫之那里，"密"作为一种语体特征，至少有以下两层意思：
其一，指诗的字句、条理、脉络或结构的紧密、细致，从王夫之常用
的评语中，我们可以看出这一点。例如，清密如一；针线密，声情
缓；环中绵密，局外严谨；高不露，密不繁，可谓作家。其二，是指
笔力气势的贯通、周密或浑朴。王夫之曾说：

> 仲言落笔遒劲有余，以此微损度韵，往往令杜陵以其思力窜
> 取。故仲言劲而密……唯其密也，劲在句而不在篇，字句自有余
> 势。（《古诗评选》卷五何逊《暮春答朱记室》评语）

这里的"密"主要是指诗体的笔力气势体现在每一个字句上,不空虚,不分散。

对于"密",古代文论家早就有所关注,如刘勰认为文章应该"首尾周密,表里一体"(《文心雕龙·附会》),宋代的张炎强调诗词"要须收纵联密"(《词源·咏物》)。这都是从语体的角度谈论"密"。司空图《诗品》则把"缜密"列为一种风格。在王夫之那里,"密"也时常意味着作品中情意神理的细致周到,某些评语如"理密情深"、"神理自密"、"英雄气从密理生"和"托意远,神情密"等都是把"密"视为作家作品思想感情上的特点。王夫之也曾用"缜密"作评语:

> 自然缜密之作,含意无尽。(《唐诗评选》卷四王维《出塞作》评语)

这里的"缜密"显然是指文体风格。

七 关于韵

如果说语言是文学的第一要素,那么,有节奏和韵味的语言是诗的第一要素。王夫之非常重视"韵",他常用以下词语评诗:音响、韵度、声韵、风韵、神韵、律度、乐理、曲致、吟魂、吟咏、韵足意净、微词亮韵、高情远韵、转韵回波、遣心之韵、流意发音、声情凄亮、声光动人、唱叹沿回、庄言重色和韵脚中见化工等。在他看来,知敛纵者,方可与言乐理;知神韵者,方可与之言诗。

"韵",作为诗歌形式美的首要因素,在王夫之那里被推崇到无以复加的地步。但他不把"韵"仅仅看作诗的外在特征,而把诗韵与诗人心中之韵和天籁有机地联系起来。在他那里,"韵"的最高境界是"神韵",神韵来自于诗人"唱叹"中写神理,韵脚中见化工,是诗的意境中洋溢着的天人合一的气韵,万物化生的节奏。前面说过,王夫之诗学的一个主要特长就是对富于韵味的诗歌形式美的高扬:好诗大多以韵味取胜,以声色、声光动人魂魄;即便寻常的感物言理,经唱叹沿回,亦可一往深远;即使读者不知诗中深情,也可以从诗的曲致中获得艺术享受；诗乐之用，在于以曲感人心。从这些观点看，王夫之在很大程度上摆脱了儒家诗教的束缚，对诗的艺术特性有重大发现。

八　关于变化

作为哲学家，王夫之认为天地万物氤氲生化，变易无穷；作为诗学大师，他深知每一篇佳作都是独特的文体创造。创新，注定是诗人不断的追求。他说：

> 通首求之，逐句求之，逐字求之；求之高，求之远，求之密，求之韵，求之变化。呜呼！尽之矣。(《明诗评选》卷四蔡羽《九月十四日集东麓亭》评语)

他多次指出诗无定体，诗不可学，"学我者拙，似我者死"。关于诗体的变化，他有很多看法。诗可以"破格而不破体"或"古裁今藻"，这是指突破旧的格式、格调而又不失体裁、体制；诗可以"破体换意，而神情正近"，"破尽格局，神光独运"，这是指以新语体彰显独特的神韵光彩。王夫之反对那种"画地成牢，云庄云整云沉云炼"的僵化作风，反对诗人落入"寻事填腔活字印板套"之类的俗套或他人窠臼。在他看来，善于创新的诗人"用神用气用韵度，但不用俗诗画地牢耳"，"声律拘忌，摆脱殆尽，才是诗人举止"(《明诗评选》卷六)。但这并不意味着诗人可以置声律、格局和章法于不顾，而是指诗人以灵府为逡径，绝不从文字问津渡，"不为章法谋，乃成章法"。

王夫之主张诗人在拟古、学古或用古时要推陈出新，他说：张若虚《春江花月夜》"句句翻新"(《唐诗评选》卷一)；蔡羽《相逢》"翻古调为新声"(《明诗评选》卷四)；倪瓒《怀寄强行之常州学官》"脱体甚新，正得古兴"(《明诗评选》卷五)。这表明，王夫之深谙诗的变易（继承与革新）之道。

第三节　风格的追求

作为文体的中间层次的语体，或多或少地体现着作家的创作个

性，与风格有密切的关系，但还不是真正的风格。风格是作家的创作
个性在作品的有机整体中显现出来的基本特色，是文体成熟的标志，
是作家独特的创造力的充分实现。风格的追求，指向艺术所能企及的
最高境界。

王夫之推崇富于个性特色的风格创造，他对风格问题的诸多论述
散见于其诗学著作中，从文体的角度看，主要有以下几个方面：

其一，风格以心灵为本原，为途径，为宗旨。王夫之说："有持
心之力，有遣心之韵；寻常诗人必不到，此非其力不足，韵不佳也。
难言之矣。"（《明诗评选》卷四许继《初日》评语）这句话的言外之
意是：寻常诗人的弱点在于心不灵。心不灵则难有生气灌注于诗的字
里行间。他说：

> 以情事为起合。诗有真脉理，真局法，则此是也。……腐汉
> 心不能灵，苦于行墨求耳。（《明诗评选》卷四钱宰《白野太守
> 游贺监故居得水字》评语）

诗有性情犹如人有魂魄，离开了心灵、性情，诗的个性与风格就无从
谈起。只有通过心灵，宇宙人生的美和天地万物的意义才能呈现出
来。王夫之既不是主观唯心主义者或唯情论者，也不是机械唯物论
者。与他哲学中的辩证观念相一致，在诗学中他坚持文与质、形与
神、物与我、景与情的有机统一。这样，他在强调心灵时就不至于以
主、客体的疏离为代价。他认为，天地间所固有的自然之华，因流动
生变而成其绮丽，"心目之所及，文情赴之，貌其本荣，如所存而显
之，即以华奕照耀，动人无际矣"（《明诗评选》卷五）。这就是说，
天地间的自然美有待于人以富于直觉的心目去发现，诗的创造有待于
人的"文情"与"自然之华"的巧妙遇合，"自然之华"经过诗的艺
术表现，则可以动人无际。这也就是像李白、杜甫等大诗人那样"内
极才情，外周物理"。

心灵，是作家的创作个性与风格的本原、途径和宗旨。王夫
之说：

> 因云宛转，与风回合，总以灵府为逵径，绝不从文字间津
> 渡。宜乎迄今两千年，人间了无知者。（《古诗评选》卷四陶潜
> 《拟古》评语）

人的胸怀气魄，天地山川的美，无不依靠"灵府"或作为创作主体的"我"而成其荣观。王夫之所强调的心灵，不仅是诗的内容因素，而且决定着文体或风格的创造。换句话说，若缺乏神气灵心，诗从内容到形式都将黯淡无光。

其二，创作个性是作家相对稳定的、独特的个性气质、人格精神和审美情趣等精神特点的总和。作为风格的首要因素，创作个性决定着风格的差异。王夫之继承了曹丕"文以气为主"的观念，他在评诗时所说的"气"常偏重于创作主体这方面，如"灵气"、"朝气"、"英雄气"和"俊伟之气"等，都着眼于诗人的个性气质、人格精神。王夫之说：

> 风回云合，缭空吹远。子桓论文云"以气为主"，正谓此。
> 故又云："气之清浊有体，不可力强而致。"夫大气之行，于虚有
> 力，于实无影，其清者密微独往，益非嘘呵之所得。（《古诗评
> 选》卷四曹丕《杂诗二首》评语）

他反对"浊气"或"异气"，"气之异者，为嚣，为凌，为苴莇，为脱绝，皆失理者也"（《古诗评选》卷四王粲《杂诗》评语）。在他看来，诗人若热衷于名利，则"神不清，气不昌，莫能引心气以入理而快出之"（《姜斋诗话·夕堂永日绪论外编》）。因而，他推崇清纯、平淡、灵动的元气或广大昌明之气。

作家的艺术才能和审美情趣的不同，导致文体和风格的差异。王夫之说：

> 古人居文有体，不恃才有所余，终不似近世人只一付本领，
> 逢处即卖也。……故经生之理，不关诗理，犹浪子之情，无当诗
> 情。（《古诗评选》卷五鲍照《登黄鹤矶》评语）

真正的诗人各有其创作个性，佳作各有其独特文体，从这个意义上说，诗人难以仿效，诗不可学。王夫之多次强调这一点，如他曾说：

> 英眉仙掌，全以气别，然亦不以气矜。文长绝技尤在歌行；袁中郎欲效之，不得也。（《明诗评选》卷二）

但也有学他人文体而出神入化、别具一格者，王夫之在评江淹《学魏文帝》时说：

> 通首全用子桓，改构者无几，而子桓自子桓，文通自文通，各有其事，各有其情。笔墨之妙，唯人所用，亦至是哉！然非绝代才人，亦乌知其有如是之妙而恣用之。（《古诗评选》卷五）

这段评语旨在强调，若非绝代才人，对他人的文体或风格难以活学活用，难以自成一体或别具一格。

其三，确认文体有不同的风格类型，结合具体的诗作阐述风格类型的特征。王夫之未曾像刘勰和司空图那样明确地把风格分成若干种类，但这不等于他忽视风格问题。他在诗学著作中所点评的风格特征有很多，如平淡、神韵、风雅、悲壮、雄浑、自然、从容、含蓄、俊逸、高古、绮丽、简约和空微等。王夫之最重视的风格类型是平淡、神韵和悲壮等。

前面说过，"平"是王夫之最重视的诗学原则之一。诗以"平"为手法，为语势，通常生成"平淡"风格。如同苏轼主张绚烂之极，归于平淡并以陶潜为"平淡"楷模，王夫之认为"真才子、真诗人必不入炫烂"（《明诗评选》卷四），他明确地把"平淡"列为一种文体风格：

> 平淡之于诗，自为一体；平者取势不杂，淡者遣意不烦之谓也。（《古诗评选》卷四陶潜《归田园居》评语）

"势不杂"则语体纯净、顺成，"意不烦"由简练中见深远广大。"平淡"则意境深远，"平而远，淡而深，似此亦何嫌于平淡！"（《古诗评选》卷四陶潜《拟古》评语）"平淡"的文体常常体现出其他风格特征，如"平叙中自挟灵气"，"平淡中往往有英气"和"雄豪之作，偏于平净得力"等。平淡，作为中国诗学传统中平和淡远的文体风格和意味深长的艺术境界，在王夫之那里达到较高的理论总结的形态。

王夫之重视"神韵"，在他的几部诗学著作中，直接用"神韵"一词论诗的地方有数十处，其他与此内涵相近的术语就更多了，如风韵、逸韵、远韵、真韵、神清韵远和神力仙韵等。前面说过，"韵"是诗的一个重要语体特征，那是侧重于艺术形式的角度来看的。如果把"神韵"视为"神妙的韵律"，那就流于肤浅、褊狭。"神韵"当然包含着韵度或韵律的意思，但主要是指文体中显现着天地间的氤氲之气和作家创作个性的风格特征。从王夫之所说的"高情远韵"，"清思中有远韵"，"深达之至，别有神韵"和"清神远韵"等评语中可以看出，他注重高朗、清远、深邃、神妙、冲淡和自然的风格。

"神韵"一词难以界定，它与诗歌的神理和意境密切相关。可以说，神韵源于兴会，是神理的感性形态。诗无神理，即无神韵。神韵体现出诗歌之妙，是诗人妙手偶得、浑然天成的自觉创造。他说：

> 诗歌之妙，原在取景遣韵，不在刻意也。（《古诗评选》卷一斛律金《敕勒歌》评语）

这里的"景"妙在寓目吟成的会心之景，这里的"韵"妙在遣心之韵、传神之韵。好诗富于神韵妙理，因为诗人"胸中原有此理此神此韵"。如此说来，神韵的境界代表着中国诗的最高成就。

王夫之明确地把"神韵"看作一种文体风格特征。他说：

> 诗无定体，存乎神韵而已。（《古诗评选》卷五）

> 古今之间，别立一体，全以激昂风韵，自致胜地。终日长对此等诗，即不足入风雅堂奥，而眉端吻际，俗尘洗尽矣。（《古诗评选》卷五）

由此看来，中国古代诗学中"气韵"或"神韵"说的传统，在王夫之那里达到登峰造极。他所提倡的"神韵"，大致意味着：神韵是诗人"唱叹中写神理，韵脚中见化工"的产物，或者说是诗人以追光蹑景之笔写通天尽人之怀所取得的成果。神韵是神理与诗韵的统一，是天籁、心韵（灵魂中的乐感）与诗韵的妙合，是在情景交融、意趣盎然或自然灵妙的意境中显现的文体风格。

综上所述，王夫之以中国数千年的文体演变为背景，以五花八门的文坛状况为参照系，侧重从对诗体规范的探讨，严格地区分了诗与其他体裁文章的界限，强化了诗的抒情功能和艺术价值；通过对高、雅、平、远、浑、密和韵等诗体特征（品质）的探讨，深刻地揭示了诗的艺术规律；通过对诗人的心灵、创作个性和文体风格类型的探讨，高扬了诗歌创作的能动性、创造性和独特性。

在明清时期，文学等领域的各种文体经过合久必分、分久必合的演变，处于兼杂并存的状态。新兴的戏剧和小说等文体日渐繁荣。王夫之专注于对诗歌独特的艺术规律的探讨，忽视了诗与词及其他体裁文章的联系。换句话说，王夫之专注地探讨诗与其他文体间的"分"，而忽视了其间的"合"。这使他在理论上有偏激和片面等不足之处。但众所周知，王夫之的思想在总体上具有"合"的特征，在诗歌创作和诸多诗体间的关系等方面，王夫之也主张合不忌分，分不碍合。所以，他强调诗与非诗的界限，并不等于否认诗对其他体裁文章的意义或各种文体沟通融合的可能性。而且，一般来说，只有在认清诗歌独特的艺术规律的前提下，才能达成诗与其他文体间的妙合，而非乌合。

王夫之的文体论在很大程度上是针对宋人以意为主，以议论为诗，即"以文字为诗，以才学为诗，以议论为诗"（严羽《沧浪诗话·诗辨》）等创作倾向而提出的。这使他在实践上试图弘扬《诗经》以来中国诗"内极才情，外周物理"的伟大传统，在理论上捍卫诗体的独立性和纯洁性。其积极意义是非常明显的。由于他的文体论以诗为出发点或着眼点，缺乏文学理论上的广泛性或普遍意义，所以，我们不能求全责备。如果说，中国诗的创作在唐代达到高峰，那么，可以说，中国诗学中的文体论在王夫之那里达到了高峰。

第九章　艳诗论

艳诗，与艳歌、艳词、情诗、艳情诗、艳体诗的意义大致相同，包括今人所说的爱情诗在内，泛指自古以来吟咏女性、抒发恋情的诗。艳诗一词，较早见于南朝齐梁时期宫体诗人作诗所用的题目中，如《三妇艳诗》)（王融）、《戏作艳诗》（萧绎）等。从唐代起，艳诗一词成为约定俗成的批评术语。王夫之在《古诗评选》、《唐诗评选》、《明诗评选》等著作中选录艳诗多首并有较细致的评价，他的评价因随感式的文体而显得零散，他对艳诗的概念和衡量标准也因艳诗本身的模糊性而缺乏明确的界定，但我们从中仍能看出他的既独特又切合中国诗学精神的基本观念。

第一节　艳情与淫情

艳诗有多种形态，并不都是富于艳情意蕴的。很多艳诗描摹女性容貌、姿态、服饰、用品或闺中陈设，是诗人以咏物的旨趣和格式写出的，通常具有词采华艳、旋律柔婉、格调轻靡的特色，其中缺少即物达情、情景双收、情深韵远的佳作。王夫之说："宫体一倡，咏物者惟有掇拾，漫无思理，此篇殊矜风味。"（《古诗评选》卷五鲍泉《咏剪彩花》评语）他赞赏文情并茂、文质相生的佳作，例如：

> 有文皆有情，不似宫体他篇之徒为字事使也。……"文以气为主"，虽时出浮艳，亦岂能有此哉？（《古诗评选》卷一简文帝《陇西行》评语）

简文诗非艳不作，顾有艳字而无艳情。此作亭亭自立，可以艳矣。(《古诗评选》卷五简文帝《怨诗》评语)

南朝梁简文帝萧纲是宫体诗的旗手，《梁书·简文帝纪》说他雅好题诗，伤于轻艳。"轻艳"可谓后世对萧纲的诗、宫体诗乃至齐梁诗的定评。王夫之不因萧纲的诗非艳不作、时出浮艳而对其人其诗抱有成见或抹杀其出色之处，他不希望艳诗有文无情、"徒为字事使"或"有艳字而无艳情"，因为真正动人的艳诗不一定词采华艳却总是富含艳情的。

在中国古代，人们通常把各种形态的男女恋情泛称为艳情。艳情在诗中不一定都是夫妇以外的，如简文帝萧纲的《咏内人昼眠》，其结尾两句云："夫婿恒相伴，莫误是倡家。"艳情在诗中也不见得都是男女之间的，如南朝梁吴均的《咏少年》和萧纲的《娈童》，这两首诗都被选入《玉台新咏》，带有男性狎戏的口吻和浓重的男色意味。同为写艳情，由于创作意图、视角、口吻、韵味、词采等因素的不同，作品的格调、境界和效应就有很大差别。因而王夫之对诸多艳情并不一概加以褒贬，他采取的是具体问题具体分析的态度。他所贬抑的是淫情。从贪色、淫乱的层面看，淫情是艳情的特殊形态；从沉溺、过度的层面看，淫情与艳情有很大差别。

就人生而言，王夫之对男女之间的情、欲持充分肯定的态度。在他看来，甘食悦色是天地之化机，饮食男女之欲是人之大共，共而别者在于度；人之有情有欲乃天理之宜然，随处见人欲即随处见天理，人欲之各得即天理之大同；情欲为"血气之所乐趋"，君子弗能绝，男女之间的幽昵之情顺势而发，乃以保舒气之和平，"故知阴阳、性情、男女、悲愉、治乱之理者，而后可与之言《诗》也"(《诗广传》卷三)。但情、欲有多种形态，不一定都具有使人兴发感动的审美价值，情、欲不等于诗情。王夫之说："诗达情，非达欲也"，"但言欲，则小而已"，"欲之迷，货私为尤，声色次之"，"不得于色而悲鸣者，其荡乎！不得于金帛而悲吟，荡者之所不屑也，而人理亦亡矣"(《诗广传》卷一)。他不赞成人们沉溺、迷乱于货私、声色之欲，不希望人们对此加以长言嗟叹，认为"欲有大，大欲通乎志"

（同上），也就是说，人的欲望不应局限于狭小的境地而应与深远广大的情志相通。这样，欲通过情志或性情而与诗有不解之缘。

王夫之对情、欲的态度与宋代道学家扬天理抑人欲的观念有很大差别，与晚明文艺思潮中的自然情性论有很多共同点，但不像后者那样既疏离儒家传统又缺少新的理性思维的支撑。他不拘泥于传统观念，也不盲从时代思潮，以博古通今的方式为诗学确立新的哲学基础，以求同存异的精神为众说纷纭的诗学思想寻求整合的通路。本着诗达情的美学原则，王夫之在品评艳诗时把情视为不可或缺的要素或指标。

情有贞、淫之分。王夫之说："情之贞淫，同行而异发久矣"，"贞亦情也，淫亦情也。……情上受性，下授欲。受有所依，授有所放，上下背行而各亲其生，东西流之势也"（《诗广传》卷一）。贞、淫相背是显然的，但其间的界限却并非泾渭分明，王夫之似乎无意严格划定其间的界限，因为宇宙人生中没有"截然分析而必相对待者"。他对贞情未作明确的解释，根据他的有关言论的上下文，可以说，贞情合乎仁义礼智之性，富于恻隐、羞恶、恭敬、是非之心，与委琐、顽鄙、浮靡的淫情相反，是真挚、专注、纯正、有节度的情感。淫情，具有过度、沉迷、贪色等多层面的含义，在不同的语境中往往各有所指。王夫之说：

> 谈艺者曰："《国风》好色而不淫，《小雅》怨诽而不伤。"好色而不淫，未能谅怨诽之不伤也。怨诽而不伤，则以之好色而淫者，未之有矣。淫者，非谓其志于燕媟之私也，情极于一往，氾荡而不能自戢也。（《诗广传》卷三）

戢，意为止息、禁止。在王夫之看来，自戢并非要人在闭塞、压抑中"矜其清孤"，是指人能"有所私而不自溺"，"情挚而不滞，气舒而非有所忘，萧然行于忧哀之途而自得"，无所伤故无所淫，"知不伤之乃以不淫者，可以言情矣"（同上）。由此可见，怨诽而不伤，大体上不是说诗人机械地保守某种政治教条或维护某种道德准则，而是指诗人不因"极于一往"而使情感流落到放荡、损伤的"淫"的地步，意味着顺应情感缓解和舒泄的心理规律, 把握恰到好处的分寸感和自由度, 取得最佳的艺术效果。

朱熹说: 诗以道情, 诗人不会总是讥刺他人。他把毛诗《小序》所谓旨在刺淫的十几首诗视为男女自叙其事其情的"淫诗", 另把《国风》中《小序》认为与淫奔或淫乱没有关系的十几首诗也解作"淫奔之诗"、"淫者相谓"、"男女相悦之词"等。他基本上把"淫诗"归结为诗中的"淫"者之言, 认为"淫诗"并不意味着作者"淫", 他说诗人温醇, 必不乐于讥刺他人之短, "如诗中所言有善有恶, 圣人两存之, 善可劝, 恶可戒"(《朱子语类》卷八十)。按照这个逻辑, 朱熹试图避免"淫诗"论与"好色而不淫"、"思无邪"等儒家诗学准则的冲突。

王夫之不认为朱熹所指称的二十多首诗都是淫诗, 指出《卫风·木瓜》、《王风·丘中有麻》、《郑风·山有扶苏》等算不上淫诗, 他说事关风化, 不敢曲徇朱熹。他也赞同或采纳朱熹的一些观点。例如, 朱熹说《邶风·静女》是"淫奔期会之诗", 王夫之说《静女》之情适用于"床笫绸缪之爱", "两贞之相俟, 未有于城隅者也"(《诗广传》卷一)。又如, 朱熹说《王风·采葛》言淫奔者"思念之深也, 未久而似久也"(《诗集传》诗卷第四), 王夫之说《采葛》之情是淫情, 因为"其词遽, 其音促, 其文不昌, 其旨多所隐而不能详, 情见乎辞矣"(《诗广传》卷一)。朱熹所说的"淫诗"在很大程度上是对情诗的贬称。王夫之所说的"艳诗"是个中性词, 在落实到具体作品时褒贬用意不一, 而"淫情"则是贬义的。

与朱熹相比, 王夫之所指认的《诗经》中"淫情"诗的数量不多, 但范围却扩大到了男女之情以外, 扩大到了《国风》以外。他把好色而不淫、怨诽而不伤当作非常重要的诗学批评标准。他说:

> 可以群者, 非狎笑也; 可以怨者, 非诅咒也。不知此者, 直不可以语诗。上下四旁, 古今人物, 饶有动情之处。鄙躁者非笑不欢, 非哭不戚耳。自梁、陈、隋、唐、宋、元以来, 所以亡诗者在此。(《古诗评选》卷一陆厥《中山孺子妾歌》评语)

狎笑和诅咒在历代诗中并不罕见，但其性质几乎注定了诗人很难做到不淫、不伤，因为诗人无论怎样长言咏叹，都很难使其升华为近情而不俗、广远而微至的审美情感。鄙躁者往往粗鄙、浮泛，在作诗时难免急躁、做作、刻露。因而，不淫、不伤是需要多种因素相契合而达成的艺术境界，是对艺术创作提出的很高的要求。

第二节　艳诗中的宫体诗

宫体诗的形成始于南朝的徐摛，经萧纲的倡导而风行朝野，徐摛及其子徐陵，庾肩吾及其子庾信，作为宫廷重臣，都是宫体诗的写作能手，促成了宫体诗的兴盛。徐、庾父子的宫体诗被称为"徐庾体"。宫体诗兴起于萧纲任梁太子时的东宫，所以号为"宫体"，其题材大多集中于"闺闱之内"、"衽席之间"，在艺术形式上精雕细琢，崇尚文藻和声韵，在格调上主要体现为"轻浮绮靡"。宫体诗盛于梁、陈，其余风延及隋以至唐初。从题材、格调、艺术形式等方面看，宫体诗的根本特征是"艳"，其优点、缺点以及在后世的际遇都是由此生发的。宫体诗是艳诗最主要的形态之一。

后世对宫体诗的评价历来不高。王夫之亦如此，他说：

> 必欲抹此以轻艳，则《三百篇》之可删者多矣。但不犯梁家宫体，愿皋比先生勿易由言也。（《唐诗评选》卷四元稹《早春寻李校书》评语）

皋比，意为虎皮或虎皮坐具，后指学师的坐椅。皋比先生，指假道学先生，带有贬义。皋比先生不能感悟诗、诗情或恋情的妙处，把艳诗视为洪水猛兽，动不动就以维护风化为名，给很多佳作贴上"轻艳"的标签。王夫之对此很反感。但他不能否认的是，宫体诗在"轻艳"这个问题上，并非徒有虚名。在他看来，梁朝宫廷萧氏父子以文笔相竞，然文之衰也，自其倡之于上，而风会遂移；萧纲的诸多艳诗中不乏"猥媟亡度之淫词"，流于"卑俗"、"浮艳"，难免为千古所诋诃。他说：

宫体之病丽以佻。《屏风》诸篇，结体既整，且不入艳情，以此为"老成"可也。（《古诗评选》卷六庾信《咏画屏风》评语）

佻，意为轻薄、轻狂，亦可谓失度或有失分寸。"丽以佻"，与丽以则几乎相反，与丽以淫大致同义。把"丽以佻"视为宫体诗的一大通病，并不妨碍王夫之较公正、准确地评价具体作品。如他在《古诗评选》中评价梁武帝萧衍的几首古乐府歌行体诗时说：岂可以"轻艳"看待《临高台》？对《河中之水歌》不能如皮相人以齐梁薄之，《绍古歌》托体虽艳，其风神音旨英英遥遥，固已笼罩百代。

王夫之认为："文外隐而文内自显，可抒独思，可授众感。"（《古诗评选》卷四）从这样的观点中，我们可以看出刘勰的"隐秀"说所体现的诗学理想。王夫之选诗评诗，总是以此为重要标准。在他看来，魏晋以下人诗，不著题则不知所谓，倘知所谓则一往意尽。他说：

间中生色。子慎于宫体一流中特疎俊出群，贤于诸刘远矣。其病乃在遽尽无余，可乍观而不耐长言，正如炎日啖冰，小尔一快，殊损人脾。但子慎之所为遽尽者，情与度而已。（《古诗评选》卷五庾肩吾《游甑山》评语）

"诸刘"指梁朝的刘孝绰、刘孝仪、刘孝胜、刘孝威、刘孝先及刘遵兄弟，他们是宫体诗鼎盛时期的主将，都有艳诗传世。可能是受南朝民间艳歌通俗、浅白特征的影响，他们的不少作品不够含蓄，如刘孝威的《望隔墙花》："隔墙花半隐，犹见动花枝。当由美人摘，讵止春风吹。"钟惺在《古诗归》中对这首诗评价道：妙想全露，不肯少留分毫，是其一病，然已快人眼目矣。与此相近，王夫之说庾肩吾（字子慎）的诗病在"遽尽无余，可乍观而不耐长言"。在宫体诗派中出类拔萃的庾肩吾及诸刘尚且如此，其他诗人的艳诗恐怕也多有直露、促迫、浮躁之病。

正如有人说过的那样，诗至于齐，情性既隐，声色大开。宫体诗是在齐梁的时代风气中应运而生的，是齐梁诗在描写女性或吟咏艳情方面的偏胜。文质随风会而移，齐梁诗在文（感性形式）的方面成就突出，这是后人抹杀不了的。在文质关系问题上，王夫之坚持文因质立、质资文宣、文质相生的辩证的有机统一观，以此作为衡量诗歌优劣的重要尺度。在他看来，齐梁之病，非腴泽之病，正苦体蹈束而气不昌，文者气之用，气不昌则更无文，"定齐梁诗，以生气为主"（《古诗评选》卷五）。可以说，王夫之抓住了齐梁之病的根源。作品能否富于生气、活力，要看作者的气质、心胸、创造力或艺术表现力如何。如果作者缺乏独特的血性真情或精神气魄，不体会所抒写的人或事物的精、气、神，又不把握标志着艺术表现力的气机、张力、活法，就不能使作品富于生气、活力。王夫之指出：

> 齐梁以降，士习浮淫，诗之可传者既不多得，近者竟陵一选，充取其狎媟猥鄙之作，而齐、梁、陈、隋，几疑无诗。若子山以上三篇，真性情、真风雅、为一代大文笔者，反断然削去。古人心血，为后世无知无行者掩饰至此，虽非壮夫，能不为之按剑哉？（《古诗评选》卷一庾信《杨柳行》评语）

"竟陵一选"是指竟陵派诗人钟惺、谭元春选编的《古诗归》，其中选入包括《子夜》、《读曲》等南朝艳歌在内的艳诗多篇。王夫之严厉指责钟、谭不选像庾信（字子山）的《杨柳行》、《怨歌行》、《燕歌行》那样的真性情、真风雅之佳作，而偏选齐梁以降的诸多淫艳诗词，他看似愤怒，有失偏颇，但他不仅是要维护风教或风雅之道，也是基于作品文质兼美的审美与艺术价值的考虑。王夫之不因齐梁以降士习浮淫而抹杀其诗之可传者，他对齐梁诗的评价，在一定程度上就是对宫体诗的评价。

第三节　艳诗与亡国之音

诗与乐原是合一的。歌词作为诗的一种形态，至今与音乐难以分开。独立出来的诗，与音乐也有不解之缘。因而，"亡国之音"这个词，既用以指称音乐，也适用于诗歌。《礼记·乐记》有言："治世之音安以乐，其政和；乱世之音怨以怒，其政乖；亡国之音哀以思，其民困。声音之道，与政通矣。……郑、卫之音，乱世之音也，比于慢矣。桑间濮上之音，亡国之音也。其政散，其民流，诬上行私而不可止也。"郑、卫之音原指春秋战国时期郑、卫等国的民间音乐，后来成为"淫靡之乐"或"靡丽之风"的代称。孔子曾提出"郑声淫"的观点，对后世有很大影响。桑间，即《诗经》中所说的桑中，毛诗《小序》解释《鄘风·桑中》：卫之公室淫乱，男女相奔，至于世族在位，相窃妻妾，期于幽远，政散民流而不可止。濮上，即濮水之上，商朝时在都城辖区内，据说纣王作靡靡之音，流及后世，后世以濮上代称淫靡风俗流行之地。《汉书·地理志》云：卫地有桑间濮上之阻，男女亦亟聚会，声色生焉，故俗称郑卫之音。王夫之在解释上面援引的《乐记》中的那段话时说：

> 音由世之治乱而异，而还感人心，复生治乱。……"慢"，谓不修也。音不修必流于过情，情激则哀以思，所谓"亡国之音"也。周衰，郑、卫之声始作，天下习之，于是王室陵迟，终于亡而不振。……音之所感，人心应之，下欺其上，各营其私，而不相辑睦，成乎风俗，虽有峻法，莫能禁止也。（《礼记章句》卷十九）

乱世之音生于乱世，通过影响人心和思潮激化乱世，两者互相推动，在国之将亡的局面中，颓废遮蔽慷慨，乱世之音渐成亡国之音，直到新的朝代建立，社会趋于安定，它才受到扼制或自行沉落。参照王夫之的观点，可以说，亡国之音与国之将亡不是单向的因果关系，它通常不单是由民间自下而上或由宫廷自上而下的。作为中国最早的艳诗之一，《桑中》早已通过"桑间濮上"的典故而与亡国之音联系在一起。就艳诗来说，不能简单地把艳诗的流行视为亡国的动因。艳诗往往通过动乱的时局、低迷的心态、浮淫的风气而流行，又反作用于后者，进而影响国运。

王夫之在年轻时亲历明清易代，深有亡国之痛，终生难以释怀，他在晚年评选历代诗歌时，对艳诗与亡国之音的问题很敏感，不时在有意无意间思考晚明诗坛的一些人与事，难掩内心的愤慨。他说：

> 妖孽作而妖言兴，周延儒是已。万历后作小题文字，有谐谑失度、浮艳不雅者，然未至如延儒，以一代典制文字引伸圣言者，而作"岂不尔思"、"逾东家墙"等淫秽之词，其无所忌惮如此。伏法之后，闺门狼藉不足道，乃令神州陆沈而不可挽，悲夫！（《姜斋诗话·夕堂永日绪论外编》）

一般的"谐谑失度、浮艳不雅"的小题文字基本上不会影响时政大局，也就是说，一般的艳诗轻易不会成为亡国征兆。堪称亡国之征兆的，往往是艳诗中的颓靡、淫秽之作，它们由于作者、编者或读者的特殊身份、地位、性行等因素的附加作用，在乱世直接或间接地产生恶劣影响。明崇祯时曾官至内阁首辅的周延儒，为官昏庸腐败，在"虚报捷章"事发后被赐死。一代朝廷重臣在为文、为人、为官上彻底堕落，其恶劣影响岂可低估？对这类人，"无行"二字已不足以充分谴责。王夫之说这类人令神州陆沉而不可挽，确实是恰如其分的。

竟陵派的钟惺、谭元春活跃于晚明万历末年至天启、崇祯年间，影响很大，他们编选的《诗归》（《古诗归》、《唐诗归》等）盛行一时，他们提倡"幽情单绪"、"幽深孤峭"的诗说，旨在修正公安派的弊端，却也是易代之际的末世心态的反映。钟、谭均在明亡前过世，此后在很多方面不断遭到非难。钱谦益视钟惺为"诗妖"，认为钟谭体诗有鬼趣，有兵象，"鬼气幽，兵气杀，著见于文章，而国运从之"（《列朝诗集小传·钟提学惺》）。朱彝尊以"国家将亡，必有妖孽"的古训指斥钟、谭，认为《诗归》出而一时纸贵，流毒天下，"诗亡而国亦随之亡矣"（《静志居诗话》卷十七）。与钱、朱二氏相比，王夫之对钟、谭的谴责有过之而无不及。他说：

> 从景得情，不亵不稚，犹自有诗人之旨。《子夜》、《读曲》等篇，旧刻乐府，既不可登诸管弦，虽下里或讴吟之，亦小诗而已。晋、宋已还，传者几至百篇。历代艺林，莫之或采。自竟陵

乘闰位以登坛，奖之使厕于风雅，乃其可读者一二篇而已。其他媟者如青楼哑谜，黠者如市井局话，塞者如闽夷鸟语，恶者如酒肆拇声，涩陋秽恶，稍有须眉人见欲哕。而竟陵唱之，文士之无行者相与敩之，诬上行私，以成亡国之音，而国遂亡矣。竟陵灭裂风雅、登进淫靡之罪，诚为戎首。（《古诗评选》卷三失名《子夜春歌》评语）

从景得情，亦即以写景的心理言情，是王夫之诗学中的一个重要原则，适用于衡量艳诗。从景得情的艳诗，往往含蓄蕴藉、生色动人。《子夜》（《子夜歌》）和《读曲》（《读曲歌》）是六朝时流行于吴地的吴声歌曲的曲名，这两种乐曲的歌词今存约130首。若把受吴歌同化的西曲包括在内，可以说，六朝吴歌、西曲的歌词今存约470首，除少数文人的拟作外，大都是采自民间的里巷谣讴，其中罕见男女艳情以外的题材。晋、宋以降，吴歌、西曲在文坛风行起来，宫廷上下，既传唱已有的乐府民歌，又竞造新声杂曲，可谓"家竞新哇，人尚谣俗"（《南齐书·王僧虔传》）。《玉台新咏》卷十选录齐梁时的吴歌西曲14首，又选梁武帝萧衍拟作的《子夜歌》、《子夜四时歌》等27首。宋人郭茂倩所编的《乐府诗集》也收入吴歌、西曲多首。可见，王夫之说"历代艺林，莫之或采"似不准确。诸多吴歌、西曲在思想与艺术价值上参差不齐，王夫之的评价偏低，但我们的评价也不应偏高。

晚明万历后直到亡国的几十年间，几位皇帝虽未提倡艳诗，但大多政绩不佳或荒废朝政，由士人阶层推向民间的人情解放的潮流业已泛滥，民间流行的《挂枝儿》、《山歌》等民歌所吟唱的几乎只是一个"情"字，通俗小说、戏曲也大多唯情是瞻。而被大多数人所忽略的事实是：社会矛盾和民族矛盾已激化到难以缓解的地步。在这样的背景下，钟、谭选编大量格调卑俗的艳诗，风靡大江南北，怎能不使王夫之在反思明亡教训时愤慨有加？王夫之说：

艳诗有述欢好者，有述怨情者，《三百篇》亦所不废。顾皆流览而达其定情，非沈迷不返，以身为妖冶之媒也。嗣是作者，如"荷叶罗裙一色裁","昨夜风开露井桃",皆艳极而有所止。至如太白《乌栖曲》诸篇,则又寓意高远,尤为雅奏。其述怨情者,在汉人则有"青青河畔草,郁郁园中柳",唐人则"闺中少妇不知愁","西宫夜静百花香",婉娈中自矜风轨。……唯谭友夏浑作青楼淫咬,须眉尽丧;潘之恒辈又无论已。《清商曲》起自晋、宋,盖里巷淫哇,初非文人所作,犹今之《劈破玉》、《银纽丝》耳。操觚者即不惜廉隅,亦何至作《懊侬歌》、《子夜》、《读曲》?(《姜斋诗话·夕堂永日绪论内编》)

王夫之从作品情思内涵的角度把艳诗分为两种类型,即欢好型、怨情型。前者中的佳作"皆艳极而有所止",可谓好色而不淫;后者中的佳作"婉娈中自矜风轨",可谓怨诽而不伤。对于后者,王夫之解释说:征妇闺中之怨,怨之私者也,盛世之怨,舍此而无怨焉耳,"忠臣之忧乱,孝子之忧离,信友之忧谗,愿民之忧死,均理之贞者也,而不敢思妇房闼之情"(《诗广传》卷三)。这就为闺怨型的艳诗给予很高的价值定位。闺怨,除了以私情动人外,也作为国计民生的缩影启发人的情思。王夫之有一条准则:无论述欢好还是述怨情,诗人都不应沦落到"沈迷不反,以身为妖冶之媒"的地步。淫哇即淫声,泛指与雅乐相悖的放荡之曲、靡靡之音或亡国之音。王夫之对钟、谭所编选的《诗归》和创作的诗一概不予好评,他加给钟、谭的罪名未免失当,他对民间艳歌的态度不无偏颇,但这并不妨碍我们领略他在某些具体问题上的片面深刻,理解他的立论基础、思想指归和心期寄托。

关于"亡国之音"的问题,古代学者多有探讨。《诗大序》有言:亡国之音哀以思,其民困。此言亦见于《礼记·乐记》。孔颖达《毛诗正义》解释说:国将灭亡,民遭困厄,哀伤己身,思慕明世,述其哀思之心而作歌,故亡国之音亦哀以思也。由此看来,民众的诗歌是哀思的。那么,君王如何?孔颖达说:淫恣之人,肆于民上,满志纵欲,甘酒嗜音,作为新声,以自娱乐,其音皆乐而为之,无哀怨也。这话说得有道理,不少末代君王在国将灭亡之际,仍然乐于赋诗作歌,纵情声色。但令人困惑的是,君王的诗歌怎么会"无哀怨"

呢？王夫之说过一段足以解惑的话：

> 天下治，使人乐；天下大治，使人忘其乐。天下乱，使人忧；天下大乱，使人废其忧。废其忧，则其君如已亡之君，其国如已亡之国，而无与救矣。（《诗广传》卷三）

与忧思难解的乱世心态不同，"废其忧"体现出不能自救也不能得救的亡国心态或末日心态，近于一种除了游戏或娱乐，仿佛一切价值与意义都已丧失且不能复得的荒诞感。那时，君王丧失了振兴之志和对自身前程的希望，自知大势已去，连忧伤都已显得无济于事，只好自暴自弃、及时行乐，在荒废朝政的状态中昏庸到了极致，在纵情声色的状态中消沉到了极致。

第四节　艳诗佳作的衡量标准

自古以来，艳诗具有多种形态。衡量艳诗，也没有固定的标准。王夫之衡量艳诗佳作，大致有以下几个标准。

其一，艳而不俗，丽而不淫。王夫之常用艳而不俗、艳而有则、艳而不靡等词语品评艳诗，他说：

> 为此调者，恒苦遣句。遣急则入俚，与填词亡别矣。如江作有云："征夫去远芳音灭"，纯乎其为《罗江怨》、《醉扶归》，岂复得入乐府？此篇心有密理，笔有忍势，艳而不俗，方可不愧作者。（《古诗评选》卷一江总《长相思》评语）

"遣急"是言情时的一种失度状态，容易使作品显得浮躁、直露。因而，王夫之主张"忍"，要求诗人在言情时为避免放纵无度而有所收敛，把握恰到好处的分寸感，达到从容、委婉、灵动的艺术境界。他所指责的几种恶诗中就有"仿《国风》而失其不淫之度"的，失度则俚俗。很多艳诗琐屑地抒写女性或情事，难免不俗，因为"大端则雅，琐屑则俗"（《古诗评选》卷五），雅郑之分即在于此。王夫之推崇审美感兴及兴的艺术手法，经常赞赏艳诗因用兴巧妙而达到的艳而不俗的境界。能兴或用兴巧妙，也是艳诗佳作的一个标志。

丽，主要是指对偶、华美，体现在作品的声韵、言辞、结构等形式或文体上，在具体的作品中常与其他形式或风格因素融合，构成艳丽、靡丽、清丽、壮丽等多种形态。艳诗通常比其他体类的诗更"艳"，但不一定更"丽"。王夫之常用丽而不浮、丽而不淫等词语评价艳诗，他说：

> 艳诗止此极矣，柔尚不涩，丽尚不狂。狂者倚门调，涩者侍女腔，乃至无复人理，近竟陵所录艳诗皆是也。（《古诗评选》卷五萧子晖《冬晓》评语）

> 从闻捣衣者想象即雅，代捣衣者言情即易入俗稚，其妙尤在平浑无痕。结语可谓"丽以则"，丽可学，则不可至也。（《古诗评选》卷一温子升《捣衣篇》评语）

丽尚不狂，可谓不淫、不失雅度，也就是"丽以则"。则，意为法度、准则。丽以则，意味着诗人在丽的形式和艳情抒发上都恰到好处，近于从心所欲不逾矩的境界，所以说这是难能可贵的。

其二，平淡从容，声情动人。王夫之继承了中国诗学传统中关于平淡的审美标准和理想，把平淡视为诗歌所能达到的最高境界之一，他在评价艳诗时也坚持这个标准。他说：

> 平淡之于诗，自为一体；平者取势不杂，淡者遣意不烦之谓也。……且如《关雎》一篇，实为《风》始，自其不杂不烦者言之，题以平淡，夫岂不可？乃夫子称其不淫不伤，为王化之基。今试思其不淫不伤者何在，正自古今人莫喻其际。彼所称平淡者，淫而不返，伤而无节者也。（《古诗评选》卷四陶潜《归田园居》评语）

平淡，既不以近俚为平，无味为淡，又不至于淫而不返，伤而无节。在以上评语中，王夫之把《诗经》中的《关雎》视为平淡的楷模，而《关雎》恰以艳诗著称，这表明他把平淡、从容的艺术理想贯彻到对艳诗的评价中。

王夫之推崇诗的声情之美，把声情视为衡量艳诗佳作的最重要的尺度之一。他说：

> 诸刘诗承宫体之流，而益以稚涩。此作声情爽秀，虽嫌褊促，犹为英英特出。（《古诗评选》卷五刘孝威《春宵》评语）

> 若非声情之美，但有此意，令谭友夏为之，求不为淫哇不得也。（《明诗评选》卷八汤显祖《病酒答梅禹金》评语）

声情爽秀或声情之美，体现在诗的字里行间，即感性形态上。在王夫之看来，只要富于声情之美，艳诗纵然有这样那样的缺点或不足，仍不失为出类拔萃的佳作。因而可以说，艳诗的优劣在很大程度上取决于诗的艺术性或艺术魅力的高低。艳情不等于艳诗，审美价值的关键在于诗人表现艳情的艺术处理方式或艺术创造力。声情动人的艳诗往往韵味无穷。王夫之说：

> 鲍有极琢极丽之作。顾琢者伤于滞累，丽者伤于佻薄，晋、宋之降为齐、梁，亦不得辞其爱书矣。惟此种不琢不丽之篇，特以声情相辉映，而率不入鄙，朴自有韵，则天才固为卓尔，非一往人所望见也。（《古诗评选》卷一鲍照《代门有车马客行》评语）

> 韵胜即雅，竟陵淫媟已甚，亦由韵不足耳。（《明诗评选》卷八刘涣《绝句》评语）

不琢不丽，趋于平淡、自然之境。以声情相辉映，体现出诗的音乐般的艺术特色或感染力。率真而不入鄙俗，质朴而自有韵味，可以说是雅。"韵胜即雅"，堪称重要命题，表明一种价值取向：诗歌雅俗的关键不仅在于写什么，也在于怎么写，韵味不可或缺。"韵胜即雅"的艺术境界，不仅依靠诗人高超的艺术技巧（巧手），也有赖于诗人灵魂中的乐感（吟魂、灵心）。王夫之把"韵不足"看作竟陵派的某些诗"淫媟已甚"的一大原因，表明他对艳诗的批评很有艺术眼光，不以"意"为主，不局限于道德或政教立场，体现出开明、通达的审美精神。艳诗风格多样，衡量艳诗佳作的标准不可能固定、呆板。以上所论述的，只是衡量标准的几个方面，力求阐明王夫之在相关领域的思想观念的真面貌。

第十章 兴观群怨说

　　兴观群怨说出自《论语·阳货》："子曰：'小子，何莫学夫《诗》？《诗》可以兴，可以观，可以群，可以怨。迩之事父，远之事君。多识于鸟兽草木之名。'"这段话是孔子从学《诗》、用《诗》的角度对《诗》的社会作用的说明，与"兴于《诗》"，"不学《诗》，无以言"等观点共同组成较全面的《诗》教观，旨在提高人文修养，注重《诗》在社会生活中的实用功能，具有浓重的德教或政教的意味。

　　在孔子所处的春秋时期，原本三位一体的诗、乐、舞已经开始分离，诗既能合乐，也可作为独立文本供人欣赏和应用。孔子把《诗》与礼、乐分别开来加以讨论，表明他较明确地意识到《诗》在思想内容等方面的独特作用。同时，他把兴列在兴观群怨的首位，表明他意识到《诗》与音乐相近的启发联想和想象、感动人心的功能，其中隐约包含着他对诗的审美与艺术价值的初步体认。但在《论语》中，孔子几乎没有对诗的审美与艺术价值加以讨论。

　　王夫之一面把孔子的兴观群怨说作为经典加以诠释，一面把兴观群怨作为思想与艺术标准运用到诗歌评论中，经由这一过程，他赋予兴观群怨以新的含义，同时将其提升到包括诗歌创作、作品本体、读者鉴赏在内的诗的总纲领的地位，从而使兴观群怨在很大程度上成为他本人的重要学说。兴观群怨，在孔子和王夫之那里，可谓名同而实异。王夫之说：

　　　　"诗可以兴，可以观，可以群，可以怨。"尽矣。辨汉、魏、唐、宋之雅俗得失以此，读《三百篇》者必此也。（《姜斋诗话·诗译》）

兴、观、群、怨，诗尽于是矣。(《姜斋诗话·夕堂永日绪论
内编》)

这两段话都强调兴观群怨可以尽括诗之要义和大旨。所谓辨《三百
篇》及汉、魏、唐、宋之雅俗得失以此，是侧重从作品的角度立
论的。

孔子注重兴观群怨在人的品格修养和社会交际等方面的功能，也
就是注重《诗》教有怎样的效果。王夫之则在此基础上，探讨诗教怎
样达到应有的效果，也就是探讨诗教得以实现的前提和途径，因而他
的着眼点不局限于诗的读者，而时常落到作品和作者上，把诗歌审美
活动这个系统中的诸多要素贯通起来。

王夫之论诗，一切拿"兴观群怨"那四个字为主眼，以为无论什
么作品，如果不能使人看了有所兴感，那种作品就不足置论。这是半
个多世纪前方孝岳在《中国文学批评》一书中提出的真知灼见。但以
兴观群怨为主眼的批评标准却并非王夫之的独创。徐渭在致友人的信
中说：

公之选诗，可谓一归于正，复得其大矣。此事更无他端，即
公所谓可兴、可观、可群、可怨一诀尽之矣。试取所选者读之，
果能如冷水浇背，陡然一惊，便是兴、观、群、怨之品；如其不
然，便不是矣。(《徐文长集》卷十七)

徐渭眼中的"兴观群怨"，已不局限于政教方面的意义，而切近于艺
术审美的综合价值。"冷水浇背，陡然一惊"的感受，与今人所说的
审美惊奇相近。王夫之所说的"兴、观、群、怨，诗尽于是矣"与上
面引文中的"可兴、可观、可群、可怨一诀尽之矣"简直如出一辙。
可见，最迟在晚明，兴观群怨已不仅是儒者或经学家所阐释的对象，
也成为诗学家选诗、评诗的首要标准。王夫之在这个领域之所以能远
远的超越前人，主要是因为他的兴观群怨说既是切实可行的批评标
准，又具有富于创见的、集大成式的理论形态。

第一节 诗可以兴

对孔子所说的"《诗》可以兴",后人多有诠释。其中有两种观点影响较大,一是三国魏朝的何晏《论语集解》引汉人孔安国的注解"引譬连类",二是朱熹《论语集注》提出的"感发志意"。

"引譬连类"之说符合春秋时期包括孔子在内的人士赋诗、引诗的实际。随着周室衰微,平王东迁,各诸侯国之间处于群雄无主、争端不休的状态,采诗、献诗的事业无以为继,诗歌创作的风气日趋沉落,在复杂微妙的内政、外交等重要场合中,人们注重进退之礼仪、风度之文雅、应对之通达,赋诗喻志的风气逐渐兴起。在歌咏吟诵中,赋诗者不总是即兴创作,往往借他人诗篇表达自己的情感、愿望、想法或意图,以断章取义的方式把志意寄托,比附或暗示在诗篇中,或者说使志意与原作构成相类通的关系,主客双方调动引譬连类(触类旁通)的能力,在有意无意之间达成不言自明或心领神会的沟通。《论语·子路》有言:

> 子曰:"诵《诗》三百,授之以政,不达。使于四方,不能专对。虽多,亦奚以为?"

在《论语》中,孔子与弟子引诗时的问答可谓妙语连珠,富于启发、暗示、类比的效果,体现出达于政而能言、使于四方而能专对的能力。其中的一些事例表明,孔子常使弟子通过某些诗句领悟与诗句本意不符却又相类通的道理,反过来也使弟子由他们所谈论的道理联想起原本与此不搭界却又相类通的诗句。引譬连类基本上是一种类比思维和方法,在读诗、赋诗时,其出发点是感性形态的,其导向及结果却不一定是感性形态的。

以引譬连类释"兴",大概是指学诗可以培养人们由此及彼、由事及理的联想和通悟能力,切近孔子"《诗》可以兴"的本意。但时过境迁,引譬连类在后世诗歌鉴赏中的作用似乎不如以往。笔者以为,从学理上看,引譬连类只是诗可以兴的部分内涵。

朱熹所说的"感发志意"主要是根据"兴"的字义及《诗》的感物道情的特征而得出的结论。在解释《诗经》中兴的手法和孔子所说的"兴于《诗》"时，朱熹也曾说：兴者，起也。兴字的起源与远古巫术仪式、祭祀活动有关，其古义主要是感动、生发、引起、宣泄。从古至今，感发志意和兴起并非诗特有的功用，但的确是诗之"兴"的基本内涵。后人不管怎样对"兴"加以阐发，都未背离这层内涵。在朱熹那里，感发志意主要就是感发善心、善意，诗所兴起的也不外乎劝善惩恶之情。这与孔子的思想基本一致。孔子和朱熹都看重兴的以情动人的意义，但前者未把兴与情及审美明确地联系起来并加以论述，后者的诗论较多地着眼于善和义理。

"引譬连类"与"感发志意"都是兴的应有之义。笔者以为，后者与前者大体上是因果、本末的关系，因为后者是兴的根本特征，是诗以情动人之所在。王夫之对这两种诠释基本认同，他认为诗人不应直接在诗中说理，而应做到理随物显，这样，读者才皆可类通。他说：

> 得其扬扢鼓舞之意则"可以兴"……（《四书笺解》卷四）

> 善学者，随所感而皆有可通，而《诗》之为教，托事物以兴起人心，尤其感人者也。（《四书训义》卷七）

诗的缘起和宗旨都在于"感"，"兴"即兴起人心，生发扬扢鼓舞之意。诗教因而不是理性的灌输，主要靠读者在感兴中自发、自动、自得。善学者可谓诗的知音，能够达到"随所感而皆有可通"的自由境界。

"感发志意"的说法，在中国诗学中具有承上启下的意义。从承上的角度看，它与孔子所说的"兴"的本意相符，与《乐记》、《毛诗序》、《文心雕龙》等论著中的有关论点相通，有利于儒家诗教的思想基础的巩固。从启下的角度看，作为兼容诗言志与诗达情的中和概念，既不失其经学意义，又不妨碍艺术审美的精神，其中包含着后人所说的审美感兴的意思在内。审美感兴原本不是狭隘的，在广义上与"感发志意"并无太大区别。

　　与孔子、朱熹等人不同，王夫之在解释"《诗》可以兴"时把兴与情紧扣在一起，他说：

> 诗之泳游以体情，可以兴矣……（《四书训义》卷二十一）

"泳游"即"涵泳"。"涵泳"由朱熹等人提出，主要是指读者通过深切体验而把握作品意蕴的欣赏方法，其前提是作品应有生成意境的潜质。因而，"诗之泳游以体情"也是对作者提出的要求。王夫之说："盖诗之为教，相求于性情，固不当容浅人以耳目荐取。"（《古诗评选》卷四阮籍《咏怀》之《夜中不能寐》评语）诗教的宗旨是陶冶性情，这要求诗人富于性情并以巧妙的艺术审美方式表现性情。

　　王夫之在诗歌评论中所讨论的"兴"，已深入艺术审美领域，淡化了其中的政教色彩，尽管那种色彩不因作品审美价值的提高而消失。事实上，无论哪个时代，只要承认诗教及其作用，就不能抹杀其中的政教色彩。因为除了美，真与善也有不可低估的价值，而且不能被美所掩盖。我们不完全认同以往的政教或道德观念，不等于狭隘地将其排斥在艺术审美之外。

第二节　诗可以观

　　据何晏《论语集解》引东汉郑玄注，观指的是"观风俗之盛衰"。朱熹《论语集注》把观解释为"考见得失"。把这两种观点合起来说就是：通过学《诗》可以观察一个国家风俗的盛衰和政治的得失。

　　西周时期，王室有采诗、献诗、诵诗的制度，一些君王较自觉地以声诗参时政。至于春秋，王室衰微，"礼乐征伐，自诸侯出"（《论语·季氏》），诸侯大夫赋诗喻志之风日盛，有论者说孔子提出的诗"可以观"，是对当时赋诗喻志和观志这一社会交际活动的理论概括。这种观点自然不错，但"观志"与"观风俗之盛衰"和"考见得失"并行不悖。班固有言："古者，诸侯卿大夫交接邻国，以微言相感；

当揖让之时，必称诗以喻其志。盖以别贤不肖而观盛衰焉。"（《汉书·艺文志》）可见，通过别人赋诗、引诗或用诗，既可以观志，也可以在知人论世的过程中观风俗之盛衰。学诗亦然。这大概符合孔子所谓诗"可以观"的本意。

王夫之从作者和作品的角度对诗为何可以观作了说明：

> 设身处地而观于善败得失之大，乃通天下之理而达古今之情，然后可以为《诗》。（《四书训义》卷三十六）

> 褒刺以立义，可以观矣……（《四书训义》卷二十一）

正像亚里士多德所说的那样，诗比历史更有哲学意味。真正的诗人不是客观的社会历史事件的记录者，也未必亲历多少重大事件，但却能对种种是非成败加以设身处地的观照，能"通天下之理而达古今之情"，也就是通古今之变或通古今而观之。基于对天地间的人情物理的深刻体验，诗人的作品有"因其固然"、"反之于实"的特质，而不局限于"容观之美"，其中"褒刺以立义"的丰富内涵，一般不会使读者一目了然，这就要求读者"以我求古人之心"，"设身于古人之所处"，"求其所以然之故"，"体其何以能然之实"。因而，王夫之说："得其推见至隐之深则'可以观'……"（《四书笺解》卷四）可见，诗"可以观"，不在于博记诗文及其中所涉及的人物事件，而在于通过涵泳玩索，自得于古今社会治乱得失之"原"、"故"、"实"，"得其推见至隐之深"。历代诗人的作品，常有因受社会政治等问题的影响而不得不隐的情形。更主要的是，在刘勰前后，隐秀已成为诗人较自觉的艺术追求。王夫之所说的"文外隐而文内自显"，体现出诗歌创作自身的发展规律。所以，在作者"褒刺以立义"，赋予作品以"至隐之深"的意蕴的前提下，诗"可以观"，有赖于读者的涵泳玩索。

王夫之对诗"可以观"的解释与前人不同。他不仅解释什么是观，而且阐明作品何以值得观、读者怎样观的问题。因而，他对诗人和读者都提出了较高要求，即诗人应以设身处地的方式把握古今胜败得失，通天下之理而达古今之情；读者对诗中的人情事理既要知其然，也要知其所以然，以免流于肤浅。在品评诗歌时，王夫之时常着眼于诗"可以观"。

第三节 诗可以群

据何晏《论语集解》引孔安国注，群是指"群居相切磋"。一些论者据此认为：群，指诗歌可使人们借以交流思想，互相启发，互相砥砺，促进感情融洽，起到协和群体的作用。孔安国大概只说对了一半，即只说明"群"是怎样的，未说明"群"不应该是怎样的。因为孔子虽未正面解释"群"是何意，但曾指出与真正的"群"相反的状态是什么。《论语·卫灵公》有言：

> 子曰："群居终日，言不及义，好行小慧，难矣哉！"

朱熹《论语集注》解释说：言不及义，则放辟邪侈之心滋；好行小慧，则行险侥幸之机熟；难矣哉者，言其无以入德而将有患害也。显然，这不是"群"所应有的状态。在孔子那里，"群"有君子、小人之别：

> 子曰："君子和而不同，小人同而不和。"（《论语·子路》）

> 子曰："君子矜而不争，群而不党。"（《论语·卫灵公》）

据朱熹《论语集注》，和者，无乖戾之心；同者，有阿比之意；庄以持己曰矜，然无乖戾之心，故不争；和以处众曰群，然无阿比之意，故不党。可见，"群"意味着君子和以处众、庄以持己，而无乖戾之心、阿比之意。

朱熹《论语集注》把孔子所谓《诗》"可以群"中的群字明确解释为"和而不流"，直接受《中庸》"君子和而不流"一语的启发，大概又参照孔子"君子和而不同"、"群而不党"等观点，又采纳孟子对"同乎流俗,合乎污世","阉然媚于世"的"乡原"风气所作的批判,依循和而不同、不同乎流俗这一思路,得出"和而不流"的结论。这一结论远比孔安国的诠释更符合孔子的本意。

张载把《诗》可以群理解为"群而思无邪"。王夫之就此解释说:群而贞。贞即正直、坚定、有节操、不失君子风度。此外,王夫之指出:

> 出其情以相示,可以群矣……(《四书训义》卷二十一)

> 得其温柔正直之致则"可以群"……(《四书笺解》卷四)

诗是以情动人的,无论是春秋时期的赋诗喻志,还是其他时期或场合的学诗、用诗,都以情感为纽带。孔子、朱熹等人懂得诗的这一特性,却未从这一角度解释《诗》"可以群"。王夫之明确地把情感的陶冶和交流视为《诗》可以群的基础,又把"得其温柔正直之致"看作可以群的要义。如他在评诗时所说:可以群者,非狎笑也。这就显示出,真正的可以群,不同于靠礼义等理性因素维系的群体关系,也不同于受物欲或利益支配的群体关系。

第四节　诗可以怨

何晏《论语集解》引孔安国注:"怨谓刺上政。"邢昺疏:"有君政不善则讽刺之。"孔、邢的注疏不错,只是把"怨"的范围理解得太窄。西周末年,君主昏聩,国势沉落,怨声载道,出现不少抨击时政、讽刺君王的怨愤之作,如《毛诗序》所说:至于王道衰,礼义废,政教失,国异政,家殊俗,而变风、变雅作矣。孔颖达《毛诗正义》认为:怨与刺皆自下怨上之辞,怨者,情所患恨,刺者,责其愆咎,大同小异耳。实际上,当时诗歌里怨、刺的对象不单是昏君和暴政,而是有着更为广泛的社会内容。春秋时期的赋诗喻志之风也使怨、刺的对象变得更加丰富和复杂。

孔安国等人所说的"刺上政"在汉代是一种较流行的观念。陆贾曾劝说汉高祖刘邦行仁义、法先圣，开启重《诗》、《书》，兴文教的风气。西汉置谏大夫，掌议论，属光禄勋，无定员，东汉改称谏议大夫。臣子谏诤及君王纳谏、从谏常被视为美德。《毛诗序》说："上以风化下，下以风刺上，主文而谲谏，言之者无罪，闻之者足以戒，故曰风。"这段话常因浓重的政教意味而为后人所诟病。平心而论，其字里行间流露出较为开明通达、健康向上的态度，其中或多或少蕴含着可贵的平等、民主精神。诗若真能实现这种"风旨"，即便成了"工具"，也不失根本，因为诗终究不以自身为目的，诗及诗教原是不拘一格的。王夫之评江淹《效阮公诗》：

> 闻之者足悟，言之者无罪，此真诗教也。唐以后诗亡，亡此而已。(《古诗评选》卷五)

所谓唐以后诗亡，不是说此后无诗，而是说像《毛诗序》所提倡的那种开明的社会政治风气和健全的诗风几乎不复存在。在苛政猛于虎的年代，诗人和诗极为难堪。由此可见，"刺上政"的注解虽不够全面，但很有价值。"言之者无罪，闻之者足以戒"的命题则至今仍具有政治和诗学等方面的多重意义。

孔子曾说，对父母的不当之处可加以微谏，"见志不从，又敬不违，劳而不怨"(《论语·里仁》)。在谈到"微子去之，箕子为之奴，比干谏而死"的事情时，他说："殷有三仁焉。"(《论语·微子》)可见他对独善其身和坦诚谏诤的作法都很敬佩。他未曾把《诗》与"刺上政"或讽谏联系起来加以讨论。尽管如此，我们仍不妨把"刺上政"视为《诗》"可以怨"的要义。在孔子那里，"可以怨"的内涵远不止于"刺上政"。黄宗羲《汪扶晨诗序》说："怨亦不必专指上政。"这可以说是后人的共识。

朱熹《论语集注》把"怨"解释为"怨而不怒"。他可能从荀子那里直接受到启发。《荀子·大略篇》说："为人臣下者，有谏而无讪，有亡而无疾，有怨而无怒。"《毛诗序》说"变风发乎情，止乎礼义"，意指诗人在时世艰难、人心不古的境遇中，抒发哀怨之情，仍然不失其本心而能止乎礼义。朱熹接受了这种观点并将其作为品评怨情诗的重要尺度。怨而不怒也指诗人在抒发怨情时能够做到无过无不及，即"中节"。

中节意味着恰如其分或恰到好处，这种中和（中庸）原则符合孔子的思想。孔子说："中庸之为德也，其至矣乎！民鲜久矣。"（《论语·雍也》）基于此，孔子对《关雎》作出"乐而不淫，哀而不伤"的高度评价。这种观点未必是孔子的独创。据《左传》记载，吴公子季札在观乐时曾用过"乐而不淫"、"怨而不言"、"哀而不愁"等评语。孔子承传了以往的中和原则及相应的审美标准。从季札、孔子，到《中庸》、《毛诗序》、朱熹等，中和原则形成源远流长的诗学传统。因而，朱熹把"怨"解释为"怨而不怒"，不单是在宋儒偏爱《中庸》的语境中得出的结论，而实在是应和着古老的体现中国艺术精神的传统。

"怨而不怒"的解释几乎与孔子的本意完全一致。怨而不怒，不是要压抑或取消愤怒之情，而是讲究抒情的中节之度。它虽然在很大程度上是出于政治、伦理的考虑，却有不可低估的生理学、心理学、美学等方面的意义。它与"发愤著书"、"不平则鸣"的传统不仅不矛盾，而且是可以相得益彰的，因为后者在情思的抒发或艺术表现方式上总会涉及尺度问题。俗话说，过犹不及，从古至今，失去节制的怨愤之作在情思和艺术表现的效果上常常适得其反。

王夫之不曾对孔安国所说的"刺上政"直接加以评价，但他对诗"可以怨"及"刺上政"持认同态度。孔子曾说："以直报怨，以德报德。"（《论语·宪问》）《礼记·表记》有言："子曰：'以德报德，则民有所劝。以怨报怨，则民有所惩。"王夫之解释说：

> 此一节孔子之言。"以怨报怨"，如其怨而报之，即所谓直也。君子之于怨，审其可怨不可怨而已矣。义之所得怨者而矫情以忘之，斯匿怨之所以可耻也。（《礼记章句》卷三十二）

这段话说得很明确。并非所有的怨都合乎情理或时宜。君子不是不怨，而是要看"可怨不可怨"，在义不容辞的情况下，以"矫情"和"匿怨"为可耻。这与他在别的论著中所说的不应"匿情"是一致的。此外，他指出：

> 上不知下，下怨其上；下不知上，上怒其下。怒以报怨，怨
> 以益怨，始于不相知，而上下之交绝矣。夫诗以言情也，胥天下
> 之情于怨怒之中，而流不可反矣，奚其情哉！（《诗广传》卷一）

诗以言情，可使上下相知、相通，在释放、泄导或疏通人情的过程
中，闻之者足以戒，原有的怨怒趋于平和。因而，他对怨情诗或讽刺
诗基本上不抱什么偏见。他认为《诗》之教旨在导人于清贞而去其顽
鄙，因而反对"恤妻子之饥寒，悲居食之俭陋，愤交游之炎凉，呼天
责鬼"之类的诗。他特别赞赏那种情深意远、含蓄委婉的讽刺诗，常
以"讽刺入微"，"深于讽刺，习读者不知"、"工于摄括，自有闲力，
不废讽刺"，"本色好诗，含讽尤曲"、"长吉于讽刺直以声情动今古"
等词语评诗。从这些评语的关键词如微、深、曲、声情等可以看出，
他主要是基于艺术审美的角度对讽刺诗作出评价的。

可以说，在王夫之的心目中，优秀的讽刺诗不应局限于私人的恩
怨或政治上的实用目的，而应在劝善惩恶的同时，具有声情动人的艺
术魅力，读者即便不知其中的隐微之意也无妨。

对于《诗》"可以怨"，张载《正蒙》说"怨而止礼义"。王夫之
把张载的这句话注解为"怨而节"。朱熹则在"止乎礼义"的层面上
采纳了张载的观点。节即中节、中和，与止乎礼义相通。王夫之所说
的"怨诽而不伤"，"得哀乐之和"，"幽细有度"，"哀而不伤"等词
语表明他几乎完全接受了儒家传统的"中和"的审美观，并将其视为
重要的批评标准。

王夫之在直接解释孔子的《诗》"可以怨"时说：

> 含其情而不尽于言，可以怨矣。（《四书训义》卷二十一）

> 得其悱恻缠绵之情则"可以怨"。（《四书笺解》卷四）

这两段话的关键词是情，切合诗的特质，不外乎诗教的宗旨，又冲淡

了原典及历代诠释中的政治教化的意味。前一段话从作者、作品的角度立论，后一段话是就读者接受而言的。这与孔子原典的本意有较大差别，是在尽可能准确地把握原典本意的基础上，对其中可能有或应该有的蕴涵的阐发，是"究天人之际，通古今之变"的通儒的作法，体现出与朱熹等人不同的一面。

对"含其情而不尽于言"，若用严羽所说的"言有尽而意无穷"来加以参照，则大抵不错，但未免有些宽泛。王夫之的一些诗评具体地表述了相关见解：

> 不待历数往事而后兴怀，故曰可以怨。（《明诗评选》卷二贝琼《凤凰山歌》评语）

> 不待详言所以怨，而怨自深矣。（《楚辞通释》卷八）

抒情诗通常借景抒情，又受篇幅等方面的限制，一般不直言哀怨，不宜"历数往事"或"详言所以怨"。而且，诗人的哀怨越是深切，就越是难以言传，仿佛千言万语也难以说清，可谓"而今尽识愁滋味，欲说还休"。于是优秀的诗人通常宽于用意，即景含情，不用言辞把哀怨具体说尽。作者的哀怨通过写景状物得以寄托，作品"尺幅万里"的艺术空间也使读者"得其缠绵悱恻之情"。例如李煜的一些后期作品原是抒发亡国之哀愁，作者藏情于景、宽于用意，读者虽无作者的经历和哀愁，但尽可各以其情而自得。王夫之所说的"含其情而不尽于言，可以怨矣"大概就是这个意思。

从古至今，"怨"在生活、文艺、学术等领域一直是个敏感、复杂而又颇有争议的问题。也许正是考虑到这一点，王夫之对"怨"所作的探讨远多于"观"和"群"。他的探讨散见于诸多诗学、哲学论著中，缺乏统一的或系统性的表述，使后人对他的基本观点和价值取向难以有全面、准确的把握，误解因而难免。有人说他重"兴""群"而轻"观""怨"，这种看法似有未妥。

王夫之不希望人们对怨情一概而论，主张通过以意逆志、知人论世等途径体会诗人的用心，大致领略诗人怨什么、何以怨、怎样怨，然后再作价值判断。他不赞成人们"见古今之暴君污吏，怒之怨之，长言而诋诽之"。从表面上看，这是反对"刺上政"，其实不然。他的主要理由是："有志者，其量亦远。伊尹当夏桀之世而乐，何屑与之争得失乎！"（《俟解》）这个理由不乏依据。《易》称天地闭，贤人隐。孔子推崇微子"见纣无道，去之以存宗祀"的作法。庄子在乱世中全生、避祸之余，向往自由、至乐的境界。孔颖达说在政尽纷乱的年代"虽有智者，无复讥刺"，"陈灵公淫乱之后，其恶不复可言，故变风息也"（《毛诗正义》）。在暴君污吏的恶行无可遏止的情况下，以诗"刺上政"可能毫无意义，也可能使作者招致祸患。与此相应，王夫之说："可以怨者，非诅咒也。……鄙躁者非笑不欢、非哭不戚耳。"（《古诗评选》卷一）人们在生活中对恶人的诅咒无可厚非。但在诗歌创作中，日常情感面临着如何转化为意味深长的审美情感的问题。王夫之特别关注"怨"的艺术表现方式，反对呼天抢地或"非哭不戚"般的直露，推崇"含怨微甚"的含蓄、微妙之作，认为"绝不似怨，乃可以怨"。这似乎有矫枉过正之嫌。但"绝不似怨，乃可以怨"之类的命题在王夫之那里有深厚的理论背景，隶属于"全不及情而情自无限"，"全不用意，字字是意"，"不言理而理自至"，"景中藏情"等美学原则，隐含着王夫之在中和、浑成、含蓄、即景会心、情景妙合、艺术辩证法等方面的思想精华。

第五节　随所"以"而皆"可"

前面说过，在孔子那里，兴观群怨是就读者学诗、用诗而言的。而在王夫之那里，兴观群怨是贯穿于包括作者、作品、读者等环节在内的诗歌审美活动过程之中的。不少学者从读者接受的角度解释王夫之的兴观群怨说，这当然不错，但却有片面之嫌。王夫之曾提出"随所'以'而皆'可'"的命题，这看上去是完全着眼于读者接受的，其实也不尽然。他说：

> 经生家析《鹿鸣》、《嘉鱼》为群，《柏舟》、《小弁》为怨，小人一往之喜怒耳，何足以言诗？"可以"云者，随所"以"而

皆"可"也。《诗三百篇》而下，唯《十九首》能然。李、杜亦仿佛遇之，然其能俾人随触而皆可，亦不数数也。又下或一可焉，或无一可者。（《姜斋诗话·夕堂永日绪论内编》）

这段话是侧重从作品的角度立论的，着眼于作品意蕴的丰富性或审美意象的多义性，抨击经生或经学家以狭隘、片面的眼光解诗的作法，指出诗歌佳作具有使读者"随触而皆可"的意义生成的无限可能性。王夫之以《诗经》、《古诗十九首》等作品为理想范本，认为这类佳作是读者在鉴赏过程中随所"以"而皆"可"的必要前提。

关于随所"以"而皆"可"，王夫之有较多的论述。例如：

"可以"云者，随所"以"而皆"可"也。于所兴而可观，其兴也深；于所观而可兴，其观也审。以其群者而怨，怨愈不忘；以其怨者而群，群乃益挚。出于四情之外，以生起四情；游于四情之中，情无所窒。作者用一致之思，读者各以其情而自得。……人情之游也无涯，而各以其情遇，斯所贵于有诗。（《姜斋诗话·诗译》）

"可以"者，可以此而又可以彼也，不当分贴《诗》篇。（《四书笺解》卷四）

王夫之在年少时作为经生，研读儒家经典，学养很深，后来遍注群经，成为杰出的经学家。而在谈论《诗经》的时候，经生或经学家成了他挖苦、抨击的对象。这表明他在《诗经》这个领域已达到了入乎其内、出乎其外的境界。从他对随所"以"而皆"可"这一命题的反复强调中可以看出，诗在他的心目中是意义开放的结构，他赋予读者鉴赏以极大的自由。这在他的思想中是根深蒂固的信念。他的思想锋芒因而极为锐利、鲜明。由于不少经生、塾师和经学家见识浅陋、因循守旧，科举考试也常束缚人们的思想，在宋明时期，学界对孔子兴观群怨说的诠释仍未取得实质性的突破，因而与明代日渐兴起的侧重从艺术审美角度解读《诗经》的思潮相抵触。

王夫之在这个领域的独创之处在于：既不拘泥于孔子的原典，又突破了经学的樊篱。以上引文虽集中在一个话题上，却有多方面的诗学意义。我们在此只谈两点。

其一，四情及其相互关系。在中国古代，人们一般以喜怒哀乐泛指情的各种类型，王夫之也常在这个意义上使用"情"的概念。当他把兴观群怨视为四情，大概是强调诗歌的各种要素和功能都集中体现在情上，都是审美情感活动的缘由和产物。兴，兼容各种情感类型和倾向。怨是一种情感态度。观和群原本不是情感，但却在诗歌情感活动中生发出来，始终与情感相因应，呈现为感性直观和审美体验的状态，而非理性认识的状态。诗以道情，诗以情动人，王夫之把诗的这种本质特性奉为圭臬，从情的角度把兴观群怨贯通起来，以辩证的眼光看待四情之间的关系，也就是在肯定兴具有感发、统摄的支配作用的同时，明确强调四情之间相辅相成或相得益彰的关系，充分认定四情通过读者的鉴赏而生成并可以相互转化。与以往的诗学观念相比，这起码是前进了一大步。如他有感于唐代以后诗坛怨而不能群、群而难以怨的局面，重申"怨而可以群，群而可以怨"的宗旨，体现出比钟嵘《诗品序》所说的"嘉会寄诗以亲，离群托诗以怨"更通达的视野。王夫之在这方面所作的理论贡献，早已得到当代学者的高度评价。

其二，随所"以"而皆"可"。在这个命题中，"以"有"从"、"于"之义。就读者的涵泳玩索而言，读者从个人的视角和情怀出发，于其所切合处获得审美享受，也就是各以其情遇，随所触而皆可，哀乐之外无是非。前面说过，王夫之赋予读者以极大的自由，可谓无以复加。"哀乐之外无是非"这句话，在今天听起来都令人觉得开朗、达观、爽快。在王夫之那里，诗的宗旨是陶冶性情、动人兴观群怨，兴观群怨的要义是读者随所"以"而皆"可"，读者处于诗歌鉴赏活动的主体地位。

基于此，人们在探讨王夫之的兴观群怨说时大多着眼于鉴赏接受论或将其与西方的相关学说加以比较，取得了不少的成果。诗以道性情，诗人是创作活动的主体，王夫之从这个角度赋予兴观群怨以诗歌创作的丰富意义，使得兴观群怨说的着眼点既在于读者，也在于作者。随所"以"而皆"可"这一命题实际上兼指读者和作者两方面而言，王夫之对这两方面几乎同样重视。

读者的鉴赏自由是没有止境的，但却不是无条件的。读者应该有所自得，即进入自得之境。从这个角度看，随所"以"而皆"可"，就是读者"各以其情而自得"。自得是在读者与作品之间的交通和合中生成的，读者熟绎上下文，涵泳以求作者的"一致之思"，在把握作者的用心和作品的意蕴的过程中，兴发感动，展开丰富的联想和想象，从而有所领悟，即有独特的心得体会。

梅尧臣曾说：作者得于心，览者会以意。读者的自得与作者的用心常在合与不合之间。读者不必刻意揣摩作者的用心，只要在欣赏过程中有所触动感发，就无所不可，正如晚清谭献所说：作者之用心未必然，而读者之用心何必不然。因而，随所"以"而皆"可"，也就是自得即可。

含蓄蕴藉的作品，是读者随所"以"而皆"可"的前提。王夫之评徐渭《漫曲》："意外意中，人各遇之，所谓眇众虑而为言也。"（《明诗评选》卷八）徐渭的这首诗可谓即景言情，含而不露，意伏象外，具有"人各遇之"的艺术效果。这有赖于诗人出色的艺术感受力和艺术表现力。在王夫之看来，古之为《诗》者，原立于博通四达之途，以一性一情"周人伦物理之变而得其妙"。这是对《诗经》作者的高度评价，也间接地提出了衡量作品优劣的尺度。据此可以说，读者随所"以"而皆"可"的前提是：诗人有博通四达的审美心胸，其作品妙在人情物理上。

第六节　摄兴观群怨于一炉锤

王夫之基于诗教的宗旨和对读者"各以其情而自得"的考虑，对诗歌创作提出了最高要求和终极理想，即摄兴观群怨于一炉锤。他认为杜甫的《野望》是绝佳写景诗，"只咏得现量分明，则以之怡神，以之寄怨，无所不可。方是摄兴观群怨于一炉锤，为风雅之合调"（《唐诗评选》卷三）。现量与兴会和即景会心基本上是一个意思。只咏得现量分明，是指作者在直接的审美感兴中从容涵泳，融情于景。

风雅之合调，意味着作品既委婉动人，又有正言得失的隐喻。这种能使读者随所触而皆可的作品堪称"摄兴观群怨于一炉锤"，审美感兴是其得以产生的必要条件。

诗人抒写缠绵悱恻之情，作品情深意长，可谓充实，又因其融情于景、意伏象外而使作品显得超旷空灵。王夫之说：

> 《十九首》该情一切，群、怨俱宜，诗教良然，不以言著。入兴易韵，不法之法。（《古诗评选》卷四《古诗十九首》之《行行重行行》评语）

> 唯此宵宵摇摇之中，有一切真情在内，可兴，可观，可群，可怨，是以有取于诗。然因此而诗，则又往往缘景，缘事，缘已往，缘未来，终年苦吟而不能自道。以追光蹑景之笔，写通天尽人之怀，是诗家正法眼藏。（《古诗评选》卷四阮籍《咏怀》之《开秋兆凉气》评语）

所谓"该情一切"即"有一切真情在内"，"该"是指包容、括尽。"不以言著"近于司空图所说的"不著一字"，意即诗中没有一字是直接言情的，同时又有景中藏情的艺术效应。这是含蓄蕴藉的极致，是一般的诗人难以达到的高境界。王夫之深知这种难度之所在。有时，诗人在主观上为使自己的作品可以兴、观、群、怨，就刻意增添作品的意蕴，恨不得把事情的来龙去脉都说出来，却仍然摆脱不了"终年苦吟而不能自道"的窘境。而伟大的诗人却能以追光蹑景之笔，写通天尽人之怀。宵宵，意为精妙、深远之致；摇摇，有摇荡性情、鼓舞人心之意。宵宵摇摇，近于钟嵘《诗品序》所说的"气之动物，物之感人，故摇荡性情，形诸舞咏"，其本原是诗人的审美感兴，其状态和效果趋向声情动人的音乐境界。

王夫之提出"诗无达志"的命题，进一步交代作品动人兴观群怨的缘由。他说：

> 只平叙去，可以广通诸情，故曰"诗无达志"。（《唐诗评

选》卷四杨巨源《长安春游》评语）

> 为奖为激，都无达言，而相动自至。（《古诗评选》卷二刘琨《答卢谌》之《虚满伊何》评语）

这两段话中所说的"达"是指明确、通晓。"诗无达志"，意味着诗人的情志不是直接、明确地表露的，而是借比、兴等艺术手段隐含在作品中的。在王夫之看来，重用兴比，非但汉人遗旨，亦《三百篇》之流风也。诗人的情志本身就具有模糊性和难以言传的特点，在作品中又由于即景含情、意伏象外等因素而增强了宽泛性和不确定性。诗"无达言"，是指诗人的用心或情意没有通过语言明确地传达出来，作品具有不道破一句或意在言外的特点。

南宋词人刘辰翁曾评点杜甫等人的诗作，他说："凡大人（按：此指杜甫）语不拘一义，亦其通脱透活自然。观诗各随所得，或与此语本无义涉。"（《须溪集》卷六）他对读者在鉴赏过程中可能产生与原作本无义涉的感受加以明确肯定。"观诗各随所得"的说法，对王夫之提出"作者用一致之思，读者各以其情而自得"的命题可能有直接的启发。借用刘辰翁的话说，诗无达言是指诗的语言"不拘一义"。诗无达志与诗无达言，虽然角度不同，但意思是差不多的，都指称作品的含蓄蕴藉，说明作品何以具有被读者灵活领会和理解的可能性。

诗无达志意味着广通诸情。何以至此呢？王夫之推崇"平"的艺术表现方式。他注意到钟嵘言诗以平为贵，深知"平"在诗歌创作中具有非常重要的意义，于是以"平"论诗。他常用的相关词语有平叙、平起、平情、平缓、平适、平夷、平好、平善、平雅、平静、平妙、平远、平淡等。仅在《明诗评选》中，他以"平"论诗就达40次左右。平，意味着诗人置心平易，语势平和，从容涵泳，含而不露。换句话说，平是指诗人在写景状物、叙事言情时不动声色，对自己的用心或情思既不刻意渲染也不故作掩饰。

王夫之评贝琼《晚眺》："平平说去，乃使人不知其首尾。"（《明诗评选》卷四）又评袁豢《游仙》：

> 无端无委，如全匹成熟锦，首末一色。唯此，故令读者可以
> 其所感之端委为端委，而兴观群怨生焉。（《古诗评选》卷五）

诗若无端无委，使人不知其首尾，意义何在？参照王夫之的其他言论，可以说，抒情诗不同于叙事文学，没必要详尽地缘景、缘事、缘以往、缘未来，不讲述一个完整的故事或情感历程，不待历数往事而后兴怀；诗人以简约、含蓄的笔调写某个现量场景中的人、情、事，只于心目相取处得景得句，只从一切怀抱函摄处细密缭绕，此外一丝不犯，营造无字处皆其意、余音绕梁般的艺术氛围（境生于象外），引发读者对作品不曾明示的端委、首尾的探寻，使读者"可以其所感之端委为端委"，充分调动读者在涵泳中进行再创造的主体性。"如全匹成熟锦，首末一色"的作品可谓浑然成章、不可句摘、超旷空灵，通过读者的鉴赏生成深远广大的意境。作者"摄兴观群怨于一炉锤"，读者随所触而皆可，心胸日益广远而微至。

总的来说，王夫之着眼于"摄兴观群怨于一炉锤"的艺术理想，提出了"只咏得现量分明"，"该情一切"，"曲写心灵"，"平平说出"，"诗无达志"，"以追光蹑景之笔，写通天尽人之怀"等富于创见的命题，兼顾作者和读者的主体地位，探寻诗歌艺术的奥秘和理想得以实现的途径。

王夫之用"情"把兴、观、群、怨贯通起来，用"兴观群怨"把诗人、作品、读者贯通起来，用博古通今的眼光和心胸，把从孔子起发展演变着的兴观群怨说加以总结、调整、阐发，在有意无意之间创立了他本人的兴观群怨说。

在孔子那个时代，中国诗方兴未艾；在王夫之那个时代，中国诗已走过漫长的发展道路。孔子和王夫之的思想，具有传承、通变的关联；他们的兴观群怨说，集中体现出各自所处时代的思想成果和艺术精神。

第十一章　温柔敦厚的诗教观

诗教，是中国最早、最重要的艺术教育方式之一，代表着儒家最基本的诗学观念。诗教的基本理论，形成于孔子，在汉代的《毛诗序》等论著中得到较为明确的表述。不少范畴和命题，如"温柔敦厚"，"兴观群怨"，"思无邪"，"发乎情，止乎礼义"等，彰显出诗教的丰富内涵及其在儒家政教诗学中的核心地位。

王夫之生逢乱世，有感于诗教与世道人心的因应关系，试图振兴业已衰落的诗教。他的诗教观，既有鲜明的时代色彩，也有普遍的理论意义。从对诗教的重视程度、阐释的系统性和创新性等方面看，他在这个学术领域的贡献大于以往的诗学家。可以说，他使传统的儒家诗教扬长避短、别开生面。

第一节　"温柔敦厚"的提出

温柔敦厚，作为诗教①的代称，出自《礼记·经解》：

> 孔子曰："入其国，其教可知也。其为人也，温柔敦厚，《诗》教也；疏通知远，《书》教也；广博易良，《乐》教也；故《诗》之失，愚……其为人也，温柔敦厚而不愚，则深于《诗》者也……

---

① 诗教之"诗"泛指历代诗歌，在专指《诗经》时，诗教即《诗》教。广义的温柔敦厚，包括诗教论中的一系列概念、命题在内，是其在原典中的意蕴和历代诠释者的有效理解的统一，因而，可以说它是诗教的代称。

唐孔颖达《礼记正义》疏曰："温，谓颜色温润；柔，谓情性和柔。《诗》依违讽谏不指切事情，故云温柔敦厚，是《诗》教也。《诗》主敦厚，若不节之，则失在于愚。……此一经以《诗》化民，虽用敦厚，能以义节之。欲使民虽敦厚，不至于愚，则是在上深达于《诗》之义理，能以《诗》教民也，故云深于《诗》者也。"

王夫之说："'为人'，谓学者言行趣尚之别也。'温柔'，情之和也；'敦厚'，情之固也。……'愚'者，懦茸而不能断之谓。'深'者，择之精而得其实之谓。《六经》之教，皆穷理尽性，本无有失，立教者得其精意以导学者于大中至正之矩，则人皆兴起于至善而风俗完美……"（《礼记章句》卷二十六）

作为《诗》教功能的集中体现，温柔敦厚是就人的言行趣尚、气质情性或品德修养而言的，主要是指经过《诗》的陶冶，人们富有温良的善意、诚朴宽厚的人格底蕴、温厚和平的性情、从容深厚的风俗。温柔敦厚虽然是具有共通性或普遍意义的性情基调，但并非性情和《诗》教的全部内涵，应与人的心灵的其他要素相辅相成，以免造成"愚"的偏失。

《礼记·经解》意识到温柔敦厚可能有所偏失，因而强调深于诗者"温柔敦厚而不愚"，这是非常深刻的见解。后世不少论者在批评"温柔敦厚"的《诗》教时忽视了"不愚"的一面，导致误读。

孔颖达借用《毛诗序》的观点，以"依违讽谏不指切事情"来解释温柔敦厚，仅仅揭示《诗》的一大特征及温柔敦厚的一大动因，未从"《诗》可以兴"，"上以风化下"等角度立论，有片面之嫌。他认为使民众不至于愚的关键是"以义节之"，施教者深达于《诗》之义理，能使温柔敦厚的性情与礼义的节度相协调。

"以义节之"，近于《荀子·不苟篇》所说的"以义变应，知当曲直故也"，大意是君子能以义随变而应，其所知所行恰当于是非曲直。有论者指出：孔疏对"不愚"的解释不完全对，《礼记·经解》所说的"不愚"意思非常明确，就是坚持自己的原则立场，不要愚忠。① 这似乎只是把握住了"不愚"的一个侧面。

---

① 参见陈桐生《论〈诗〉教》，原载赵敏俐主编《中国诗歌研究》第一辑，中华书局2002年版。

从根本上讲，"不愚"就是明智、聪慧，有真知。按照王夫之的注解，可以说，不愚意味着人能明断真假、善恶、美丑、是非。《荀子·修身篇》有言：是是、非非谓之知，非是、是非谓之愚。这段话的大意在于：明辨是非则不愚。朱熹在解释《论语·先进》中"柴也愚"时说：愚者，知不足而厚有馀。由此可见，人在温柔敦厚的同时若有较丰富的知识或智慧则不愚。在这个问题上，王夫之的观点与荀子和朱熹大致相同。

温柔敦厚主要是德的体现，不愚是智的体现。"温柔敦厚而不愚"的命题，着眼于健全人格的培养，彰显出《诗》教在德育、智育两大方面的功能，但缺乏审美的自觉，有待后人从审美的角度、通达的立场予以调整和改造。这个命题及《礼记·经解》中关于《诗》教的那段话未必出自孔子之口，但符合孔子的思想。《论语》中有里仁为美、民德归厚、温良恭俭让等说法，孔子注重《诗》在修身（涵养性情）、从政（通达事物情理）、交往（使于四方以《诗》专对）等方面的功用。据《论语·述而》记载，孔子"温而厉，威而不猛，恭而安"。朱熹《论语集注》解释说："人之德性本无不备，而气质所赋，鲜有不偏。惟圣人全体浑然，阴阳合德，故其中和之气见于容貌之间者如此。"可以说，孔子的中和气质就是温柔敦厚。

温柔敦厚是一种性情中和的基调，不是对人的性情的单向度的规定，不妨碍性情中其他因素的多样呈现，这正如王夫之所说，温柔、敦厚是情之和、情之固。情之和偏重于外在的精神风貌，情之固偏重于内在的人格底蕴。

第二节 "温柔敦厚"的思想渊源

温柔敦厚一语，未见于更早的先秦文献，其中所包含的思想观念，却有广泛、久远的渊源。《诗经》中有不少近似于这种观念的诗句，如：温温恭人，如集于木（《小雅·小宛》）；温温恭人，维德之基（《大雅·抑》）；温恭朝夕，执事有恪（《商颂·那》）。《老子》有言：敦兮其若朴；含德之厚，比于赤子。屈原《九章》：内厚质正兮，大人所盛。《易传》：坤厚载物，德合无疆；君子以厚德载物。

《中庸》指出：宽裕温柔，足以有容；温故而知新，敦厚以崇礼。①
《荀子·非十二子篇》说：古之所谓士仕者，厚敦者也，合群者也，
乐富贵者也，等等。

以上诸多言论，用意不尽相同，但对温恭、宽柔、敦厚都极为推
崇，在把温恭、宽柔、敦厚视为可贵的品德修养、气质情性或精神风
貌的层面上，其内涵与温柔敦厚几乎是一个意思。

温柔敦厚的《诗》教观，在很大程度上承传着君子以玉比德的传
统。据《礼记·玉藻》记载，古之君子必佩玉，君子无故玉不去身，
君子于玉比德焉。《诗经》中有一些相关的句子，如：青青青佩，悠
悠我心（《郑风·子衿》）；其人如玉（《小雅·白驹》）；言念君子，
温其如玉（《秦风·小戎》）。《荀子·法行篇》说：

> 孔子曰：……夫玉者，君子比德焉。温润而泽，仁也；栗而
> 理，知也；坚强而不屈，义也；廉而不刿，行也；折百不挠，勇
> 也；瑕适并见，情也；扣之，其声清扬而远闻，其止辍然，
> 辞也。

这段话以玉的七种特性比喻君子的仁、知、义、行、勇、情、辞。所
谓比德之"德"，不是指一般意义上的道德，而主要是指品行，涉及
气质情性、言行趣尚等方面，包括品德修养在内。《礼记·聘义》中
有一段与上面引文非常相似的话：

> 孔子曰：……夫昔者君子比德于玉焉：温润而泽，仁也；缜
> 密以栗，知也；廉而不刿，义也；垂之如坠，礼也；叩之，其声
> 清越以长，其终诎然，乐也；瑕不掩瑜，瑜不掩瑕，忠也；孚尹
> 旁达，信也。

从《论语》看，孔子没有说过与此类似的话，不知《荀子》和
《礼记》的文献依据何在。《礼记·聘义》的写定时间大概晚于《荀

---

① "温柔敦厚"一语可能是直接从这段话中概括出来的。《中庸》被编入《礼记》中。

子》，看得出两者之间有直接的参照、借鉴的关系。《礼记·聘义》由玉引申出君子的七德：仁、知、义、礼、乐、忠、信。前两种与《荀子》的说法一致。《荀子》以坚强而不屈为义，以折百不挠为勇，传承着《孟子》的精神。《荀子》所说的情、辞，与人物及艺术的审美相通。而《礼记·聘义》所说的七德中没有勇、情、辞，其中的义为廉而不刿，按清人王先谦的解释，廉而不刿意为"虽有廉棱而不伤物"。

汉代以孔、孟为正宗，曾将《孟子》列于学官，设博士传授，《荀子》则遭受冷遇。汉儒在编撰《礼记·聘义》时，可能有针对性地对《荀子》的比德说加以经学的改造。相比之下，《荀子》的比德说有很高的学理价值或诗学意义。刘向编撰《说苑》，依照《荀子》的观点，对以玉比德说加以重新阐发：

> 玉有六美，君子贵之：望之温润，近之栗理，声近徐而闻远，折而不挠，阙而不荏，廉而不刿，有瑕必示之于外，是以贵之。望之温润者，君子比德焉；近之栗理者，君子比智焉；声近徐而闻远者，君子比义焉；折而不挠，阙而不荏者，君子比勇焉；廉而不刿者，君子比仁焉；有瑕必见于外者，君子比情焉。（《说苑·杂言》）

刘向从令人珍重的玉的六美，引申出君子的六种品质或性情的美：德、智、义、勇、仁、情。他的阐发是有创见的，使以玉比德说显得更简明、恰切，更有美学意味。

将以玉比德说与《诗》教的温柔敦厚而不愚的命题加以对照，可以看出：温柔即《荀子》所说的仁（温润而泽）和刘向所说的德（望之温润），敦厚近于《荀子》和刘向所说的情（瑕适并见，有瑕必见于外），不愚即《荀子》所说的知（栗而理）和刘向所说的智（近之栗理）。温柔敦厚而不愚，与比德说中的其他美德如义、勇、行、辞等并不矛盾，其间可以形成兼容、协调的关系，因为温柔敦厚原是性情中和的状态，在不同的人和时代等情况下会有或隐或显的差异，在具体的境遇中会呈现出变通性、多样性和或大或小的张力。

温柔敦厚，是儒家理想中的君子人格的底蕴及感性显现。《荀子

·荣辱篇》指出，先王之道，仁义之统，为天下生民谋福利，"其温厚矣，其功盛遥远矣"。《管子·形势》有言：人主者，温良宽厚则民爱之。可见，温柔敦厚的性情，不是少数人所特有的，上至君主，下至臣子及百姓，都可具备这样的涵养。

第三节　从温柔敦厚到温厚和平

温柔敦厚的《诗》教观提出后，在从六朝到唐以前这段时间，并未得到大力张扬。难怪王夫之在评江淹《爱远山》时说："夕秀初含，朝华已启，庶几温柔宽厚之旨，旷百世而嗣音矣。"（《楚辞通释》卷十四）江淹（444—505）生活的年代，仅距汉末就已二百多年，距屈原的时代则更远。梁简文帝萧纲有一段名言：立身之道与文章异，立身先须谨重，文章且须放荡。这段名言在某种程度上体现了六朝时期文艺的主流观念，与温柔敦厚即便不相反，也是相左的。可惜的是，萧纲所处的齐梁时期的诗并未因此而真正繁荣起来。

但正因为温柔敦厚有着广远深厚的思想渊源和基础，后世在诗歌评论与创作方面才总会有所响应。宋代以降，温柔敦厚常被表述为温厚和平。北宋张载认为，置心平易，从容涵泳，然后可以言诗，求《诗》者贵平易，不要崎岖求合，盖诗人之情性，温厚平易老成，诗人之志至平易，故无艰险之言，大率所言皆目前事，而义理存乎其中。[①]他所说的温厚平易，既是对作者气质情性的指认，也是对读者的心态或心境的要求。朱熹《论语集注》对孔子所说的"不学《诗》，无以言"加以解释：事理通达，而心气和平，故能言。此外，他说：

> 古人情意温厚宽和，道得言语自恁地好。（《朱子语类》卷八十）

> 《诗》本人情，该物理，可以验风俗之盛衰，见政治之得失。其言温厚和平，长于风谕。故诵之者，必达于政而能言也。（《论

———————————

① 参见朱熹《诗传纲领》，载朱杰人等主编《朱子全书》第一册，上海古籍出版社、安徽教育出版社 2000 年版，第 349 页。

语集注》卷七)

温厚宽和、温厚平易与温厚和平是一个意思，温厚是温柔敦厚的缩写，和平可谓中和、平易，中和即中庸，不偏不倚，无过无不及。平易即心平气和、从容大度。

法国学者弗朗索瓦·于连认为，温柔敦厚这个成语是用来说明《诗经》的特殊道德特点的，厚重回应柔顺，内心的坚实回应外部的温和，《诗》教因此限于迂回的特点并且由讥谏疏通。这种看法是不错的。但于连在谈到由温柔敦厚到温厚和平的转变时说："古老的理想由于传统的改造，失去它微妙的平衡，它最终摇摆倾向懦弱顺从。"① 这个结论不乏深刻之处，但似有片面之嫌。与温柔敦厚相比，温厚和平并未附加多少政治方面的影响，不过是强化了作者心气平易、艺术表现方式的中和、读者因从容涵泳而自得等方面的因素，与宋代梅尧臣、欧阳修等人所提倡的平淡诗风相因应。温厚和平的观念，虽与现实政治有或隐或显的关联，但主要是张载、朱熹等人在学理和诗艺的立场上有所自得的结果。尽管其中有浓重的理学气息，但却基本上承传着抒情传统，是自觉的，而非被动、压抑的。

《易·系辞下传》有言：君子安其身而后动，易其心而后语。王夫之《周易内传》解释说：易，平也，易其心，不以极喜极忧而迫于言也。其《周易外传》又说：其心易者其辞易，故《书》简而直，《诗》至而和。"至而和"即至和，谓和顺温厚之至。易其心而后语，可以说是后世诗心宽和、平易观念的较早的思想渊源，而《中庸》则为温厚和平提供了较充分的理论依据。

在元、明、清时期，揭傒斯、高棅、李梦阳、胡应麟、胡震亨、陆时雍等人都在具体的诗歌评论中运用温柔敦厚的诗教观，使之与审美的艺术精神渐趋融合，他们常用优柔、柔厚、忠厚、温厚和平、优游敦厚等词语评诗。这些词语是从温柔敦厚中派生出来的，切近具体的评论对象的思想与艺术特征，随所用而在意义上略有差别。如胡应麟《诗薮·内编》说：《国风》、《雅》、《颂》，温厚和平；优柔敦

---

① 参见弗朗索瓦·于连《迂回与进入》，杜小真译，三联书店 1998 年版，第 130 页。

厚，周也。这里所说的温厚和平可能偏重于文体风格特征，优柔敦厚则是指时代风格，其间的意义差别不明显。

第四节　别开生面——王夫之的诗教观

王夫之以博古通今的方式继承了温柔敦厚的诗教观，较充分地吸取历代审美诗学的理论成果和艺术精神，赋予诗教以丰富的审美意义，推崇委婉含蓄，反对直露促迫的诗风。他说：

> 微而婉，则《诗》教存矣。(《诗经稗疏》卷一)

> 可以直促处且不直促，故曰温厚和平。结语又磬然而止，方合天籁。(《古诗评选》卷五谢灵运《道路忆山中》评语)

> 盖诗自有教，或温或惨，总不可以赤颊热耳争也。(《古诗评选》卷二嵇康《酒会》评语)

这几段评语主要是从诗的艺术表现方式上立论的，从中可以看出：温厚和平与委婉含蓄、从容不迫并无二致，以这样的方式抒写喜怒哀乐，是诗教的应有之义。温柔敦厚原是就《诗》教陶冶性情的效果而言的。张载、朱熹等人把温柔敦厚的尺度从效果立场扩展开，兼顾作品、作者和评论家。如朱熹《诗序辨说》对毛诗《小序》把诸多诗篇解释为美刺时君国政的作法不满，认为"其轻躁险薄，尤有害于温柔敦厚之教"。王夫之也把温柔敦厚的尺度运用到诗的各个环节或领域中。他认为诗的关键不仅在于写什么，也在于怎么写。所以，他非常注重诗的艺术表现方式，将其视为诗教得以成立的基本前提，坚信诗的艺术价值与诗教是相辅相成的。这与黄庭坚等人的观点一脉相承。

黄庭坚推崇温厚和平的君子之风和优游不迫的抒情方式，对那些"强谏争于庭，怨忿诟于道，怒邻骂座"及"讪谤侵陵，引颈以承戈，披襟而受矢，以快一朝之忿"的行径不以为然，认为此举违背诗歌艺术的特点和诗的本旨。又如元好问认为唐诗的一大长处是温柔敦厚、蔼然仁义之言多，他推崇这样的艺术手法和效果："责之愈深，其旨愈婉；怨之愈深，其辞愈缓；优柔餍饫，使人涵泳于先王之泽，情性之外，不知有文字。"（《杨叔能小亨集引》）在委婉、和缓中，无论"责"、"怨"的情感有多深，都不失温柔敦厚之旨。正如王夫之所说：或温或惨，总不可以赤颊热耳争也。从古至今，很多人认为"诗可以怨"、"发愤以抒情"与温柔敦厚有矛盾，其实不然。

本着温柔敦厚的尺度，王夫之对出自杜甫的"健笔纵横"说加以抨击，他说：

> ……故闻温柔之为诗教，未闻其以健也。健笔者，酷吏以之成爰书而杀人。艺苑有健讼之言，不足为人心忧乎？况乎纵横云者，小人之技，初非雅士之所问津。（《古诗评选》卷五庾信《咏怀》之《日色临平乐》评语）

杜甫《戏为六绝句》云："庾信文章老更成，凌云健笔意纵横。"杜甫以此对庾信晚年的创作成就予以高度评价，不赞成人们对庾信作出"其意浅而繁，其文匿而彩"，"亡国之音"和"词赋之罪人"等指责。在王夫之看来，庾信情较深，才较大，晚岁经历变故，感激发越，遂弃早年为宫体所染的习气，偶尔狂吟，抒其悲愤，初不自立一宗，却无端为杜甫所推崇，被誉为"清新"、"健笔纵横"，被后人竞相仿效。王夫之并不一概反对清、新、健，他反对的是有违温厚平易、和缓迂回之旨的"趋新而僻、尚健而野、过清而寒、务纵横而莽者"。他也不反对健讼之言，只是不希望诗如同讼言。他认为颜延之"笔端自有清傲之气，濯濯自赏。……又以其清傲一致绞直，遂使风雅之坛有讼言之色"（《古诗评选》卷五）。

王夫之何以近乎偏激地批评"健笔纵横"说，担忧艺苑有健讼之言呢？除了政治方面的考虑（如他不希望诗人因"健笔"而受迫害）外，主要是因为他要维护诗的相对独立性或审美与艺术特质。杨慎说过，六经各有体，《诗》以道性情，"若诗者，其体其旨，与《易》、《书》、《春秋》判然矣"（《升庵诗话》）。与此相应，王夫之认为诗不能容纳、担当一切，"如可穷六合，亘万汇，而一之于诗，则言天不必《易》，言王不必《书》，权衡王道不必《春秋》……断狱不必律，敷陈不必笺奏，传经不必注疏，弹劾不必章案，问罪不必符檄，称述不必记序，但一诗而已足。既已有彼数者，则又何用夫诗？又况其离经破轨，率尔之谈，调笑之说，咒诅之恶口，率以供其纵横之用哉！"（《古诗评选》卷五）

在明清之际，文章体裁齐全，文艺门类丰富，文学已形成诗歌、散文、小说、戏剧文学等较完备的系列。诗与其他体裁的文章各有所长，各尽其能，在表现方式、风格、功能等方面基本上不能混淆或替代。时过境迁，诗不可能也没必要像先秦时期的《诗》那样承担政教或实用的诸多功能。那些功能并未完全失落，但终究不尽是诗的天职。人们乐于用审美与艺术的眼光看诗，但文学中的其他门类也具有很高的审美与艺术价值，而且大多比诗更通俗，更有娱乐性。诗在回归自身、彰显本色的同时似乎也面临种种危机。诗歌创作的衰微之势由来已久，"时诗"、"恶诗"层出不穷，诗坛的不良风气此起彼伏，诗在很多人心目中的地位及其实际影响似乎微不足道。在这历时性和共时性的境遇中，诗的独特魅力与效能究竟是什么？诗如何具备和发挥独特的魅力与效能？王夫之既知其然，也要知其所以然。他重申诗以道性情的古训，推崇审美情感和审美感兴，以乐论诗，强调诗的委婉含蓄、优柔和缓的表现方式及艺术特性，把陶冶性情视为诗的首要功能，把温柔敦厚纳入诗歌艺术美学的轨道。

有论者认为，中国尽管有"阳刚"、"大美"、"风骨"、"雄浑"，但由于这些都被囚禁在"温柔敦厚"的规范之中，其"雄浑"范畴当然不可能走向"反抗挑战"、"野蛮"、"粗犷"的西方式崇高，而只能走向偏于平和敦厚的柔美。① 也有人说，温厚和平是对不平之情的压抑，优柔敦厚是在长期专制淫威下形成的顺从、软弱的性格。这些看法都是既有一定道理又失之偏颇的。王夫之的观点可以加深我们对有关问题的理解：

---

① 参见曹顺庆、王南《雄浑与沉郁》，百花洲文艺出版社2001年版，第119页。

《小雅》《鹤鸣》之诗，全用比体，不道破一句，《三百篇》中创调也。要以俯仰物理而咏叹之，用见理随物显，唯人所感，皆可类通；初非有所指斥一人一事，不敢明言，而姑为隐语也。若他诗有所指斥，则皇父、尹氏、暴公，不惮直斥其名，历数其慝，而且自显其为家父，为寺人孟子，无所规避。《诗》教虽云温厚，然光昭之志，无畏于天，无恤于人，揭日月而行，岂女子小人半含不吐之态乎？《离骚》虽多引喻，而直言处亦无所讳。宋人骑两头马，欲博忠直之名，又畏祸及，多作影子语，巧相弹射，然以此受祸者不少。既示人以可疑之端，则虽无所诽诮，亦可加以罗织。（《姜斋诗话·夕堂永日绪论内编》）

似此方可云温厚，可云元气。近人以翁妪嗫嚅语为温厚，寒讷莽撞语为元气，名惟其所自命，虽屈抑亦无可如何也。（《古诗评选》卷四左思《咏史》之《皓天舒白日》评语）

在中国历史上，常有政治严苛及文网繁密的年代，诗人常处于尴尬、困顿的境地。白居易自称"始得名于文章，终得罪于文章"（《与元九书》）。晚明陈子龙感叹道："称人之美，未有不喜也。言人之非，未有不怒也。为人所喜，未有非谀也。为人所怒，未有弗罪也。呜呼！三代以后，文章之士，不亦难乎！……后之儒者，则曰忠厚，又曰居下位不言上之非，以自文其缩。然自儒者之言出，而小人以文章杀人也日益甚。"（《诗论》）忠厚，成了有些文人掩饰自身软弱、退缩的借口，也成了不少恶人以文章杀人的招牌。因而，温柔敦厚屡为世人所诟病。其中的是非难以一概而论。诗人若因畏惧而不敢诚心作诗，诗就成了畏途；反之，若在诗中肆意谩骂、诽谤，诗就成了佞府。王夫之不赞成诗人因不敢明言而在诗中有所影射（"作影子语，巧相弹射"），认为那种作法既无益于诗的审美价值，又可能招来祸患。

诗向来以比、兴见长，又具有长言咏叹的音乐性，从而形成"不道破一句"的委婉含蓄的抒情传统。王夫之说：

> 长言咏叹，以写缠绵悱恻之情，诗本教也。(《姜斋诗话·夕
> 堂永日绪论内编》)

长言咏叹，即"俯仰物理而咏叹之"，语言凝炼，情意简约而又深长，
不言理而理自至（"理随物显"），声情动人。读者在感兴中尽可以引
譬连类（"唯人所感，皆可类通"），也就是有广阔的联想和想象的空
间。作者不道破一句，其言其情微而婉，其寄托或讽喻若有若无，这
种温厚、含蓄并非源于作者对权势的畏惧，而主要是基于艺术的感性
形式的要求。

　　正如王夫之所说，真正的诗人有光昭之志，无畏于天，无恤于
人，揭日月而行。所以，温厚不是"半含不吐之态"和"翁妪嗫嚅
语"，不是对不平之情的压抑，也不是专制淫威或政治高压的产物。
诗中长言咏叹的缠绵悱恻之情并不都是柔情，体现在作品风格上也不
见得偏重于优美。

　　杨松年指出：温柔敦厚一语，影响后世诗论不小，论者应以持平
的态度对待，温柔敦厚与豪迈的诗风并不相悖，诗风豪迈而有它的蕴
藉的内涵，也应视为温柔敦厚；相反的，为求温柔敦厚，而故作忸怩
之态，半吞不吐，反而会距离温柔敦厚的目标越来越远，基于此，可
以说《三百篇》、屈原等人的感愤之作符合温柔敦厚的标准，而一些
诗人的婉约之作并不一定具备温柔敦厚的条件。[①] 受王夫之的启发，
这种看法是从作品的风格和艺术表现方式上立论的，把含蓄、自然当
作温柔敦厚的要义。

　　王夫之对温柔敦厚的富于创见的阐释与黄宗羲（1610—1695）若
合符节。黄宗羲说：

> 今之论诗者，谁不言本于性情？顾非烹炼使银铜铅铁之尽
> 去，则性情不可出。彼以为温柔敦厚之诗教，必委蛇颓堕，有怀
> 而不吐，将相趋于厌厌无气而后已。若是，则四时之发敛寒暑，
> 必发敛乃为温柔敦厚，寒暑则非矣。人之喜怒哀乐，必喜乐乃为

---

① 　参见杨松年《中国古典文学批评论集》，三联书店香港分店 1987 年版，第 283 页。

温柔敦厚，怒哀则非矣。其人之为诗者，亦必闲散放荡，岩居川观，无所事事而后可。亦必茗碗薰炉，法书名画，位置雅洁，入其室者，萧然如睹云林海岳之风而后可。然吾观夫子所删，非无《考槃》、《丘中》之什厕于其间，而讽之令人低徊而不能去者，必于变风变雅归焉。盖其疾恶思古，指事陈情，不异薰风之南来，履冰之中骨，怒则掣电流虹，哀则凄楚蕴结，激扬以抵和平，方可谓之温柔敦厚也。（《万贞一诗序》）

黄宗羲侧重从性情及作者创作的角度立论，反对狭隘的诗教观，他明确强调：温柔敦厚并不意味着"委蛇颓堕，有怀而不吐"和"厌厌无气"，并不要求诗人只写喜乐而不写怒哀，并不等于诗人处在闲适、雅致的境遇中。在明清易代之际，他正当盛年，气节刚正，不做清朝的官，心中常怀家国沦亡之痛。因而，他对《诗经》中的变风变雅之作深有共鸣之感，赞赏其"疾恶思古"、爱憎分明、胸怀坦荡、"激扬以抵和平"的格调，认为这种性情和格调就是温柔敦厚。他的立场与清初康熙皇帝玄烨截然不同。玄烨《御选唐诗序》云：

孔子曰：温柔敦厚，诗教也。是编所取，虽风格不一，而皆以温柔敦厚为宗。其忧思感愤、倩丽纤巧之作，虽工不录。使览者得宣志达情，以范于和平。盖亦用古人以正声感人之义。

玄烨以温柔敦厚的名义排斥"忧思感愤"之作，近于排斥变风变雅之音，他站在清王朝的立场上，担心"忧思感愤"之作有碍长治久安。这看似无可厚非，问题在于，统治者的选诗标准反映出其文艺政策的倾向，直接影响社会风气。这不仅无助于诗及文艺的繁荣，也不利于真正的开明盛世的实现与维持。这种政教观，远不如唐太宗李世民开明，与孔子、《毛诗序》相比，也显得非常狭隘。

黄宗羲通过对温柔敦厚的新阐释，有力地冲击了狭隘的政教诗学观，强化了温柔敦厚在不平之情的抒发这个层面上的思想意义。他在谈到变风变雅之作的"怒则掣电流虹，哀则凄楚蕴结"的抒情特色时，点出其"激扬以抵和平"的指归。这样，他在学理上仍未背离温

柔敦厚的和平之旨。而和平之旨恰恰是温柔敦厚的基本要素。我们不
能误以为他注重哀怨愤怒之情的抒发就是提倡"不和平"。因而，笔
者以为王夫之与黄宗羲的观点在这方面若合符节。当然，两人的诗学
观点有很多不同之处，比如：黄宗羲虽未忽视诗的艺术性，但远不像
王夫之那样把诗教与诗的艺术性紧密联系起来并加以深入阐发。

第十二章　以诗解诗论

"以诗解诗"是王夫之提出的诗歌解读与评论的基本原则。半个多世纪前，郭绍虞曾说：王夫之没有训诂家、道学家的习气，只用文学的眼光，善于指示人如何读诗，如何去领悟诗，所以说来精警透澈。① 青木正儿认为：王夫之诗学中最值得注意的是提倡把《诗经》当作文学作品看，这在儒家尊崇《诗经》而将它附会于道义，和文学家因受彼等影响而不敢加与文学的评论倾向中，是颇足珍贵的。② 他们所赞赏的王夫之诗歌评论的倾向或原则，若进一步明确地概括一下，可以说就是"以诗解诗"。

第一节　"以诗解诗"的针对性

"以诗解诗"原是就《诗经》而言的，王夫之在探讨《诗经》解读的正确视角和方式时提出了这个命题，他说：

> 近有吴中顾梦麟者以帖括塾师之识说诗，遇转则割裂别立一意，不以诗解诗，而以学究之陋解诗，令古人雅度微言，不相比附，陋子学诗，其弊必至于此。(《姜斋诗话·诗译》)

> 古诗及歌行换韵者，必须韵意不双转。自《三百篇》以至庾鲍七言，皆不待钩锁，自然蝉连不绝。……近有顾梦麟者，作

---

① 郭绍虞：《中国文学批评史》下卷，百花文艺出版社1999年版，第461页。
② 青木正儿：《清代文学评论史》，台湾开明书店1969年版，第33页。

《诗经塾讲》，以转韵立界限，划断意旨。劣经生桎梏古人，可恶孰甚焉！（《姜斋诗话·夕堂永日绪论内编》）

王夫之指责顾梦麟在解诗时"遇转则割裂别立一意"（"以转韵立界限，划断意旨"），大致基于诗歌佳作是意脉贯通、浑然成章的有机整体的考虑。在他看来，通首浑成，方是作者，"一篇载一意，一意则自一气，首尾顺成，谓之成章"（《姜斋诗话·夕堂永日绪论外编》）。他常以"浑沦一色"，"一色神采"，"通首一纯"，"通篇如一语"，"天然成章"，"首尾无端，合成一片"等词语赞赏诗歌佳作，把成章视为衡量诗歌优劣的重要尺度。因而，他要求解诗者以通观（通悟）的方式把诗当作富于生命力的有机整体来加以看待。

我们知道，除了格律诗（近体诗）以外，古诗（古体诗）和其他韵文中，每隔若干句就可转换一种韵脚，整篇作品可由几个押不同韵的部分组成。如果韵与意同时转换（韵意双转），作品就难免气绝神散如断蛇剖瓜。王夫之在《姜斋诗话》、《楚辞通释》等论著中曾反复强调韵意不双转：句绝而语不绝，韵变而意不变，此诗家必不容昧之几也；意已尽而韵引之以有余，韵且变而意延之未艾，此古今艺苑妙合之枢机也；韵意不容双转，为词赋诗歌万不可逆之理。

王夫之提倡"以诗解诗"，针对的是以帖括塾师之识说诗、以学究之陋解诗、劣经生桎梏古人的种种行径。"以诗解诗"的视域，不局限于《诗经》，包括历代诗歌在内。对此，我们从以下两个方面加以探讨。

其一，关于以帖括塾师之识说诗。帖括，又称帖经和帖文，原为唐代进士科考试项目，是把经文前后两边都遮盖上，中间只留一行，再用纸把这一行中的三个字帖住，让考生把被帖住的三个字读出来。帖括气，喻指按死法或僵化格式言情写景、遣词造句的创作习气。王夫之指出：明万历以来，借古题写时事，搜奇自赏者盛行，乃以帖括气重，不知脱形写影。他赞赏有题目诗不以帖括死讲法做，如他评黄姬水《柳》："通首一点，是大家举止，措大帖括气必此破除乃尽。"（《明诗评选》卷八）通首一点，即状物言情不作实录、不拘形似、点到为止、委婉含蓄。在解诗方面，帖括气表现在：一解诗便要把诗意说定说死，拘泥于故实，结果不凿则妄。

王夫之曾指责数种"恶诗"，认为其中有似乡塾师者，乡塾师大多侈于高谈，识量短浅。乡塾师又称村学究，用以讥称学识浅陋的读书人。唐代科举设有进士科和明经科等，明经科中又分为学究一经、二经、三经等，人称考学究一经这科的人为学究，后以学究作为对儒生的泛称或对腐儒的讥称。王夫之所说的"帖括塾师之识"与"学究之陋"的意思差别不大，都与科举有很大关系。

隋唐以降，科举取士渐入正轨。出于写作的需要，人们开始自觉地谈论诗法，诗格、诗式一类的著作便应运而生。诗歌创作原是介于有法和无法之间的，是既可解又不可解的。谈论诗法的人越是想把创作的法则或秘诀全盘托出，就越是容易偏离诗的实际或艺术规律，以致留下预设法式、束缚后人的嫌疑。王夫之注重诗的无定法可执和难以言传的一面，所以对前人的诗法著作持怀疑、批判态度。

其二，关于以经生思路脉理解诗。经生又称儒生，在用作贬义时，与学究、腐儒、措大（醋大）意思相近。经生思路（经生法脉、经生之理等）泛指忽视诗的审美与艺术特性，以呆板俗套或逻辑思辨之理作诗、解诗的思路。

王夫之把褊狭或单向度地解诗的人称为"目营于一方者"、"一往人"。他说：

> 兴、观、群、怨，诗尽于是矣。经生家析《鹿鸣》、《嘉鱼》为群，《柏舟》、《小弁》为怨，小人一往之喜怒耳，何足以言诗？"可以"云者，随所"以"而皆"可"也。（《姜斋诗话·夕堂永日绪论内编》）

经生家以一往之见解诗，没有通明眼力，既不会作整体把握（作一色参勘），也不懂得审美意象的多义性和艺术效应的丰富性，对原本使读者各以其情遇的诗加以歪曲，"井画而根掘之"，造成桎梏古人的后果。王夫之对前人机械地割裂兴、观、群、怨的迂论不以为然，他以开明通达的辩证眼光，充分意识到兴、观、群、怨四者之间相辅相成或相得益彰的内在联系，肯定其并行不悖的多样性和一致性。他对诗可以兴、可以观、可以群、可以怨这一传统观念作出"随所'以'而皆'可'"的富于创见的解释，可谓别开生面，其理论依据是多方面的。

从作者的角度看，"古之为诗者，原立于博通四达之途，以一性一情周人情物理之变，而得其妙"（《四书训义》卷二十一）。大诗人有通天尽人之怀，内极才情，外周物理，其作品使读者受益无穷，不止于兴、观、群、怨这"四情"中的某一端。从读者的角度看，读者有丰富的、无涯际的情感活动，在欣赏诗歌时往往各以其情而自得，能够达到无所窒碍、不拘一格、哀乐皆可或百感交集的自由境界。从诗的宗旨和功能的角度看，真正的诗人"导天下以广心，而不奔注于一情之发，是以其思不困，其言不穷，而天下之人心和平矣"（《诗广传》卷三）。导天下以广心的美学原则，要求解诗者克服执于一端或"目营于一方"的管见。

王夫之推崇艺术个性和独创性，反对一些诗法著作中所标示的开合收纵、关锁唤应、情景虚实、起承转合等画地成牢以陷人的死法，他指出："死法之立，总缘识量狭小。如演杂剧，在方丈台上，故有花样步位，稍移一步则错乱。若驰骋康庄，取途千里，而用此步法，虽至愚者不为也。"（《姜斋诗话·夕堂永日绪论内编》）王夫之并不一概反对诗法，他坚信无法无脉，则不复成文字，但他明确认定：诗的法脉，不是教条化的经生法脉；诗的思路，不是落入俗套的经生思路；诗的条理，不是概念化、公式化的经生之理，"经生之理，不关诗理，犹浪子之情无当诗情"（《古诗评选》卷五）。佳作与经生思路脉理无缘，经生言诗，往往愚鲁得无可救药，腐汉缺乏灵心，而不理解文章本天成、妙手偶得之（神授之而天成之）的艺术创造的秘密。

第二节　"以诗解诗"的思想渊源

中国传统的解诗活动随《诗经》被尊为儒家经典而兴起。宋代欧阳修、苏辙、郑樵等人对《毛诗序》，尤其是对其中的《小序》有所怀疑和批判，引发疑序和遵序两派激烈的争论。在疑序派或疑古思潮中，朱熹最有影响，他上承欧阳修、苏辙、郑樵，下启王质，其间受郑樵的启发最明显。朱熹说：

> 《诗序》实不足信，向见郑渔仲有《诗辨妄》，力诋《诗序》，其间言语太甚，以为皆是村野妄人所作。始亦疑之，后来仔细看一两篇，因质之《史记》、《国语》，然后知《诗序》之果不足信。(《朱子语类》卷八十)

但是朱熹疑序，并非全因郑樵而导致的，他有自己的感悟和发现：

> 某自二十岁时读《诗》，便觉《小序》无意义，及去了《小序》，只玩味诗词，却又觉得道理贯彻。当初亦尝质问诸乡先生，皆云《序》不可废，而某之疑终不可释。后到三十岁，断然知《小序》之出于汉儒所作，其为谬戾有不可胜言。(《朱子语类》卷八十)

朱熹解《诗》的基本原则是"以《诗》说《诗》"。他指出：

> 今人不以《诗》说《诗》，却以《序》解《诗》，是以委曲牵合，必欲如序者之意，宁失诗人之本意不恤也。此是序者大害处！(《朱子语类》卷八十)

这段话实为经验之谈。朱熹解《诗》，亲历由以《序》解《诗》到以《诗》说《诗》的转变过程。通过对《诗》的熟读涵泳和对《序》的反复研究，朱熹多次发出《序》与《诗》全不相合，《序》全不可信的感叹，给人以彻底废《序》的印象。他在晚年编写《诗集传》时，把分散的《序》文汇集起来并加以辨析，题为《诗序辨说》，列在《诗集传》正文之前，使得《序》、《诗》二分。

据郑玄说，《序》早于毛《传》而成，原是合为一编的，到毛公作《传》时，才将各诗之序分置于诸篇之首。因而，朱熹在《诗序辨说》中指出，毛公引《序》入经，使《序》文看上去如同经文，使诗篇看似因《序》命题而作，使读者转相尊信，无敢拟议，在解释不通的情况下宁可委曲迁就、穿凿附会，也不忍确认《小序》出于汉儒。朱熹"病此久矣"，但仍考虑到《序》毕竟来历久远，其间或许真有传授证验而不可废者，于是既采纳《序》的部分内容以附《诗集传》中，又把《序》文合为一编"以还其旧"并衡量其得失，即编写出与《诗》的正文分离的《诗序辨说》。

朱熹虽认为《大序》有不满人意处，但基本上认可《大序》对《诗经》的性质、功用及意义的总体说明，即便对《小序》，他也并未完全废弃。

朱熹以《诗》说《诗》，虽然本着儒家经学的立场和理学的视角，但旨在破除汉儒对诗之本意的遮蔽，在一定程度上把握诗的审美与艺术特性，把《诗经》当作文学作品看。这主要体现在以下几个方面。

其一，强调诗的"感物道情"的创作动因和审美特性。朱熹自觉地意识到，《诗》与其他经典的本质区别在于感物道情，懂得诗意的人从诗中看风土、习俗、人情、物态，在沉潜讽诵中玩味义理，咀嚼滋味，而不是"逐字将理去读"或生硬地从诗中"讨义理"。因而，朱熹维护《诗》的感物道情的审美特性，批评汉儒解《诗》的妄生美刺、附会史实、牵合穿凿、刻意说教等不良倾向。

其二，注重诗的兴发感动的功能或美感效应。朱熹认为，古人所谓"兴于诗"是指《诗》有感发人的意思，《诗》所以能兴起人处全在兴，"今读之无所感发者，正是被诸儒解杀了，死着《诗》义，兴起人善意不得"（《朱子语类》卷八十）。他建议读者不拘泥于《小序》及旧说，只将本文熟读玩味，直到体悟诗人本意，从此推寻开去，方有感发。他反复强调，读《诗》之法，只是熟读涵味，自然和气从胸中流出，其妙处不可得而言。他看重《诗》的艺术魅力，认为"看《诗》，义理外更好看他文章"（《朱子语类》卷八十）。

《朱子语类》中有不少言论是教人如何读《诗》、解《诗》的，其中的一个指导思想是：读者应以平常心读《诗》，只将《诗》当作今人做的诗看，观其委曲折旋之意，尽情地感发善心。在朱熹看来，古人说"诗可以兴"，须是读了有兴起处，方是读《诗》，若不能兴起，便不是读《诗》。朱熹所说的"兴起"、"感发善心"，似偏重伦理意义。他要求读者在沉潜讽诵中咀嚼《诗》的滋味，则是注重《诗》的美感效应和古人作诗"叙得事曲折先后，皆有次序"的艺术魅力。这无异于说，要把《诗》当诗看，而不像汉儒那样把《诗》当经看。

其三，把诗看作气脉贯通的有机整体，主张以通悟的方式解诗，注重赋、比、兴的艺术手法。在一般意义上，朱熹把气象浑成视为诗歌佳作的基本要求和品格，也推崇诗的自然之趣、平淡之味、含蓄之意、从容之法、贯通之脉等。在解《诗》时，他把具体诗篇看作气脉贯通的有机整体来加以观照，认为作文之法应是首尾照应、血脉通贯、无一字闲，诗须是平易不费力，句法混成，气象从容，解诗者若逐句分解，在"逐一根究"中"讨些道理"，则势必割断意脉，违背诗情。这对汉儒拘于字句、偏重训诂、割断意脉的解《诗》习气是有力的批判。

王夫之反对以帖括塾师之识说诗，批评经生家的一往之见，与朱熹同出一辙。

稍晚于朱熹的南宋学者林希逸懂得以诗的艺术眼光看《诗》，他在评价《庄子·逍遥游》的艺术特色时，曾谈到《诗经》中委婉含蓄的作品所体现的"诗法之妙"，认为《苤苢》一诗形容人物胸中之乐却连一乐字都不说。他曾为严粲《诗缉》作序，强调《诗》的"自为一宗，笔墨蹊径，或不可寻逐，非若他经"的艺术特性，称赞严氏"能以诗言《诗》"。

在晚明，崇情抑理的思潮兴盛起来，以诗艺的眼光解《诗》的方式日渐流行。钟惺提出"《诗》，活物也"的命题。何三省把《诗》看作"趣物"。陈组绶说学诗如参禅，主张"以诗说诗，先去制义死法，嘿参诗人活法"（《诗经副墨》）。万时华认为读诗之一蔽在于"今之君子，知《诗》之为经，而不知《诗》之为诗"（《诗经偶笺》）。有人把明代的《诗经》研究评价为："义理"不如宋人之精，"考证"不及汉唐之密。这话有一定道理，但可以肯定的是，在把握《诗》的抒情特性、以诗艺解《诗》这一研究方向上，明人所取得的成就是空前的，尽管其中带有或隐或显的八股时文的烙印。

顾颉刚在为清初姚际恒《诗经通论》所作的序言中说：其以文学

说诗，置经文于平易近人之境，尤为直探诗人之深情，开创批评之新途径。顾氏的言论在一定程度上表明，清代以前，"以文学说诗"一直未成为主流观念。即便在清代，《诗经》学领域也是考据学占上风的。

因此，从朱熹到王夫之，"以《诗》说《诗》"、"以诗解诗"论的价值不可低估。朱熹以《诗》说《诗》，注重在熟读涵泳中通悟《诗》之本意，虽在某种程度上是以义理解《诗》，而且屡有失误，但他主张不从《诗》中生硬地讨义理，而是在感兴中玩味义理、咀嚼滋味，这与教条化、概念化的以经生之理解《诗》的方式有天壤之别。可以说，王夫之把朱熹以《诗》之本意解《诗》和明人以诗艺解《诗》的优长之处合为一炉。

第三节　"以诗解诗"的诗学意义

历代主张"以诗解诗"的学者，有一个大致共同的观念，即强调诗与政治、历史或学术的本质区别，以此作为解诗的指导思想，维护诗的特性。但由于人们对诗的特性的认识不尽一致，又受到各自所处的时代的学风和思潮的影响，导致不同学者的"以诗解诗"论名同而实异，各有偏胜。王夫之的"以诗解诗"论，以博大精深的诗学思想为依托，博采众长，具有多方面的诗学意义，以下两个方面是最突出的。

其一，强调诗的审美与艺术特性。王夫之说：

> 诗有诗笔，犹史有史笔，亦无定法，但不以经生详略开合脉理求之，而自然即于人心，即得之矣。（《明诗评选》卷五张治《江宿》评语）

这段话大意是说，史笔（史法）以从实著笔或实事求是为准，诗笔则使诗的叙事叙语不落事实粘著的窠臼，体现诗的"即事生情"，"即语绘状"、"永言和声"的审美与艺术特性，达到意藏篇中、不假雕琢的"自然"（妙夺天工）境界。就解诗而言，若混淆诗与史的界限，则难免附会史实，牵合穿凿。针对拘文失义、主观臆度等弊端，王夫之提倡"求通于诗意，推详于物理，所谓以意逆志而得之"的解诗方式。这要求解诗者博通古今，避免因物理不审、史实不清而穿凿立说，同时又领会诗的特性而不把诗与史混为一谈。

在明代，不少学者继承钟嵘以来审美诗学的传统，重视诗的"意在言外"的艺术特性。杨慎反对"诗史"之说，认为《三百篇》皆约情合性而未尝有道德性情句，《二南》皆"意在言外"而使人自悟。徐常吉对《诗经》的含蓄蕴藉艺术尤为关注，指出《王风·黍离》妙在不着一语道破，"言外有无限感慨"。孙月峰在《批评诗经》中以艺术鉴赏的眼光和艺术批评的术语对《诗经》加以评点，认为《邶风·匏有苦叶》通篇皆寓物托意，"意皆在言外"。徐光启提出"《诗》在言外"这一全称判断，强调读诗要见古人言外之意或不言之旨。另外，明清人论诗也常有"妙在可解不可解之间"，"在有意无意之间"这类话头。在这方面，王夫之与前人的看法基本一致。他说：

> 且道是赏是罚，诗待解人字外求之，不如上书著论，可直言无讳耳。风雅谟训，各自有体，不然圣人不须六经。（《明诗评选》卷八蒋山卿《北狩凯旋歌》评语）

诗体的一大特征是字外有意，或称言外有意、意伏象外。王夫之常用"意在字外"、"字外含远神"、"字中句外，得写神之妙"、"无字处皆其意"、"字里之合有方，而言外之思尤远"等词语评诗，可谓津津乐道。同时，受司空图等人"象外"论的影响，王夫之常用"意伏象外"、"象外生意"、"神行象外之妙"、"佳句得之象外"等词语评诗，看上去比前人更注重诗的象外之象、景外之景、象外之意、韵外之致，充分体现了他对含蓄蕴藉的诗体特征和意境美的崇尚这一诗体特征是"诗待解人字外求之"的决定性因素，王夫之对此深有感触，他真不知这对解人"是赏是罚"，因为诗妙在可解与不可解之间，诗使解人所面临的这种二重性本身就是难解的。

其二，推崇诗的声情动人的艺术魅力。王夫之在《姜斋诗话·诗

译》的开头强调释经之儒所应尊重的诗的特性："陶冶性情，别有风
旨，不可以典册、简牍、训诂之学与焉也。"风旨，亦称风人之旨、
风人之致、比兴之旨。微言动物（微动含情）谓之风，风之体微而
婉，风旨意味着诗人长言咏叹以写缠绵悱恻之情，在"永言和声"中
动人兴观群怨。换句话说，风旨体现出诗的含蓄委婉、声情动人的艺
术魅力。

因而，王夫之认为，"中唐人尽弃古体，以笺疏尺牍为诗，六义
之流风凋丧尽矣"（《唐诗评选》卷三），"以章疏入讽咏，殊无诗理"
（《古诗评选》卷六）。他反对以议论或名言之理（逻辑思辨之理）入
诗的习气，也反对解诗者把诗与论、辨及学术混同起来。

声情动人的艺术魅力导源于诗的音乐性。前面说过，王夫之推崇
音乐，认为其神奇的功用在于引性情以入微而超事功之烦黩。他留恋
中国古代诗乐合一的传统，认为诗与乐互为体用，有共同的条理，明
于乐者可以论诗。以乐论诗，是他的诗学的一大特色。他说：

> 意亦可一言，而竟往复郑重，乃以曲感人心。诗乐之用，正
> 在于斯。（《古诗评选》卷一《瑟调曲·西门行》评语）

> 一往动人，而不入流俗，声情胜也。（《古诗评选》卷一
> 《晋乐府辞·休洗红》评语）

> 用兴处只颠倒上章，而愈切愈苦者，在音响感人，不以文句
> 求也。如是，此等处经生家更无讨线索地。（《古诗评选》卷二
> 陶潜《停云》评语）

很多佳作不见得有多深的意旨，而以声情胜。也有不少佳作既情意深
远，又富于曲致，如谢灵运的《悲哉行》别有寄托，"使知者悼其深
情，不知者亦欣其曲致"（《古诗评选》卷一）。诗人若仅求深刻，以
议论为诗，则不如废诗而著论辩。解诗者若像经生家那样拘泥于意旨
的探讨或文句的分析，忽视诗的声情动人（"以曲感人心"、"音响感
人"）的特性，势必陷入褊狭的境地。本着这样的思想，王夫之反对

"以意为主"之说：

> 全以声情生色。宋人论诗以意为主，如此类直用意相标榜，则与村黄冠盲女子所弹唱，亦何异哉？（《古诗评选》卷一鲍照《拟行路难》之《君不见柏梁台》评语）

> 但以声光动人魂魄，若论其命意，亦何迥别？始知以意为佳诗者，犹赵括之恃兵法，成擒必矣。（《古诗评选》卷四张协《杂诗》之《大火流坤维》评语）

诗是由包括"意"在内的多种因素组成的有机整体，"意"不等于诗，"意"佳不等于诗佳，因而，衡量诗的优劣，不能以"意"为主。

诗文"以意为主"并不是宋人先提出来的，但宋人对这一命题的解释大多带有浓重的理学色彩，也有重质轻文的偏向。早在南宋时，郑樵、严羽等人已把宋人主理视为弊病。宋诗及宋人主理的偏向，在明代普遍不被看好，王夫之不喜宋诗，可谓渊源有自。郑樵说汉儒讲《诗》专以义理相传，《诗》的"洋洋盈耳之旨"不受重视，"汉儒之言诗者，既不论声，又不知兴，故鸟兽草木之学废矣"，他所批评的虽是汉儒，却也切中宋儒的要害，他认为"乐之本在诗，诗之本在声"，"声之本在兴，鸟兽草木乃发兴之本"（《通志·昆虫草木略序》）。他明确地把"声"视为诗的本体特征，反对只讲义理而使"声歌之音，湮没无闻"。这种观点在当时极为难得。与此相应，以音声论诗之风从元末明初起就开始流行。李东阳认为诗有声律讽咏，诗、文之别主要在声。李梦阳说："诗至唐古调亡矣，然自有唐调可歌咏，高者犹足被管弦。宋人主理不主调，于是唐调亦亡。"（《缶音序》）明代诗学在探讨诗的音韵声调等形式因素方面有突出成就。

王夫之推崇声情动人的艺术美，或隐或显地采纳了郑樵等人以音声论诗的积极意义。不同的是，郑樵等人侧重从诗的形式因素或艺术本体的角度把握音声，而王夫之所说的"声情"基于对诗的整体把握，是富于包容性的概念，意味着声情并茂，既注重诗以道性情的抒情特性，又强调诗以声（声光、声韵）动人的艺术特性。因此，具有现代意义的以诗解诗的理论基础或指导思想得以确立。

余 论

从前面各章所选取的论题看，本书不仅不是对王夫之诗学思想的全面研究，而且不是对王夫之诗学范畴的全面研究。王夫之诗学的重要范畴、命题有很多，本书只是选取了既在王夫之诗学中很重要，当代学界又关注得很不够的范畴和论题加以探讨。例如，学界近年在王夫之诗学中的情景论、现量说、势论、兴观群怨说等方面取得了较大进展，而在文质论、天才论、宾主说、意境论等方面有明显的薄弱环节。本书有意避开学界已有定论的话题，试图从某些方面的薄弱环节入手，以便对相关研究有所补充，有所突破。

下面简要交代一下我选取前面某些篇章论题的缘由。其一，王夫之认为"内极才情，外周物理"是李白、杜甫等大家才能达到的高境界，这与他所坚持的"以追光蹑景之笔，写通天尽人之怀"的审美理想别无二致。南朝钟嵘赞赏谢灵运学多才博，寓目辄书，"内无乏思，外无遗物"（《诗品》上）。唐朝画家张璪提出一个重要命题"外师造化，中得心源"（《文通论画》），言简意赅，道尽画中三昧。这大概直接启发王夫之提出"内极才情，外固物理"的命题。有学者说根据这一命题足以做一篇博士论文，这是很有道理的。

其二，有学者说，在中国美学、诗学中，"文"是比"美"更重要、更有意义的范畴。王夫之的文质关系论富于辩证特点，以质为基础，强调文质合一、文质相生，进而彰显"文"的相对独立的美学意义，以此作为他推崇诗的艺术形式美的理论依据。的确，像在中国传统诗学中一样，"文"范畴在王夫之诗学中比"美"更重要。相对说来，儒家崇文，道家尚质，王夫之的文质论融合了儒、道两家思想的精华。

其三，王夫之是中国诗学中情景关系论的集大成者，学界对他的情景论关注较多，却对情景论的核心问题，即情景交融的途径或方式阐发得不够透彻。"宾主"，虽算不上范畴，却是解读王夫之情景论的一大途径。而"双行说"一章，是破译中国古代"情景交融"理论的另一途径。

其四，在今天看来，意境有广、狭二义，广义的意境是指情景交融，如王国维说能写真景物、真感情者即谓之有境界，宗白华也大致采用这一看法；狭义的意境是指诗在情景交融的前提下，具有"超以象外"、"境生于象外"的审美特征，唐代的司空图和刘禹锡坚持这种"象外"论。王夫之的意境论基本上是狭义的，主要继承了唐人的观念，使其有所深化和具体化。

其五，如果说情与景是王夫之诗学中最基本的范畴（后来王国维沿袭前人的观点，明确把情与景看作诗的二要素），那么，兴就是其中最重要的范畴，因为离开了兴，情景交融就无从谈起。传统的"兴"范畴的多层次含义，一方面积淀在王夫之诗学中，另一方面又为王夫之所灵活运用。王夫之强化了兴作为手法、审美直觉和感发志气（包括真、善、美）三大方面的功能。与兴相比，兴会只是兴在审美直觉方面的重要功能。

其六，在审美直觉领域，我们可以从王夫之诗学中归纳出三种学说，即兴会说、现量说和即景会心说，每一种学说都不乏实践方面的应用和理论方面的阐释，其间又具有共通性或一致性，足以见出王夫之在这个领域的思想深度或理论张力，以致我们在着重探讨兴会说时，已把另两种学说包容在内。

其七，才情与天才意义相近，"才情"是由才与情构成的复合范畴。普通的诗人要么有才而乏情，要么有情而乏才，才、情兼备的诗人毕竟不多。才情偏重于指称诗人主观方面的禀赋，有人依仗才情（才情用事），难以创作出情景双收的佳作。才情只是天才的一大要素，换句话说，天才包括才情。天才善于审美感兴，能够即景含情、寓目吟成，能够以化工之笔达到情景妙合的高境界，也就是以追光蹑景之笔，写通天尽人之怀，也就是"内极才情，外周物理"。所以，正如本书把"兴会"单列一章而基本上不与一般的"兴论"重复一样，把"天才"单列一章旨在阐释王夫之对艺术创造力的高扬，"天才"意味着天授、天巧或化工的才能，而"才情"则需要若干附加条件方可达到"天才"的境地。有学者认为王夫之所说的"天才"只是赞语，没有多大的学术价值。其实不然，仅从王夫之反对死法和门庭就可以看出，他所竭力张扬的就是创作自由和创造性，而天才无疑是伟大的艺术创造才能的代名词。王国维在 20 世纪初推崇天才，直接受到叔本华等人的"天才"说的影响。而王夫之的天才论，完全是在中国诗学传统中生发出来的，更明显地具有中国文化与艺术精神的特征。

其八，王夫之明确、严格地把诗与其他文体区分开来，与当今关于文体间互相融合、变通的观念迥然不同，他着力强化诗这种体裁的审美特征，进而突出其不同于政教的审美功能。从中我们可以明显看出明朝中晚期诗学观念的影响。他在强调诗教和诗的审美功能这两大方面都不遗余力，有人说这体现了他诗学的内在矛盾性，我以为这体现了他诗学的辩证的"合"的特征。在与王夫之的文体论密切相关的诸多范畴中，有两个范畴显得尤为重要。一是浑成。浑成，即浑然成章。王夫之认为佳作不在字句而在篇章，他说"作诗但求好句，已落下乘"，因此他对诗眼、警句和"推敲"之说不以为然，这有他在哲学和诗学上的理论根据。二是章法。王夫之反对诗人拘泥于诗法，对探讨诗法的论著不以为然，他推崇"活法"和"无法为至法"的观念。章法之"章"，即浑然成章。章法是指浑然成章之法。他说：一章有一章之法。同理，真正的诗人各自有体。体有风格之意，由此引出王夫之诗学中风格方面的范畴，如平淡、自然、从容、含蓄、悲壮等。

在王夫之诗学中重要的而学界尚未给予足够重视的范畴和论题有很多。从中我们选出一些，加以简要说明。

一 理

理，一直是历代哲学家无可回避的基本问题与核心范畴。但在诗学中，理通常被忽视、回避甚或反对，远远不像在哲学中那么受重视。王夫之和叶燮把理提到了与事、情、景、神等范畴对等的地位，使之真正成为诗学中的核心范畴。王夫之对理的论述远比叶燮更充分，更深刻，更有创见。以哲学思想为根据，以对诗歌的创作规律、审美特征和社会功能的把握为宗旨，王夫之提出独特的"诗理"论，为中国诗学作出了重要贡献。

王夫之常把理与事、情、景、神、气、势、韵和趣等核心范畴相提并论。例如：

> 终始咏牛、女耳，可赋可比，可理可事可情，此以为《十九首》。（《古诗评选》卷四古诗十九首之《迢迢牵牛星》评语）

> 其韵其神其理，无非《十九首》者。总以胸中原有此理此神此韵，因与吻合；但从《十九首》索韵索神索理，则必不得。（《明诗评选》卷四刘基《旅兴》评语）

> 亦理，亦情，亦趣，逶迤而下，多取象外，不失圜中。（《古诗评选》卷五谢灵运《田南树园激流植援》评语）

> 《饮酒》二十首，犹为讥溢。如此情至、理至、气至之作，定为杰作，世人不知好也。（《古诗评选》卷四陶潜《饮酒》评语）

类似评语很多，表明王夫之把理当作衡量诗歌优劣的重要标准，有时是首要标准，在评价"说理诗"（哲理诗）时即如此。正像"人情物理"是明清小说评点中的审美标准一样，王夫之常把情与理当作一个对子，以"内极才情，外周物理"为大家之作的标志。这样，不仅在理论上，而且在批评实践中，理成为最重要的诗学范畴之一。

明代诗坛及晚明文艺思潮崇情抑理，人们对理的偏激、排斥的态度大多是非理性的。王夫之的"诗理"论旨在纠正这种偏颇。宋代主流诗学崇尚诗文以意为主，注重理趣，很多人甚至以理为诗，以议论为诗。严羽意识到宋诗的弊端，提出"诗有妙悟，非关理也"，又认为不读书穷理则难以达到诗的极致。这种"妙悟"说被后来的王世贞等人所引用。针对这种看法，王夫之说：

谢灵运一意回旋往复，以尽思理，吟之使人卞躁之意消。《小宛》抑不仅此，情相若，理尤居胜也。王敬美谓："诗有妙悟，非关理也。"① 非理抑将何悟？（《姜斋诗话·诗译》）

王敬美谓"诗有妙悟，非关理也"，非谓无理有诗，正不得以名言之理相求耳。（《古诗评选》卷四司马彪《杂诗》评语）

王夫之既强调诗中必有理，反对唯情论倾向，又坚持诗的审美特性，反对以名言之理（逻辑概念之理）入诗，尤其反对以议论、论断或论赞为诗，他对"堆砌玄学"的作法更是深恶痛绝。他的诸多评语如"真理真诗"、"真英雄、真理学"、"不施论断"、"无著议论处"等都体现了这一立场。这一立场有极为自觉、明确的理论依据。他说：

议论入诗，自成背戾。盖诗立风旨，以生议论，故说诗者于兴、观、群、怨而皆可，若先为之论，则言未穷而意已先竭；在我已竭，而欲以生人之心，必不任矣。（《古诗评选》卷四张载《招隐》评语）

古人居文有体，不恃才有所余，终不似近世人只一付本领，逢处即卖也。……故经生之理，不关诗理，犹浪子之情，无当诗情。（《古诗评选》卷五鲍照《登黄鹤矶》评语）

诗固不以奇理为高。唐、宋人于理求奇，有议论而无歌咏，则胡不废诗而著论辩也？（《古诗评选》卷五江淹《清思诗》评语）

平收不作论赞，方成诗体。（《唐诗评选》卷四杜甫《咏怀古迹》评语）

———————————

① 王世贞（元美）在《艺苑卮言》卷一曾引录严羽关于"妙悟"的言论。王夫之此处误记为王世贞之弟王世懋（敬美）语。

于生新取光响，自有风味。此种亦不自晚唐始。中唐人尽弃古体，以笺疏尺牍为诗，六义之流风凋丧尽矣。（《古诗评选》卷三杜牧《句溪夏日送卢霈秀才归王屋山将欲赴举》评语）

这几段话的关键词是"体"，理论依据主要在于王夫之对诗与其他文体的界分。他紧紧把握住诗在抒情和音乐性等方面的审美特征，认为诗不是议论、论赞或笺疏尺牍，诗理不是名言之理和经生之理。他秉承的是《诗经》以来风雅的抒情传统，因而他所说的风旨、风味和六义也就在很大程度上成了审美标准，诗中之理或诗人对理的艺术表现不能违背这个标准。但王夫之并不一概反对诗中的议论，他评王融《寒晚敬和何徵君点》："安顿固有余。平收好，虽入议论不嫌。"（《古诗评选》卷五）就是说，在通常情况下，有议论则无风雅，但有时诗人在艺术处理上的巧妙会弥补"议论"的不足，"入议论妙在不觉"，关键在于是否合风旨，有风味。

"诗理"是就诗与理的关系而言的，主要是指诗中之理，也有作诗之理的意思。王夫之所常用的"音理"、"曲理"、"情理"、"思理"、"条理"、"禅理"、"真理"、"脉理"、"吟理"、"局理"、"诗家名理"等概念通常在不同的语境中各有所指。本书侧重从诗与理的关系上展开讨论。王夫之妥善处理诗与理的关系，有深厚的哲学背景。前面说过，王夫之继承了张载等人的基本观点，以气为宇宙的本体，理作为气聚散变化的条理，从属于气，理在气中，理在事物中。换言之，理见于阴阳之气的升降沉浮、或动或静、融结流止的运动变化中。他说："凡言理者有二：一则天地万物已然之条理，一则健顺五常、天以命人而人受为性之至理。"（《读四书大全说》卷五）万物是气的具体演化的体现，其运动变化的规律就是理；人为万物之灵，社会生活中的道德原则、行为规范和人事条理也是理。

总之，理一指天地万物之理，二指人性、人生之理。由此可以引申出天理、地理、物理、事理、情理、思理、诗理和神理等概念。从主体和客体两方面看，理虽然不是诗的宗旨，却是诗的应有之义。

王夫之评陆机《赠潘尼》："诗源情，理源性，斯二者岂分辕反驾者哉？不因自得，则花鸟禽鱼累情尤甚，不徒理也。取之广远，会之清至，出之修洁，理顾不在花鸟禽鱼上耶?"（《古诗评选》卷二）他借鉴了朱熹"性即理"的命题，把理视为人性的基本内涵之一，认为理既指仁义理智等道德原则，也指人情、人事的条理，理寓于人性、人生中，所以说"理源性"。既然诗源情，理源性，诗以道性情，那么，诗在本体上就与理有了不解之缘。这是王夫之在哲学高度上对诗与理的内在联系所作的精辟论述。对诗来说，情与理并不矛盾，这有赖于诗人的自得和巧妙的艺术处理。相比之下，明代前、后七子崇情抑理的偏颇显而易见。

　　诗中之理不是诗人通过逻辑思辨的认识得来的，而应该是在感兴、体物的过程中顺其自然地领会到的。诗人不应该先认定一个理，然后设法将它形象化。从这个意义上说，诗不是理的形象表达或感性显现。王夫之提出一个重要命题："通人于诗，不言理而理自至"（《古诗评选》卷四）。正如他评陆机《赠潘尼》时所说，人在观赏花鸟禽鱼时有所自得，巧妙地写花鸟禽鱼，自得之"理"不就蕴含其中么？但要做到这一点并非易事，审美感兴是关键。他说：

　　　《小雅》《鹤鸣》之诗，全用比体，不道破一句，《三百篇》中创调也。要以俯仰物理而咏叹之，用见理随物显，唯人所感，皆可类通；初非有所指斥一人一事，不敢明言，而姑为隐语也。（《姜斋诗话·夕堂永日绪论内编》）

　　　理关至极，言之曲到。人亦或及此理，便死理中，自无生气。此乃须捉着，不尔飞去。（《古诗评选》卷五谢灵运《入华子冈是麻源第三谷》评语）

诗人以比兴手法委婉曲折、含蓄蕴藉地加以咏叹的不是理，而是人情、事物。诗人在仰观俯察的审美感兴中与理有所会，与类有所通，那是现量瞬间的显现真实，情、理、意、象交相契合，变动不居。诗人"捉着"，也就做到了即景含情，理随物显。

　　"理随物显"的前提是审美感兴和巧妙的艺术表现，也就是灵心巧手。王夫之主张诗人应在有意无意（而非刻意）之间，不假雕琢地感物言理，应依循含蓄蕴藉、长言咏叹的抒情传统。他评张协《杂诗》："感物言理，亦寻常耳，乃唱叹沿回，一往深远。"（《古诗评选》卷四）可见，"唱叹沿回"对"一往深远"起着决定性的作用，情、意、理这些内容方面的因素有赖于艺术形式的魅力。

总之，诗中之理并非诗人拟议、思辨或认识的产物，而应是诗人在审美感兴中偶然获得的。优秀的诗人能够做到"说理而无理白"，理随物显。诗理的艺术表现要服从诗的唱叹沿回（长言咏叹）的需要，贵曲忌直，贵雅忌俗，诗理要寓于声情动人的艺术形式中。在诗为何有理、何谓诗理、如何表现理这三大方面，王夫之都有独到的理论建树，其中不少观点具有跨文体、跨时代的普遍意义。

二　神理

王夫之非常重视神理，把它看作比理更高级的范畴。他直接以"神理"评诗达数十次，在哲学和诗学方面所作的相关论述也较充分。"神理"论是王夫之诗学中最富于创见，最有学术价值的学说之一。

作为一个范畴，神理像兴一样历史悠久，原本与诗学、美学没有直接关系。《周易·观·彖》说："观天之神道，而四时不忒，圣人以神道设教，而天下服矣。"[①] 这里的"神"有鬼神、神灵或神明之意。孔颖达《周易正义》疏："神道者，微妙无方，理不可知，目不可见，不知所以然而然，谓之神道。"阴阳不测之谓神，圣而不可知之谓神，这是《周易》及诸多易学家的共识，可以用来解释神道或神理。刘勰《文心雕龙·原道》有言："道心惟微，神理设教。"谢灵运《述祖德诗》云："拯溺由道情，龛暴资神理。"[②] 谢灵运《从游京口北固应诏》云："玉玺戒诚信，黄屋示崇高；事为名教用，道以神理超。"[③] 在刘、谢二人那里，神理与道心、道情相对应，具有通天尽

———————————

① 王夫之《周易内传》曰："观者，天之神道也，不言不动而自妙其化者也。"

② 《孟子》曰：天下溺则援之以道。《庄子》曰：夫道有情有信。孔安国《尚书传》曰：龛，胜也。曹植《武帝诔》曰：人事既关，聪竟神理。

③ 《文选》李善注："玉玺戒诚信，黄屋示崇高'言圣人佩玉玺所以儆戒诚信，居黄屋所以显示崇高；"事为名教用，道以神理超"言上二事乃为名教之所用，而其至道，实神理而超然也。

人、平天下安民心的神奇效能。王夫之《周易内传》说："观者，天之神道也，不言不动而自妙其化者也。……天以刚健为道，垂法象于上，而神存乎其中。四时之运行，寒暴风雷霜雪，皆阴气所感之化，自顺行而不忒。圣人法此，以身设教……而天下服矣。"王夫之《周易外传》对神道设教也作了阐释："阴以鬼来，我以神往，设之不妄，教之不勤，功无俄顷而萌消积害。……极于鬼神，通于治乱，道一而已。"① 综观以上引述，可以得出结论：在《周易》和诸多易学家那里，"神理"之理与道基本同义，是指天地万物变易的条理或规律；"神理"之神则主要有三个层面的含义。其一，神指天神、鬼神、神明或神灵，这与古人的信仰和占筮、祭祀等方面的活动有密切关系。其二，神指微妙难测、变易无方，如《周易·系辞》说："知几其神乎！""神无方而易无体"，"知变化之道者，其知神之所为乎？"又如王夫之说神存于天的刚健之道中。其三，神指心之神，即人的精神和直觉思维能力。如《周易·系辞》说神"不疾而速，不行而至"，"神而明之，存乎其人"。又如晋韩康伯提出以神明理、穷理入神的说法，其注《系辞》"几者，动之微"说，"几者，去无人有，理而无形，不可以名寻，不可以形睹者也。唯神也不疾而速，感而遂通，故能朗然玄昭，鉴于未形也"（《系辞注》）。又如王夫之说"我以神往"。神在我，理在物，物我之间在感兴中相值相取，感而遂通。"神"的这三层含义有时兼容在一处，有时因不同语境而各有所指。其后两层含义与诗学关系密切，直接影响后世的诗学观念。

在中国诗学、美学中，神理基本上有两层含义。一指神妙之理，神化之理或传神之理，如金圣叹所谓"略其形迹，伸其神理者"（《水浒传序三》）。二指心之神与物之理的交通和合，在这个层面上，神与理是平行、对等的关系，如刘勰说"神理共契，政序相参"（《文心雕龙·明诗》）；又如王夫之说："'青青河畔草'与'绵绵思远道'，何以相因依，相含吐？神理凑合时，自然恰得。"（《姜斋诗话·夕堂永日绪论内编》）对这第二层含义，我在本书前面的有关章

---

① 所谓"以神道设教"，即因时循理以教化万民，使民知规矩，归于正道，与远古祭祀仪式有很大关系，后衍生出究天人之际、通古今之变的信念。

节中已有所论及，下面简要交代一下其美学渊源。

在庄子"庖丁解牛"的故事中，庖丁对文惠君说："臣之所好者道也，进乎技矣。始臣之解牛之时，所见无非全牛者；三年之后，未尝见全牛也。方今之时，臣以神遇而不以目视，官知止而神欲行。依乎天理……因其固然……"（《庄子·养生主》）庖丁游刃有余的自由境界的主要特征是：以"道"超越了"技"，以"神"（专注的、不受功利束缚的、富于直觉的精神）超越了五官感觉，不脱离"物"而又合乎固然之"理"，这样，神与理顺其自然地通融契合。南朝宋山水画家宗炳说："夫以应目会心为理者：类之成巧，则目亦同应，心亦俱会，应会感神，神超理得，虽复虚求幽岩，何以加焉！"（《画山水序》）在物我之间应目会心的审美感兴中，作为主体的"我"观物、味象、体道、感神，达到"神超理得"的高妙境界。

庄子和宗炳的观点对后人在美学上把握"神理"范畴有很大的启示意义。而真正使"神理"成为美学范畴的则是刘勰，他在《文心雕龙》中七次直接运用神理一词，一次直接运用神道一词，他所说的神理既有神妙之理层面上的，也有神理契合层面上的，他曾说："思理为妙，神与物游"，"神用象通，情变所孕。物以貌求，心以理应。"（《文心雕龙·神思》）这两段话未涉"神理"一词，却在主客合一的视域上有神理之义。

在汉代以前，"神道"、"神理"带有浓厚的易学色彩，与诗学没有多大关系。魏晋南北朝时期，由于玄学和佛教等方面的影响，"神理"成为士人常用的词，从它能够多次入诗就可以看出这一点。六朝以后，"神理"一词在诗学、美学论著中并不多见，直到明清时期，它才真正成为通用的、流行的、在含义上约定俗成的核心范畴。无论是在李重华、刘熙载和纪昀等人的诗文评论中，还是在金圣叹、脂砚斋等人的小说评点中，神理都是一个常用的无须加以专门解释的范畴。其源出于《周易》和玄学的神秘意味淡化了，其传神和神妙的内涵通俗化了。特别是经过小说评点家的传播，民间稍通文墨的人都能领会其大意。脂砚斋评点《红楼梦》，直接使用"神理"一词达数十次，如果加上相近的"传神"、"神妙"、"传神摹影"、"入情入神"、"心传神会"、"至情至理"等词语，那就不下百次了。可以说，"神理"或"神妙"是脂砚斋首要的批评标准，其大致意思是传神写照，妙在人情物理上。清代以后，"神理"一词逐渐从诗学、美学中淡出，成了一个无关紧要的连很多专业人士都不甚了了的概念。

王夫之在哲学上对神理的论述，主要有三个层面的意思。其一，神理存在于天地万物中。他说：

> 太和之中，有气有神。神者非他，二气清通之理也。(《张子正蒙注》卷一)

> 天之神理，无乎不察，于圣人得其微，于众人得其显，无往而不可用其体验也。(《张子正蒙注》卷二)

> 天地之间，事物变化，得其神理，无不可弥纶者。能以神御气，则神足以存，气无不胜矣。(《张子正蒙注》卷四)

> 知性者，知天道之成乎性；知天者，即性而知天之神理。(《张子正蒙注》卷三)

这几段话的大致意思为：神是阴阳二气清和通融的性质，是精华之所在，是万物成其为美的根源，神理体现在天地之间万事万物的运动变化中，"以神御气"是气顺事成的关键（作诗亦如此），人对天之神理的体验也就是尽性知天。神与道、理并无二致，既然如此，神理即理，但并非寻常之理。《系辞》说阴阳不测之谓神，神理之"神"指称气化万物的神秘莫测的特质。《荀子·天论》有言："列星随旋，日月递照，四时代御，阴阳大化，风雨博施，万物各得其和以生，各得其养以成，不见其事而见其功，夫是之谓神。"这是以大自然生养万物，不见其作为，而见其功绩为"神"。王夫之说：

> 天地之不言，四时之不议，万物之不说，非不言，不议，不说也。不能言，不能议，不能说也。……然而自古固存之大常，人固见为美，见为法，见为理，而得序；则存者存于其无待存

也，神者神于其无有形也。(《庄子解》卷二十二)

这里所谓"神"，与荀子和庄子的相关看法是一致的，不是指变幻无常，而是指其"鼓动万物之理"的神奇、微妙的特质。从这个意义上说，"神"体现气化或神化之妙。把"神理"单纯地解释为神妙之理，不能算错，却有狭隘之嫌。

其二，神理寓于人事、人的精神或思维中。王夫之说：

> 神化之理，散为万殊而为文，丽于事物而为礼，故圣人教人，使之熟习之而知其所由生；乃所以成乎文与礼者，人心不自已之几，神之所流行也。(《张子正蒙注》卷四)

> 一物者，太和絪缊合同之体，含德而化光，其在气则为阴阳，在质则为刚柔，在生人之心，载其神理以善用，则为仁义，皆太极所有之才也。……气质之中，神理行乎其间，而恻隐羞恶之自动，则人所以体天地而成人道也。(《张子正蒙注》卷七)

> 天地之生，莫贵于人矣；人之生也，莫贵于神矣。神者何也？天之所致美者也。百物之精，文章之色，休嘉之气，两间之美也。函美以生，天地之美藏焉。天致美于百物而为精，致美于人而为神，一而已矣。(《诗广传》卷五)

在这几段话中，"神化之理"、"一物"、"神"基本同义，有本原、本体和自然规律的意思。王夫之是《周易》专家，以张载之说为正学，而张载之说是对《周易》的阐发，他继承了《周易》"天地之大德曰生"等方面的思想，认为"一物"含德而化光，生成天、地、人三才，"神"为"一物"或阴阳二气演变过程中体现的清通之理，也就是神化之理（神理）。神理应验于人，则生成人的精神和思维能力（心之神，灵心），生成人事中的礼、乐等人文现象，生成恻隐羞恶之心和仁义礼智之性。也就是说，人能够体天地而成人道，是神理在起作用，人事、人的精神或思维中自有其神理。这种看法与诗学有很大关系，例如，刘勰所说的"思理为妙，神与物游"主要是指艺术构思的神理，王夫之把"势"看作"意中之神理"，也是就创作中的立意（命意）和作品中的文意而言的。

其三，人的精神（心之神）可以通过直觉体验等方式把握神理，心之神与神理之"神"互为表里，神理也就有了主客合一（神、理契合）的内涵。王夫之说：

> 神则合物我于一原，达死生于一致，絪缊合德。……神，故不行而至。至清而通，神之效也。盖耳目止于闻见，惟心之神彻于六合，周于百世。（《张子正蒙注》卷一）

> 神则内周贯于五官，外泛应于万物，不可见闻之理无不烛焉，天以神施，地以形应，道如是也。……明乎此，则穷神合天之学得其要矣。（《张子正蒙注》卷一）

> 内者，心之神；外者，物之法象，法象非神不立，神非法象不显。多闻而择，多见而识，乃以启发其心思而会归于一，又非徒恃存神而置格物穷理之学也。物之有象，理即在焉。心有其理，取象而证之，无不通矣。（《张子正蒙注》卷四）

> ……是故由形之必有理，知理之既有形也；由气之必有神，知神之固有气也。形气存于神理，则亦可以数数之，类应之。（《诗广传》卷四）

类似的话语不胜枚举，表现出王夫之自觉、坚定、明确的思想立场，即神理与物象和形气具有同一性，人必须凭耳目（泛指五官感觉）多闻多见，以此启发心思，体悟不可见闻之理，不能像陆王心学那样片面强调存神而忽视缘物（感物）；但五官感觉囿于对事物外在形象的感受或认知，而人的精神（此处主要指直觉思维能力）既以五官感觉为基础，又能超越其局限，突破时间和空间的束缚，在直接的感兴（现量）中达成心之神与物之理的契合，实现对神理的把握，也就是进入"穷神合天"的高境界。这种思想立场,不仅是王夫之诗学中的神理论的哲学基础,也直接影响了感兴论、心目论、心物关系论、情景交融论、"内极才情,外周物理"论等相关学说,强化了王夫之的理论个性和诗学意义。

王夫之诗学中的神理论主要有以下几个特点。其一,本着气化万物、神理无形的观念,王夫之推崇以神御气、巧参化工、得自然之妙的创作。他常以神气、神行、神运、神光、神采、神爽、心神笔力、神情光气、气化于神、櫽括有神、拾景入神、练气归神、字字神行、神光独运、神动天流等词语评诗,旨在强调人的精神、性情或灵心(灵府、怀抱、文心、神气)在诗歌创作中对诸多因素的统摄作用,强调直觉思维(神思)的重要性,强调鬼斧神工、不露人为痕迹的艺术旨趣和境界。王夫之常以入化、化工、大化入微、巧参化工、化工之笔、"刻削化尽,大气独昌"、"人力参天,与天为一"、"雕琢入化,一气顺妙"、"合化无迹者谓之灵"等词语评诗,如他评杜甫《石壕吏》"片断中留神理,韵脚中见化工"(《唐诗评选》卷二)。这是把人工、人巧的最高境界视为天工、天巧(化境、圣境),受到古代哲学中以天合天、神合万化而不形等方面的思想的影响,是对中国艺术在这方面的审美精神的总结。

妙,是王夫之最为重视因而也运用得最多的范畴之一。在几部诗评选著作中,王夫之以"妙"论诗达百余次,相关的词语有妙合、妙境、妙心、妙手、妙笔、微妙、玄妙、巧妙、简妙、工妙、平妙、藏锋之妙、云行风止之妙、得自然之妙等。例如,他说杜甫"每于天时地势妙得景语",说杜甫《咏怀古迹》(之一)"本以咏庾信,只似带出,妙于取象";又如他评秦简王《折杨柳》"骎入唐制,而有神行象外之妙"(《明诗评选》卷一),他所推崇的妙,体现在诗歌创作过程中的各个方面,主要特征是传神写照、含蓄自然,与中国艺术的审美理想有很大关系。"妙"这个范畴,由老子率先提出,自汉代起就成为重要的美学、诗学范畴,在老庄哲学、《周易》和魏晋玄学那里,它是道或神理的属性,出于自然,通常介于有无、虚实、清浊、离合、远近、幽明之间,体现道或神理的微妙性、不确定性、无限性的一面。王夫之推崇妙,与他的神理论有很大关系。

其二，本着形神合一的观念，王夫之推崇传神之妙。在他看来，天地间万物之妙在于神形合一，得神于形而形无非神者，真正的诗人能够体物而得神，写出形神都胜的佳作，但有时也不拘泥于形似，而以得写神之妙为准。他在《姜斋诗话·夕堂永日绪论内编》中提出"以神理相取，在远近之间"的著名命题，要求诗人在审美感兴中只从心目相取处得景得句，这是立主御宾，以神御气，顺写通理（显现真实）的现景（眼前景物，现量之景），这是"近"；他又要求诗人做到言近而旨远、景近而情远或景显而意微，如他说"合化无迹者谓之灵，通远得意者谓之灵"，或如钟嵘所谓"言在耳目之内，情寄八荒之表"，这是"远"。在远近之间，相当于在离合之间，在有意无意之间。王夫之说：

> 步兵《咏怀》，自是旷代绝作，远绍《国风》，近出入于《十九首》，而以高朗之怀，脱颖之气，取神似于离合之间。（《古诗评选》卷四阮籍《咏怀》评语）

这段话大意是说：《咏怀》得《国风》和《十九首》之神理，得作者在兴会的瞬间偶成的情景妙合之神理，取神似于心与物、情与景、神与理、言与意的离合之间。王夫之的另外一些评语如"神理不爽"、"神理不灭"、"神理自密"和"神理、意致、手腕三绝"等评语都与他推崇传神之妙有很大关系。

其三，于声情动人处写神理。王夫之说：

> 纵横使韵，无曲不圆。即此一端，已足衿带千古。或兴或比，一远一近，谓止而流，谓流而止。神龙之兴云雾驭，以人情准之，徒有浩叹而已。神理略从《东山》来。（《古诗评选》卷一蔡邕《饮马长城窟行》评语）

> 咏史诗以史为咏，正当于唱叹写神理，听闻者之生其哀乐。一加论赞，则不复有诗用，何况其体？……大音希声，其来久矣。（《唐诗评选》卷二李白《苏武》评语）

  风华不必一取之《毛诗》，要已得其神理；无他，下笔处不
犯本色而已。(《明诗评选》唐寅《送文温州》评语)

所谓神理略从《东山》来和得《毛诗》神理，在很大程度上是指得
其神采、风韵、吟魂和乐理，得其重用兴比（宛转兴比、兴比杂用或
入兴易韵）的流风遗旨。所谓于唱叹写神理，主要是指咏史不为史
累，说理不入理白，是指在审美感兴中含蓄、从容、自然地寓神理于
声情动人的艺术形式美中。以上几段话都注重诗的风雅传统、音乐性
或艺术魅力，既以此为神理的艺术表现方式，又以此为神理在诗歌领
域的应有之义。王夫之对声情动人的艺术魅力的崇尚贯穿在他的诗学
的各个方面，这里不再赘述。

三 神秘观念

  根据《牛津词典》，"神秘"一词最早用于 1545 年，意思是未被
人的思维认识过，或是人的思维不能理解的，超出了理智或一般知识
认识的范围。几乎在一个世纪之后，1633 年，这个词又有了一个补
充的意义，即那些古代与中世纪的著名学科，通常认为神秘包括对有
不可知特质的诸种力量的认识与利用（如巫术、炼金术、占星术、通
神学等）。[①] 在西文中，表示神秘主义的词有两个：一是 Mysticism，
指称哲学、宗教意义上的神秘主义思想和学说；二是 Occultism，其含
义是指用人力对事物内部不可见的力量和进程加以操纵，以促使某种
科学无法测定和解释的经验或效果出现，它包括巫术、占卜术、占星
术、看相学、风水术、炼金术、通神学等。[②] 参照以上关于神秘的定
义，可以说，王夫之有较强的神秘观念，其主要特点是：首先，确信
宇宙人生中有许多不可知、不可测的事物，在晚年有无奈、苍茫的命
运感。他在诗中说："阅化知无尽，为生果似浮。"(《夏夕》)"神者

---

  ① 参见米尔希·埃利亚德《神秘主义、巫术与文化风尚》，光明日报出版社 1990 年版，
第 62 页。

  ② 参见毛峰《神秘主义诗学》，三联书店 1998 年版，第 12 页。

天之妙，心者人之主。去人而用天，我生如鳞羽。""天地既设位，人微何以参。分明有人主，天地不能堪。"（《和一峰虚中是神主》）"云移隔岭摇绿草，雨过横塘绽白莲。大造无心谁解此，庄生浪说欲忘言。"（《和白沙》）"太始不可知，元会亦蠡测。"（《拟阮步兵述怀》）他的有关不可知、不可测的言论大多散见于哲学、诗学著作中。其次，在哲学而非宗教意义上体现神秘观念。王夫之不信仰佛教、道教，也没有其他方面的宗教信仰。他时常谈鬼神，却把鬼神视为气的往来屈伸，认为天下万物"大而山泽，小而昆虫草木，灵而为人，顽而为物，形形色色"都不过是神之所流行，理之所融结，所以他辟佛教"幻妄起灭"、老庄"有生于无"之说，旨在"示学者不得离皆备之实体以求见性也"（《张子正蒙注》卷九）。他说"梦幻无理，故人无有穷究梦幻者"（《张子正蒙注》卷四），他的神秘观念与梦幻、幻想或幻觉基本无关。正像王敔所说的那样，他"守正道以屏邪说……作《思问录》内外篇，明人道以为实学，欲尽废古今虚妙之说而返之实"（《大行府君行述》）。这样的思想立场，意味着他不愿也不能提出明确、系统的神秘主义学说。我以为，他虽有较强的神秘观念，但不是神秘主义的；正如他虽然极为推崇诗的艺术形式美，但不是唯美主义的。他的神秘观念是哲学、诗学意义上的。再次，除了偶尔运用占筮方法预测吉凶祸福外，不曾试图以巫术等法术或秘术对不可知的力量加以操纵和利用。王夫之兼通《周易》的占筮法和义理，著有《周易大象解》等四部易学专著。他的《章灵赋》题旨为："章，显也。灵，神也，善也。显著神筮之善告也。"他在此赋及其自注中较详尽地说明了两次占筮的情形，把占筮与他对自身境遇和时局动向的判断紧密联系起来。他在诗中说："读《易》幽篁双径锁，当时悔不访仙坛。"（《宿明溪寺山僧导游珍珠岩》）他对游仙之说和游仙诗很有兴趣，如他评屈原《远游》：

所述游仙之说，已尽学玄者之奥。后世魏伯阳、张平叔所隐秘密传，以诧妙解者，皆已宣泄无余。盖自彭、聃之术兴，习为湔洗之寓言，大率类此。要在求之神意精气之微，而非服食烧炼祷祀及素女淫秽之邪说可乱。故以魏、张之说释之，无不吻合。

> 而王逸所云与仙人游戏者，固未解其说，而徒以其辞尔。若原达生知命，非不习于远害尊生之道，而终不以易其怀贞之死，则轶彭、聃而全其生理，而况汲汲贪生，以希非望者乎？志士仁人，博学多通而不迁其守，于此验矣。(《楚辞通释》卷五)

这段话表明，王夫之不相信人真的能与仙人游戏，不相信以药、酒、性等为求仙养生途径的"服食烧炼祷祀及素女淫秽之邪说"。他衡量各种求仙和长生不老之术，有一个标准，即是否"求之神意精气之微"。在他看来，天地间最珍贵的是人，人最珍贵的是神（心之神），人应该多取万物的精华以充实神、气；屈原若达生知命，依循远害遵生之道，则不至于早逝。可见，他希望求仙和长生不老之术要体现神意精气之微和远害遵生之道。但他本人不曾运用类似方术。他在前半生奔波动荡、疲于忧患，在后半生致力于文史哲等方面的学术研究，"虽饥寒交迫、生死当前而不变"，他"自少喜从人间问四方事，至于江山险要，士马食货，典制沿革，皆极意研究"（王敔《大行府君行述》）。他博学多通而不迁其守，对各种方术或秘术，既有批判的眼光，又有通达、圆融的态度。

王夫之在诗学著作中论及诗人近千家，对其中不少人多有非议，而对谢灵运赞誉有加，无一微词。他诗学上的"不可知"论恰恰集中体现在谢诗评论中。例如：

> 始终五转折，融成一片，天与造之，神与运之。呜呼，不可知已！"池塘生春草"，且从上下前后左右看取，风日云物，气序怀抱，无不显者，较"蝴蝶飞南园"之仅为透脱语，尤广远而微至。(《古诗评选》卷五谢灵运《登池上楼》评语)

> 条理清密，如微风振箫；自非夔、旷，莫知其宫徵迭生之妙。……取拟《三百篇》，正使人憾《蒸民》、《韩奕》之多乖音乱节也。即如迎头四句，大似无端，而安顿之妙，天与之以自然。无广目细心者，但赏其幽艳而已。且此四语承授相仍，而吹送迎远，即止为行，向下条理无不因之生起。呜呼，不可知已！

虽然，作者初不作尔许心，为之早计，如近日倚壁靠墙汉说埋伏
照应。天壤之景物、作者之心目如是，灵心巧手，磕着即凑，岂
复烦其踌躇哉？天地之妙，合而成化者，亦可分而成用；合不忌
分，分不碍合也。于一诗中摘首四句，绝矣。"密林含余清，远
峰隐半规"，随摘一句，抑又绝矣。乃其妙流不息，又合全诗而
始尽。吾无以称康乐之诗矣，目倦而心灰矣。（《古诗评选》卷
五谢灵运《游南亭》评语）

谢诗有极易入目者，而引之益无尽；有极不易寻取者，而径
遂正自显然，顾非其人，弗与察尔。言情则于往来动止、缥渺有
无之中，得灵蠁而执之有象；取景则于击目经心、丝分缕合之
际，貌固有而言之不欺。而且情不虚情，情皆可景；景非滞景，
景总含情；神理流于两间，天地供其一目，大无外而细无垠。落
笔之先，匠意之始，有不可知者存焉，岂徒兴会标举，如沈约之
所云者哉！（《古诗评选》卷五谢灵运《登上戊石鼓山诗》评语）

从这几段评语看，工夫之已知的是：其一，谢诗情景相入，融成一
片，涯际不分，可谓浑成，但其妙绝既在篇章，又在字句。其二，谢
诗妙得乐理，脉络条理清密，不露雕琢痕，出入自然。其三，谢诗章
法奇妙，翻新有无穷之旨，古无创人，后亦无继者，实为神品，源于
作者随往不穷之才，而此才授自天。其四，谢诗出自于即景会心的现
量，情、景、理、趣妙合，有超以象外的意境，细致入微又富于张力
（大无外而细无垠，广远而微至）。王夫之以为不可知的是：其一，何
以有融通情景、超越时空界限的广远而微至的章法？其二，何以有美
妙的风韵、行止自如的思路条理和安顿无痕的自然风格？其三，何以
在兴会中有灵心巧手？在诗人落笔之先、匠意之始有何奥秘？王夫之
触及了诗歌的永恒奥秘，即无论作者、读者，还是批评家、理论家，
越是面对优秀的作品，就越是无可言说或无可穷尽地言说。其根源在
于审美感兴、艺术思维和作品意味的模糊性、不确定性或无限性，总
之，在于天人之际、心物之间或情景之间的只可意会、难以言传的神
秘性。难怪王夫之作为大诗学家，竟对他悉心加以评论的谢灵运诗发

出"吾无以称康乐之诗矣，目倦而心灰矣"的感叹。他的处境近似于苏格拉底，后者作为古希腊最聪明的人，竟声称自己无知。其根本原因在于：人越是有知识，就越是知道自己在很多方面无知识。

王夫之以神品、天授等词语论诗，不仅用来评价谢灵运，也用来评价李白等人的作品，如他在诗中说："青青河畔草，自有鬼能吟。"（《绝句》）又如他评李白《春日独酌》："以庾、鲍写陶，弥有神理。'吾生独无依'偶然入感，前后不刻画，求与此句为因缘。是又神化冥合，非以象取，玉合底盖之说，不足立以科禁矣!"（《唐诗评选》卷二）以神品、天授、天巧、化工、神工、天才、鬼才等词语论文艺，在中国有悠久的传统，体现出人们对文艺创作"不可知"的神秘一面的认识。

王夫之诗学中的神秘观念有深厚的哲学思想上的渊源。他说：

> 《易》曰"化不可知"，化自有可知者，有不可知者。……盖化之粗者，便奇特亦自易知，日月之广照，江海之汪洋是也；化之精者，即此易知处便不可知，水之澜、日月之容光必照是也。……不可知者，藏之密也，日新而富有者也。……化则圣也，不可知则圣之时也。化则力之至也，不可知则巧之审中于无形者也。（《读四书大全说》卷九）

> 天之所不可知，人与知之，妄也；天之所可知，人与知之，非妄也。天之所授，人知宜之，天之可事者也；天之所授，人不知所宜，天之无可事者也。事天于其事，顺而吉，应天也；事天于其无可事，凶而不咎，立命也。（《诗广传》卷一）

> 阴阳之动，递相乘而相与回翔也。惟像，阴阳交感，形象乃成也；运转于未形之先，无从察识矣。……天地为功于人而人不知；运行日生，无有初终，孰能测知？（《楚辞通释》卷三）

以上几段话出自王夫之的三部著作，却体现了一个共同的思想渊源，即《周易》。《周易》中的《易传》共七种十篇，并非出于一时一人之手，大体上是战国时期陆续形成的解易作品，兼融道家、阴阳家、儒家的相关思想为一体。秦始皇焚书坑儒，不焚《周易》，因为"易乃卜筮之书"，非儒家一家的典籍。《易传》中有一段话可谓中国哲学的神秘观念的总纲："富有之谓大业，日新之谓盛德，生生之谓易。……阴阳不测之谓神。"其中另有一句话最能反映神秘观念的生命性、人文性、诗意性、无限性和超越性，即"神也者，妙万物而为言!"神与妙、几、微等范畴一样，通常呈现在事物的有无、虚实、隐显、聚散、离合之间，所以有不可测或不可知的一面。王夫之所说的"不可测"、"不可知"都是偏重于指天地大化或阴阳之气在变易过程中的隐、无形、无迹、未形的一面。但由于天地大化和人的认知能力都是无限的，在可知与不可知之间难以划清界限，所以王夫之在肯定常情、常理、常事、常数可测的同时，又对介于清与浊、精与粗、有与无、宜与不宜之间的事物及其状态发出"不可知"的感叹。

在王夫之看来，事物的形象是阴阳交感的产物，运转于未形之先，无从察识。由此可以推测，他在评谢灵运诗时，何以说"落笔之先，匠意之始，有不可知者存焉"。他评郭奎《寄陈检校》："有放有隐；其放可知，其隐不可知也。"（《明诗评选》卷五）从艺术表现方式上看，这是诗不可学的一大原因；从艺术鉴赏的角度看，这是读者各以其情而自得的基础。

本着《周易》的观念，王夫之一再说宇宙万物"有不知其所以然而然之妙"，认为气之神化运动有不可穷尽的神秘性，即人见其不测，不知其有定而谓之神。由此评诗，不难得出神品、天巧、天授、化工、得自然之妙的结论。王夫之说："夫天下之万变，时而已矣；君子之贞一，时而已矣。……时之变，不可知也。"（《诗广传》卷三）由此可以说，诗者，时也。因为佳作导源于审美感兴的即景会心之际，可谓妙手偶得之；事先不曾拟议，事后也难以解释。如谢灵运在半梦半醒之间忽见谢惠连，即咏得"池塘生春草"，于是说"此语有神助，非吾语也"（《谢氏家录》，亦见于《南史·谢惠连传》及钟嵘《诗品》）。既然如此，王夫之在评谢诗时所说的"不可知"就算是莫大的称赞了。若说可知，则是欺人之谈。

与某些西方哲学家不同，王夫之并非不可知论者。他说：

　　"不可知"只是不易见，非见之而不可识也。人之所不易见者，惟至精至密者而已。虽云不可知，却是一定在，如巧者之于正鹄然。天之有四时，其化可见，其为化者不可见。（《读四书大全说》卷九）

善于观化者，定能感悟"至精至密"的气、神、理，体会万物之妙，也就是观照宇宙人生的本体和生命。这样可以化解"可知"与"不可知"的矛盾、困惑。事实上，人生有涯，天地无涯，而知亦无涯，所以王夫之在感叹"化有所不可知，情有所不可期"（《霜赋》）之余，还是认为"可观化以逍遥"（《孤鸿赋》），主张"观化颐生"。与王夫之的神秘观念密切相关的范畴除了"化"以外，还有神、灵、妙、玄、微、几、隐、幽、冥、命等。

四　心目

　　心目，是王夫之诗学中最重要，也最富于创见的范畴之一，也许是因为它看上去比较简单，所以尚未引起学界的重视。有学者曾对这个范畴加以解释，却造成误读。[①] 心与目各自是在先秦时期就已形成的重要范畴，从魏晋时起较多地应用于文艺评论，如钟嵘称赞谢灵运"寓目辄书"，推崇出自"即目"、"直寻"的诗作。在宗炳和刘勰等人那里，心与目已被相提并论，如宗炳提倡"应目会心"，刘勰赞赏审美感兴："山沓水匝，树杂云合。目既往还，心亦吐纳。春日迟迟，秋风飒飒。情往似赠，兴来如答。"（《文心雕龙·物色》）这代表着中国美学、诗学中审美感兴传统的主流观念，直到明清时期，叶燮等人还在强调呈于象，感于目，会于心。"心目"一词，并非王夫之首创，[②] 但却是经过他而成为重要诗学范畴的。王夫之直接以"心目"论诗达数十次，以相关词语如寓目警心、寓目同感、适目当心、适目

---

　　① "心目"并不是指心中生成的意象。参见邹元江《试论船山诗学的内在矛盾性》，《哲学研究》2003 年第 7 期。

　　② 晚明钟惺等人在品评诗歌时常用"心目"一词，但缺少对"心目"的解释或论证。

惊心、触目得之、触目赏心、触目警心、触目生心、击目经心、广目细心、即目多景、即目成吟、即景含情、即景会心等论诗达数十次，他把心与目以其他方式相提并论的次数则更多。把心与目合成为一个范畴，旨在强调心与目是审美感兴和诗歌创作中不可或缺的前提条件，强调其在诗与人生中的主导或主宰地位。

王夫之说：

> 游览诗固有适然未有情者，俗笔必强入以情，无病呻吟，徒令江山短气。写景至处，但令与心目不相暌离，则无穷之情正从此而生。一虚一实、一景一情之说生，而诗遂为阱，为桎，为行尸。噫，可畏也哉！（《古诗评选》卷五孝武帝《济曲阿后湖》评语）

> 只于心目相取处得景得句，乃为朝气，乃为神笔。景尽意止，意尽言息，必不强括狂搜，舍有而寻无。在章成章，在句成句。文章之道，音乐之理，尽于斯矣。（《唐诗评选》卷三张子容《泛永嘉江日暮回舟》评语）

> 语有全不及情而情自无限者，心目为政，不恃外物固也。"天际识归舟，云间辨江树"，隐然一含情凝眺之人，呼之欲出。从此写景，乃为活景。故人胸中无丘壑，眼底无性情，虽读尽天下书，不能道一句。司马长卿谓读千首赋便能作赋，自是英雄欺人。从"识"、"辨"二字引入，当人去止处即行，遂参天巧。虽然，作者初不役意为此也。（《古诗评选》卷五谢朓《之宣城郡出新林浦向板桥》评语）

这几段话，围绕"心目为政"、"只于心目相取处得景得句"的诗学原则展开论述。心目为政，意味着"身之所历，目之所见"和"即景会心"，意味着立主御宾（以情、意为主，以景为宾）。只于心目相取处得景得句，就是强调诗中景物应为一目一心所得，即"触目得之，主宾不乱"，亦即吟咏"当时现量情景"。所写之景与心目不相暌离，与钟嵘所说的言在耳目之内和梅尧臣所说的状难写之景如在目前基本上是一个意思。这有赖于即景会心的审美感兴，唯其如此，景中含情，情中有景，情景相生，诗人就可以做到景中藏情、情景双收或情景妙合。写当时现量情景（顺写现景），则"无穷之情正从此而生"，景语可以"全不及情而情自无限"，景语即情语。若无审美感兴，诗人难免拟议或预设文意，囿于"一虚一实、一景一情之说"，陷入理臼，或者"强入以情"、"强括狂搜"，显得刻意、做作。在经生径路的俗套中，诗人达不到巧参化工的自然佳境。真正的诗人都有灵心巧手，灵心意味着胸中有丘壑，眼底有性情，"心目"之心就有这层意思。王夫之的心目论与他的宾主说、兴会说、情景关系论、意境论有很大关系，其宗旨是情景交融、超以象外的审美境界。

心与目，在诗歌创作中应该兼长并美。缺乏后者，即缺乏对事物直接的审美观照（观物、感物），真景（现景、活景）、真情（感于物而动之情）和真诗（出自审美感兴之诗）都无从谈起。王夫之说：

> 身之所历，目之所见，是铁门限。即极写大景，如"阴晴众壑殊"、"乾坤日夜浮"，亦必不踰此限。非按舆地图便可云"平野入青徐"也，抑登楼所得见者耳。（《姜斋诗话·夕堂永日绪论内编》）

> "僧敲月下门"，只是妄想揣摩，如说他人梦，纵令形容酷似，何尝毫发关心？知然者，以其沉吟"推"、"敲"二字，就作他想也。若即景会心，则或推或敲，必居其一，因景因情，自然灵妙，何劳拟议哉？"长河落日圆"，初无定景；"隔水问樵夫"，初非想得：则禅家所谓现量也。（同上）

> "欲投人处宿，隔水问樵夫。"则山之辽廓荒远可知，与上六句初无异致，且得宾主分明，非独头意识悬相描摹也。"亲朋无一字，老病有孤舟。"自然是登岳阳楼诗。尝试设身作杜陵，凭轩远望观，则心目中二语居然出现，此亦情中景也。（同上）

"独头意识悬相描摹"即"妄想揣摩",就是比量(以种种事比度种种理)和非量(情有理无之妄想),亦即"强括狂搜"(冥搜),而不是即景会心的现量,不是直接的观照和真实的感受。在王夫之看来,若不经过"身之所历,目之所见"的直接的审美观照,无论怎样"推敲"或拟议,都无益于诗。这种看法是对钟嵘的"直寻"说的继承和发挥。钟嵘说:

> 至乎吟咏情性,亦何贵于用事?"思君如流水",既是即目;"高台多悲风",亦唯所见;"清晨登陇首",羌无故实;"明月照积雪",讵出经史?观古今胜语,多非补假,皆由直寻。(《诗品·中》)

所谓"直寻",就是直接抒写眼前("即目")所见,就是不假思量计较地吟咏出自亲身经历的直感。根据诗的抒情特性,针对当时诗坛的不良风气,① 钟嵘强调即目写景、即景抒情,不赞成博古论今、引经据典的作法。王夫之也强调即目多景、寓目同感或触目得之,不赞成齐梁、晚唐和宋代的一些诗人因忽视直观、亲历而"欺心以炫巧"的作法,他十分重视诗歌审美意象的真实性,他所说的"心目之所及,文情赴之,貌其本荣,如所存而显之",以及"取景则于击目经心、丝分缕合之际,貌固有而言之不欺"等,都有真实性的意思,也就是崇尚化工之笔(巧参化工)。这种真实性不仅在于显现事物的外表情状(形、物态),而且在于显现事物的本体特性(神、物理)。诗中的真景物或审美意象是形与神、物态与物理的统一。这取决于"现量",按王夫之的说法,现量有三层含义,即"现在"(不缘过去作影),"现成"(一触即觉,不假思量计较),"显现真实"(显现事物体性)。② 若要达到现量的境界。仅仅"即目"是远远不够的,还要"会心"。

---

① 钟嵘《诗品》说:"近任昉、王元长等,词不贵奇,竞须新事,尔来作者,寝以成俗。遂乃句无虚语,语无虚字,拘挛补衲,蠹文已甚。"又说:"昉既博学,动辄用事,所以诗不得奇。"

② 参见叶朗《中国美学史大纲》,上海人民出版社 1985 年版,第 462 页。

会心即兴会,是人在审美观照中凭直觉达到的心物会通的状态。会心,才有活景、真见、妙悟、神理。王夫之说:

> "俯仰天地间,微躯良不轻",是心精语,非口耳人所得。(《明诗评选》卷四张羽《春初游戴山》评语)

> 见处真,言之不迫。有真见者自不迫。宗子相辈戟手戟髯,正其无心无目。(《明诗评选》卷四梁有誉《咏怀》评语)

> 只在适然处写。结语亦景也,所谓人中景也。……以一情一景为格律,以颜色言情为气骨,雅人之不屑久矣。看他起处,于己心物理上承授,翻翩而入,何等天然。(《明诗评选》卷五文徵明《四月》评语)

"于己心物理上承授"就是在审美感兴中心、物互动,神、理会通,以写景的心理言情,从容不迫,自然而不做作。"心精"、"有真见",即王夫之所说的会景而生心、体物而得神。"口耳人"即"无心无目"之人,粗俗、直露、浅薄。王夫之在《古诗评选》中有一则评语:

> "日落云傍开,风来望叶回",亦固然之景,道出得未曾有,所谓"眼前光景"者此耳。所云"眼"者,亦问其何如眼。若俗子肉眼,大不出寻丈,粗欲如牛目,所取之景,亦何堪向人道出?(《古诗评选》卷六陈后主《临高台》评语)

"俗子肉眼"囿于利欲,目光短浅,这样的人缺乏审美的眼光和心胸,像王夫之所说的"胸中无丘壑,眼底无性情,虽读尽天下书,不能道一句"的经生那样,不善于发现美,也不会取活景。柳宗元有言:美不自美,因人而彰。① 自然景物是客观存在的,有视觉的人尽可以看,

---

① 参见叶朗《胸中之竹》,安徽教育出版社 1998 年版,第101页。

但却不一定能成为审美对象。有心人使景物成为审美对象（意象），发现不同景物间的有机联系，感受心情与美景间的微妙契合。王夫之说"长河落日圆"初无定景、"隔水问樵夫"初非想得，这表明美景是人在审美感兴中偶然发现的，意境是诗人在仰观俯察之际，心目与美景"相值而相取"，有意无意地建构的。王夫之强调主体的审美心胸是情景交融和诗歌创作的首要条件，他常以"胸次"、"灵府"、"怀抱"、"襟抱"等词语指称心目之"心"，彰显诗人心灵在对景物加以择取、统摄、驾驭时的能动性作用。王夫之所说的"文情赴之"，"各视其所怀来而与景相迎"和"心理所诣，景自与逢"等都体现了这一点。从这个角度看，"心目"范畴的重点是心。而从诗应得自直接的审美观照，或者诗应具备生动、真实的审美意象的角度看，目（泛指以视、听为主的五官感觉，侧重于视觉）不仅仅是心的手段。可以说，在王夫之那里，"心目"是心、目并重的复合范畴，"心"意味着富于直觉的审美心胸，"目"意味着富于直观的感知能力。

关于"心目"，王夫之在哲学上有较多的论述。把他的论述综合起来看，我们大体上可以得出三个方面的结论。其一，耳目见闻是人的思想和精神的基础。王夫之认为，天地万物神形合一、理气合一、道器合一，人要穷神、通理、观道，就必须从对具体事物的形气的把握做起，就有赖于耳目见闻。本着非常自觉的内心与外物既主、客二分又会归于一的辩证观念，王夫之指出：内心之精神与外物之法象互相依存，人应该"多闻而择，多见而识"，以便启发心思，促动心与物的交通和合。与佛教和陆王心学不同，王夫之充分肯定天地万物的客观的实存性（诚），强调人对事物的认识和体验必须通过耳目等感官的直接感知来进行。其二，耳目见闻从属于人的思想和精神。在阐释张载"风雷有象，不速于心；心御见闻，不弘于性"时，王夫之说："风雷无形而有象，心无象而有觉，故一举念而千里之境事现于俄顷，速于风雷矣。心之情才虽无形无象，而必依所尝见闻者以为影质，见闻所不习者，心不能现其象。"（《张子正蒙注》卷三）这段话在注重耳目见闻的基础上，强调人的想象等思维能力的神速性。王夫之推崇诗人在艺术构思时情与景、神与理、言与意"于空微想象中忽然妙合"的审美境界。也许是因为这境界难以寻觅、营造、把握、言

说，他才发出"不可知"的感叹。与"心"相比，耳目见闻的局限
性很明显。王夫之认为，耳目虽灵，却不能视听万物的神理，且见闻
之知止于已见已闻，"智者引闻见之知以穷理而要归于尽性；愚者限
于见闻而不反诸心，据所窥测，恃为真知"（《张子正蒙注》卷四）。
"心"是耳目闻见之知得以提高、升华、超越的必由之路。所以说，
"耳目从心，则大而能化"（《张子正蒙注》卷一）。耳目从心，是王
夫之"心目"论中最主要的原则之一。其三，人的直觉思维可以超越
闻见之知的局限。从王夫之本于《周易》的哲学观点看，气化万物，
变易无穷，阴阳之几神妙难测，在天人之际，有无数的事物介于虚
实、新故、聚散、幽明、隐显、有形未形之间，其中，虚、故、散、
幽、隐、未形的一面是不易见或不可知的，阴阳之"几"和天人交感
之"微"是难以把握的。由此可以估计耳目闻见之知的局限有多大。
如果单向度地要求诗人抒写"身之所历，目之所见"的事物，或者对
这一诗学原则作狭隘的理解，那就有失偏颇。王夫之说：

> 耳所不闻，有闻者焉；目所不见，有见者焉。闻之，如耳闻
> 之矣；见之，如目见之矣；然后显其藏，修其辞，直而不惭，达
> 而不疑。《易》曰："修辞立其诚。"唯其有诚，是以立也。……
> "文王在上，于昭于天"，孰见之乎？"文王陟降，在帝左右"，
> 孰闻之乎？直言之而不惭，达言之而不疑，我是以知为此诗者之
> 果有以见之，果有以闻之也；我是以知见之也不以目，闻之也不
> 以耳也；我是以知无声而有其可闻，无色而有其可见……（《诗
> 广传》卷四）

> ……乃若目，则可以视无色矣，有内目故也。乃若耳，则可
> 以听无声矣，有内耳故也。……故曰："形色，天性也。"形其形
> 而无形者宣，色其色而无色者显，内耳内目彻而血气灵，密心浚
> 入而血气化。纵其所堪而昼夜之通、鬼神之撰、善恶之几、吉凶
> 之故，不虑而知，不劳而格，无遏焉而已矣。（同上）

"内目"可以视无色，见寻常之目所不见；"内耳"可以听无声，闻

寻常之耳所不闻。无色、无声在于"道"（神理）。老子说：道是淡
乎其无味、视之不足见、听之不足闻的，大音希声，大象无形。"内
目"、"内耳"清明而又灵通，没有狭隘的"一朝之忿，一念之欲，
一意之往"，可以视听老子所说的大音、大象，即可以体道、明理、
见性。在王夫之看来，诗人可以凭"内目"、"内耳"使无色者有色，
使无形者有形。这就是通过对"道"（神理）的把握而赋予未曾亲
见、亲历的事物以形气，使之如同亲见、亲历一般。

　　通常的诗歌创作大多循着感物生心、以形写神的路径，而王夫之
的"内目"、"内耳"论则提出了几乎相反的以心化物、由神赋形的
路径。这可以用来解释咏史、怀古、游仙等类型的诗。如王夫之评李
白《苏武》于唱叹写神理，"大音希声"（《唐诗评选》卷二）；又评
李白《春日独酌》"以庾、鲍写陶，弥有神理。……神化冥合，非以
象取"（同上）。诗人尽管是写未曾经历的事物，所写之景物并不都
是亲见的形象，侧重于由神赋形（"神化冥合"），但仍以外在的史
实、古迹和内在的情怀、心境为因缘，自然地生发感兴。"内目"、
"内耳"与诗人通古今之变、究天人之际、察幽明之故往往互为因果，
这就不难理解诗人何以能够像王夫之所说的那样：搅碎古今，巨细入
其兴会。王夫之较多地谈论"内目"、"内耳"① 的功能，未明言其具
体所指。为免误读、误评，在此我只能笼统地对"内目"、"内耳"
的基本内涵作出判断：基于感知而又超越感知，不假思量计较而又合
乎理性，富于想象力和直觉，富于触类旁通、穷神合天的洞察力，也
就是王夫之所说的"灵心"。因而，"心目"就是内在的直觉思维与
外在的以视、听为主的直观感受力的合一。

五　雅

　　"雅"是王夫之诗学中最重要的视点、尺度和原则之一。据我粗
略统计，仅在《古诗评选》、《唐诗评选》和《明诗评选》三部著作

———————————

　　① 在欧洲，3 世纪的普洛丁认为，人要见到最高的美，不能靠肉眼而要靠心眼，要靠收心
内视。17 世纪末 18 世纪初的夏夫兹博里认为，人天生就有审辨善恶和美丑的能力，这种能力依
凭内在的眼睛、内在的感官、内在的节拍感，等等。后来有人从中引申出第六感官的说法。（参
见朱光潜《西方美学史》，人民文学出版社 2002 年版，第 116、207 页）。

中，"雅"字就出现约 300 次。可以说，王夫之用得最多的诗学范畴就是"雅"。"雅"是其审美的旨趣、标准和理想之所在。王夫之自觉地继承《诗经》以来风雅的传统，批判诗坛种种"俗"的观念和现象，对诗为何要雅、什么是雅以及怎样达到雅，作了明确的界定和充分的阐释，形成他独特的富于创见且不无偏颇的雅俗论。

前面说过，王夫之认为能兴即谓之豪杰，"能兴"意味着超越于禄位田宅、数米计薪等世俗欲望和日常琐事之上，诗应荡涤人的浊心和暮气，引导人趋向不为物役、通天尽人的高境界；诗之为教，相求于性情，诗以道性情，旨在"取天下之情而宅天下之正"，导天下以广心，广通"兴、观、群、怨"诸情。因此，诗应该雅，能兴即雅，有真性情即雅，以写景的心理言情而不促迫直露即雅。反之，表现私人琐事如"恤妻子之饥寒，悲居食之俭陋，愤交游之炎凉"等则俗，拘泥于日常琐事的狭隘心胸和个人私欲并非审美情感，无论怎样"长言之、嗟叹之、缘饰之"，都难以具有感发人心的审美价值和艺术魅力。

王夫之从审美情感的层面对"雅"加以明确界定。他说：

> 关情是雅俗鸿沟，不关情者貌雅必俗。然关情亦大不易，钟、谭亦未尝不以关情自赏，乃以措大攒眉、市井附耳之情为情，则插入酸俗中为甚。（《明诗评选》卷六王世懋《横塘春泛》评语）

> 凡才情用事者，皆以阘然媚世为大病。媚浪子，媚山人，媚措大，皆诗之贼也。夫浪子之狂，山人之编，措大之酸，而尚可与言诗也哉？有才情者，亦尚知所耻焉。（《古诗评选》卷二陶潜《归鸟》评语）

> 门庭之外，更有数种恶诗：有似妇人者，有似衲子者，有似乡塾师者，有似游食客者。妇人、衲子，非无小慧。塾师、游客，亦侈高谈。但其识量不出针线、蔬笋、数米、量盐、抽丰、告贷之中，古今上下，哀乐了不相关；即令揣度言之，亦粤人咏

雪,但言白冷而已。(《姜斋诗话·夕堂永日绪论内编》)

"关情"即关涉真性情、大胸怀。真正的诗人仰观俯察,多见多识,读书穷理,博古通今,这样才能下笔如有神,才能关情。王夫之认为,诗人应自珍其笔,而不为物役俗尚所夺,深思远情,正在素心者。他指责种种"恶诗",并不是要求诗人超凡脱俗到不食人间烟火的地步,而是出于诗人应有不为物役的"心悬天上,忧满人间"的审美心胸这一基本观念,出于"以追光蹑景之笔,写通天尽人之怀"的艺术理想。与真性情、大胸怀的"雅"相对,那些"媚浪子,媚山人,媚措大"或以"措大攒眉、市井附耳之情"为表现对象的诗都在"俗"的行列。"媚世"即媚俗。所谓"媚浪子",是指有些诗人刻意迎合俗尚,直露地表现情欲而不合礼义,有伤雅度。所谓"媚山人",是针对托意狭隘、情志偏激的隐士诗而言的。隐士诗大致有两种:一种托体小,寄意浅,出语急促,情志偏激,这样的诗为王夫之所不取;另一种托体大,寄意深,尺幅平远,含蓄自然,王夫之赞赏这样的诗,如他评陶潜《归鸟》:"'虽不怀游,见林情依',是何等胸次,何等性情!有德者必有言矣,宜其字字如印沙,语语如切玉也。"(《古诗评选》卷二)所谓"媚措大",是针对咬文嚼字、搬弄学问的诗人和呆板酸俗的诗而言的。

王夫之所说的关情和不为物役俗尚所夺,与道家思想有相通之处。如庄子把那些蝇营狗苟地生活、摇唇鼓舌地投机的人视为世俗之人,认为至人、神人、圣人能够游心于道,摆脱狭隘的贫富、贵贱、得失、毁誉等种种计较。又如《世说新语·雅量》列举魏晋士人不同凡响、清通绝俗、独领高标的风貌气度,赋予"雅"以超凡脱俗之美的含义。王夫之所崇尚的真性情、大胸怀,包括"临水而悠然自得其昭旷之怀","入山而怡然自遂其翕聚之情"的审美情感,也体现儒家的精神。如孟子强调富贵不能淫、贫贱不能移、威武不能屈。又如《易传》倡导自强不息、厚德载物。关情之雅,通常是审美情感与道德情感的统一。

《毛诗序》说:言天下之事,形四方之风,谓之雅。刘勰指出:风正四方谓之雅。循着这种观念,王夫之说:"广引充志以穆耳者,

《雅》之徒也。微动含情以送意者，《风》之徒也。"（《古诗评选》卷二）"广引充志"意味着作品缘物起兴，寄情广远。"穆耳"意味着作品富于乐感、韵律。"微动含情"强调《风》之体长言咏叹，优柔委曲，轻婉平淡，意在言外。《风》、《雅》二体常有互相兼容、推助的效果。从对风雅传统的继承，可以看出王夫之的雅俗论的几大论点和命题。其一，构想广远，从容含蓄。王夫之评朱阳仲《长干曲》："构想广远，遂成大雅。"（《明诗评选》卷八）他评张协《杂诗》："惟不迫，故无不雅，自然佳句奔赴……"（《古诗评选》卷四）又如他评陶潜《停云》："人情只一点，而通首皆尔关情。"（《古诗评选》卷二）王夫之推崇灵心和广远的心胸，重视诗歌创作的主体条件，认为雅、俗往往在艺术构思时就可初见分晓，高明的诗人构想广远，亦可言情精致、咏物入微，能在未有字句前进行"淘汰择采"。这一从未形到有形的创作过程令人难以理喻，所以王夫之曾感叹说："落笔之先，匠意之始，有不可知者存焉。"诗人言情通常忌实，忌直，忌促迫，忌琐屑，而以情景交融、含蓄蕴藉为雅。这是中国诗学中最悠久的主流观念之一。本着这一观念，王夫之赞赏"朴处留雅，蕴藉处留风，郑重处留颂"的格调高古的作品，认为诗人有真情、真见才会从容不迫，主张"大端言情"、宽于用意，推崇字字含情、句句是意的艺术境界。

其二，韵胜即雅。[①] 在中国，诗、乐原是合一的，即便后来诗、乐二分，诗也仍然以音乐性为本质特征。在中国诗学中，像王夫之那样注重诗乐合一及诗的音乐性的人并不多。[②] 王夫之常以音、乐、曲、声、响、韵、律等概念评诗，由这些基本概念生发出来的术语或复合范畴则更多。韵，通常有声韵、音韵之义，是艺术形式方面的；也有气韵、韵味之义，这是偏重于作品内涵或意味而言的。声情是声韵与情采的合称，风韵、神韵则兼容"韵"在内容和形式方面的含义。王夫之所说的"韵"在不同的语境中各有所指。在他看来；入兴易韵，

---

① 此处与前面章节中的相关论题略有重复。

② 参见张节末《论王夫之诗乐合一论的美学意义——兼评王夫之诗论研究中的一种偏颇》，《学术月刊》1986 年第 12 期。另见萧驰《抒情传统与中国思想——王夫之诗学发微》，上海古籍出版社 2003 年版。

不法之法，"韵胜即雅"（《明诗评选》卷八）。如他评晋乐府辞《休洗红》："一往动人，而不入流俗，声情胜也。"（《古诗评选》卷一）又如他评鲍照《日落望江赠荀丞》："古今之间别立一体，全以激昂风韵，自致胜地。终日长对此等诗，即不足入风雅堂奥，而眉端吻际，俗尘洗尽矣。"（《古诗评选》卷五）这几段评语中所说的韵、风韵和声情虽各有所指，但都以声韵、意味为基础。王夫之评白居易《钱塘湖春行》："元、白固以一往风味，流荡天下心脾，雅可以韵相赏。"（《唐诗评选》卷四）他辩证地看待"元轻白俗"的说法，认为他们的一些作品虽不够"🔲括微至"，却以风韵见长。总之，"韵"是诗歌首要的艺术特征，佳作可以缺乏新意，却不能不以韵胜。

其三，以结构养深情。王夫之评左思《咏史》："风雅之道，言在而使人自动，则无不动者。恃我动人，亦孰令动之哉？太冲一往，全以结构养其深情。"（《古诗评选》卷四）他常从作品的总体安排、组织构造和遣词造句的角度评诗，诸多评语如："结体净，遣句雅"，"平雅有体"，"结构雅妙"，"命意命局，俱不失雅"，等等。在艺术形式的各种因素中，结构对于诗歌立体、成章是最重要的，既要符合诗的音乐性，又要体现诗作为语言艺术的审美特征。对"结构"等艺术形式因素的理论阐释，是王夫之不局限于儒家政教诗学的一大标志。

其四，雅，体现诗的温厚、中和之美。在雅的各种体制、形态中，王夫之对温雅尤为推崇，他常以"温密近雅"、"高健中有温雅"等词语评诗。如他评高启《夜宿太庙斋宫》："季迪禁掖诗，温雅无伦，不温则不足以雅。"[①]（《明诗评选》卷五）这种温厚和平的观念与他秉承温柔敦厚的诗教有直接关系。他说："盖诗自有教，或温或惨，总不可以赤颊热耳争也。"（《古诗评选》卷二）诗教也有怨而不怒、哀而不伤之义，王夫之遵循这一儒家传统，认为平情说出，群、怨皆宜。他把《古诗十九首》视为"群、怨俱宜，诗教良然"的典范，以"怨诗不作怨语"为雅，认为"含怨微甚"方可许之曰雅。儒家诗教包含着安定社会、平和人心的社会和伦理学意义，也富于讲

───────────────

① 本书前面《温柔敦厚的诗教观》一章对此已有较详细的评介。

究适度、崇尚和谐的心理学和美学意义，我们不能因为其中有政教观念而忽视这一传统的合理内核。

王夫之的"温雅"论不拘于先秦儒家诗教观的政教宗旨，其温厚和平的原则主要是针对诗坛上"赤頮热耳"、"冲喉出气"的不良创作倾向而言的，更多地体现了艺术和审美价值上的追求。有论者认为，王夫之的"兴观群怨"说要求诗人有节制地抒发个人的感情怀抱，不可激烈地控诉，尖锐地揭发，也不可隐匿矛头而作影射；王夫之因为有着深切的亡国之痛，对于已经灭亡的明王朝留存着很多眷恋，因而有意讳言或少言朝廷的过恶，而更多的是歌颂它的功德。① 这话有一定道理，但"亡国之痛"并非王夫之的温雅论、诗教观和"兴观群怨"说的成因，其成因与中国诗的抒情传统、艺术特性有很大关系，与王夫之的诗学观念、审美理想有很大关系。"亡国之痛"虽在很多方面影响了王夫之的诗学观念，但尚未达到扭转方向、改变理想的程度。温雅，并非要人柔弱、含糊、盲从、圆滑。王夫之说：

> 《诗》教虽云温厚，然光昭之志，无畏于天，无恤于人，揭日月而行，岂女子小人半含不吐之态乎？《离骚》虽多引喻，而直言处亦无所讳。宋人骑两头马，欲博忠直之名，又畏祸及，多作影子语，巧相弹射，然以此受祸者不少。既示人以可疑之端，则虽无所诽诮，亦可加以罗织。（《姜斋诗话·夕堂永日绪论内编》）

> 似此方可云温厚，可云元气。近人以翁姁嗳嚅语为温厚，謇讷莽撞语为元气，名惟其所自命，虽屈抑亦无可如何也。（《古诗评选》卷四左思《咏史》评语）

"温厚"，既不是为了忠君，也不是出于避祸（文字狱）；既不是直露莽撞，也不是吞吞吐吐。温厚是真性情和含蓄委婉的艺术表现方式之间恰到好处的中和。在先秦时期，温厚就已被视为人在生活中的美德。《诗经·邶风·燕燕》曰："终温且惠，淑慎其身。"《管子·形

---

① 参见汤劲《船山为何独钟康乐诗》，《湘潭大学学报》1999 年第 1 期。

势》有言："人主者，温良宽厚则民爱之。"后来有成语"温文尔雅"。对诗和诗人提出温厚和平的要求，旨在使读者及社会达到这样的境界。与先秦儒家诗学带有浓重的政教、伦理色彩的观念不同，王夫之强化了"温厚"诗教的心理学、美学意义，而又以其原意为基础。他推崇温雅、平雅，希望诗歌含蓄蕴藉、声情动人，可以兴观群怨，使读者"各以其情而自得"，随所以而皆可。总之，温雅是作品广远的艺术空间和读者在鉴赏中进入澄明、自由之境的有力保证。

其五，雅，缘起于即景会心的审美感兴。雅与俗，通常在诗人一动笔时就已初见分晓，却又涉及从创作过程到作品构成的方方面面，诗人有雅在命局的，有雅在"怨诗不作怨语"的，有雅在安顿字句的，等等。这一切，都离不开即景会心的审美感兴。王夫之说：

> 神情自语。此诗之佳，在顺笔成致，不立疆畛，乃使通篇如一语，以颔联作腹联，以腹联作颔联，俱无不可。就中非无次第，但在触目生心时不关法律。雅俗大辨，正于此分。不知此者，旦暮自缚死耳。(《明诗评选》卷六邵宝《盂城即事》评语)

在"触目生心"的审美感兴中，诗人既有巧妙构想，又不假思量计较，既有遣句布局的"次第"，又不受呆板死法的束缚，"顺笔成致"，洒脱而又畅达，有意无意间，作品通首浑成。审美感兴对雅来说是不可或缺的基础和前提。有感兴，作品不一定雅，因为那还要看诗人的艺术构思和艺术表现方式如何；无感兴，作品则一定不雅，因为诗人难免落入死法的俗套。王夫之强调审美感兴对雅的决定作用，抓住了雅和诗歌创作的关键，使他的雅俗论具有独特的理论个性和见解。关于即景会心的审美感兴，前面已有较多论述，这里从略。

六 自然

在几部诗评选著作中，王夫之直接以"自然"一词评诗约百次，他的常用词语有妙在自然、排撰自然、首尾自然、自然清韵、自然含情、自然生动、自然警艳等。他也常用天然、天成、天工、化工、入化等与"自然"同义或近义的词语评诗。他崇尚不假雕饰、巧参化工、清新自然的作品，把"自然"当作审美标准和艺术理想。他说：

> 昔人目谢康乐诗如"初日芙蓉"①，予于此亦云神采天香，古
> 今鲜匹矣！（《唐诗评选》卷三马周《凌朝浮江旅思》评语）

> 妍骨天成，触物成好，嗣此音者，唯陆务观得其十七。（《唐
> 诗评选》卷四陆龟蒙《小雪后书事》评语）

> 清微流丽，不入于纤。……但看他起二句，抟造无痕，以如
> 发之心，运九鼎如落叶。诗有诗笔，犹史有史笔，亦无定法，但
> 不以经生详略开合脉理求之，而自然即于人心，即得之矣。（《明
> 诗评选》卷五张治《江宿》评语）

他说谢灵运《郡东山望溟海诗》即"所称'初日芙蓉'者也"，说读
李白诗"乃悟风华不由粉黛"，又说李白《子夜吴歌》前四语（长安
一片月，万户捣衣声。秋风吹不尽，总是玉关情）是"天壤间生成好
句，被太白拾得"。这种看法与前面引文中的"神采天香"、"妍骨天
成"和"抟造无痕"等评语一样，都体现了中国诗学中悠久的崇尚
自然的艺术精神。

《南史·颜延之传》曾援引鲍照的话说谢灵运五言诗如"初发芙
蓉，自然可爱"。钟嵘《诗品》、皎然《诗式》和叶梦得《石林诗话》
都曾以赞赏的态度转述汤惠休对谢诗所作的"芙蓉出水"（一说"初
日芙蕖"）的评价。谢灵运开创南朝山水诗的一代新风，他讲究炼字，
喜用骈句，注重色彩的对比和构图的和谐，作品中多显出工巧和匠
心，而其佳作，特别是一些妙句，却又给人以天造神运之感，被历代
诗家公认为风流自然，富于造化之妙。王夫之采纳了前人对谢诗的有
关评价，他偏爱谢诗，主要原因在于"自然"。

————————————

① 《南史·颜延之传》云："延之尝问鲍照，己与灵运优劣。照曰：'谢五言如初发芙蓉，
自然可爱；君诗若铺锦列绣，亦雕缋满眼'。"叶梦得《石林诗话》有言："古今论诗者多矣，
吾独爱汤惠休称谢灵运为'初日芙蕖'，沈约称王筠为'弹丸脱手'，两语最当人意。'初日芙
蕖'，非人力所能为，而精彩华妙之意，自然见于造化之妙。"

胡应麟《诗薮》曾说"唐人诗如初发芙蓉,自然可爱"。这话有偏爱全之嫌,但若用来评价李白,则比较恰当。如王世贞《艺苑卮言》说李白诗"以自然为宗"。李白曾在诗中自觉地提出"清水出芙蓉,天然去雕饰"的创作纲领。天然,与天真、清真相近,都是自然之义。这表现在抒情写景方面,是不呈牵强,不事矫伪;在形式或文体方面,是自然天成,不假雕饰。本着"自然"的宗旨,李白反对诗歌创作中的伪饰和蹈袭之风,他曾借庄子寓言,对丧失"天真"的"丑女效颦"、"邯郸学步"式的创作倾向加以嘲讽。自然风格,是王夫之对李白的诗作出高度评价的一大原因。

如果把魏晋南北朝视为文艺创作中的自然观自觉形成的时代,那么可以说,诗学理论中的自然观几乎是与之同步形成的。这里所说的自然观,是针对诗人及其作品中尊崇自然之道,以天巧、化工为审美标准和理想的观念而言的。刘勰《文心雕龙·明诗》认为:"人禀七情,应物斯感;感物吟志,莫非自然。"钟嵘《诗品》强调诗歌表现"自然英旨"和"真美"。司空图《二十四诗品》明确把"自然"列为一品,强调"真"和"天钧",并主张诗之各品都应出自真性情,以求自然天成,"妙造自然"。由于人为之伪总是多于巧参化工之妙,人巧难以臻于天巧,历代强调"自然"的诗学家既有好诗风代代相传的考虑,又有现实的针对性,"自然"也就逐渐成了审美理想,贯通于诗、画等各类文艺作品中,理论与创作实践互相推助。直到晚清,王国维总结道:古今之大文学,无不以自然胜。这一优秀的艺术传统,在很大程度上是由老庄哲学引发并促成的,王夫之的"自然"观,受到道家、《周易》等哲学观念的影响,也受到诗歌、绘画、书法等文艺领域的理论观念和创作倾向的影响。

在王夫之看来,"自然"体现在诗人从命意布局到遣词造句的整个创作过程中,其要义即在"有意无意之间"。诗以道性情,这本来是有意的,但真正的诗人借景抒情,藏情于景,能够使其作品显得不刻意,不做作。王夫之说:

> 三六说景,四五言情,格法摆落,而对仗工密不觉,真奇作也。作者只一意自然,令有心为之,则亦不足观矣。(《唐诗评

选》卷四刘沧《题王母庙》评语)

　　等闲拈出，自然染骨透髓，足知不在刻锲。(《明诗评选》卷
一刘基《无愁果有愁曲》评语)

　　谋篇奇绝，闲处着意，到头不犯，然非有意于谋篇也。(《明
诗评选》卷五高叔嗣《得张子家书》评语)

这几段话强调诗人言情写景、谋篇布局以"闲"为贵，与刘勰所说的
"人兴贵闲"基本一致，是指诗人在审美感兴中不拘格套，所取之景
为眼前光景（活景），所用之法为遣心之法（活法），体现了中国诗
学的传统观念：文章本天成，妙手偶得之。但这看似无为的艺术境界
却是诗人有为的产物。如王夫之评杜甫《石壕吏》：

　　片断中留神理，韵脚中见化工。故刻画愈精，规模愈雅，真
自《孤儿行》来嗣古乐府，又非杨用修所得苛丹铅。"夜久语声
绝"二句乃现宾主，起句"暮投"二字至此方起止，作者非有意
为之，自然不乱耳。(《众唐诗评选》卷二)

"有意"与"无意"，原是诗人既无可回避又难以解决的矛盾问题，
而真正的诗人却能在此间游刃有余，如杜甫在字里行间的片断和韵脚
中所作的"刻画"显然是人为的，但却能达到留神理、见化工的高境
界。神理、化工，可以说是衡量作品是否"自然"的基本标志。至于
诗人在作品完成之前是否"作意"、苦思，反倒是另外层面上的问
题了。
　　王夫之论诗既重字句又重篇章，他认为佳作应是浑然成章的文质
相生的有机统一体，诗体应像天地间阴阳二气造化万物那样微妙而不
露形迹。他常用雕琢入化、陶炼入化、错综入化、用古入化、咏物入
化、化工之笔无痕等词语评诗，例如：

　　脉行肉里，神寄影中，巧参化工，非复有笔墨之气。(《唐诗

评选》卷一刘庭芝《公子行》评语）

> 刻削化尽，大气独昌，正使寻声索色者不得涯际。（《明诗评选》卷五高启《送谢恭》评语）

> 二十字中烟波无限，一镜空涵，如此巧夺天工，固造物者不予以贵寿也。（《明诗评选》卷七朱青城《西湖采莲曲》评语）

"巧参化工"、"刻削化尽"、"巧夺天工"与"入化"和"化工之笔"基本上是一个意思，都是强调诗人体物入微，写景言情得自然之妙，"化"是对诗人伟大的艺术创造力的充分肯定，意味着天授、天巧、神力、神工，意味着情景妙合、形神兼备、浑然天成的化境，是人巧、人力、人工的极致。臻于化境的作品富于艺术生命力，有自然之妙而无呆板的人工笔墨之气。

王夫之常以"无笔墨气"、"无笔墨痕"、"不见痕迹"、"不留痕迹"、"彼己无痕"、"不著刻画迹"、"相形不著痕迹"等词语评诗，强调自然感慨尽从景得，认为取景遣韵不在刻意，注重凑手偶然、出入无痕的艺术效果，反对做作、直露、牵强、促迫或"粗豪虔迫之病"。他评谢灵运《道路忆山中》："可以直促处且不直促，故曰温厚和平。结语又磬然而止，方合天籁。"（《古诗评选》卷五）

《庄子·齐物论》中曾讲到天籁、地籁、人籁，"地籁则众窍是已，人籁则比竹是已"。天籁是无待于外物的推动而自然发出的声音。古代文论家常把浑然天成之作拟为天籁，即指妙造自然，以天合天。如宋代包恢在《答曾子华论诗》中说："古人于诗不苟作，不多作。而或一诗之出，必极天下之至精……犹造化自然之声也。盖天机自动，天籁自鸣，鼓以雷霆，豫顺以动，发自中节，声自成文，此诗之至也。"与前人一致，王夫之所说的"天籁"，就是指以天合天的艺术表现力和化境。

王夫之对有笔墨痕或不合天籁的诗作常有异议。例如：

> 清婉则唐人多能之；一结弘深，唐人之问津者寡矣。"蝉噪

林逾静，鸟鸣山更幽"，论者以为独绝，非也；自与"海色晴看雨，江声夜听潮"同一反跌法，顺口转成，亦复何关至极！"逾"、"更"二字，斧凿露尽，未免拙工之巧；拟之于禅，非、比二量语，所摄非现量也。（《古诗评选》卷六王籍《入若耶溪》评语）

王安石较为欣赏"鸟鸣山更幽"这一句，为它配了一句"风定花犹落"。沈括以王对为佳，因原对"上下句只是一意"，现"上句乃静中有动，下句动中有静"。范晞文却认为王对仍不够恰切，因为如此成对"是犹作意为之也"，他要求对得自然。"自然"的诗通常显得不作意，"作意"与"刻意"、"著意"的含义相近，与含而不露、不假雕饰、浑然天成的意思几乎相反。王夫之对南朝王籍的这首诗作出"清婉"、"弘深"的较高评价，但认为"蝉噪林逾静，鸟鸣山更幽"不像论者所说的那样独绝，因为"逾"、"更"二字"斧凿露尽"，未免拙于人为的工巧，不够自然。这种看法与范晞文相近，但有深刻的理论基础，即"现量"。王夫之在他的《题芦雁绝句》一诗的题记中说，王维"诗中有画，画中有诗，此二者同一风味，故得水乳调和，俱是造未造、化未化之前，因现量而出之"（《姜斋诗集·雁字诗》）。他把现量视为"自然"的前提，把苦思冥想地雕琢出来的字句视为"非、比二量语"，把巧而不琢、琢不露痕、率不露迹的诗视为佳作。他评高叔嗣《宿香山僧房》：

总不向有字句上雕琢，只在未有字句前淘汰择采，所以不同。（《明诗评选》卷五）

这可以说是一个富于创见的诗学命题。写诗、作画与作文不同，更有赖于即景会心的审美感兴，一般不宜反复修改。郑板桥曾说："为文须千斟万酌，以求一是，再三更改，无伤也。然改而善者十之七，改而谬者十之三，乖隔晦拙，反走入荆棘丛中去。……燮作词四十年，屡改屡蹶者，不可胜数。"（《词钞自序》）袁枚也说："诗不可不改，不可多改。不改则心浮，多改则机窒。"（《随园诗话》卷三）所谓

"乖隔晦拙"、"机窒",大概是指越改越不生动、越不自然。王夫之所说的"总不向有字句上雕琢"基本上也是这个意思。而"只在未有字句前淘汰择采"则与"俱是造未造、化未化之前,因现量而出之"同义,与王夫之的另一个诗学命题"有形发未形,无形君有形"有异曲同工之妙。王夫之充分意识到审美感兴和艺术构思对诗歌创作的决定性作用及其与艺术表现的同一性,意识到心物交感、艺术思维和审美意象的生成的不确定性、神秘性。"只在未有字句前淘汰择采",通常意味着诗人在落笔之先,匠意之始,充分把握情与景、言与意融会贯通的最佳状态,在深思熟虑与不假思索之间,达到"神理凑合时,自然恰得"的境界。

与传统的艺术精神相应和,王夫之在崇尚天巧、化工、自然之境的同时,高扬诗人的主体性。例如:

> 工苦安排备尽矣!人力参天,与天为一矣!(《唐诗评选》卷三王维《终南山》评语)

> 竟不作关合,自然摄之,笔贵志高,乃与古人同调。拟古必如此,正令浅人从何处拟起。……诗虽一技,然必须大有原本,如周公作诗云:"于昭于天"。正是他胸中寻常茶饭耳,何曾寻一道理。(《明诗评选》卷一石宝《拟君子有所思行》评语)

俗话说,工夫在诗外,经过未有字句前的淘汰择采或创作过程中的"工苦安排备尽"后,诗人才达到"人力参天,与天为一"的境界。高超的艺术表现力以深远广大的审美心胸为基础。天巧、化工是人巧、人工的极致。诗中看似无为的自然之境恰恰是诗人有为的产物。诗人高度的创作自由导源于审美心胸。王夫之的"自然"论与他诗学中的其他观念融为一体,显示出博大精深的理论特质。

七 含蓄

在中国诗学中,含蓄主要是指诗歌文本的含而不露、意蕴丰富、韵味无穷的审美特征。含蓄与蕴藉(蓄积、含蓄宽和)同义,二者通常合并为含蓄蕴藉。王夫之非常重视含蓄，他直接以含蓄、蕴藉、蕴蓄、含藏、含精蓄理等词语评诗达数十次，也常以隐、忍、藏锋、取势、取影、含者自弘、不道破一句等与含蓄密切相关的词语评诗，即便在不使用上述词语时，他的很多论述也以含蓄为标准、宗旨和理想。

王夫之把"兴"看作"诗言志，歌永言"的枢机，推崇"寓意于言，风味深永，可歌可言"的作品，认为诗人在创作中"以言起意，则言在而意无穷"（《唐诗评选》卷一）。他说：

> 《小雅》《鹤鸣》之诗，全用比体，不道破一句，《三百篇》中创调也。（《姜斋诗话·夕堂永日绪论内编》）

> 重用兴比，恰紧处顾以平语出之，非但汉人遗旨，亦《三百篇》之流风也。（《古诗评选》卷五鲍照《赠故人马子乔》评语）

兴、比作为手法或体式，通常以审美感兴为前提，以平和（平）、自然、含蓄为宗旨及艺术特征。在"六义"中，微言动物谓之风，故兴比多而赋少，风之体微而婉。王夫之认为，四言诗始于《诗经》，雅体"广引充志以穆耳"，风体"微动含情以送意"；大端言情为《风》《雅》正宗；自梁以降，五言近体的佳作可谓"朴处留雅，蕴藉处留风"。"大端言情"与"宽于用意"相近，主要是指借景抒情、委婉曲折、含而不露（"遵路委蛇"）的艺术表现方式。王夫之所说的风味、风范、风裁、风局、风度、风致、风旨、风藻、风神、风韵等都是就《诗经》以来含蓄蕴藉、委婉动人的风雅传统而言的；王夫之尤重风味，他在三部诗评选著作中使用这个词超过 30 次。风味主要是指作品寓意于言、"不道破一句"、韵味无穷、温婉生动的审美特征。

"不道破一句"，即宽于用意、大端言情、含而不露。"不说破"，原是禅宗的言说原则，自宋代起成为一个诗学命题。[①] 如张拭云："作诗不可直说破，须如诗人婉而成章。"陈廷焯在解释词的"沉郁"品

格时说："所谓沉郁者，意在笔先，神余言外。写怨夫思妇之怀，寓
孽子孤臣之感。凡交情之冷淡，身世之飘零，皆可于一草一木发之。
而发之又必若隐若现，欲露不露，反复缠绵，终不许一语道破。匪独
体格之高，亦见性情之厚。"（《白雨斋词话》卷一）与上述论者的看
法相近，王夫之所说的"不道破一句"主要是出于诗教和艺术审美的
考虑，而不是为避忌讳和祸害。王夫之不赞成诗人在险恶的社会政治
环境中因畏惧而吞吞吐吐地故作"隐语"、"影子语"的作法，认为
"以茅塞为诗"则艰涩隐晦、难索解人。"不道破一句"的观点，以
含蓄为指归，一方面反对直露（"一往意尽"、一览无遗），另一方面
反对晦涩（"不著题则不知所谓"，谜而非诗）。

　　钟嵘《诗品序》对兴、比、赋"三义"之兴作出不同于汉儒的
解释：文已尽而意有馀。严羽说："盛唐诸公惟在兴趣羚羊挂角，无
迹可求，故其妙处透澈玲珑，不可凑泊……言有尽而意无穷。"（《沧
浪诗话·诗辨》）杨载认为："五言古诗，或兴起，或比起，或赋
起。……悲欢含蓄而不伤，美刺婉曲而不露，要有三百篇之遗意方
是。"（《诗法家数·古诗要法》）李东阳指出："比、兴皆托物寓情而
为之。盖正言直述，则易于穷尽而难于感发。惟有所寓托，形容摹
写，反复讽咏，以俟人之自得，言有尽而意无穷，则神爽飞动，手舞
足蹈，而不自觉。此诗之所以贵情思而轻事实也。"（《怀麓堂诗话》）
以上论者都明确强调兴、比与"言有尽而意无穷"或含蓄的因果关
系。严羽所说的"兴趣"之兴似应兼有感兴和起兴之意，与其他诗论
家侧重从手法和体式的角度谈兴、比虽不全在一个层面上，但都在审
美之"兴"的范围内。言有尽而意无穷历来是"含蓄"之要义，这
样，兴、比与含蓄就有了不解之缘。应该说，王夫之大体上继承了上
述各家的看法，他强调诗人在审美感兴中以言起意，"言在而意无
穷"，其实就是提倡含蓄。王夫之注重《诗经》以来兴、比寓托的风
雅传统，推崇即景会心的审美感兴，这使得含蓄在他的诗学理论体系
中占有非常重要的地位。

　　王夫之从体裁的角度对诗的含蓄的审美特征加以规定，他评蒋山
卿《北狩猎旋歌》：

　　　　且道是赏是罚，诗待解人字外求之，不如上书著论，可直言
　　无讳耳。风雅谟训，各自有体，不然圣人不须六经。（《明诗评
　　选》卷八）

诗中褒贬，深意含藏，婉转曲达，为诗的文体特征所规定，如果直白
表述，即"直言无讳"，则变成奏议、谟训一类的实用文字，而在体
式上与诗格格不入。诗待解人"字外求之"，这是对创作、鉴赏和批
评提出的共同要求，这一要求的基本点就是"含蓄"。因而，含蓄是
体现诗的本质的重要特征之一。很多中外学者虽然认为含蓄是中国文
学乃至人生的重要言说方式之一，但大多承认含蓄于诗尤为重要。所
以，王夫之对诗的含蓄特征的界定，具有超越时代局限的普遍性
意义。

　　古人对含蓄的把握，大多着眼于言意关系。简单地说，含蓄是指
诗歌意在言外的审美特征。这一特征自《诗经》起就体现在创作中，
自《文心雕龙》起就体现在理论中。刘勰说，"隐也者，文外之重旨
者也"，"隐之为体，义生文外，秘响旁通"，"深文隐蔚，馀味曲包"
（《文心雕龙·隐秀》）。南宋张戒《岁寒堂诗话》引用刘勰的话："情
在词外曰隐，状溢目前曰秀。"含蓄的隐与生动的秀在佳作中相辅相
成，兼长并美，构成有机整体。刘勰自觉地意识到这一点，他说"或
有晦塞为深，虽奥非隐，雕削取巧，虽美非秀矣"，真正的隐秀是
"自然会妙"的产物。欧阳修《六一诗话》引梅尧臣的话：

　　　　状难写之景，如在目前；含不尽之意，见于言外，然后为
　　至矣。

这段名言所表达的观点比较简明，与刘勰的隐秀论对照起来看，几乎
是一个意思。所以，我们可以将其视为"隐秀"的注释。隐即"含
不尽之意，见于言外"，秀即"状难写之景，如在目前"。有当代学
者说，刘勰使用"隐"的概念，从效果的角度触及文学表达之暗示性
的要求，遗憾的是因《隐秀》文本残缺，我们已无法知道他的具体见
解如何。我以为，仅从现存的《隐秀》残篇看，刘勰就已较明确地奠

定了含蓄的基本理论，只不过他未曾使用"含蓄"这个词而已。刘勰说"隐以复意为工"，复意是指文章表层的字面之意和深层的言外之意，他注重"隐"的"义生文外，秘响旁通"的审美特性，把隐与晦涩之奥、秀与雕琢之巧区分开来，推崇自然，认为隐秀是"才情之嘉会"的体现。中国诗学中的隐与显这对范畴大致是由"隐秀"派生出来的。刘勰也不止一次地把隐与显当作一对概念来使用。"隐秀"虽未成为人们常用的核心范畴，如在王国维《人间词话》中这个词只出现两次，但其所包含的思想观念却在很多方面影响了以后的诗学。王夫之对汉代《古诗》（"橘柚垂花实"）作出高度评价："一行入比，反复倾倒，文外隐而文内自显，可抒独思，可授众感。"（《古诗评选》卷四）这里的隐即义生文外或意余于言，显即审美意象的鲜明生动（"秀"）。

"含蓄"一词较早见于唐代的诗学论著。中唐皎然《诗式》卷一"辨体有一十九字"释思字："气多含蓄曰思。"晚唐司空图《二十四诗品》把"含蓄"列为一品，指出其"不着一字，尽得风流"的审美特征。"含蓄"作为范畴得以确立并理论化是在宋代。张表臣说"篇章以含蓄天成为上"（《珊瑚钩诗话》）。姜夔说，"语贵含蓄"（《白石道人诗说》）。经过包恢、张戒、杨万里等人的大力提倡，含蓄蕴藉说在南宋成为一种潮流，包恢《敝帚稿略》说："诗有表里浅深。……若其意味风韵，含蓄蕴藉，隐然潜寓于里，而其表淡然若无外饰者，深也。"这已把含蓄与意味、风韵、冲淡、自然等诗学问题有机地联系起来，作通盘考虑。至此，含蓄已被视为诗歌最重要的审美特征之一。① 后来，杨载、范德机、谢榛、陆时雍、王士禛、袁枚等人也推崇含蓄，使之有通则、常识一般的普及面，含蓄与平淡、从容、自然等趣尚一道，在很大程度上体现出中国诗学的审美标准和理想。

杨慎、陆时雍等人的含蓄论，大概直接影响了王夫之。从他们对杜甫诗歌的评论中就可以看出这一点。杨慎说："杜诗之含蓄蕴藉者，

---

① 有学者认为，"含蓄"被视为中国古典诗歌的主要审美特征是在 20 世纪初。这种看法缺少说服力。

盖亦多矣，宋人不能学之。至于直陈时事，类于讪讦，乃其下乘末脚，而宋人拾以为己宝，又撰出'诗史'二字以误后人。"（《升庵诗话》卷十一）陆时雍说："少陵七言律，蕴藉最深。有余地，有余情。情中有景，景外含情。一咏三讽，味之不尽。"（《诗镜总论》）王夫之对杜甫其人其诗及宋人"诗史"之说多有贬抑，对中国诗的情景交融的艺术特征非常推崇，这可从杨慎和陆时雍那里找到渊源，在含蓄蕴藉问题上亦如此。王夫之认为，情语能以转折为含蓄者，惟杜甫居胜。他对杜甫的七言律评价较高，例如：

> 二首已放，而放者必有所留，书家之藏锋法以此。（《唐诗评选》卷四杜甫《十二月一日三首选二》评语）

> 宽于用意，则尺幅万里矣！谁能吟此而不悲？故曰："可以怨"。（《唐诗评选》卷四杜甫《九日蓝田宴崔氏庄》评语）

> 境语蕴藉，波势平远。（《唐诗评选》卷四杜甫《野老》评语）

王夫之也曾以"得藏锋之妙"，"藏锋不露"，"藏锋毫端，咫尺万里"等词语品评其他诗人的诗，这就是笔端有留势、收势，喻指诗人运笔敛纵得当、收放自如，[①] 用意含藏不露。"尺幅万里"出自画论用语。[②] 杜甫诗云："尤工远势古莫比，咫尺应须论万里。"（《戏题王宰画山水图歌》）王夫之常用"藏万里于尺幅"，"尺幅之中，春波万里"，"短章有万里之势"等词语评诗。他说：

> 论画者曰："咫尺有万里之势。"一"势"字宜着眼。若不论势，则缩万里于咫尺，直是《广舆记》前一天下图耳。（《姜斋诗话·夕堂永日绪论内编》）

---

① 参见蓝华增《古典抒情诗的美学——王夫之"情景"说述评》，载《古代文学理论研究》第 10 辑，上海古籍出版社 1985 年版，第 162 页。

② 《南史·齐竟陵文宣王子良传》云："（萧）贲，字文奂……好学有文才，能书善画，于扇上画山水，咫尺之内，便觉万里为遥。"

　　把定一题、一人、一事、一物，于其上求形模，求比似，求
　　词采，求故实，如钝斧子劈栎柞，皮屑纷霏，何尝动得一丝纹
　　理？以意为主，势次之。势者，意中之神理也。惟谢康乐为能取
　　势，宛转屈伸，以求尽其意；意已尽则止，殆无剩语：夭矫连
　　蜷，烟云缭绕，乃真龙，非画龙也。（同上）

"势"，在王夫之那里关涉含蓄等一系列诗学问题，令人难以回避，也
难以把握和阐释。① 论者对"势"及"神理"常有误解，造成简单化
或复杂化的偏颇。"势"，在通首浑成的诗歌佳作中由内而外呈现出
来，大概是指气力充沛、脉络流畅、内敛外荡的艺术能量或魅力，是
指意伏象外、神韵奔涌、曲折回环的审美张力，是指"无字处皆其
意"的虚实相生、深远广大的情感氛围、心理场或艺术空间。简言
之，"势"是指诗境中居约致弘、欲纵故敛、言近旨远的审美张力和
艺术空间。在即景会心的审美感兴中，诗人兴起意生，景中有心物交
感，意中有情景触合，"势"是意中即景达情的神理，主要是通过以
形写神而生成。"取势"，大概是指诗人本着从心目相取处得景得句、
以写景的心理言情、长言咏叹以写缠绵悱恻之情的意图，匠心独运，
取神似于心与物、情与景、言与意的离合之间，达到景显意微、字外
含远神的艺术境界。这样，"咫尺有万里之势"的诗富于韵外之致，
可谓"境语蕴藉"，以含蓄蕴藉为主要的审美特征。

　　书家之藏锋法"放者必有所留"也就是笔端有留势、收势、忍
势。王夫之提出"忍"的概念：

　　愈缓愈迫，笔妙之至。惟有一法曰忍。忍字固不如忍篇。
　　（《古诗评选》卷一曹操《碣石篇》评语）

　　文笔之差，系于忍力也。如是不忍则不力，不力亦莫能忍
　　也。（《古诗评选》卷一杂曲《羽林郎》评语）

---

① 参见周裕锴《宋代诗学通论》，巴蜀书社 1997 年版，第 427—432 页。

微作两折，而立论平善，使气纯澹，既放而复不远，心神之间有忍力，要以成乎作者。《十九首》固有此体制矣。（《古诗评选》卷四左思《招隐诗》评语）

在王夫之看来，文章本静业，不应着力太急，"着力急者心气粗，则一发不禁，其落笔必重，皆嚣陵竞乱之徵也"（《姜斋诗话·夕堂永日绪论外编》）；诗人抒发感情，既不能倾囊而出，"如决池水，旋踵而涸"，也不能拖带景物，似"萎花败叶，随流而漾"。忍是关键，"如射者引弓极满，或即发矢，或迟审久之：能忍不能忍，其力之大小可知已"（《姜斋诗话·夕堂永日绪论内编》）。王夫之称赞鲍照《和王义兴七夕》："役心极矣，而绝不泛澜。引满之余，大有忍力。"（《古诗评选》卷五）忍，就是诗人写景言情不直露、不促迫、不放纵，就是寓意于言、寄情于景以防止因情感一泄无余而使作品缺乏意味和感染力，就是"笔欲放而仍留，思不奢而自富"。忍力，与取势大体上是一致的。"心神之间有忍力"，使作品有蓄势待发之态。

王夫之提出"居约致弘"的命题，认为知此者乃可与言诗。约即简约，体现在诗的字句、篇章和立意等方面。王夫之认为简字不如简意，意简则弘，"势远则意不得杂"，乐府歌行算是长句长篇，"虽波兴峰立，而尤以纯俭为宗"，这与短歌微吟并无二致。弘即广大，主要是指作品意在言外的艺术空间，这有待于作者构想广远，对读者来说也能导天下以广心。王夫之评元结《去乡悲》："虽已毕达所言，而含者自弘。次山诗惟此不愧《风》《雅》。"（《唐诗评选》卷二）"居约致弘"与含蓄蕴藉可谓互为因果。这种观念体现在王夫之的很多评语中，如"言若已尽，而意正未发"，"全不人意，字字是意"，"似全无情，正尔含意"，"拓小以大，居多以少"等。

王夫之的含蓄论关系到诗学的方方面面，这里仅举两点作补充说明。一是王夫之注重从艺术审美的角度看待含蓄。有学者说，宋人尚含蓄的诗观大致基于政治上的需求、道德上的制约和心理上的自律。[1]

---

① 参见周裕锴《宋代诗学通论》，巴蜀书社 1997 年版，第 427—432 页。

在别的朝代也有类似情形。如此看来，艺术审美自身发展的需求在某种程度上被遮蔽了。而王夫之对艺术审美的推崇则到了无以复加的程度，他评阮籍《咏怀》"缓引夷犹，直至篇终乃令意见，故以导人听而警之不烦"（《古诗评选》卷四）；评陈子龙《江南曲》"转折不形，魂神自动，结句蕴藉，一字百意"（《明诗评选》卷一）。这两段评语体现出他对诗的含蓄音乐性和艺术感染力的高度重视。二是王夫之注重从读者各以其情而自得的角度看待含蓄。他评鲍照《代东武吟》："中间许多情事，平叙初终，一如白乐天歌行然者。……而言者之平生，闻者之感触，无穷无方，皆所含蓄。"（《古诗评选》卷一）他评杨维桢《杨柳词》①；"尽含蓄，尽光辉，诗中元有此广大昌明之气，开荡天下人心目。"（《明诗评选》卷七）真正含蓄的诗给读者的艺术欣赏留下了广阔的余地，使读者的审美感受无穷无方，如"春色易相撩"，为何相撩？怎么相撩？撩动什么？作者含蓄而不说破，读者有自由联想的艺术空间。而"开荡天下人心目"，则不仅是诗的宗旨，而且应是各类文艺作品最高的艺术效果。

八　悲壮

王夫之以悲论诗达数十次，也常运用哀、愁、凄、怨、惨、怆、恻、悲凉、悲愤、悲思、悲情、伤悲等与悲含义相同或相近的概念。这些概念所表示的悲的各种情形可以统称为"悲情"，属于诗"可以怨"的领域。悲情，是《诗经》以来中国诗最重要的表现对象之一。不平则鸣、悲愤出诗人、愁思之声要妙（愁苦之言易好），是中国诗学中最有影响和共识的观念之一。与前人相比，王夫之对悲情的重视可谓有过之而无不及。他以极为通达的态度看待悲情，注重诗中悲情的丰富性、无限性和感染力。他评斛律金《敕勒歌》"寓目吟成，不知悲凉之何以生"；评王萧综《悲落叶》"悲无与拟，有真悲者"；评汪广洋《岭南杂咏》"无限崖门之悲，一字不涉，此公自英雄，那得有栈豆之恋"。又如：

"汉月"句悲甚，尤不如"不知何处天边"之惨也。泪尽，

————————————————————

① 杨维桢《杨柳词》云：杨柳董家桥，鹅黄几万条。行人莫到此，春色易相撩。

血尽，惟有荒荒泯泯之魂，随晓风残月而已。六代文士有心有血
者，惟子山而已。以入乐府，傅之管弦，安得不留万年之恨？
（《古诗评选》卷一庾信《怨歌行》①评语）

　　怆时托赋，哀寄不言，既富诗情，亦有英雄之泪。（《唐诗评
选》卷四李商隐《一片》评语）

庾信（子山）晚岁经历变故，诗作一改前期绮艳轻靡的风格，多乡关
之思、危苦之辞，苍劲悲凉。王夫之称赞庾信"有心有血"、"性正
情深"，认为其诗若"傅之管弦"、"发为长歌"，则"雅称至极"。评
价如此之高，主要是出于诗中悲情的缘故。在王夫之看来，抒发悲
情，是诗教的应有之义：

　　盖诗自有教，或温或惨，总不可以赤颊热耳争也。（《古诗评
选》卷二）

　　长言咏叹，以写缠绵悱恻之情，诗本教也。（《姜斋诗话·夕
堂永日绪论内编》）

《论语·述而》曰："不愤不启，不悱不发。"悱，是指欲言而又难
言。鲍照《拟行路难》诗中有一句，"中心恻怆不能言。"恻是指悲
痛、忧伤。王夫之评鲍照的这首诗："熟六代时事，即知此所愁所思
者何也。……恻怆而不能言，其志亦哀也。"（《古诗评选》卷一）缠
绵悱恻之情，就是剪不断、理还乱的难以言传的惆怅悲怆之情。生活
中的悲情作为自然情感通常缺乏可供欣赏的审美价值。王夫之强调以
艺术的方式把悲情转化为审美情感，也就是注重诗人在含蓄蕴藉中达
成"英雄之泪"与诗情、乐感的有机统一。他反对以吞吞吐吐、大喊
大叫或哭哭啼啼的方式写悲，不是为了掩饰、回避或淡化什么，而主

---

　　① 庾信《怨歌行》：家住金陵县前，嫁得长安少年。回头望乡泪落，不知何处天边。胡尘
几时应尽？汉月何时更圆？为君能歌此曲，不觉心随断弦。

要是出于艺术效果方面的考虑，即诗人赋予悲情以审美的艺术形式恰恰使悲情无限（动人兴观群怨）。

王夫之的诗教观虽本于儒家传统，却在很大程度上美学化了，也就是具有更深广、开明的美学、心理学内涵，具有丰富的现代意味。在悲情的艺术化这点上，黑格尔和苏珊·朗格的看法与王夫之不谋而合。黑格尔认为，啼哭在理想的艺术里不应该是毫无节制的哀号，把痛苦和欢乐满肚子叫喊出来，也并不是音乐。① 苏珊·朗格也明确指出，发泄情感的规律是其自身的规律而不是艺术的规律，纯粹的自我表现不需要艺术形式，号啕大哭的儿童恐怕比一个音乐家表现出更多的个人情感，可谁又会为了听这样的哭声去参加音乐会呢？② 这正如王夫之所说，真正的诗人以其"悲腕"（寄托悲情的艺术手腕）能下石人之泪，但其佳作"雄不以色，悲不以泪，乃可谓之悲壮雄浑"（《明诗评选》卷六）。悲不以泪，并非政治、道德上的用意（尽管诗人通常不能与此无涉），而是艺术的、审美心理学方面的匠心。

在明清时期，各种诗学范畴比以往更丰富，与其说是系统化，不如说呈现出多样化。同一范畴通常具有不同的言说方式，也与其他范畴灵活地组成复合范畴，其含义因语境或评论对象的不同而具有比以往更微妙的模糊性和针对性。比如"壮"，既与表示阳刚之美的范畴如雄浑、豪放等相吻合，又与刚柔皆宜的"中性"范畴如清、丽等相融洽，甚至在刚柔相济的文风中也呈现出"百炼钢化为绕指柔"的形态。王夫之把"壮"与"夯"区别开来，他说精神满腹者原非夯也，"壮者如骏马，才碾地即过；夯者如笨水牯，四蹄入泥一尺"（《明诗评选》卷六）。由此可以引申一下，"壮"与激昂、慷慨、洒脱、爽快、跃动相近，而非拖沓、繁缛、沉闷、呆板、粗豪。他在评诗时所赞赏的神骏、骀宕深骏、沉郁骏发基本上都是"壮"的代名词。他推崇激昂，说"古今之间，另立一体，全以激昂风韵，自致胜地"（《古诗评选》卷五）。他赞赏"寄慨深"、"寄慨特远"的作品，评简文帝《被幽述志诗》"当此殊哀，音节不乱，沉郁慷慨，动人千年

———————————

① 参见黑格尔《美学》第3卷上册，商务印书馆1979年版，第346页。
② 参见苏珊·朗格《情感与形式》，中国社会科学出版社1986年版，第9页。

之下。'风雨如晦，鸡鸣不已'，自道不诬矣"（《古诗评选》卷六）。他所说的气势、气骨、风骨、风力、清劲、清直在不同程度上也有"壮"的意思。他在品评"忼壮"、悲慨的作品时贬抑似壮非壮的"霸心"、"霸气"、"陵嚣之气"和"喉间垩气"等。

早在魏晋南北朝时，"壮"就已成为重要的文论范畴，也许是因其劲健、强盛、雄伟或气力充沛的基本含义比较容易把握，人们对它所作的理论阐释并不多。王夫之大致是在约定俗成的意义上沿用这一范畴的。陆机《文赋》把箴的文体特征界定为"顿挫而清壮"。《文选》李善注《文赋》曰："箴以讥讽得失，故顿挫清壮。"钟嵘《诗品》说刘琨"仗清刚之气"，"善为悽戾之词，自有清拔之气"。清刚、清拔与清壮意思相近。王夫之评陶安《郡寓偶成》："清壮。壮以清，故佳。后来七子辈不浊不能壮也。"（《明诗评选》卷五）他们的说法大都源出于曹丕的《典论·论文》："文以气为主，气之清浊有体，不可力强而致。"另外，王夫之评高启《莫春送陈郎中出守檇李》："有壮有密，皆成逸韵。"（同上）这可能直接受到曹丕所说的"刘桢壮而不密"的启发。

刘勰《文心雕龙·体性》把"壮丽"列为文章八体之一，认为"壮丽者，高论宏裁，卓烁异采者也"。柳宗元曾为堂弟宗直《西汉文类》四十卷作序，称"文之近古，而尤壮丽，莫若汉之西京……殷周之前，其文简而野，魏晋以降，则荡而靡，得其中者汉氏"。方回在《桐江集》中谈论唐诗风格时说："大历十才子以前，诗格壮丽悲感。"王夫之也比较重视壮丽，他评杜甫《重经昭陵》："壮丽生色。壮丽不生色，则官舍门神，聊堪骇鬼耳。"（《唐诗评选》卷三）他常用雄丽、弘丽、沉丽、沉雄整丽等与壮丽相近的词语评诗，认为诗家所推奉为"大家"者不外乎雄、浑、整、丽四个要素，他评梁有誉《秋日谒陵眺望》："就地曲写，韵外得韵，亦复沉雄整丽，正不知有万里中原，天高日丽，银汉仙宫也。"（《明诗评选》卷六）有学者说：船山论诗，重视性灵神韵，对雄浑奇伟，厚重沉健的作品，意存歧视。① 这种看法不够确切。

———————————

① 参见钱仲联《王船山诗论后案》，《文艺理论研究》1980 年第 1 期。

在哲学上，王夫之坚持阴阳二气"合两端于一体"的观念，认为阴中有阳、阳中有阴、独阴不成、孤阳不生。相应地，他在诗学方面注重阳刚之美与阴柔之美的有机统一。所以，他从不单向度地看待"壮"，他以壮评诗的次数不如运用清、平、风、丽等词语那么多。他说安顿清圆方可许之雄丽，诗人应于闲远涓细处说出广大弘丽，他赞赏杨维桢《冶春口号》"回波处力欲扛鼎，故一切皆柔"（《明诗评选》卷八）。柔中有扛鼎之力，这与他所推崇的咫尺有万里之势并无二致，可谓柔中有刚或外柔内刚。有学者说船山所推崇的是以谢灵运等人为代表的那种清雅、蕴藉、淡远的诗美，[①] 这话很有见地。我在此补充一下，王夫之的谢诗评语有"屹然遂止，神武不杀"；"藏锋锷于光影之中"；"广远而微至"；"无广目细心者，但赏其幽艳而已"，等等。从这些评语看，王夫之未把谢诗视为优美之作，他对优美和壮美也没有非此即彼的偏爱（尽管他注重委婉温柔的艺术表现方式）。他不执一端，推崇各种对立因素的融会贯通。有学者对船山诗学的艺术辩证法把握得较准确，但却得出结论说：船山片面强调矛盾的统一、平衡、和谐，必然在美学观点上肯定优美之美，否定崇高之美，必然在诗论中提出许多偏见。[②] 我以为，这个结论是片面的。

悲壮，是由悲与壮组成的复合范畴。其内涵时而偏于悲，时而偏于壮，在具体的语境中随所用而别。壮是指作品文辞气力上见出的清刚、劲健、宏大等方面的品格特征。王夫之以"悲壮"评诗不下十次，次数不多，但若加上与"悲壮"相近的概念如悲愤、悲慨、悲健、悲凉等就较为可观了。他所常用的相关词语有开爽悲健、沉爽悲凉、悲凉生动、悲凉有体、远大悲凉、沉郁慷慨、悲思无限、雄风怨调等。由"悲"所组成的范畴系列在内涵上一般偏重于悲，其间的差异较微妙，与悲壮最为切近的是悲慨和悲健。我们可以从以下三个方面看出王夫之对悲壮的重视。其一，王夫之推崇乐府诗，他在赞赏宋之问一首五言乐府的神骏品格时说："乐府之作，既被管弦；歌行之流，必资唱叹。管弦唱叹之余，而以悲愉于天下，是声音之动杂，而

① 参见陶水平《船山诗学研究》，中国社会科学出版社 2001 年版，第 363 页。

② 参见谭承耕《船山诗论的艺术辩证法》，《湖南师范大学学报》1985 年第 2 期。

文言之用微矣。"(《唐诗评选》卷一）这种赞赏，不仅出于对诗的音乐性的重视，而且与诗的风格有很大的关系。王夫之说："乐府之长，大端有二：一则悲壮奰发，一则旖旎柔入。"（《古诗评选》卷一）奰，读必音，是会意字，从"大"，从三"目"，表示身体壮大，引申义为壮大。作为最富于阳刚之美的风格类型之一，悲壮之情在艺术表现方式上却又不像池水决堤那样一泄无余。例如：

> 不言所悲，而充塞八极，无非愁者。孟德于乐府，殆欲踞第一位，惟此不易步耳。不知者但谓之霸心。（《古诗评选》卷一曹操《碣石篇》评语）

> 真情老景，雄风怨调，只此不愧汉人乐府。（《唐诗评选》卷一王维《榆林郡歌》评语）

《碣石篇》作为四言诗，共 16 句，前 14 句都在写景，末尾以"幸甚至哉，歌以咏志"作结，无一字言愁，所写之景也并不都是哀景，真可谓不知悲凉之何以生。《榆林郡歌》① 诗中有"伤"、"愁"字样，主体情怀较明显，景物也不新，但着意处皆以兴比写生，"愁逢汉使不相识"一句，在冥冥中穿越朝代之隔，使悲壮之情尤为寥廓。总之，悲壮、含蓄和音乐性是乐府诗最显著的特征，这都符合王夫之的审美趣尚。

其二，王夫之在 26 岁时正赶上明朝政权被推翻（1644 年），此后他曾致力于反清复明，即便在避祸于山中时他也关注时局，直到南明永历政权彻底覆灭（1662 年），他在心理上才真正成为明朝遗民。他在晚年习于远害尊生、观化颐生之道，却仍难以排遣故国之思、悲愤之情。他在评选明诗时对悲壮风格比较敏感，尽管那些诗与明清易代不一定有什么关联。此可谓作者无意，读者有心。他评刘基《战城南》"翔折悲壮"（《明诗评选》卷一）；评袁凯《独漉篇》"破格而

---

① 王维《榆林郡歌》：山头松柏林，山下泉声伤客心。千里万里春草色，黄河东流流不息。黄龙戍上游侠儿，愁逢汉使不相识。

不破体，寸幅蝉蜿，微言悲壮"（同上）；评孙炎《龙湾城》①"远大悲凉"（《明诗评选》卷二）；评杨维桢《咏白塔》"檃括入度矣，而悲壮之气，犹如汗血生驹初受衔勒"（《明诗评选》卷六）；评高启《送梅侯赴钱塘》"以颔联言之，用事如拣沙得宝，那得不增其悲壮"（同上）；评徐渭《龛山凯歌》"才是雄浑，才是悲壮，七才子优装关羽耳"（《明诗评选》卷八）。

不必再罗列类似评语了，看得出来，王夫之轻易不以悲壮许人，他把悲壮视为寻常诗人难以达到的一种风格或境界，认为悲壮不是"板障雄壮语"，不是"孤劲"之法和"孤悍之力"的产物。在《明诗评选》之外，他很少使用"悲壮"一词。他在《黄书》、《噩梦》、《搔首问》等著作中以博通古今的眼光谈论社会政治、民族文化等方面的问题，而在诗评选著作中则以诗解诗，紧扣诗的审美特性，不把诗与其他社会问题混淆起来。按照他的逻辑，抒情诗不能直接描绘具体的社会事件，社会事件影响人的性情，诗以道性情，性情是承先启后的中介。总之，王夫之对悲壮风格的推崇，与他的遗民情结有一定的关联，这种关联是深切的、潜在的。

其三，王夫之在晚年自题的墓铭中有一句"抱刘越石之孤愤而命无从致"。刘琨（271—318），字越石，汉中山靖王刘胜之后，少好庄老，尚清谈，后值逆乱，家国残破，于晋室南渡后多次上书北伐，抗击异族入侵，志在恢复中原，曾作为大将军都督北方并、冀、幽三州军事，后战败并遇害。在为重振晋室而出生入死的戎马生涯中，刘琨屡遭挫折而性情忠贞，意气悲慨，故为后世所敬重，以"闻鸡起舞"、"枕戈待旦"等事迹千古流芳。《晋书》本传载其语，"吾枕戈待旦，志枭逆虏……"刘琨英雄失路，孤危困顿，发为歌咏，多风云之气，悽戾清拔，悲壮苍凉，始终为人所推崇。刘勰《文心雕龙·才略》说刘琨"雅壮而多风"。元好问《论诗绝句》云："曹刘坐啸虎生风，四海无人角两雄。可惜并州刘越石，不教横槊建安中。"明张溥《汉魏六朝百三家集题辞》有言："晋元渡江，无心北伐，越石再

───────────────────────

① 孙炎《龙湾城》：龙湾城，壮如铁。城下是长江，城头有明月。月色照人心不移，江水长流无尽时。

三上表，辞虽劝进，义切复仇，读者苟有胸腹，能无慷慨？……想其
当日执槊依盾，笔不得止，劲气直辞，回薄霄汉。推此志也，屈平沉
湘，荆卿易水，其同声邪？”刘熙载《艺概·诗概》说：诗有壮而不
悲或悲而不壮者，“兼悲壮者，其惟刘越石乎”。深怀忠君爱国之心而
无恢复故国河山之力的王夫之与刘琨同有悲愤之情、光昭之志，因而
引为同调。王夫之对刘琨的推崇，在程度上不亚于对屈原和庾信。这
几个人的境遇、人格和诗风大体相似，都以忠贞、悲壮为主要特征。

　　有资料说刘琨的诗现仅存《扶风歌》、《答卢谌》、《重赠卢谌》
三首。王夫之所评选的除《扶风歌》、《答卢谌》外，还有五言近体
《胡姬年十五》一首。王夫之侧重从艺术的角度评价刘诗，他说杜甫
从《扶风歌》中取资一二，“以为《出塞》、《三别》，遂得神明生
动”（《古诗评选》卷一）。《答卢谌》为四言诗，共 8 章，每章 12
句，王夫之评“天地无心，万物同途”一章：

　　　　无限伤心刺目，顾以说理语衍之，乃使古今怀抱，同入英雄
　　泪底。（《古诗评选》卷二）

情直致则难动人，“以说理语衍之”，使作品不仅意寓言中，而且通情
达理，在愤慨、悲壮的同时又有欲说还休的分寸感。因其沉爽中有含
蓄，才给读者以想象和感受的广远空间，从而使古今有心人，与英雄
共哀乐。

　　对悲壮一词，王夫之没作多少理论阐释。这与悲壮早已成为约定
俗成的通用范畴有关。钟嵘《诗品》评曹操：“曹公古直，甚有悲凉
之句。”司空图《二十四诗品》把“悲慨”列为一品：“大风卷水，
林木为摧。意苦若死，招憩不来。百岁如流，富贵冷灰。大道日丧，
若为雄才。壮士拂剑，浩然弥哀。萧萧落叶，漏雨苍苔。”按照这种
描述，悲慨与悲壮和悲凉之间，实在难有明确的界限。严羽《沧浪诗
话》把悲壮列为诗的九种品格之一，陶明濬《诗说杂记》就此解释
道：何谓悲壮？笳拍铙歌，酣畅猛起者是也。笳是管乐器，铙是打击
乐器，通常为军用。由此可以想见汉代边塞羁旅的处境。杨载《诗法
家数》把悲壮列为诗的六体之一。大致说来，悲壮的范畴地位在宋代

得以奠定，在明清时期的风格论范畴系列中与平淡、自然、雄浑、沉郁等范畴一样，具有核心意义。

王夫之关于悲壮的看法，主要体现在悲壮的艺术表现方式上。这与他总体上的诗学原则是一致的。对此，我们从以下几个方面加以简要说明。一是寓悲于景。王夫之评乔宇《秋风亭下泛舟》："景语中具可传情，不待结句，始知悲壮。"（《明诗评选》卷六）这符合景中藏情或以写景的心理言情的原则。二是在唱叹中寄悲于文句之外。王夫之说江淹《学魏文帝》末二语（少年歌且止，歌声断客子）不尽悲词，其悲彻骨。他评曹丕《黎阳作》：

> 只用《毛诗》"雨雪载途"一句，纵衡成文，伤悲之心，慰劳之旨，皆寄文句之外，一以音响写之。（《古诗评选》卷二）

这段评语强调意在言外的含蓄性和长言咏叹的音乐性。又如他评汉铙歌曲《战城南》：

> 铙歌杂鼓吹，谱字多不可读，唯此首略可通解。所咏虽悲壮，而声情缭绕，自不如吴均一派装长髯大面腔也。丈夫虽死，亦闲闲尔，何至槚面张拳？（《古诗评选》卷一）

王夫之秉承中国诗学入兴贵闲、外柔内刚的观念，一向反对做作、粗豪、直露、虚浮的诗风。他所说的"声情缭绕"大致是指意在言外的含蓄性与长言咏叹的音乐性兼长并美的艺术效果。三是悲壮之情在诗中应以不伤雅度为准。王夫之说："悲者形必静，哀者声必约。"（《古诗评选》卷一）他评刘基《感春》：

> 悲而不伤，雅人之悲故尔。古人胜人，定在此许，终不如杜子美愁贫怕死，双眉作层峦色像。（《明诗评选》卷四）

"悲而不伤"的看法有风雅传统和儒家诗教的依据，也符合现代医学和心理学的情感适度原则。"悲者形必静"，使我联想起18世纪德国的文克尔曼在谈论雕刻和绘画时所说的话：无论是就姿势还是就表情来说，希腊艺术杰作的一般优点在于高贵的单纯和静穆的伟大；希腊人的艺术形象表现出一个伟大的沉静的灵魂，尽管这灵魂是处在激烈情感里面；正如海面上尽管是惊涛骇浪，而海底的水还是寂静的一样。① 《庄子·渔父》有言："真悲无声而哀，真怒未发而威，真亲未笑而和。"受庄子影响，王夫之提出"悲者形必静，哀者声必约"的诗学命题，倡导真者不伪、精者不杂、诚者不矫的自然情性，体现出以静致动、居约致弘的艺术辩证法思想。王夫之也曾提出"色愉神悲，悲乃以至"的命题，表明他深知生活与艺术中悲愉、哀乐相反相成的心理特征，他比前人更注重对比、反衬的艺术效应。此外，诗人在抒发悲情时应重用兴比并以自然为鹄，如王夫之评韩愈《答张十功曹》"寄悲正在比兴处"，评杜甫《秦州杂诗》"雕琢入化，而一气顺妙，悲凉生动，无出其右"。这类话题前面已有所论及，这里不再赘述。

九　性情

性情，是中国古代哲学、诗学的核心范畴之一。情指人情，"何谓人情？喜、怒、哀、惧、爱、恶、欲，七者弗学而能"（《礼记·礼运》）。人们通常以喜怒哀乐代指七情或情的各种因素。《礼记·乐记》有言："夫民有血气心知之性，而无哀乐喜怒之常，应感起物而动，然后心术形焉。"这里所说的"哀乐喜怒"，就是代指情的丰富无常的样态。"血气心知之性"可以简称为血性或心性。心术正，有赖于性情正。王夫之常以血性真情、性正情深等词语评诗，注重诗人及其作品善、真、美兼收并蓄的特质。血性，主要是指道德方面的个性气质。《礼记·乐记》说，"德者，性之端也"，诗、乐、舞三者本于心，乐器从之，因此"情深而文明，气盛而化神"。王夫之著有《礼记章句》，从《礼记》中受到不少启发。

历代思想家从人的天性或本性的角度谈论性，见解不一，有把性视为生而具有、不学而能的本能欲望的，有把性视为人之异于禽兽的

———————————

① 参见朱光潜《西方美学史》，人民文学出版社 2002 年版，第 295 页。

仁义道德和理性活动的，也有把性视为人得以成圣、成佛的根据的。从先秦到明清时期，对人性的看法始终没有达成一致，这使得学界乃至诗坛在一系列相关问题上处于思想含混的状态。在以批判、继承的眼光看待各家学说的基础上，王夫之提出了富于独到见解的性情论。综合他在《四书笺解》、《读四书大全说》、《尚书引义》等著作中的相关论述，可以说，他在哲学方面的性情论有以下几个要点。

其一，人之所以异于禽兽者，其本在性。在他看来，告子以"食色"为性者，不知食色乃天之所以长育万物之生气，故可谓之命，而不可谓之性，以其非天所以立人之生理也，"食色"而得其正者，固仁义也；固有之生理存于中者谓之"性"，喜怒哀乐发端以生好恶之用者谓之"情"；情亦自然必有，以达吾性之用者；情不必善但可以为善，使情为善者性也。简言之，人性与兽性的差别不在于食色等方面的生理欲望，而在于人特有的性与情，情有善恶，性可使情为善，"食色"之合乎仁义者堪称"性"中应有之义。

其二，仁义礼智为性之四德，性是彻始彻终与生俱有者，不落到情上便没有性，性感于物而动，则缘于情而为四端，虽缘于情，其实止是性；性之"四端"为恻隐、羞恶、恭敬、是非之心。以上两个要点表明王夫之直接受到孟子的影响。

其三，"本心"是指人到生死之际尚然不昧，行人乞人皆能有之，是指"天性不昧之良"的"仁义之本心"，"仁义之心，方是良心"。本心、良心、赤子之心大体上是一个意思。"元声"出自本心。王夫之推崇本心，认为本心是诗人不可或缺的。

其四，情在人之初始于甘食悦色，到后来蕃变流转，则有喜怒哀乐爱恶欲之种种者，性自行于情中，而非性之生情，亦非性之感物而动则化而为情也，性通过情显现出来，"性一于善，而情可以为善，可以为不善也"（《读四书大全说》卷十）。

其五，性为道心，情为人心，心统性情，天下人若只识得个情，不识得性，则难免虚妄；道心与人心互藏其宅，交发其用。这种看法源出于张载。

其六，性与生俱，而心由性发，"性日生，命日受"（《读四书大全说》卷九）。也就是说，"夫性者生理也，日生则日成也"（《尚书引义》卷三）。"生理"即与生俱有之理。王夫之充分注意到人性的先天与后天、普遍与特殊的辩证关系，他说，现前万殊，根原一本，亦自不容笼统，一人有一人之性也。

其七，王夫之认为"货色之好，性之情也"（《诗广传》卷三），他从《周易》所说的"天地之大德曰生"、"何以聚人曰财"中找到了"仁义之府"的根据，指出人的货色之好"与生俱兴，则与天地俱始矣"。以上列举的几个要点虽不能代表王夫之的性情论的整体，却能使我们大体把握王夫之诗学性情论的哲学基础。

性情，通常与情性同义，最早由《毛诗序》引入诗学理论。刘勰说："气以实志，志以定言，吐呐英华，莫非情性。是以贾生俊发，故文洁而体清；长卿傲诞，故理侈而辞溢……"（《文心雕龙·体性》）钟嵘说："序曰：气之动物，物之感人，故摇荡性情，形诸舞咏。"（《诗品序》）在刘勰等人那里，吟咏情性，已被视为文学创作的别名。与班固和曹丕一样，他们都是从气的角度把握人的性情的。王夫之亦如此，他借鉴张载的观点，认为"言心言性，言天言理，俱必在气上说，若无气处则俱无也"（《读四书大全说》卷十）。

宋代流行"以意为主"的诗学观念，"意"是就命意、达意、文意而言的，主要是指作者所要抒发的、寓于文本中的思想感情，涉及言、意、象的关系问题，与"理"相标举，在创作与理论两方面形成特有的时代趣尚。这种观念和趣尚引出两个不同层面的问题，为后世所关注。一是内容与形式，王夫之既从艺术形式美的角度否认"以意为主"，又从作品意蕴的角度强调以意为主，提出针对作品文体的文质相生的有机整体观。二是意、理与性情，意与性情原无二致，但宋人所说的"以意为主"通常与"以理为主"难分彼此，这就有失偏颇。针对这种状况，严羽提出"兴趣"、"妙悟"之说，重新标举"吟咏情性"的宗旨。杨慎通过对诗与其他文体的界分，强调"《诗》以道性情"，对宋人所谓杜甫"能以韵语纪时事"的"诗史"之说提出批评，认为《诗经》三百篇皆约情合性而未尝有道德字、道德性情句。王夫之对杨慎的诗和诗论比较重视，在倡导性情和批评"诗史"之说等方面直接受到杨慎的影响。

在明代，诗坛门派林立，宗唐、宗宋之争不断，摹拟、复古之风盛行，不少人以词采声律为诗。面对种种弊端，李梦阳、谢榛、屠隆、王世懋（敬美）等人都强调诗发乎真性情。晚明文艺思潮以情为圭臬，如冯梦龙曾提出"情教"之说，这是中国历史上前所未有的自觉的情感解放的思潮，但其以偏纠偏的倾向造成广远之势的匮乏。清初，一些遗民诗人通过对现实与诗的双重思考，重提性情说，寻求诗的本体的复归。"只写性情流纸上，莫将唐宋滞胸中"（陈恭尹）成为诗坛颇有代表性的心声。性情一词屡见于时人的论著中，"真诗"和"真性情"被广为提倡。人们大多在约定俗成的意义上使用性情一词，不加界定和阐释，将其笼统地指称为真情、真意或真心，崇尚真实的个性气质、心境情怀的艺术表现。与诗人不同，明清之际的哲学家刘宗周和黄宗羲等人则对性情及相关问题加以学理的探究。从这样的背景可以看出，王夫之的性情论，顺应了诗学理论与实践两大方面的需求。

在王夫之那里，广义的人性包括性、情、欲三个层面，"情上受性，下授欲"（《诗广传》卷一），情处于中间层面。"欲"泛指各种功利性欲望，"盖凡声色、货利、权势、事功之可欲而我欲之者，皆谓之欲"（《读四书大全说》卷六）。"欲"以食色为本。《礼记·礼运》有言："饮食男女，人之大欲存焉。死亡贫苦，人之大恶存焉。故欲恶者，心之大端也。"与《礼记》的看法一致，王夫之说：

> 饮食男女，人之大欲共焉者也，而朴者多得之于饮食，佻者多得之于男女。（《诗广传》卷二）

> 饮食男女之欲，人之大共也。共而别者，别之以度乎！（同上）

> 甘食悦色，天地之化机也。（《思问录·内篇》）

王夫之批评告子"食色，性也"的看法，认为告子未把人与禽兽区别开来，同时又充分肯定人欲的合理性，他说惟性生情，情以显性，性以发情，情以充性，人情依于食色之中。他在这方面有非常明确的观点：

> 人欲之各得，即天理之大同。（《读四书大全说》卷四）
>
> 随处见人欲，即随处见天理。（《读四书大全说》卷八）
>
> 人之有情有欲，是天理之宜然。（《周易内传》卷四）

作为人性之要义，性、情、欲三者各显其能，不可偏废。王夫之在理论上把人性分为性、情、欲三个层面，对性、情、欲之间的联系和区别作出较为公允的分析。这在很大程度上与现代心理学所说的道德情感、审美情感、自然情感有相通之处。

宋明理学家大多崇性抑情，乃至有"存天理，灭人欲"之说。王夫之提出随处见人欲即随处见天理，具有明显的针对性。以王艮为代表的王学左派则有崇情抑性的倾向，受其影响，李贽提出：氤氲化物，天下亦只有一个情，穿衣吃饭即人伦物理。李贽意在纠宋儒之偏，却矫枉过正，把情与欲、性与欲无端地混淆起来。李贽的片面的深刻虽在生活与艺术观念上有很强的个性解放的冲击力、感召力或影响力，但在实践方面有明显的负效应，在理论上也不无偏颇。王夫之对李贽加以激烈的批判，虽有否定李贽思想的合理性之嫌，却也在理论上纠正了李贽和王学左派的失误。晚明汤显祖和冯梦龙等人对情的崇拜也有混淆情与欲的倾向，他们在创作上的成功不足以弥补理论上的偏差。王夫之总结明亡的教训，意识到自然情感的耽溺和低迷对艺术与社会人生都很不利，他继承孟子和张载等人的有关学说，倡导"诗以道性情"，不无重振趋于式微的人格力量与民族精神的意图。这大概是王夫之推重真善美兼备之"性情"的理论和现实原因。

王夫之把诗人心理上的"志"与"意"、"情"与"欲"加以区分，他说：

> 诗言志，非言意也，诗达情，非达欲也。心之所期为者，志也；念之所觊得者，意也；发乎其不自已者，情也；动焉而不自持者，欲也。意有公，欲有大，大欲通乎志，公意准乎情。但言

意，则私而已；但言欲，则小而已。……意之妄，忮怼为尤，几
幸次之。欲之迷，货私为尤，声色次之。货利以为心，不得而
忮，忮而怼，长言嗟叹，缘饰之为文章而无怍，而后人理亡也。
（《诗广传》卷一）

这里的"意"，大概是指关涉个人利害得失的意念。"忮"是指嫉恨
或违逆，"怼"是指怨恨，"几幸"有渴望得宠之义。忮怼、几幸为
意之妄，一般不宜入诗。在王夫之看来，意有"乍随物感而起"的变
动不居的特点，志有"事所自立而不可易"的明确性，"盖志一而
已，意则无定而不可纪"（《张子正蒙注》卷六）。这里的"欲"，是
指人在财货、声色等方面的欲望，即人欲。"欲之迷"是指人耽溺于
物欲俗尚。王夫之反对诗人吟咏"货财之不给，居食之不腆，妻妾之
奉不谐，游乞之求未厌"的情形，对诗人"自绘其渴于金帛，设于醉
饱之情"的做法深恶痛绝，希望诗人保持仁义之"本心"、天性不昧
之"良心"或深思远情之"素心"。换句话说，他希望诗人拥有超越
于狭隘"意"、"欲"之上的通天尽人之怀或"心悬天上，忧满人间"
的审美心胸。值得注意的是，王夫之并不一概否定"意"、"欲"，他
以具体问题具体分析的眼光，指出"意"、"欲"在"通乎志"、"准
乎情"的情况下适合诗的审美需求和宗旨，认为诗人若"但言意"、
"但言欲"则难免囿于狭隘的小天地。这表明传统的诗言志、诗达情
的理论在王夫之那里有所深化，在很大程度上突破了经学或理学的
窠臼。

在对人性中的性、情、欲加以区分并认定其间互藏其宅、交发其
用的背景下，王夫之对"诗以道性情"这一传统命题作出明确的阐
释。他说：

诗以道性情，道性之情也。性中尽有天德、王道、事功、节
义、礼乐、文章，却分派与《易》、《书》、《礼》、《春秋》去，
彼不能代诗而言性之情，诗亦不能代彼也。（《明诗评选》卷五
徐渭《严先生祠》评语）

诗的天职是抒情，而非言性。性寓于情，情以显性，所以真正的诗人抒发的是"性之情"。对"性"的宣扬与探讨是《易》、《书》、《礼》、《春秋》等论说文的宗旨，论说文不能代替诗来抒情，诗也不能代替论说文宣扬仁义礼智之性。

在哲学意义上，性与情组合成"性情"范畴，不见得是偏正结构的，性与情分别是各自所统领的范畴群的核心，其具体含义要视论者的语境而定。在王夫之的诗学中，"性情"范畴的重心落在"情"上，"性"不是思辨的义理之性，而是寓于心理或人情中的气质之性；"性"不是外在的道德准则，而是内在的道心、本心、良心、赤子之心或忠孝节义之心。借用前人的套语，可以说，真正的诗人抒发"性之情"，不以"性"为目的，而又合乎"性"的目的，无意为之而又无不为之。这样，就诗而言，"性之情"也就是情，性成了情中应有之义。情作为诗中的审美情感，包含着性的道德情感。所以，王夫之在评诗时直接谈"性情"的次数不多，他总是在谈论"情"。无论他多么注重情，我们都不应说他是唯情论者。无论他多么推崇美和艺术形式，我们都不能说他是唯美主义者或形式主义者。王夫之强化了抒情诗的审美与艺术特性，把"性情"这一原本带有浓重的儒家政教诗学色彩的范畴，改造成以审美为中心的范畴。

王夫之的性情论既是诗学本体论意义上的，也是功能论意义上的。换句话说，王夫之把性情当作诗学的出发点和着眼点。在他看来，音乐"涵泳淫泆，引性情以入微，而超事功之烦黩，其用神矣"；诗"陶冶性情，别有风旨，不可以典册、简牍、训诂之学与焉也"。这两段话出自《夕堂永日绪论序》和《诗译》卷首，足见其寓意之深、分量之重。音乐与诗原本合一，具有相近的艺术感染力或审美功能。王夫之推崇诗的声情动人的艺术美，达到了无以复加的程度。"声情"即声情并茂，情为性情。他说诗人只怕无心，若有血性、有真情如庾信，则无忧其不淋漓酣畅。他所常用的血性、真情、心血、有心有血、忠孝情深、忠孝深远人等词语都是指性情。诗人赋予其真性情以艺术形式，诗对于读者才有陶冶性情的功能。王夫之总是从读者可以兴观群怨的角度强调这种功能，注重诗的"广通诸情"的艺术效果，认为"人情之游也无涯，而各以其情遇，斯所贵于有诗"。

他说：

> 所思为何者，终篇求之不得。可性可情，乃《三百篇》之妙
> 用。盖唯抒情在己，弗待于物，发思则虽在淫情，亦如正志，物
> 自分而己自合也。（《古诗评选》卷一曹丕《燕歌行》评语）

> 且其托体之妙，或以自安，或以自悼，或标物外之旨，或寄
> 疾邪之思，意固径庭，而言皆一致，信其但然而又不徒然，疑其
> 必然而彼固不然。……盖诗之为教，相求于性情，固不当容浅人
> 以耳目荐取。（《古诗评选》卷四阮籍《咏怀》评语）

《燕歌行》和《咏怀》这两首诗的字面意思不难把握，但其字里行间
隐含的情怀却令人难以捉摸，可谓含蓄蕴藉。这恰恰给读者留下深广
的想象、感受或思索的艺术空间，"可性可情"。读者在不知作者的一
致之思究竟如何的情况下，仍可各以其情而自得。关键是作品中充溢
着真性情，不然读者之自得也就无从谈起。所谓"抒情在己，弗待于
物"，也就是"心目为政，不恃外物"，大意是说：外物能否在诗中
成为含情之景，诗能否达到言有尽而意无穷或语不及情而情自无限，
在根本上取决于诗人是否有心、有眼光、有性情。由此可以理解，诗
教何以有赖于诗人的性情，王夫之所说的"以目视者浅，以心视者
长"适用于诗人创作和读者鉴赏，富于文心（为文之用心）的诗人
能以活景道性情，富于诗心的读者有"深人"之致，在陶冶性情的过
程中日渐成为诗和诗人的知音。在王夫之那里，仁义礼智之性和忠孝
之情着重体现传统的儒家观念、民族精神，使得他所改造的以审美为
中心的性情范畴具有丰富的道德内涵，其精华远多于糟粕，值得我们
以辩证的、通古今之变的眼光加以审视和吸取。

附　录

　　前面说过王夫之晚年（康熙十四年以后）住在衡阳金兰乡石船山湘西草堂（今地名曲兰，在蒸水北岸），著书终老，学者称船山先生。刘献廷称他"其学无所不窥，于六经皆有发明"（《广阳杂记》卷二）。谭嗣同推崇为："五百年来真通天人之故者，船山一人而已。"（《仁学》）后世论清初学术思想者，以王夫之与顾炎武、黄宗羲三家并称。但王夫之在中国哲学、美学和诗学史上的地位，远较顾、黄两家为高。

　　王夫之的著述在清代被列为禁书，道光年间始整理刊印（邓显鹤首次系统校刻《船山遗书》），直到清代同治年间，曾国藩等人刊刻《船山遗书》，①沉湮两个世纪的船山学说，才逐渐大倡于湖湘而遍于天下。

一　20 世纪 80 年代以前的王夫之诗学研究

　　从 19 世纪中后期至 20 世纪初，王夫之的政治、哲学和伦理思想传播较广。但由于清末民初社会的动荡不宁、船山学说的艰深庞杂、

---

　　①　1865 年（同治四年），曾国藩所设金陵书局刻船山经、史、子、集四部著作（计 56 种，288 卷），亦称《船山遗书》；其后在 1887 年（光绪十三年）由衡阳船山书院补刻增入六种、十卷（计 62 种，298 卷），这是历史上第一种船山全集。此后，船山之学日益传播，各地书肆，多取金陵本翻印，时有未刊的船山佚著问世。1933 年（民国 22 年），上海太平洋书店刊印船山著作（计 70 种，358 卷），仍称《船山遗书》，这是历史上第二种船山全集。1949 年新中国成立后，中华书局、人民文学出版社等精选王夫之的重要著作，重新校点，陆续出版 30 余种。1988 年，湖南岳麓书社出版《船山全书》（全 16 册），这是迄今最完备的第三种船山全集。本书凡引王夫之原文，均据《船山全书》。

当时学界的价值取向和研究方法的局限等原因，很少有人深入探讨王夫之的美学和诗学思想。欧阳兆熊、陈田、王闿运、萧度、刘人熙和邓之诚等人仅以只言片语提及王夫之的诗论，缺乏学理的阐释。

虽然学界早已公认王夫之是伟大的文学家，[①] 但在 20 世纪 80 年代以前，国内（主要指内地）没有出版过一本王夫之诗学研究的专著，各种文学史或文学理论批评史专著中也大都没有王夫之的一席之地；各种中国哲学史专著中大多不涉及王夫之的美学思想，而明清美学断代史或中国美学通史也未见出版。

关于王夫之学术思想的论文本来就不多，诗学方面的则更少。现存较早的王夫之诗学专题文章有悟愚的《再论船山诗学》（《天津益世报》1928 年 6 月 3、4 日）、中谦的《谈王船山之诗话》（《庸报》1938 年 7 月 9 日）和晋至的《王夫之论艳诗》（上海《文艺杂志》第 2 期）等。辽宁大学中文系 1978 级研究生编的《中国古代文学资料目录索引》（1949—1979，内部资料），在关于明清文学批评的章节中列出谢榛、李贽、金圣叹和叶燮等名家，其中唯独没有王夫之。方克立等人编的《中国哲学史论文索引》[②]（第 1、2、3 册）索引 1900—1976 年的论文，列出关于王夫之学术思想（包括诗学）的论文 180 篇，其中诗学方面的只有 6 篇（均于 1949 年以后发表）。蒋红等人编的《中国现代美学论著译著提要》[③] 在"美学论著出版目录（1911—1983）"中列出论著近 200 部，其中没有研究王夫之的美学（诗学）专著，也极少有论及王夫之的；此书在"美学论文目录（1919—1949）"中列出论文约 500 篇，其中没有以王夫之为题旨的；此书在"美学论文要目（1949—1982）"中列出论文约 800 篇，其中以王夫之为题旨的只有一篇。中国社会科学院文学研究所编的《中国古典文学研究论文索引》[④] 列出 1949—1979 年间发表的关于王夫之学术思想的论文 21 篇，其中诗学方面的只有 4 篇。

---

① 参见孙俍工编《中国文艺辞典》，上海书店根据民智书局 1931 年初版本影印，1985 年；谭正璧编《中国文学家大辞典》，上海书店根据光明书局 1934 年版影印，1981 年。

② 方克立等编：《中国哲学史论文索引》，中华书局 1986 年版。

③ 蒋红等编：《中国现代美学论著译著提要》，复旦大学出版社 1987 年版。

④ 中国社会科学院文学研究所编：《中国古典文学研究论文索引》，中华书局 1982 年版。

根据资料引证与核查，可以说，在 1900—1980 年间，国内王夫
之诗学研究的论文大约有十余篇。考虑到史论著作中这方面的研究，
宽泛地说，在 20 世纪 80 年代以前，国内关于王夫之诗学的专题文章
不过数十篇。

20 世纪三四十年代，在国内出版的一些中国诗学专著，至今仍有
很高的学术价值。其中一些专著论及王夫之。

方孝岳在《中国文学批评》① 中，以数千字的篇幅对王夫之的诗
学给予高度评价。在他看来，顾、黄、王诸老之中，最鞭辟入里而议
论最精刻的，还要推王夫之；王夫之的诗论，就是专为切实指示
《诗》三百篇何以为中国文学的极则，而以往的批评家对此都不过言
大概；王夫之论诗，一切以"兴观群怨"那四个字为主眼，以为无论
什么作品，如果不能使人看了有所兴感，那种作品就不足置论，这种
看法是从孔门的"诗教"中阐发出来的；王夫之认为诗一定要有可兴
可观可群可怨的地方，一方面固不可浮光掠影而不得理趣，另一方面
也不可拘泥板滞而失了诗的原意，诗与史、诗与理有着本质的差异；
王夫之赞赏那些具有特别怀抱、志向的人，反对那些独立门户或容易
被旁人借作门户的人。由此可见，方孝岳以圆融通达的批评眼光和批
评标准，对王夫之所作的评价较为公允，只是在深广程度上有所
欠缺。

蒋伯潜、蒋祖怡在《论诗》② 一书中以数百字的篇幅论及王夫
之，认为王夫之反对门户派别之见并以感人、感慨或率真为重要的评
诗标准。

朱东润在《中国文学批评史大纲》③ 一书中认为，船山之论首言
琢字之陋，进而论琢句，又从情景合一与"兴、观、群、怨"的角度
立论。

宗白华未曾写专文评价王夫之，但他在《中国艺术意境之诞
生》④ 一文中多次援引王夫之的言论用以阐释意境。宗先生是最早从

---

① 方孝岳：《中国文学批评》，三联书店根据上海世界书局 1934 年版重印，1986 年。
② 蒋伯潜、蒋祖怡：《论诗》，初版于 20 世纪 30 年代，广东人民出版社 1986 年重印。
③ 朱东润：《中国文学批评史大纲》，开明书店 1944 年版。
④ 宗白华：《中国艺术意境之诞生》，原载《时与潮文艺》创刊号，1943 年 3 月。

意境角度评价王夫之诗学的人。在他看来，王夫之的意境论，达到了中国古代诗学的最高水平。

郭绍虞在《中国文学批评史》[①] 中，对王夫之诗学给予较全面的评价。他认为，王夫之论诗本儒家的见地，颇多精辟的见解：关于"兴观群怨"，王夫之不像黄宗羲那样从作者的角度把兴观群怨看成四个物事，而着眼于读者方面，处处在指示人如何读诗，如何去领悟诗，他没有训诂家、道学家的习气，只用文学的眼光，所以说来精警透彻；关于"法与格"，王夫之最反对法（如以转韵立界限、以情景相配和起承转收等一切画地成牢以陷人的法），王夫之也不赞成"格"，因为格也是艺苑教师的手法；关于"意与势"，王夫之不像钱谦益、黄宗羲那样离开了诗而求作诗之本，他于诗中求诗而抛却死法与定格；当他论到势，所谓"夭矫连蜷，烟云缭绕"，已有神韵的意思，王渔洋的神韵说与此相类似；关于"情与景"，王夫之多有情景融浃之说，景中生情，情中生景，以写景的心理言情，同时也以言情的心理写景，这样才见情景融浃之妙，才是所谓神韵，然而王夫之却不拈出神韵两字为其论诗主张，则以一经拈出，自有庸人奔来凑附，依旧蹈了建立门庭的覆辙。

郭绍虞先生以他深厚的功力，从文学批评史以印证文学史，以解决文学史上的许多问题，他对王夫之诗学精神的把握是非常准确的，他的有关见解也颇为精辟。但由于他据以评价王夫之诗学的原著只有《诗译》和《夕堂永日绪论》二种，再加上他的《中国文学批评史》大著的篇幅限制，他对王夫之诗学的评价没有充分展开。尽管如此，郭先生的治学风格与思想见解仍是 20 世纪 50 年代以来王夫之诗学研究的典范。

日本学者青木正儿在其专著《清代文学评论史》第二章"清初尊唐派的诗说"中列出一节，就《姜斋诗话》论王夫之。在他看来，王夫之诗论最值得注意的是，提倡把《诗经》当作文学作品看，这一点，在儒家尊崇《诗经》而将它附会于道义，和文学家因受彼等影

---

① 郭绍虞：《中国文学批评史》（上册于 1934 年问世，下册于 1947 年问世，商务印书馆印行），百花文艺出版社 1999 年重印。

响，而不敢加与文学的评论倾向中，是颇为难得的；王夫之以意为诗的根本，并重视主观；与吴乔以情为主，以景为佐的说法相异，王夫之主张情景一体之说。① 青木正儿关注王夫之的破除门户和即景会心等方面的诗学原则，把握住了王夫之诗学的一些基本点，但他的评介比较简单。

台湾学者张西堂在他编著的《明王船山先生夫之年表》② 中简要评述了王夫之的文学批评观。他认为，王夫之擅长文学批评与创作，非其他专知义理、不知文学者所可比拟；王夫之极重才情、兴会（直觉或现量），提倡情景不离，以意为主，反对门庭、格局之说和一成之法等。

1962 年，为纪念王夫之逝世 270 周年，国内举办了大型的王夫之学术思想讨论会，会议的主要论题并不是诗学，但仍引发了王夫之诗学研究的一次高潮。一些诗学方面的论文集中发表在 1962、1963 年，这些论文已受到当时重视政治标准思潮的影响，从唯物主义与唯心主义、现实主义与反现实主义或阶级分析的角度看问题，但仍依循着郭绍虞等前辈学者的思路，在某种程度上具有学术价值。这些论文的主要观点大致如下。

一　关于“兴、观、群、怨”

陈友琴在《关于王船山的诗论》（《人民日报》1962 年 11 月 25 日）一文中指出：王夫之根据《论语》“诗可以兴，可以观，可以群，可以怨”的论点，作了精辟的发挥，他不把兴、观、群、怨看成四个截然无关的东西，而是把四者结成为整体，活看而不呆看，从“读者各以其情而自得”这句话看来，他是要由读者这一方面着眼来谈兴、观、群、怨的，这样才和文学批评发生密切的关系。这与郭绍虞的见解基本相同。

邓潭洲在《王船山传论》③ 中评价王夫之的诗论时说：就文学批

────────────

① 参见青木正儿《清代文学评论史》，陈淑女译，台湾开明书店 1969 年版，第 32—38 页。

② 参见张西堂编著《明王船山先生夫之年表》，台湾商务印书馆 1978 年初版，第 167—174 页。

③ 邓潭洲：《王船山传论》（1962 年初稿，后经增删和修改），湖南人民出版社 1982 年版。

评而言，对于优秀的诗歌，王夫之主张根据"兴、观、群、怨"的原则，进行全面的探索，以发掘作品所蕴藏的深广的思想意义，他反对经生家把"兴、观、群、怨"割裂开来而主观主义地分析《诗经》，乃是要读者摆脱陈腐的经义的束缚，用文学的眼光，去评价《诗经》；就诗歌创作而言，王夫之认为作者应该把"兴、观、群、怨"适当地融化在作品之中，使它们通过相互间的依赖和渗透，增强作品的教育作用和认识作用。

吴则虞在《姜斋词论略》（《江汉学报》1962年第12期）一文中认为，王夫之以"兴、观、群、怨"论诗，而着重实在"群"字，这就是说，诗人的思想感情必与群众相通，在作者为"一致之思"（通过典型的特殊性表现普遍性的内容），而读者却"各以其情而自得"（读者通过作品的典型的特殊性，领悟到其中的普遍性，从而联系到自己的特殊体会）。

寿春在《关于王船山诗论中的一些问题》（《光明日报》1965年3月7日）一文中对吴则虞的看法颇有异议：所谓"群"，按照本来的意思应是"群居相切磋"，这个"群"明明指的是一些封建士大夫，和今天的群众性决不可以相提并论；吴则虞甚至还把所谓"一致之思"说成是什么"通过典型的特殊性表现普遍性的内容"，这更是离开历史唯物论方法而论断古代作家了；王夫之所讲不过就"兴、观、群、怨"四者贯通一致而言，和马克思列宁主义的典型说原是风马牛不相及；所谓"读者各以其情而自得"，也不过是说读者各用自己的思想感情来体会而有所心得而已。吴则虞与寿春之论各有偏颇、失误之处。

二 关于"情与景"

马茂元的《〈姜斋诗话〉中论自然景物的描写》（《文艺报》1963年第4期）一文认为，王夫之从理论上阐明了情与景不可分割的关系，用"立一主以待宾"（以诗人的思想感情为主，则客观景物是宾）说明诗歌的特点，融情入景是再现自然景物、塑造富有生命活力的艺术形象的最佳途径；情和景的关系归根结底是形象与思维的关系问题，情景交融的诗就艺术表现方式而言可以体现为"神"（源于即景会心，浑然天成，无痕迹可寻），也可以体现为"巧"（巧者则有情中景，景中情），而"以写景之心理言情"就是要用形象的思维具体地描绘出抽象的思想情感。

陈友琴和邓潭洲等人都认为：王夫之的情景相生说阐发以写景的心理言情，同时也以言情的心理写景，见出情景互相融洽的妙处，这样就比"一情一景"的诗论更进一步，《姜斋诗话》中有很多透辟的见解如情景名为二，而实不可离，神于诗者，妙合无垠"等都是发前人所未发的。这些论者明确肯定了王夫之在情景关系上的贡献。但他们的见解，除了马茂元外，几乎未超出郭绍虞。

三　关于"意与势"

在陈友琴看来，王夫之比前人更中肯地强调立意，所谓"寓意则灵"并不一定要言在此而意在彼或有所寄托，而必须是"己情之所自发"；所谓"取势"，按照"势"是意中之神理说来，正和杜甫"下笔如有神"相似，剪裁去取，合于法度，用少许笔墨表达出最精彩的意境，像神龙见首不见尾一样地"夭矫连蜷"在"烟云缭绕"之中。

周健明认为，王夫之在强调身历目见的实际体验对创作的重大意义时，并没有忽视作者的思想感情的作用，"意"这个词在《姜斋诗话》中是包括思想和感情的含义的（其中又主要是指情），而所谓"势"，是指风味、韵味，是指情与景融洽"妙合无垠"，是指文学作品应当具有从通畅的思想感情和真实的生活感受得来的自然感染力。这种见解含混、不确切，而把"势"看作"自然感染力"是不恰当的。

邓潭洲指出，明朝后期的许多作者，只是以雕琢辞采而哗众取宠，完全忽视思想内容，王夫之由此主张诗应"以意为主"并注重"取势"，"势"是指作者在艺术上采取的使诗歌富有表现力的巧妙手法。这种观点也不正确。"势"并非艺术手法，而是由艺术手法营造的在作品整体上所呈现的神理的力度或气韵生动的状态。

四　关于"法与格"

论者们普遍赞赏王夫之反对"死法"、僵化格式和立"门庭"。

在吴则虞看来，王夫之主张诗人必须正确反映客观事物，服从思想内容的要求而发挥其创造性，反对牺牲内容而迁就形式，这是一种积极的唯物主义反映论，比前人讲得更正确，更系统。这是用狭隘的机械唯物论观点看待诗学问题，缺乏学术价值。

陈友琴指出，王夫之论诗最重视作者自己的性情、兴会和思致，反对依傍门庭，拾人牙慧，他援引唐人李德裕的一句有名的话"好驴马不逐队行"，是强调诗人应有独创性，这是针对当时文坛状况有感而发的，其良苦用心值得体谅。邓潭洲认为：王夫之由于重视诗歌的艺术性，所以他反对诗歌创作中的陈陈相因、拘执不化的现象，希望诗人发挥独创性，大胆突破某些不合理的人为障碍，以写出有血有肉的优美诗歌。在这点上，他们对王夫之的理解比较准确。

五 关于"现量"或"即景会心"的艺术直觉

马茂元指出，基于情和景的关系的认识，王夫之对自然景物的描写特别强调直接的体验，《姜斋诗话》中有关这方面的论述都围绕着这个核心，强调直接的体验，以佛家的"现量"喻诗，因而王夫之在艺术上所追求的是一种活泼空灵的意境，这意境是"神理凑合时，自然恰得"的，所以描写时，必须穷物之理，传物之神。

邓潭洲说，王夫之在探索诗歌创作的要诀方面，提出了"咏得现量分明"和"会景而生心"的主张，"现量"作为佛教法相宗的认识论的名词，义近于"直觉"，诗人凭着自己的感觉器官与外界的具体事物相接触，受到激动，产生强烈的情感，于是便通过自己敏锐的感觉力，捕捉这动人的形象，寓以主观的情感，加以描叙；王夫之还用"兴会"之说申明上述见解，"兴会"与"兴致"、"感兴"、"兴象"的含义相近。

马茂元和邓潭洲的上述见解几乎是国内王夫之诗学研究中最早论及"现量"、"兴会"或"即景会心"的艺术直觉的。在这方面他们虽然只是点到为止，但可以说抛砖引玉，对晚近学者的相关研究应有启示意义。马茂元把"现量"与王夫之所追求的活泼空灵的意境联系起来，这就论及了一个至今值得我们探讨的重要问题。

六　关于王夫之诗学的缺点或不足

在马茂元看来，王夫之的诗论，在某些地方不免过于偏激，因为他的话都是针对当时诗坛积重难返的风气有感而发的，在他的文艺思想中也还存在封建文人的阶级偏见，表现在《姜斋诗话》里的有其极端顽固保守的一面，然而《姜斋诗话》仍不失为一部有重要价值的诗论。

陈友琴指出：王夫之不满意于那些平铺直叙或剑拔弩张的作品，特别赞许闲远委蛇而能含蓄不露的诗，这些意见当然是对的，但这种诗的风格虽美，却不是唯一的，如果因此而排斥其他，那就很不合理了；王夫之对曹丕等人的诗过于推崇，对曹植等人的诗过于贬抑，未免失当，这里有阶级立场、人生观和文学观的问题，也有诗风诗派不同的其他问题；王夫之虽有进步的思想，由于出身于地主阶级，他的思想中不可能没有落后甚至反动的一面；他关于诗和其他学术或应用文章要严格分工的主张显得非常迂腐。

邓潭洲认为，王夫之在诗歌如何表达作者的思想感情方面，立下了不少禁区，这就不可避免地会对诗歌的艺术形式产生消极的影响；王夫之过于强调诗歌的"兴、观、群、怨"的统一，过于强调"神韵"，竟将许多与此风格不同而富有现实性和人民性的作品粗暴地加以否定。

上述论者的看法虽有一些合理之处，但基本上偏离了实事求是的态度或学理的探讨。而在1975年前后，王夫之及其诗学思想遭到严重歪曲。在寿春看来，王夫之诗论的主导思想是封建主义的，其中不少论点表现出他的极其落后乃至反动的思想感情，应该大力予以批判。例如他反对一切的民间文学，对于"纵横"而近于通俗的作品都是采取一笔抹杀的态度。他明显地也是一贯地反对比较有现实意义的杜甫、白居易的诗，可见他的文学思想是和现实主义背道而驰的。

寿春的看法未免失之偏颇，而其他论者即便在称赞王夫之时也把他歪曲得面目全非。洪途在《读王夫之的〈姜斋诗话〉》（《文汇报》1975年2月26日）一文中说：王夫之在评论作品时，首先强调政治思想对作品的统帅作用，主张文艺"为尊法反儒的政治路线服务"。蒋世杰在《读王夫之的〈姜斋诗话〉》（《思想战线》1976年第 4 期）一文中说：王夫之文艺观的首要之点，就是冲破儒家"文统"的桎梏，主张文艺"为法家政治路线服务"，王夫之文艺观的局限性在于"不敢公开抛弃儒家文艺观的外壳，在批判唯心主义理学时不敢公开点孔孟的名"。

在 20 世纪 70 年代末 80 年代初，仍有一些论者从褊狭的政治角度看待王夫之的诗学。当然，新时期的王夫之诗学研究就是在摆脱"反文化"的局面后开展起来的。

二 20 世纪 80 年代以来的王夫之诗学研究①

1980 年以来，王夫之诗学研究得到广泛而深入的开展，在立场、观点和方法等很多领域取得重大突破。这是王夫之逝世三百年来对他的诗学最充分地展开研究的一段时期。

很多美学史、文学理论史和文学批评史等方面的学术著作都列出专门章节探讨王夫之的有关学说。如敏泽的《中国文学理论批评史》，叶朗的《中国美学史大纲》，黄保真等的《中国文学理论史》，张少康、刘三富的《中国文学理论批评发展史》，袁行霈、孟二冬、丁放的《中国诗学通论》，孙立的《明末清初诗论研究》和张健的《清代诗学研究》等。

近年来王夫之诗学远比以往更受海外学者的重视。中国台湾、香港等地的一些学者曾对王夫之诗学加以专门研究，如郭鹤鸣的论文《王船山诗论探微》（台湾《国文研究所集刊》第 23 号，1979 年），陈章锡的论文《王船山〈诗广传〉论礼诗乐》（《鹅湖月刊》1986 年第 129 期）、《王船山〈诗广传〉义理疏解》（台湾《师大国文研究所集刊》第 30 号，1986 年）和黄兆杰的《姜斋诗话》英译本（香港中文大学 1987 年版）等。杨松年著有《王夫之诗论研究》（台湾文史哲出版社 1986 年版）。博士、硕士论文有傅正玲的《王船山美学研

---

① 这篇专题文章大约写于 2000 年，其修改版刊发于《船山学刊》2002 年第 4 期，其中未论及 2000 年以后的相关科研成果。本书新版对此未作补充。

究》（1989 年）、李锡镇的《王船山诗学的理论基础及理论重心》（1990 年）翁慧宏的《王夫之诗学理论新探》（2000 年）等。中国香港和澳大利亚等地的一些研究生曾在硕士、博士论文中论及王夫之诗学。美国的黄秀洁曾发表《王夫之诗论中的情与景》（《船山学报》1985 年第 2 期，陈荃礼译）。法国学者弗朗索瓦·于连在其中国诗学专著《迂回与进入》（三联书店 1998 年版，杜小真译）中多次引用王夫之的诗学观点并加以高度评价。

到 2000 年前后，中国内地关于王夫之诗学的专著大约有五六种。肖驰在以"王夫之的诗学体系"为专题的硕士论文的基础上，写出专著《中国诗歌美学》①，这一成果"在一定程度上是王夫之诗歌美学研究的辐射性拓展"。肖驰着重论述了王夫之的情景论和意境论，认为王夫之的诗学完成了中国古代的"儒家政教中心派"和"审美中心派"两大诗学潮流的汇合。熊考核的《王船山美学》② 以"美论"、"审美心理"、"审美表现"和"审美教育"为基本框架，把王夫之美学（诗学）的很多重要范畴、命题或观念汇入其中，展现了王夫之美学思想的基本面貌和独特魅力。谭承耕的《船山诗论及创作研究》③较为系统地探讨了王夫之诗学思想，在某些方面（如"艺术辩证法"）填补了国内在这个研究领域的空白。此外，陶水平在北京师范大学中文系完成了以王夫之诗学为专题的博士论文（1999 年），在"现量说"和"晋宋风流"等问题上提出了新的看法。

1980—2000 年间，国内报刊发表的王夫之诗学（包括美学，不包括哲学）研究专题论文大约有 100 余篇（根据《中国古代、近代文学》、《美学》、《文学理论》等中国人民大学报刊复印资料及其他报刊资料索引统计）。这个数字虽然是 1980 年以前的王夫之诗学研究专题论文的 10 倍，但不及近年来国内王国维诗学研究专题论文的 1/5，大约是近年来国内刘勰《文心雕龙》研究专题论文的 1/100。从论文数量看，国内从事王夫之诗学研究的学者很少。当然，学术界对王夫

① 肖驰：《中国诗歌美学》，北京大学出版社 1986 年版，第 65、79、91 页。
② 熊考核：《王船山美学》，中国文史出版社 1991 年版，第 178 页。
③ 谭承耕：《船山诗论及创作研究》，湖南人民出版社 1992 年版。

之诗学的重视程度日益提高。这方面的论文在 2000 年发表得最多（20 篇左右），仅陶水平就发表论文约 10 篇。

从各种著作和论文看，1980 年以来，国内的王夫之诗学研究主要体现在以下几个方面。

一 关于情与景

情景关系历来是王夫之诗学研究中的主要论题。学者们普遍认为，王夫之论诗的基本出发点是诗达情；王夫之诗学中的核心问题是情景关系；作为中国诗学的集大成者，王夫之赋予情景关系以新的意义并由此对诗歌的本质和特征作出富于创见的论述。

肖驰指出，情与景作为一对基本范畴，在王夫之的《诗译》、《夕堂永日绪论内编》及三部诗评中共出现 105 次，具有多重意义的"景"系指客观物象、审美意象或审美认识，"情"是指审美感情，在"兴"的过程中，情景结合构成诗歌意象的形态。①

郁沅认为，不应把王夫之所说的诗中的"景"单纯地理解为自然景物，"景"有两种含义：一是指外界客观存在的自然景物，另一是指诗歌的具体图景和形象，从这个角度去理解王夫之的"情景交融"说，其实乃是主观与客观、抽象与具体、情志与形象的统一。②

蓝华增从神理凑合的灵感论、情景相生的构思论和情景妙合的表现论三个方面来谈王夫之的"情景"说，认为王夫之的"情景"说达到了王国维《人间词话》之前的高峰。③

李春青在《试析王船山的情景论》（《河北师范大学学报》1983年第 4 期）一文中认为，王夫之的情景论继承并发展了前人的有关学说，富于辩证思想，打击了道学家的诗论，矫正了唐宋以来的"妙悟"、"兴趣"的诗论。

从诗歌创作的性质和动因来看，情景关系是指诗人的心情与外界

① 肖驰：《中国诗歌美学》，北京大学出版社 1986 年版，第 65、79、91 页。
② 郁沅：《王夫之的诗歌艺术论概观》，《古代文学理论研究》第 3 辑，上海古籍出版社 1981 年版。
③ 蓝华增：《古典抒情诗的美学》，《古代文学理论研究》第 10 辑，上海古籍出版社 1985 年版。

自然景物或人事互相感发；从艺术表现的角度看，情景关系是指诗人
处理情（主）与景（宾）的关系时所采取的原则或方法；从作品意
象构成的角度看，情景关系主要是指"情景交融"的类型。王夫之关
于情与景的论述兼有这几方面的内容。童庆炳指出，在情感的二度审
美转换和情景结合的几个层面上，王夫之都有非常精辟的论述。① 邬
国平指出，王夫之认为情景交感是诗歌创作的重要触机，王夫之更多
的是从诗歌作法的角度来阐述情与景的关系的，情景相生，"互藏其
宅"，这是王夫之对谐和诗歌情景关系的根本见解。② 王兴华认为王
夫之的重要贡献在于从"情景相生"的艺术构思到"情景交融"的
艺术表现等一系列重要问题上辩证、深刻地论述了情景关系。③ 叶朗
认为王夫之的情景说对诗歌审美意象的基本结构作了具体的分析。④
余立蒙、周颂喜和施荣华等人从心物关系、主体创造等角度对王夫之
的情景说加以评析。⑤ 很多学者都深入细致地探讨了王夫之所说的
"情"与"景"的内涵及情景结合的类型。

二　关于意与势

学者们普遍把"意"与"势"看作王夫之诗学的核心范畴，但
在"意"与"势"的含义等问题上有较大分歧。

王夫之诗学中的"意"，使用频率较高，其内涵须视具体情况而
定。王夫之曾提出"以意为主"的主张。对他所说的"意"应如何
理解，学界颇有分歧。曹毓生指出，有的同志认为"意"是与语言文
字等表现形式相对的思想内容；有的同志认为"意"是不同于一般思
想内容的中心思想；有的同志认为"意"是审美意象；这些看法都是
不对的，"意"是寓于景中的主观思想感情，是审美意象内部结构中

① 童庆炳：《中国古代心理诗学与美学》，中华书局 1992 年版，第 52、69 页。
② 邬国平、王镇远：《中国文学批评通史》（清代卷），上海古籍出版社 1996 年版，第
85、95 页。
③ 王兴华：《试论王夫之诗论中的美学思想》，《山东师范大学学报》1985 年第 1 期。
④ 叶朗：《中国美学史大纲》，上海人民出版社 1985 年版，第 451、455、480 页。
⑤ 余立蒙：《中国古典美学中的心物关系》，《学术月刊》1984 年第 5 期。周颂喜：《王夫
之论诗歌创作中主观与客观的关系》，《船山学报》1984 年第 1 期。施荣华：《王夫之论诗美的
主体创造》，《云南师范大学学报》1995 年第 4 期。

的"情"与"理"的结合。①

周颂喜认为，王夫之所说的"意"有广义和狭义之分。狭义的"意"就是所谓"念之所觊得者"，广义的"意"则是指囊括了"志"、"意"、"情"、"欲"在内的表现在诗中的主观精神世界，他所说的"以意为主"的"意"，就是指广义的"意"，也就是我们今天所说的诗中的思想感情。②在程亚林看来，"以意为主"的"意"不是抽象观念，不是"理"，而是诗人的情感；王夫之一方面主张以情为主，一方面又认为并非凡情皆可入诗，这是因为他并未把情感与理性对立起来。③叶朗认为，《姜斋诗话》中说"以意为主"，是从审美意象的内在结构中情意和景物的关系而说的，而王夫之在其他地方否定"以意为主"，是为了强调"意"不等于诗，"意"佳不等于诗佳。④张世英也强调说，王夫之既反对把诗等同于意或理，又反对无意之诗或无理之诗，王夫之的"以意为主"和"俱不在意"不是自相矛盾的，而是他关于诗既要包含思（"意"）又要超出思（"意"）的一种模糊表达。⑤

王夫之诗学中的"势"，既不同于前人，也不同于他本人的哲学观念中的"势"。曹毓生说，有的同志认为王氏诗论中的"势"是指"一种宛转屈伸的表现手法"，把"势"看成纯粹的技巧，那是不正确的；所谓"势"，是反映于诗人头脑中的、客观事物本身所具有的神理。⑥蓝华增认为，王夫之所说的"势"，就是能充分表现情意的宛转的动态结构，就是抒情诗构思时"情景相入"的"神理"，这样的动态结构能充分表达思想。⑦李中华认为"势"是文气依照思致意理而

---

① 曹毓生：《略论王夫之诗论中的"意"、"势"及其他》，《湖北师范学院学报》1987 年第 4 期。

② 周颂喜：《王夫之论诗歌创作中主观与客观的关系》，《船山学报》1984 年第 1 期。另参看余立蒙《中国古典美学中的心物关系》，《学术月刊》1984 年第 5 期；施荣华《王夫之论诗美的主体创造》，《云南师范大学学报》1995 年第 4 期。

③ 程亚林：《王夫之论抒情诗的核心问题》，《船山学报》1985 年第 2 期。

④ 叶朗：《中国美学史大纲》，上海人民出版社 1985 年版，第 451、455、480 页。

⑤ 参见张世英《天人之际》，人民出版社 1995 年版，第 308、310 页。

⑥ 曹毓生：《略论王夫之诗论中的"意"、"势"及其他》，《湖北师范学院学报》1987 年第 4 期。

⑦ 蓝华增：《古典抒情诗的美学》，《古代文学理论研究》第 10 辑，上海古籍出版社 1985 年版。

曲折宛转的姿态，船山论势，有敛（内藏）、有纵（外发）、有留、有放，诗因内敛、挽留的诗态而显得蕴藉。① 程亚林认为王夫之诗学中的"势"指的是诗人进行创作时存在于情感中的某种被认为"理不可知"的强大力量。② 在谭承耕看来，所谓"势"，即指利用艺术规律，特别是艺术辩证法所产生的巨大艺术表现力。③ 张少康认为"势"是指诗歌意象内在的自然规律。④ 张兵认为，"势"是诗歌的动态结构，既有动态性，又有合规律性，"取势"即营造诗歌的结构，创造诗歌的意境，它要求自然、动态，同时又具有概括性和多义性。⑤ 张晶在《王夫之诗歌美学中的"势"论》（《北方论丛》2000年第1期）一文中指出："势"作为王夫之诗学思想体系中的一个重要范畴，其主要意蕴在于"咫尺万里"的审美张力、曲折回环的蕴蓄感以及超越于笔墨之外的力度感、穿透力。这是对王夫之的"势"范畴的准确把握。

三　关于兴、观、群、怨

钱耕森、赵海琦认为，王夫之完全忠实于传统的儒家诗教，视诗乐的社会作用为孔子所说的"诗可以兴，可以观，可以群，可以怨"，王夫之把诗歌的社会作用，严峻地关闭在忠君孝亲的纲常圈子中，使艺术社会性走向一个腐朽中的归宿。⑥ 这种偏执的错误看法，未曾得到当代学者的认同。

早在半个世纪以前，郭绍虞先生赞赏王夫之处处在指示人如何读诗，如何去领悟诗。当代学者也大多从艺术的宗旨和鉴赏的角度对王夫之的"兴、观、群、怨"说给予高度评价。

李中华指出，王夫之所说的"兴、观、群、怨"与传统的含义并不尽合，王夫之不拘泥于字词的训诂，而主要从诗歌所唤起读者的艺术感受的角度来立论，王夫之对"兴、观、群、怨"的富于创造性的

---

① 李中华：《船山诗论中的艺术原则》，《船山学报》1984年第1期。

② 程亚林：《寓体系于漫话》，《学术月刊》1983年第11期。

③ 谭承耕：《船山诗论中的艺术辩证法》，《湖南师范大学学报》1985年第2期。

④ 张少康、刘三富：《中国文学理论批评发展史》（下），北京大学出版社1995年版，第310、301页。

⑤ 张兵：《王夫之诗论摭谈》，《苏州大学学报》1996年第1期。

⑥ 钱耕森、赵海琦：《王夫之美学思想简论》，《船山学报》1984年第1期。

解释与他的论诗原则构成了有机的整体。①

叶朗认为王夫之的"诗无达志"和"作者用一致之思，读者各以其情而自得"的命题提出了关于诗歌审美意象的多义性思想。②

邬国平在评析王夫之的"作者用一致之思，读者各以其情而自得"这一命题时说，探讨作品本文含义与读者释读理解之间的关系是王夫之诗歌批评的一个重要内容，王夫之肯定读者对理解作品拥有个人的自由。③

吴家振认为，王夫之的杰出贡献是以自己的哲学观点为指导，对儒家诗论的核心"兴、观、群、怨"说作了历史性的发挥，揭示出四者间所固有的本质联系，从而肯定了文艺的巨大社会作用。④

蓝华增认为，在连通古今、贯穿作者读者的基础上，王夫之把儒家关于诗的社会教化作用的"兴、观、群、怨"说同诗的"感情"说统一了起来，并把他的诗学建立在作者的创造与读者的再创造和想象补充的辩证关系的基础之上；这是儒家诗学的美学化，也是儒家诗学发展到明末的完善化；在他之前的诗论家，还没有谁能够像他这样把儒家诗学与诗美学如此完善地辩证统一起来，并如此深刻地系统阐述过。⑤ 这些看法很有见地，直接影响了陶水平等学者。

黄保真认为，王夫之论兴、观、群、怨，在继承前人之说的基础上，又改造、发展了前人之说，对中国古代诗学中的这一源远流长的理论原则，作了全面、系统、完整的表述。⑥

张少康认为，王夫之对孔子的"兴、观、群、怨"说作了新的发挥。他不仅认识到"兴观群怨，诗尽于是矣"，而且还提出"摄兴观群怨于一炉"的思想。他认识到诗歌的美学作用、教育作用、认识作用，是统一于一个完整的艺术形象中的。⑦

---

① 李中华：《船山诗论中的艺术原则》，《船山学报》1984 年第 1 期。

② 叶朗：《中国美学史大纲》，上海人民出版社 1985 年版，第 451、455、480 页。

③ 邬国平、王镇远：《中国文学批评通史》（清代卷），上海古籍出版社 1996 年版，第 85、95 页。

④ 吴家振：《王船山文艺思想初探》，《船山学报》1984 年第 1 期。

⑤ 蓝华增：《古典抒情诗的美学》，《古代文学理论研究》第 10 辑，上海古籍出版社 1985 年版。

⑥ 黄保真等：《中国文学理论史》第 4 册，北京出版社 1987 年版，第 190、204 页。

⑦ 张少康、刘三富：《中国文学理论批评发展史》（下），北京大学出版社 1995 年版，第 301、310 页。

张兵认为，王夫之对兴、观、群、怨的论述加进了全新的内容，达到了一个他人难以企及的高度，较大程度地突破了儒家诗教的范围，使之在孔子的原始教义的基础上体现出朴素唯物主义的辩证法思想，更加符合诗歌创作和鉴赏的客观规律。①

与上述论者的看法不同，孙立在《王船山文学批评中的封建伦理观念》（《江汉论坛》1987 年第 7 期）一文中认为王夫之重兴群、轻观怨，其温厚的艺术原则背后隐藏着落后的封建伦理观念。这种理解和评价是不准确、不恰当的。

邓新华在《王夫之"读者各以其情而自得"的诗歌接受理论》（《华中师范大学学报》1999 年第 4 期）一文中认为，王夫之"读者各以其情而自得"的理论命题对读者在诗歌接受活动中的主体地位和能动作用予以高度的重视和强调，并赋予读者参与作品意义构成的权利，它本已具有接受理论方法论的意义；同时，王夫之提出的"读者各以其情而自得"又要求读者的自由创造必须以作品的思想蕴涵作为依据，因而富有辩证意味。

四　关于神理

学者们普遍认为，王夫之诗学的起点和宗旨是情，但在他那里，"情"是合理或超理性的情；王夫之诗学的一个核心范畴是"神理"。在对"神理"的阐释上，学者们有较大分歧。学者们对"神理"的阐释大多是不准确的。

迄今为止，专门探讨王夫之"神理"说的论文屈指可数。陈少松的《试论王夫之的"神理"说》（《学术月刊》1984 年第 7 期）一文较全面地论述了"以神理相取"作为王夫之诗学的核心命题的重要意义，却不曾论及"神理"的基本含义。黄南珊接二连三地发表"关于王夫之情理美学观研究组论"②，大而无当地把王夫之的诗道性情论冠以"理性主义"的称号，却对"神理"几乎不置一词。

---

① 张兵：《王夫之诗论摭谈》，《苏州大学学报》1996 年第 1 期。
② 黄南珊：《情感的雅化、理化和寓象化》，《华中师范大学学报》1999 年第 5 期；黄南珊：《以理为本，以明理为宗》，《社会科学辑刊》1999 年第 5 期。

很多学者在探讨王夫之的情景论和气势论等问题时明确意识到"神理"的重要性，但在阐释"神理"时大多力不从心。郁沅认为，王夫之的"神理"是指在联想、想象的基础上，搜索形象、表达情感的一种思理。① 李中华认为，王夫之诗评中的神理，是对形象的典型性与本质性的艺术概括，是兼有形象神态与理性规则的有机综合，二者相因依，相吞吐，在诗中融化为一。② 曹毓生认为，王夫之不止于分别使用"神"与"理"，而往往将二者连成一个词——神理，这不是机械的相加，而是辩证的统一，其含义是指客观事物的本质规律与最集中、最充分、最生动地体现这种本质规律的外在形态特征。③ 王兴华认为，王夫之所谓的"神理"不是指神秘的、变化莫测之理，而是指可以把握的、形象思维的内在逻辑。④ 黄保真的看法非常含混："神理"的含义比"思理"更宽，它不仅可以包括"思理"的抽象含义——思路、规律，而且兼及艺术思维的具体内容、具体方法。⑤ 张少康对"神理"点到为止：王夫之所说的"神理"有合乎自然的含义。⑥

周颂喜、张世英和陶水平对"神理"的解释较为准确。在周颂喜看来，"以神理相取，在远近之间"是王夫之的一个重要的美学公式，"神"是指诗人的神思，"理"是指客观对象的物理。⑦ 张世英指出，王夫之所说的诗中之理，决非主客二分式中理性认识之理，"诗理"即"神理"，乃是思或理与具体意象、具体情感的一种有机结合；"神理"既是理，又超乎理之上，是超理性的东西；"神理"能一览天地而无余，至大至小，把握无限整体，这正是"神理"优于和高于

① 郁沅：《王夫之的诗歌艺术论概观》，《古代文学理论研究》第 3 辑，上海古籍出版社 1981 年版。

② 李中华：《船山诗论中的艺术原则》，《船山学报》1984 年第 1 期。

③ 曹毓生：《略论王夫之诗论中的"意"、"势"及其他》，《湖北师范学院学报》1987 年第 4 期。

④ 王兴华：《试论王夫之诗论中的美学思想》，《山东师范大学学报》1985 年第 1 期。

⑤ 黄保真等：《中国文学理论史》第 4 册，北京出版社 1987 年版，第 190、204 页。

⑥ 张少康、刘三富：《中国文学理论批评发展史》（下），北京大学出版社 1995 年版，第 301、310 页。

⑦ 周颂喜：《王夫之论诗歌创作中主观与客观的关系》，《船山学报》1984 年第 1 期。

"名言之理"的威力和"神秘"之所在。①

陶水平在《船山诗学"以神理相取"论的美学阐释》(《人文杂志》2000年第2期)一文中说:"神理"指诗歌创作过程中被诗人发现的富有独创性的形神之间、主客之间、物我之间、情景之间以及意象之间的某种诗意的联系,"以神理相取"则是指诗人应善于发现并传达出这种诗意的联系。

五　关于意境

近年来国内的美学史、文学理论批评史或诗学方面的著作在论述王夫之时较少涉及意境。以王夫之的意境论为专题的文章屈指可数。

郜润科在《谈王夫之的意境说》(《山西师范学院学报》1983年第2期)一文中认为,王夫之精辟论述了意境的主要构成因素景和情以及理性思维在"意境"创造过程中的作用,称赞王夫之在前人基础上把"意境说"推上了新的高峰。张少康在《论意境的美学特征》(《北京大学学报》1983年第4期)一文中提及王夫之,认为王夫之十分重视意境的自然、真实的特征并把"势"看作意境创造的关键。叶朗认为,并不是一切审美意象都是意境,只有取之象外,才能创造意境,王夫之推崇虚实结合的意境,表现在他对"规以象外,得之圜中"和"影"、"声"等问题的强调。② 肖驰认为,王夫之阐发情景结合的途径、审美意象的形态和审美意象整合的心理结构,并提出"景外之景"、"象外之象"的问题,从而完成了一个相当完整的诗歌意境说的理论体系。③ 范和生指出:王夫之的美学思想是"意境"理论发展中的决定性环节,其最大贡献是提出了情景理论。④ 古风、贺东平认为,王夫之从观察、创作和鉴赏的诗歌创作过程中,系统地论述了意境的生成和结构问题,从哲学、心理学和诗学的多学科结合的学术视野中,把握住了意境本质。⑤ 熊考核从意境的结构层次和本质特

---

① 参见张世英《天人之际》,人民出版社1995年版,第308、310页。
② 叶朗:《中国美学史大纲》,上海人民出版社1985年版,第451、455、480页。
③ 肖驰:《中国诗歌美学》,北京大学出版社1986年版,第65、79、91页。
④ 范和生:《王夫之对唐人"意境"理论的继承和发展》,《安徽大学学报》1996年第3期。
⑤ 古风、贺东平:《王夫之意境美学思想新解》,《延安大学学报》1996年第4期。

征入手，高度评价王夫之的意境论。①

有人认为，目前国内学术界对于王夫之意境美学的研究，还停留在"情景交融"的层面上，远远没有揭示出王夫之著作中所蕴含的意境美学思想的真正面目。这是有道理的。

六　关于现量、即景会心或兴会

正如陶水平在《船山诗学"现量说"新探》（《中国文学研究》2000 年第 1 期）一文中所说的那样，叶朗等人较早发现并研究了王夫之的"现量说"，在王夫之诗学研究中功不可没。叶朗在较为明晰、准确地阐释"现量"的基本含义时说，王夫之引进"现量"这个概念，不仅为了说明审美意象的基本性质，即审美意象必须在直接的审美观照中产生，更重要的是要说明审美观照的性质。② 刘畅认为，王夫之纠正和改造了中国传统艺术直觉诗论中的缺陷，从艺术的角度看到了中国古诗在艺术思维上所具有的直观顿悟的特性，他把这种思维现象叫做"现量"。③ 肖驰也较为详尽地探讨了王夫之如何用"现量"阐发审美直觉和创作的直接性。④ 熊考核认为王夫之从"现在"、"现成"、"显现真实"等方面来探索审美直觉的"现量"表现，抓住其审美的基本特征。⑤ 张晶在《现量说：从佛学到美学》（《学术月刊》1994 年第 8 期）一文中考察了"现量"这一基本范畴在王夫之诗学中的来源、特征及其在中国诗学中的重要意义。

"现量"说注重诗人在天人合一的情境中的审美感兴或瞬间直觉。童庆炳认为，王夫之的"即景会心"说是中国古典诗学中，对艺术直觉的最完整、最确切的表述，艺术直觉意味着诗人在直观景物的刹那间，同时地，完整地把握景物的形与神、景与情、形态与意味等。⑥

现量、即景会心和兴会，在王夫之那里是具有较多共通性的概

①　熊考核：《王船山美学》，中国文史出版社 1991 年版，第 178 页。
②　叶朗：《中国美学史大纲》，上海人民出版社 1985 年版，第 451、455、480 页。
③　刘畅：《王船山"现量"说对传统艺术直觉诗论的改造》，《江汉论坛》1984 年第 10 期。
④　肖驰：《中国诗歌美学》，北京大学出版社 1986 年版，第 65、79、91 页。
⑤　熊考核：《王船山美学》，中国文史出版社 1991 年版，第 178 页。
⑥　童庆炳：《中国古代心理诗学与美学》，中华书局 1992 年版，第 52、69 页。

念，令人难以严格区分。有人认为兴会实质上是一种情感活动。这种含混的看法未把"兴"与"兴会"区别开来。有人认为王夫之使用不同的言词如"会通"、"天巧"、"灵心"等来说明创作中的灵感现象，却忽视了王夫之所说的"即景会心"或"兴会"。郁沅的看法较为准确：王夫之所说的"兴会"包含着互相关联的两个意思：一是强调诗人身临其境的直接体验，触发情感；二是凭借灵感，抓住刹那间的情景变化和稍纵即逝的联想。① 肖驰也指出，与感觉相联系的灵感而非想象才是王夫之艺术论的核心，王夫之称为"现量"的即景会心、不劳拟议的心理状态，也就是与感觉相联系的直觉、灵感。②

七　关于诗体

诗体论，是中国诗学研究中的薄弱环节。而探讨王夫之的诗体论的文章更是寥寥无几。

李中华在《船山诗论中的艺术原则》一文中论及王夫之的"意约辞婉、居约致弘的诗体观"，却未把论点展开。张节末的《论王夫之诗乐合一论的美学意义》（《学术月刊》1986 年第 12 期）一文则明确地从诗体的角度展开论述。文章认为，以乐论诗使王夫之的诗歌观完成了从重内容到重形式的转变，王夫之成功地完成了这一理论工作，将形式上升为诗歌本体；"声情动人"是王夫之对诗歌艺术性的明确要求，他以乐论诗，意在将声情、内外化而为一，因此，王夫之是诗歌音乐美理论的正确阐释者。

陶水平在《析王夫之对诗与其他文体的界分及其诗学理论意义》（《江西师范大学学报》2000 年第 2 期）一文中指出：王夫之严格区分诗与其他文体，与他批评宋诗"以意为主"是一致的，旨在维护抒情诗的纯洁性；王夫之强调诗"陶冶性情，别有风旨"，表现出他的诗学卓识，但决然割断诗与其他文体的关系，也暴露出船山诗学观念的褊狭、保守和局限性。

---

① 郁沅：《王夫之的诗歌艺术论概观》，《古代文学理论研究》第 3 辑，上海古籍出版社 1981 年版。

② 肖驰：《中国诗歌美学》，北京大学出版社 1986 年版，第 65、79、91 页。

八　关于王夫之诗学的历史地位

早在 1916 年，刘人熙就曾指出："船山先生片纸只字，皆统之有宗，会之有元。"（《船山明诗评选序》）王夫之的诗学，不仅有众多富于创见的观点，而且自成体系。对此，当代学者逐渐达成一致意见。

程亚林认为，王夫之适应历史的要求，建立一个"寓体系于漫话"的诗歌理论体系，其中范畴与范畴之间存在着有机联系，构成多层次的统一体。① 叶朗认为，王夫之建立一个博大精深的以诗歌审美意象为中心的美学体系，这是中国古典美学的一种总结的形态。② 肖驰认为，我们能在王夫之的论诗笔记、评点中发现一个相当严整的体系，这个体系以情、景这对范畴为基础，吸收并丰富了以往意境说的主要成果，汇合了由《毛诗序》奠基的儒家政教诗学和从钟嵘《诗品》滥觞的审美诗学，这是总体大于各部分总和的天才的创造。③ 滕咸惠指出，王夫之的思想体系博大精深，其诗歌理论以人性论为出发点，在继承审美中心论诗学的基础上，彻底改造了政教中心论诗学，从而把中国古代诗歌理论提高到一个新阶段。④ 袁行霈等人也认为王夫之诗学的本质是儒家诗教和审美诗学的汇流。⑤

王夫之的诗学体系是中国古典诗学的总结形态，具有综合性和创造性等方面的特征，这一点在当代学界已无多大争议。学者们不断地对此加以肯定和阐发。在张节末看来，中国古代情感哲学，大抵是道德情感论、自然情感论和诗歌缘情论三分天下，而王夫之的情感哲学，建基于气论之上，兼顾德性培养，最终指向审美升华，具有很强的哲学综合性。⑥ 柳正昌也明确指出，王夫之美学思想作为中国古典美学的总结形态，是我国美学发展史上审美主体论和伦理教化论两股

---

① 程亚林：《寓体系于漫话》，《学术月刊》1983 年第 11 期。
② 叶朗：《中国美学史大纲》，上海人民出版社 1985 年版，第 451 页。
③ 肖驰：《中国诗歌美学》，北京大学出版社 1986 年版，第 65 页。
④ 滕咸惠：《论王夫之诗论之贡献》，《山东大学学报》1990 年第 2 期。
⑤ 袁行霈、孟二冬、丁放：《中国诗学通论》，安徽教育出版社 1994 年版。
⑥ 张节末：《中国古代审美情感原论》，《天津社会科学》1998 年第 1 期。

思潮的汇合，对于建构中国现代美学具有重要意义。①

　　陶水平在《文化整合语境中的王夫之诗学》（《齐鲁学刊》2000年第 6 期）一文中说，船山之所以是一位伟大的思想家，在于他能对前人的思想遗产进行抉择，经由自己的融会贯通和创造性发展，建构了超越前人并对后代产生深刻影响的理论体系。

　　当然，近年来的王夫之诗学研究并未局限在以上几大方面。学者们从范畴、命题的角度对王夫之的"神"论、"声情"论、艺术想象观、艺术辩证法、有机整体观和"晋宋风流"论等问题展开了深入探讨；从文学批评的角度对王夫之评韩愈之道、扬李抑杜、独钟康乐（谢灵运）诗、评唐诗和对《诗经》语言艺术的探索等问题加以具体分析；从比较诗学的角度对王夫之与庄子、祝允明、曾国藩、黑格尔和柯勒律治等进行影响研究或平行研究。这都是王夫之诗学研究广泛、深入的开展。

　　但在很多领域里，王夫之诗学研究有不足之处和薄弱环节。从宏观研究看，学界对王夫之的诗学体系、思想价值、理论特色和学术个性把握得不够真实、深刻、全面。从微观研究看，一方面学者们对王夫之诗学的阐释有很多不准确、不恰当或不一致之处；另一方面，对一些重要问题如神韵论、雅俗论、文体论、文质观、宾主说和天才论等有所忽略或重视得很不够。

　　如今，在传统诗学与现代诗学会通、中国诗学与西方诗学融合的大趋势下，王夫之诗学研究必将日渐兴旺。

---

　　① 柳正昌：《王夫之美学思想对建构现代中国美学的意义》，《郑州大学学报》1993 年第 4 期。

主要参考文献

《船山全书》，王夫之著，岳麓书社 1995 年版。

《朱子全书》，朱杰人等主编，上海古籍出版社、安徽教育出版社 2000 年版。

《中国历代文论选》，郭绍虞主编，上海古籍出版社 1980 年版。

《中国文学批评史》，郭绍虞著，百花文艺出版社 1999 年版。

《中国文学批评史大纲》，朱东润著，上海古籍出版社 1983 年版。

《艺境》，宗白华著，北京大学出版社 1987 年版。

《天人之际》，张世英著，人民出版社 1995 年版。

《中国美学论稿》，王向峰著，中国社会科学出版社 1996 年版。

《审美创造的灵性》，王向峰著，辽宁大学出版社 1995 年版。

《中国古代心理诗学与美学》，童庆炳著，中华书局 1992 年版。

《文体与文体的创造》，童庆炳著，云南人民出版社 1994 年版。

《中国古典文学批评论集》，杨松年著，三联书店香港分店 1987 年版。

《清代文学评论史》，青木正儿著，台湾开明书店 1969 年版。

《中国美学史大纲》，叶朗著，上海人民出版社 1985 年版。

《胸中之竹》，叶朗著，安徽教育出版社 1998 年版。

《文艺美学》，胡经之著，北京大学出版社 1989 年版。

《中国文学理论批评发展史》，张少康、刘三富著，北京大学出版社 1995 年版。

《中国古代艺术的文化学阐释》，高楠著，辽宁人民出版社 1998 年版。

《中国古典美学丛编》，胡经之主编，中华书局 1988 年版。

《中国古典哲学概念范畴要论》，张岱年著，中国社会科学出版社1989年版。

《中国美学史资料选编》，北京大学哲学系美学教研室，中华书局1980年版。

《朱光潜美学文集》，朱光潜著，上海文艺出版社1982年版。

《中国画论研究》，伍蠡甫著，北京大学出版社1983年版。

《李泽厚十年集》，李泽厚著，安徽文艺出版社1994年版。

《意义的瞬间生成》，王一川著，山东文艺出版社1988年版。

《姜斋诗话笺注》，王夫之著，戴鸿森笺注，上海古籍出版社2012年版。

《中西比较诗学体系》，黄药眠、童庆炳主编，人民文学出版社1991年版。

《中国文学批评通史》，王运熙、顾易生主编，上海古籍出版社1996年版。

《论语译注》，杨伯峻译注，中华书局1982年版。

《孟子译注》，杨伯峻译注，中华书局1960年版。

《老子注译及评介》，陈鼓应著，中华书局1984年版。

《庄子译诂》，杨柳桥撰，上海古籍出版社1991年版。

《文心雕龙全译》，龙必锟译注，贵州人民出版社1992年版。

《诗品注》，陈延杰注，人民文学出版社1980年版。

《司空图诗文研究》，祖保泉著，安徽教育出版社1998年版。

《沧浪诗话》，严羽著，人民文学出版社1983年版。

《随园诗话》，袁枚著，人民文学出版社1982年版。

《带经堂诗话》，王士禛著，人民文学出版社1982年版。

《〈人间词话〉及评论汇编》，姚柯夫编，书目文献出版社1983年版。

《历代诗话》（全二册），何文焕辑，中华书局1981年版。

《谈艺录》，钱钟书著，中华书局1984年版。

《中国诗学》，叶维廉著，三联书店1992年版。

《船山诗学研究》，陶水平著，中国社会科学出版社，2001年版。

《诠释与重建——王船山的哲学精神》，陈来著，北京大学出版社

2004 年版。

《判断力批判》，康德著，商务印书馆 1987 年版。

《歌德谈话录》，爱克曼著，人民文学出版社 1984 年版。

《艺术与诗中的创造性直觉》，马利坦著，三联书店 1991 年版。

《英雄和英雄崇拜》，托马斯·卡莱尔著，上海三联书店 1988 年版。

《创造的秘密》，S. 阿瑞提著，辽宁人民出版社 1987 年版。

《金蔷薇》，帕乌斯托夫斯基著，漓江出版社 1986 年版。

《面向秋野》，帕乌斯托夫斯基著，湖南文艺出版社 1992 年版。

《论幻想与想象》，R. L. 布鲁特著，昆仑出版社 1992 年版。

《抒情传统与中国思想——王夫之诗学发微》，萧驰著，上海古籍出版社 2003 年版。

《古典诗学的现代诠释》，蒋寅著，中华书局 2003 年版。

《迂回与进入》，弗朗索瓦·于连著，三联书店 1997 年版。

《生存空虚说》，叔本华著，作家出版社 1986 年版。

《镜与灯》，艾布拉姆斯著，北京大学出版社 1989 年版。

《爱与美的礼赞》，雪莱著，上海三联书店 1988 年版。

《一个艺术家的宗教观》，泰戈尔著，上海三联书店 1988 年版。

《试论独创品》，扬格著，人民文学出版社 1998 年版。

《现代西方美学史》，朱立元主编，上海文艺出版社 1993 年版。

《王夫之的诗歌艺术论概观》，郁沅撰，《古代文学理论研究》第 3 辑，上海古籍出版社 1981 年版。

《王夫之的诗歌创作论》，肖驰撰，《中国社会科学》1984 年第 3 期。

《王船山"现量"说对传统艺术直觉诗论的改造》，刘畅撰，《江汉论坛》1984 年第 10 期。

《王船山文艺思想初探》，吴家振撰，《船山学报》1984 年第 1 期。

《王夫之诗歌美学中的"神理"论》，张晶撰，《文艺研究》2000 年第 5 期。

《王夫之诗歌美学中的"势"论》，张晶撰，《北方论丛》2000

年第 1 期。

《船山诗论中的艺术原则》，李中华撰，《船山学报》1984 年第 1 期。

《试论王夫之的"神理"说》，陈少松撰，《学术月刊》1984 年第 7 期。

《论王夫之诗乐合一论的美学意义》，张节末撰，《学术月刊》1986 年第 12 期。

《论王夫之诗论之贡献》，滕成惠撰，《山东大学学报》1990 年第 2 期。

《王夫之美学思想对建构现代中国美学的意义》，柳正昌撰，《郑州大学学报》1993 年第 4 期。

《中国古代审美情感原论》，张节末撰，《天津社会科学》1998 年第 1 期。

《王夫之"读者以情自得"的诗歌接受理论》，邓新华撰，《华中师范大学学报》1999 年第 4 期。

《文本的意义解读与类型》，王向峰撰，《东方丛刊》1998 年第 4 期。

《王夫之通解庄子"两行"说及其现代意义》，《湖南大学学报》2004 年第 6 期。

《文、文章与丽》，詹福瑞撰，《文艺理论研究》1999 年第 5 期。

初版后记

记得十几年前，我在读哲学系的美学硕士生的时候，叶朗先生要求我们不要拘泥于抽象的理论思辨，而要从对某一具体的文艺门类的把握中获得丰富的审美体验和学养。当时我想到的是诗。有学友知我对诗很感兴趣，曾建议我研究诗论。但我考虑到自己只对新诗有较多了解，而对中国古诗和诗话缺乏自得，就一直没有在这方面确立研究方向。直到1998年，我在读中文系的文艺学博士生的时候，遵从导师王向峰先生的意见，把王夫之诗学定为论文选题，侧重从范畴的角度加以探讨。无论当时还是现在，我都觉得这个选题太有意义了。多年来，叶朗先生不仅在论著中高度评价王夫之，也在平时的谈话中经常流露出对王夫之美学的重视。童庆炳先生也曾说，中国诗学主要在刘勰和王夫之那里达到集大成式的理论总结的形态。至于相关论著中对王夫之美学、诗学的思想价值和学术地位的高度评价，那就更多了。一方面，王夫之诗学很重要；另一方面，学界对王夫之诗学的研究还远远不够。这就为我们的学术发现和创新留下了很大的空间。

但由于种种原因，王夫之诗学是学界难度最大的课题之一。在博士论文答辩那年，北京师范大学的李春青先生说我这个选题很有意义，再干十年应是学有所成。当时我心想：十年磨一剑，虽不能说漫长，但却要吃多少苦，要有多大毅力啊！就算我已进入王夫之诗学的世界，但若要从中超越出来，则有赖于自己的能力或水平的大幅度提高。若把"入乎其内，出乎其外"视为较高学术境界的标志，那么，我在王夫之诗学研究这个领域，还差得很远。说句心里话，我对"望洋兴叹"这一成语有了深刻体会，不是因为看海，而是因为研究王夫之诗学。我能在这个领域坚持下来，是与老师们的鼓励和鞭策分不开的。在论文写作和答辩过程中，除接受王向峰先生的悉心引导外，我还有幸得到童庆炳、聂振斌、杜书瀛、陈传才、程正民、王一川等先生的指教。

这本小书是在我的同名博士论文的基础上增订而成的，由于改动的幅度不大，基本保持了原貌，原有的不足之处也就保留了下来。不足之外主要有：对王夫之诗学基本范畴之间的关系缺乏深入分析，对王夫之诗学范畴与其哲学思想的关系阐述得不够，没有把王夫之诗学的范畴系列加以较全面的研究并逻辑形式化；未能将王夫之诗学与其整体学术观念打通，未能将王夫之诗学观念与其前后及同时代的文论观念联系起来进行研究，也就是未能把王夫之诗学与中国诗学的复杂关系贯通起来，未能将其放置于社会历史的语境中去考察；对王夫之诗学的总体特征未作明确的把握和阐明。上述不足与我的学养和工夫有很大关系，需要逐渐克服或改善。

本书的出版得到了辽宁大学"211 工程""十五"规划文艺学子项目的资助，这与高凯征（高楠）先生的鼎力支持是分不开的。为学有所成，克服以往的缺点和不足，我正在进一步从事王夫之诗学思想的研究，并得到姚文放等先生的指导和帮助。

在此，我衷心地向前面提到的老师和朋友致谢！向心里想到的亲友们致谢！向大家致以美好的祝愿！

2005 年 3 月
于扬州大学荷花池校区

新版后记

　　本书初版于2006年，原书名《王夫之诗学范畴论》，其中一些章节欠佳，比较粗浅，在未能全面修订的情况下，借此新版机会，删去原版中的"感兴论"（第五章），增补"双行说"（第五章）、"艳诗论"（第九章）、"兴观群怨说"（第十章）、"温柔敦厚的诗教观"（第十一章）"以诗解诗论"（第十二章）。

　　从各章节论题看，本书不是对王夫之诗学重要范畴的全面探讨，也没有处处着眼于范畴展开论述。因而，本书原名改为现名。

　　增补的专题文章属于省级科研项目"王夫之与晚明文学思潮"〔辽宁省教育厅高校人文社科重点基地项目（2009JD36），辽宁省社会科学基金项目（L10DZW016）〕的部分成果。

　　这次未增补有关王夫之与明代文学思潮的专题文章，那类文章有待于本人负责的国家社会科学基金项目"王夫之与明代文学思潮研究"（12BZW012）完成后结集出版。

　　向尊敬的老师和朋友们致谢！向本书的编者和读者致谢！

崔海峰

2012年8月于辽宁大学